RENCONTRES
529

Série *Littérature des* XXe *et* XXIe *siècles*
dirigée par Didier Alexandre
41

Les Nouveaux Avatars du roman policier

Les Nouveaux Avatars du roman policier

Sous la direction de Moez Lahmédi et Kamel Feki

PARIS
CLASSIQUES GARNIER
2021

Kamel Feki est maître-assistant à la Faculté des lettres et sciences humaines de Sfax. Il est membre du laboratoire de recherche « Approches du discours ». Outre l'œuvre des romanciers-poètes (Pierre-Jean Jouve et Jules Supervielle), il s'intéresse à la littérature de guerre au XXe siècle et a codirigé *Les Écritures subversives. Modalités et enjeux*.

Moez Lahmédi est maître-assistant à l'université de Monastir. Il est membre du laboratoire LEIRCI (université de Sfax), d'Intercripol et du Centre international de la recherche sur Balzac. Il est l'auteur de plusieurs articles sur le roman policier et sur Balzac.

ISBN 978-2-406-12219-7 (livre broché)
ISBN 978-2-406-12220-3 (livre relié)
ISSN 2103-5636

PRÉFACE

Noir, impair et passe…

> Rien n'est plus édifiant qu'une hypothèse qui s'écroule.
> Carlo GINZBURG, *Signes, traces, pistes. Racines d'un paradigme de l'indice.*

En matière de critique policière, le terme de « nouveau » – ici attaché au substantif *avatar* – suscite toujours un léger vacillement herméneutique ; en effet, le polar peut-il ontologiquement être « nouveau » en quoi que ce soit, alors que dès 1927 il trucide son propre code en faisant du narrateur « *first person* » l'assassin… de Roger Ackroyd (*Le Meurtre de Roger Ackroyd*, Agatha Christie) ? On se souvient peut-être de l'anecdote racontée par Jacques Attali, interrogé sur son propre roman policier : « Deux rabbins discutent pour savoir pourquoi il est écrit dans "L'Ecclésiaste", "*Rien de nouveau sous le soleil*". L'un dit : "*C'est impossible. Nous les juifs, nous sommes le peuple de l'innovation, du progrès*". L'autre répond : "*Tu n'as rien compris. Il n'y a rien de nouveau* sous *le soleil, car le nouveau est au-dessus du soleil*" » (Forestier, 2017, p. 83). Comme tout s'éclaire alors !

PAS D'ORCHIDÉE POUR… PERSONNE

En fait, plus que de renouvellement, le présent ouvrage dirigé par Kamel Feki et Moez Lahmédi témoigne de l'accroissement, de la capillarisation par le *novum* collectif, des attentes et des sujets sociétaux, en dépassant par exemple l'immédiateté anglo-saxonne que, par réflexe, nous assignons souvent au régime policier. En effet, les textes fonctionnent en rhizomes plus qu'en ajouts – ce qui est le propre de l'avatar, comme en témoigne assez son origine étymologique[1] ; l'exemple du polar féministe le démontre aisément : les femmes ont toujours écrit des romans policiers, bien-entendu ! mais c'est désormais le casting qui change et se charge en « *badass* » et en « *tough girl* » de toute obédience, comme le signale la contributrice Caroline Granier (2018, p. 21), à propos d'une autre auteure du présent volume : « Comme le résume la chercheuse féministe Nicole Décuré : "*Le concept d'*empowerment, *fréquemment utilisé par les Américaines à l'heure actuelle, c'est-à-dire, donner, rendre aux femmes du pouvoir sur leur propre vie, trouve tout son sens dans le polar féministe*". Alors, avis à celles et à ceux qui voudraient sortir des sentiers (re)battus de la littérature noire : un autre polar est possible, et il existe déjà ! ».

Cet accroissement « genré » des *corpora* signe en tous cas, pour Mathieu Letourneux (2017, p. 7), la vocation universaliste de l'archidiégèse policière : « la dynamique du récit criminel en fait un genre médiatique en prise avec son monde. Il en conserve cette marque, sous ses différentes incarnations (mystère urbain, "*sensation fiction*", roman judiciaire, roman policier, "*whodonit*", roman noir, polar, néo-polar, *neo-noir…*) ».

L'un des atouts majeurs de ces *Nouveaux avatars*… réside aussi dans la meilleure prise en compte des littératures italiennes et hispanophones, africaines, indiennes, ethniques – écosystème culturel jadis minoré, et qui se déploie ici sous les termes bienvenus de « ethnopolar », « anthropolar », etc. ; signalons à cet égard qu'un ancien numéro de la revue *813* (2020, p. 7) se consacre également à ce domaine « criminophore », en zoomant sur des auteurs et autrices encore peu connus du public français : Leonardo Padura, Alicia Giménez-Bartlett, Cristina Fallaras, Francisco Gonzàles Ledesma, Dolorès Redondo ou encore Carlos Zanon et Victor Del Árbol.

Nouveaux horizons, curialisation de l'émigré et du racisé… à parcourir les chapitres, on comprend que se développe ici une praxéologie policière qui entraîne le genre à toujours plus de plasticité, de mimologie, conformément à la thèse de Yann Plougastel (2014, p. 17) : « En effet,

1 Le terme avatar trouve son origine en Inde (du sanskrit avatāra : « descente » ; ava-TṚ : « descendre ») et peut être traduit par « incarnation divine ». Depuis la fin du XIXe siècle, « le sens d'avatar s'étendit à chacune des formes diverses que prend successivement une chose ou une personne » (Académie française, 02/10/1969).

que valent les histoires, même admirablement construites, d'énigmes en chambre close face à des intrigues peuplées de passions, de trahisons, de luttes pour le profit et le pouvoir, de sexe, de violence et de mort ? Pas grand-chose, car elles ne disent rien du monde dans lequel nous vivons, de ses contradictions, de son désenchantement, de ses idées cabossées, ravaudées, retapées, qui le composent ».

J'AI ÉPOUSÉ UNE OMBRE…

On ne saurait citer toutes les propositions critiques présentées dans l'ouvrage, de peur de sombrer dans la litanie ; cependant la plupart – toutes, en fait – réactivent notre foi incrémentale dans les pouvoirs du pacte immersif. Particulièrement topique nous paraît le texte de Suzanne Bray, qui par son titre aux harmoniques lointaines « Reconstruire le passé, interroger l'Histoire » configure bien ce réservoir de tropes qu'actualisent les avatars ; et c'est encore Yann Plougastel qui vient corroborer cette ré-animation du passé : « Quitte à paraphraser ce bon vieux Walter Benjamin, philosophe allemand toujours cité par les amateurs de culture populaire, disons que les (bons) écrivains "de noir" cherchent à "historiciser" le présent pour actualiser l'histoire » (*ibid.*).

Redimensionner le passé en travail dans le présent, expertiser les territoires du monde en en scrutant les crimes, qui tatouent sa peau de scarifications sanglantes… tels semblent avoir été « la carte et le territoire » qui ont guidé Moez Lahmédi et Kamel Feki, qui discernent aussi le « post-nouveau » dans l'ancienne nouveauté d'il y a vingt ou trente ans ; si les polars d'autopsie, les thanatofictions, étonnaient lors de la sortie « princeps » de *Nécropolis*, l'œuvre fondatrice d'Herbert Lieberman (1977), il faut aujourd'hui beaucoup d'avatars, en effet, pour nourrir l'esthétique de la surprise (*Izombie*, ou *Forever*). Plus généralement, le maintien de la structure (rappelée dans l'introduction) chemine fraternellement vers l'éveil à des métamorphoses thématiques, ou épistémiques : « Il y a eu, en effet, une époque pas si lointaine où les écrivains pouvaient dormir en paix sous la couette meringuée de leur confort éditorial : d'autres qu'eux s'exerçaient à promener leur miroir sur les bas-côtés du chemin.

Le roman noir s'écrivait à l'encre rouge et noir. Personne ne peut douter que le polar soit l'héritier d'une longue tradition », rappelle Joseph Macé-Caron (2012, p. 3).

Maintenir le « *sens of wonder* » policier, c'est ce à quoi s'emploie Marc Blancher, qui avec ses « Mortelles papilles » côtoie le compendium des polars alimentaires, bien explorés aussi par la chercheure Régine Atzenhoffer : ailleurs qu'ici, elle nous rappelle une drôle de tambouille, qui serait une cuisine du terroir assaisonnée de meurtres à la sauce « *Dell'Amore* », sorte de recette bavaroise du crime passionnel dans la série policière « Franz-Eberhofer » de Rita Falk ; cette dernière, née en 1964 en Bavière, exerçait le métier d'employée de bureau avant de percer en 2010, et de pouvoir vivre de sa plume grâce à sa série policière bavaroise et dialectale « Franz-Eberhofer » aux titres évocateurs : *Winterkartoffelknödel* (2010), *Dampfnudelblues* (2011), *Schweinskopf al dente* (2011), *Grießnockerlaffäre* (2012), *Sauerkrautkoma* (2013), *Zwetschgendatschikomplott* (2015), *Leberkäsjunkie* (2016), *Weißwurstconnection* (2016), *Kaiserschmarrndrama* (2018). Il y a là plus qu'une coïncidence, une belle synchronicité des voies détournées.

La mobilisation et le ressaisissement des isotopies anciennes, se frayant un chemin sous les plus récentes, permettront aux lecteurs de ce livre le « pas de côté » qui succède à l'invitation *solarpunk* de Jacques Attali : « Alors, faisons juste un pas de côté pour voir les choses autrement : où sont, en France, nos Jonathan Coe, Laura Kasischke, Irwine Welsh, James Ellroy ?... » (*ibid.*, p. 3).

LES VISITEURS DU NOIR

Si tout à l'heure les rabbins nous invitaient sagement à nous exhausser au-delà du soleil, il n'en demeure pas moins que les avatars ici éclairés se coltinent toute la noirceur du monde, ses immondices et sa cruauté imbécile : « Mais la négociation inattendue de la contrainte éthique exonère l'espèce humaine de ce crime qui la nie (...) Souvent aussi les témoins de scènes de crime mettent en actes ainsi dans le régime pseudo-pragmatique de la fiction le comportement ré-humanisant exigible »

(Kaempfer, 2017, p. 7) ; ré-humanisant, certes, mais en missionnant pour ce faire la figure du détective en marqueur anémiant, sans qui peu (rien ?) vient à destination, à épiphanie – selon Marion François, *Le détective, un excentrique très exposé*, et selon Dror Mishani (2020, p. 12) : « L'affaire du détective, cela a toujours été de la connaissance, n'est-ce pas ? Connaître la vérité, connaître son destin (Œdipe). Dans le roman policier classique (Agatha Christie), l'auteur savait tout, le détective finissait par tout savoir et seuls les lecteurs étaient constamment bluffés, dans l'ignorance. Parfois j'essaie de changer ce rapport à la connaissance : j'autorise mon enquêteur à en savoir moins que mes lecteurs (...) C'est l'état où je me trouve moi-même, j'en sais souvent moins que je ne le croyais ».

Il est temps alors de saluer la cohérence générale du propos, sa justesse, son « grain » particulier ; l'historicisation du concept même de « nouveauté » en milieu policier, permet d'en faire un socle heuristique solide, et non une figure rhétorique pauvre de sens ; au fond, ce n'est pas tant que le polar se « renouvelle » en essaimant (les avatars), c'est plutôt notre regard « lisant » qui se modifie, instituant d'autres usages des récits dans la pensée du monde. Riche et éveillant, divers sans être disparate, ce livre nous accueille autant que nous l'accueillons ; il est, en ce sens, précieux, car il ne s'épuisera pas en une lecture, et en lui s'épousent le *kaïros* du moment fulgurant, et le *chronos* de la durée plus paisible, plus réfléchie... fidèle à la belle promesse portée par Dominique Meyer-Bolzinger (2021, p. 101) : « Le polar raconte l'histoire d'un héros qui essaye de raconter une histoire ».

Isabelle-Rachel CASTA-LECA
Université d'Artois

RÉFÉRENCES BIBLIOGRAPHIQUES

FORESTIER, François, « J'adore SAS ! », entretien avec Jacques Attali, *Nouvel Observateur*, n° 2734, 30 mars 2017, p. 83.

GRANIER, Caroline, « L'ère du roman policière », *Libération*, 30 août 2018, p. 21.

KAEMPFER, Jean, « Le policier qui tricote le trauma », *La Quinzaine littéraire*, n° 1177, *La Littérature policière. Comment désespérer sans faiblir*, 18 juillet-31 août 2017, p. 7.

LETOURNEUX, Mathieu, « Une archéologie du récit criminel », *La Quinzaine littéraire*, n° 1177, *La Littérature policière. Comment désespérer sans faiblir*, 18 juillet-31 août 2017, p. 7.

MACÉ-SCARON, Joseph, « L'œuvre au noir », *Le Magazine littéraire*, n° 519, mai 2012, p. 3.

MEYER-BOLZINGER, Dominique, « Lire le polar comme un conte », *Les Trésors de la culture. Polar. Le frisson des enquêtes*, n° 18, Bertrand Audouy (dir.), décembre 2020-janvier-février 2021, p. 101.

GUYON, Elise et Jeanne, « Entretien avec Dror Mishani », *813*, n° 137, octobre 2020, p. 12.

REVUE 813, n° 138, *Le Polar espagnol dans l'arène*, décembre 2020.

PLOUGASTEL, Yann, « La revanche du polar », *Le Monde*, Hors-série, *Polar. Le triomphe du mauvais genre*, avril-juin 2014, p. 17.

INTRODUCTION

Se distinguant par une structure actantielle et narrative quasi-immuable (un crime est commis, un détective intervient, ouvre une enquête, suspecte un ou plusieurs personnages et parvient à la fin à mettre la main sur le coupable), le roman policier, sous ses trois formes classiques (le roman de détection, le roman de suspense et le roman noir), a réussi tout au long d'un siècle (depuis son apparition au milieu du XIXe siècle jusqu'aux années soixante du siècle écoulé) à conserver ses principales spécificités actantielles et narratives et à s'affirmer comme un genre autonome qui a ses propres normes génériques et textuelles : « Un roman policier, écrit le tandem Boileau-Narcejac (1975, p. 5-6), "tient" son auteur, lui impose une structure qu'il est impossible de modifier sans s'égarer [...]. Le roman policier est précisément un genre littéraire, et un genre dont les traits sont si fortement marqués qu'il n'a pas évolué, depuis Edgar Poe, mais a simplement développé les virtualités qu'il portait en sa nature ».

La pérennité du genre est tributaire, dans une certaine mesure, de cette structure basique solide qui lui a permis de résister à toutes les secousses qui ont ébranlé le paysage littéraire moderne. Berthold Brecht n'a pas caché sa fascination devant cette force structurelle du roman policier : « À notre époque, il n'y a peut-être d'ailleurs que le roman policier parmi les productions d'un niveau artistique supérieur à posséder la santé que représente un schéma » (Evrard, 1996, p. 10)[1].

On sait aussi qu'à l'apogée de la vague structuraliste, on considérait que le roman policier est la forme littéraire la plus « disciplinée » (quant au respect des normes génériques propres au récit criminel) et la plus autonome, car la plus codifiée et la plus structurée tant sur le plan actantiel que sur le plan narratologique. Il fut un temps où le grand Todorov (1971, p. 56) affirmait sans le moindre nuancement que « le

1 Berthold Brecht cité par Frank Evrard.

roman policier par excellence n'est pas celui qui transgresse les règles du genre, mais celui qui s'y conforme ».

Toutefois, la profusion impressionnante des sous-genres policiers hybrides à partir des années quatre-vingts et jusqu'aujourd'hui nous amènera à reconnaître que le vrai polar contemporain est celui qui transgresse les règles du genre et non pas celui qui s'y conforme. C'est que les auteurs policiers ont compris, plus ou moins tardivement (si l'on adopte comme repère le coup de génie de la Reine du crime dans *Le Meurtre de Roger Ackroyd*), que la transmutation relève de l'essence même de la littérature noire et que l'œuvre originale est celle qui se joue à la fois des codes génériques existants et des attentes du lecteur. Les grands auteurs du genre sont justement ceux qui laissent le lecteur bouche-bée suite à un coup de maître. Ce sont aussi les auteurs qui osent s'aventurer à la découverte de nouveaux continents littéraires où personne n'avait jamais mis les pieds. Le cas d'Hubert Monteilhet est intéressant à cet égard, puisqu'il fut parmi les premiers auteurs policiers à vouloir dégager la « para »-littérature du ghetto dans lequel on l'emprisonnait. N'avoue-t-il pas dans l'Avertissement des *Mantes religieuses* que l'enjeu principal derrière la rédaction de ce roman est de conférer une note « classique » au roman policier[2] ?

On voit donc qu'à une époque où le néopolar connaissait son âge d'or avec des écrivains de renommée internationale (Ed Mac Bain, Léo Malet et un peu tardivement Jean-Patrick Manchette) qui prônaient l'autonomie et l'indépendance du genre et qui rejetaient catégoriquement l'idée de l'immixtion mutuelle du « noir » et du « blanc[3] », Monteilhet

2 « Nous nous sommes efforcé d'apporter à cette littérature ce dont on la prive trop fréquemment : une rigueur classique. Nous avons choisi une histoire où l'horreur procède plus de la psychologie des acteurs que d'un vain décor, une histoire où un vocabulaire généralement mesuré suffit – semble-t-il – à tout exprimer » (Monteilhet, 1960, p. 6).

3 « [L]e polar non-classique, dit Manchette dans l'une de ses interviews, n'est pas formellement un roman noir [...], c'est un polar kitsch, *contradictio in adjecto* [...] [C]ertains auteurs m'inspirent de la sympathie (Echenoz), d'autres non (le sémioticien démochrétien Eco m'inspire de la haine). Le seul "polar non-classique" que j'apprécierais, somme toute, serait du genre de ce à quoi je travaille : le décharnement formel du roman noir doit maintenant être mis au service d'une réalité nouvelle, et laisser sur leur cul les polareux littérateurs et les polareux stalino-gauchistes. Vivre et écrire dans les banlieues (Lyon, par exemple) tombe malheureusement en dehors de mes capacités ordinaires. C'est la seule voie intéressante ouverte au roman noir français actuel. Il l'évite, bien sûr. Hammett, Orwell, Dick, quelqu'un devrait prendre la suite, même timidement, et les gens de haut goût oublieront les clowneries actuelles sur la "subversion du texte." » (Bourg, 1991),

se fixait un objectif complètement différent et quelque peu « fou », en ce sens qu'il voulait, lui, conquérir le terrain de la littérature classique et faire accéder la paralittérature au rang des Belles Lettres.

Outre les défis que certains auteurs tentent de relever, les maisons d'édition sont aussi pour quelque chose dans le renouvellement du genre policier puisque, depuis les années quatre-vingts et pour des raisons purement commerciales, la plupart d'entre elles ont adopté une nouvelle stratégie fondée sur le brouillage des repères génériques (paratextuels) des œuvres publiées.

Le phénomène de réécriture a contribué également à la métamorphose du genre policier. Force nous est de reconnaître que le roman policier contemporain joue avec les stéréotypes qui définissent le genre, pastiche d'autres romans ou les parodie, les prend pour modèles ou pour anti-modèles. Dans *Réécritures policières*, Perle Abbrugiati, Dante Barrientos Tecún et Claudio Milanesi (2012, § 1) remarquent que généralement « [le] polar [...] apparaît [...] comme la réécriture d'un schème, d'un style, d'un archétype, et justement dans son effort d'originalité comme la réinvention jubilatoire ou transgressive d'un genre normé qui sert de moule ou de repoussoir ». Ils précisent cependant que « dans les derniers temps, ce phénomène [de la réécriture] semble s'être amplifié dans la mesure où le genre s'est progressivement libéré du statut de paralittérature ». En effet, « du moment où des auteurs qui ne cultivent pas exclusivement le genre policier, s'y sont intéressés à leur tour, le modèle canonique et ses conventions ont connu – et continuent de connaître – des transformations à plusieurs niveaux (détective, crime, enquête, formes d'écriture, etc.) » (*ibid.*, § 8).

La volonté d'ébranler les assises des temples génériques voire de profaner les sanctuaires taxinomiques est encore à l'origine du renouveau du roman policier. Cette veine subversive n'est pas une caractéristique spécifique au genre policier, mais elle permet aussi définir la littérature « blanche » contemporaine, laquelle présente le texte comme étant « le "site" de modes de représentation en interaction » (Jullier, 1997, p. 13). On sait que la plupart des écrivains contemporains adoptent une attitude ironique et déconstructiviste à l'égard des repères génériques existants : « Pour le moment, affirme Cioran (1956, p. 111), il nous reste à corrompre

---

Disponible sur : « http://www.davduf.net/jean-patrick-manchette-la-position.html (consulté le 19/02/2020) ».

tous les genres, à les pousser vers des extrémités qui les nient, à défaire ce qui fut merveilleusement fait ».

Que les auteurs soient du camp « noir » (le polar) ou « blanc » (la littérature générale), l'objectif ou plutôt le projet demeure toujours le même : déconstruire les anciens modèles et inventer de nouvelles formes d'écriture :

> Les démarquages auxquels ont procédé – et procèdent – tant de contemporains se rejoignent, tous ou presque, dans un projet commun. Certes, ils sont de degré et de tonalité variables. Certes, ils vont de l'aimable parodie à la transposition métaphysique, de la reprise serrée à l'évocation plus lâche ou plus allusive. Mais tous se rencontrent dans une semblable intention ironique de détourner un modèle de sa norme (Dubois, 1992, p. 56).

S'agissant du roman policier contemporain, on peut affirmer qu'il repose narrativement sur une esthétique de la dissidence ou plutôt de la subversion : chaque auteur s'efforce en effet de singulariser ses textes en enfreignant les codes qui régissent le genre ; littérature foncièrement subversive et transgressive, le roman policier est comparable au phénix qui renaît de ses cendres, mais à chaque fois sous une nouvelle forme.

Ainsi, beaucoup de nouveaux textes hybrides qui échappent aux « radars » des spécialistes et aux grilles génériques existantes ont vu le jour, jetant dans la confusion la critique littéraire contemporaine : « Les règles codifiées par Poe, exploitées depuis le roman policier britannique, une fois libérées de la tyrannie de la centralisation des genres, et rendues au libre circuit de l'écriture, se sont révélées capables d'engendrer de nouveaux produits hybrides fort originaux » (Lits, 1999, p. 136)[4].

C'est ici que l'on doit s'attarder sur cette notion d'hybridité qui est devenue aujourd'hui non seulement un concept central dans le discours critique contemporain, mais carrément une approche par laquelle spécialistes et chercheurs tentent d'aborder et de classer les productions littéraires d'après 1980.

En fait, si l'hybridité constitue un fait immanent à la littérature, qu'elle « a été toujours là » comme l'affirme Wladimir Krysinski (2004, p. 31), et qu'« avant même que la modernité ne fasse irruption, [elle] agit comme un opérateur discursif de premier ordre », il n'en demeure pas moins vrai qu'elle n'est devenue un véritable phénomène (de surface)

---

4 Stephano Tani cité par Marc Lits.

qu'à notre époque contemporaine, cette époque placée sous le signe de la « transéité » et que Rosa Maria Rodriguez Magda a baptisée, non sans raison, « la transmodernité ». Transculturalité, transidentité, transethnicité, transreligiosité, transexualité, transtextualité, translittérature, transmédia, sont autant d'appellations hyperonymiques à travers lesquelles les observateurs et les critiques tentent de cerner ces nouvelles réalités sociales et ces nouvelles productions culturelles et artistiques marquées par le sceau de l'hybridité et régies par les principes de la fusion, du métissage, du croisement, de la transversalité et de l'interpénétration. Dès lors, beaucoup de concepts et de dichotomies, qui représentaient pour ainsi dire le socle sur lequel reposait l'idéologie moderniste, commencent à perdre de leur opérationnalité, notamment dans le domaine de la critique littéraire : pur *vs* impur, majeur *vs* mineur, littéraire *vs* paralittéraire, roman « littéraire » *vs* roman policier, littérature « blanche » *vs* littérature noire. Scarpetta (1985, p. 76) nous rappelle à juste titre que le paysage culturel contemporain est « fondamentalement hétérogène, le majeur et le mineur s'y court-circuitent, s'y enchevêtrent, s'y confrontent, quasi-inextricablement ».

La notion même d'appartenance d'un texte à genre précis a été remise en question et remplacée par celle de participation : « Un texte, écrit Derrida (1986, p. 264), ne saurait appartenir à aucun genre. Tout texte participe d'un ou de plusieurs genres, il n'y a pas de texte sans genre, il y a toujours du genre et des genres, mais cette participation n'est jamais une appartenance ». L'écrivain Jean-Bernard Pouy (2016, p. 38), lui, explique que « tout genre constitué comportera toujours en son sein des éléments qui veulent le pousser à bout, le dépasser, faire du "transgenre" ».

Tout discours sur les nouveaux avatars du roman policier doit s'inscrire inéluctablement dans cette perspective transmoderne, car justement tous les nouveaux avatars du roman policier se caractérisent par leur hybridité et leur transéité. Il est d'ailleurs extrêmement difficile de cerner toutes les ressources de l'hybridité. On peut évoquer par exemple « l'absorption sous une forme ou sous une autre d'un substrat culturel venu de la littérature non policière », absorption dont « la pointe extrême » apparaît dans certaines œuvres où « on ne sait plus si l'on a affaire à un polar parodiant un roman postmoderne, à un roman postmoderne parodiant le polar, à un polar postmoderne prenant la fonction du roman "blanc" ou à un roman "blanc" utilisant les codes du polar pour renouveler la littérature sans réelle intention de pratiquer l'investigation » (Abbrugiati, Barrientos Tecún & Milanesi, 2012, § 2). On peut évoquer aussi « la porosité particulière du policier avec d'autres arts, tout particulièrement le cinéma – ce dernier mettant en scène les policiers les plus réussis (quand ce ne sont pas les pires, dont s'emparent les séries B), et, réciproquement, le polar utilisant volontiers les techniques filmiques pour nourrir le suspense – mais aussi avec l'ensemble des arts de la contemporanéité (bande dessinée, musique pop, chanson, collage), sans oublier des arts plus traditionnels qui fournissent aussi bien des mobiles (vol d'un objet d'art) que des univers clos (monde d'initiés, villes d'art offrant un décor spécifique) » (*ibid.*).

Il est également très difficile d'inventorier toutes les nouvelles formes policières qui se jouent des normes policières connues ou qui s'hybrident avec d'autres disciplines relevant soit des sciences exactes soit des sciences humaines et sociales. Comparable aux alchimistes, les auteurs policiers n'hésitent pas à tester les combinaisons les plus fantasques dans l'espoir d'inventer de nouvelles perles romanesques. Parmi les formules alchimiques connues que l'on peut présenter d'une façon arithmétique, nous pouvons citer :

1. **le polar scientifique** (polar + science). Ce genre est appelé en anglais ***forensic fiction*** (fiction + sciences forensiques). Il est désigné aussi par l'appellation « **polar médical** » (polar + médecine). L'une des auteures représentatives de ce sous-genre policier est Patricia Cornwell.
2. **le polar historique** (polar + contexte historique) dont le maître incontestable est Ellis Peters.
3. **le polar ésotérique** (polar + ésotérisme) dont le plus grand maître est Dan Brown avec sa fameuse tétralogie composée d'*Anges et Démons*, *Da Vinci Code*, *Le Symbole Perdu* et *Inferno*.
4. **le polar SF** (polar + science-fiction) : *Blade Runner* et *Minority Report* de Philip K. Dick.
5. **le polar fantastique** (polar + fantastique) : *L'Homme à l'envers* de Fred Vargas.
6. **le polar métaphysique** (polar + métaphysique) : Paul Auster, Jerome Charyn, Jonathan Lethem.
7. **le polar juridique** (polar + juridiction) : les polars de John Grisham.

8. **le polar écologique** (polar + problématiques environnementales) : les romans de Patrick Nottret.
9. **l'arché-polar ou le polar ethnologique** (polar + archéologie) : Tony Hillerman, Anne Hillerman.
10. **le polar échiquéen** (polar + le jeu d'échecs) : *Le Huit* et *Feu Sacré* de Katherine Neville.
11. **le polar gastronomique** (polar + gastronomie) : *Fricassée de meurtres à la bordelaise* de Pierre Leterrier et Jean-Pierre Xiradakis, *Étoiles filantes* d'Hubert Monteilhet.
12. **le polar politique** (polar + arrière-plan politique) : *En pays conquis* de Thomas Bronnec, *French Uranium* d'Eva Joly, *Prendre les loups pour des chiens* d'Hervé Le Corr.
13. **le polar préhistorique** (polar + cadre spatio-temporel préhistorique) : *Meurtre chez les Magdaléniens* de Sophie Marvaud.
14. **le polar cybernétique** (polar + cybernétique) : *Robocalypse* de Daniel H. Wilson.
15. **le polar aéronautique** appelé en anglais *aviation thriller* (polar + un avion comme cadre spatial) : *Non stop* du réalisateur Jaume Collet-Serra et *Red eyes* de Wes Craven illustrent parfaitement ce sous-genre policier.
16. **le polar humoristique** (polar + humour) : la série *Contre-enquêtes du commissaire Liberty* de Raphaël Majan.
17. **le polar gothique** (polar + roman gothique) : les polars de Michel Amelin.
18. **le polar mythologique** (polar + mythe) : les polars (pour jeunesse) publiés par la série « Les polars de la mythologie ».
19. **le polar de prison** : appelé en anglais *prison thriller* : (polar + une prison comme cadre spatial) : *Celda 211* de l'écrivain espagnol Daniel Monzón.
20. **le polar sportif** ou *sport thriller* en anglais (polar + compétition sportive) : *Death race* du réalisateur Paul W. S. Anderson.
21. **les polars dits « féministes »** : ils « sont une minorité parmi ceux, très nombreux, écrits par des femmes. La plupart d'entre eux sont plaisants à lire, présentent des idées "politiquement correctes" du point de vue féministe, et ne se détachent pas vraiment de la production moyenne dans ce domaine ». Parmi les auteurs du polar féministe, on peut évoquer « l'Américaine Amanda Cross et la Britannique Ruth Rendell » (Löwy, 2001, § 6).

Les choses ne sont pas, bien évidemment, aussi simples que certains pourraient le croire : hybrider le polar avec le fantastique ou la science-fiction peut paraître une simple opération d'addition ou de combinaison, toutefois seul un virtuose de la plume est à même d'élaborer de tels mélanges alchimiques exceptionnels. Si nous insistons tant sur cette notion d'alchimie, c'est bien parce qu'elle traduit le mieux à notre sens cet immense effort intellectuel que déploie l'auteur policier pour parvenir à transformer divers matériaux littéraires et non-littéraires en « Grand œuvre » romanesque.

Toutes ces précisions préliminaires peuvent aider le lecteur de cet ouvrage que nous avons intitulé « Les nouveaux avatars du roman policier », non seulement à découvrir les spécificités de quelques-uns de ces nouveaux polars subversifs et hybrides qui jouent avec les composantes traditionnelles du genre, mais aussi à mieux saisir la dynamique interne qui dote le polar de cette impressionnante malléabilité, de cette « étrange disponibilité » (Reuter, 2015, p. 4-12) et de cette aptitude inégalable à s'hybrider avec d'autres genres et d'autres disciplines.

La partie inaugurale intitulée « Polar et féminisme : une conquête douloureuse » se compose de deux enquêtes consacrées exclusivement à la question du féminisme dans le roman policier contemporain. Rappelant que depuis la fin du siècle écoulé, la littérature noire féminine ne cesse de connaître une irrésistible ascension, Nicole Décuré remarque toutefois que contrairement à leurs consœurs du pays de l'oncle Sam, les romancières françaises du noir « sont, en général, moins résolument féministes et que leurs romans ont de la peine à se démarquer de ceux des hommes, notamment en ne mettant pas souvent des femmes au centre de leurs histoires ». Elle remarque aussi que beaucoup de romancières intègrent dans leurs romans « des remarques sexistes [...] à l'état brut, sans aucun commentaire pour contrebalancer les stéréotypes habituels sur les femmes ». Victimes elles-mêmes de la vision sexiste que le monde masculin a vulgarisée pendant des siècles, elles ne font qu'assener des coups durs à l'esprit féministe.

Étudiant les représentations de la figure du détective féminin dans les romans policiers français et américains contemporains, Caroline Granier montre, quant à elle, comment certaines auteures se saisissent du genre policier pour critiquer les stéréotypes genrés et dénoncer les inégalités, tout en évoquant le rôle symbolique de l'arme pour souligner que la violence, dans certains contextes, peut être un outil d'émancipation féministe. Les figures de femmes fortes et indépendantes, en permettant aux lectrices de s'identifier à elles, seraient, selon elle, sources *d'empowerment* et feraient des romans féministes contemporains un laboratoire pour repenser la fameuse « différence des sexes » et ouvrir ainsi le champ des possibles.

La deuxième partie intitulée « Zompol, cyberpunk et slipstream » porte sur ces nouveaux avatars de polars qui combinent structure policière, terreur, *fantasy* et science-fiction. Dans « Quelque chose à (sa)voir sur les morts : l'énigme sous le scalpel ? », Isabelle-Rachel Casta axe son analyse sur la nouvelle « nécropoétique » prônée par certaines séries américaines qui dérogent à la tradition médico-légale des *Experts* (CSI) ou de *Bones* en mettant en scène des zombies jouissant de toutes leurs facultés mentales et jouant même des rôles de protagonistes comme dans *IZombie* où l'héroïne (une morte-vivante) est une thanatopractrice. Tirant leur originalité de l'hybridité entre cultures savantes (technoscientifiques) et imaginaire gothique, ces nouveaux avatars policiers qu'on pourrait nommer des « zompols » (pour pasticher le « rompol » de Varga) transforment le cadavre, en « figure herméneutique majeure » et « la salle d'autopsie en nouvelle "terre gaste" ».

Isabelle Boof-Vermesse, elle, nous rappelle dans sa contribution intitulée « Simulation et dissimulation : roman policier et roman spéculatif » que le l'hybridation du roman policier et de la science-fiction a donné naissance au *cyberpunk*, ce nouvel avatar policier qui explore « l'infosphère » pour créer un univers cyberinformatique où les limites entre le monde réel et les réalités alternatives sont constamment brouillées et remises en question. S'appuyant sur l'exemple de *Neuromancer* de William Gibson et *The City and The City* de China Miéville, elle étudie un type bien particulier de *cyberpunk*, à savoir le *slipstream*, un sous-genre qui juxtapose des éléments réalistes et anti-réalistes (fantastiques) et dont l'originalité consiste en ce que le *cyberespace* où se déroulent les événements est plus ancré dans la réalité que celui du *cyberpunk*. Grâce à leur double postulation – ancrage dans la réalité et mouvement de déréalisation – ces nouveaux avatars cybernétiques du roman policier introduisent de l'inconnu au cœur même de systèmes sociaux saturés par la raison, soulevant ainsi de nombreuses questions d'ordre épistémologique et identitaire, et interrogeant le rapport de l'homme postmoderne avec le monde et les autres.

La troisième partie interroge les interactions entre le polar et l'histoire. Dans « Reconstruire le passé, interroger l'Histoire : un siècle de polar historique », Suzanne Bray dresse « une typologie des principaux avatars contemporains du polar historique » et distingue ainsi le polar transhistorique, qui consiste à mettre en scène un enquêteur actuel tentant d'élucider un crime historique, le roman policier d'époque, où « le cadre historique et, éventuellement, les personnages réels, servent uniquement à fournir un arrière-plan exotique ou reconnaissable à une affaire criminelle fictive sans rapport avec les enjeux sociaux ou politiques de la période », les reconstructions d'affaires historiques dont le but est souvent de réviser des affaires du passé et les polars historiques « composés de pastiches où des personnages connus de l'histoire ou même des héros littéraires du passé, renaissent en tant qu'enquêteurs ».

Dans sa contribution sur *Le Huit* de Katherine Neville, Moez Lahmédi met l'accent sur les difficultés d'ordre générique posées par ce roman fleuve qui pousse l'hybridité jusqu'au bout en mêlant huit différentes composantes génériques dans un même canevas romanesque : polar historique, roman d'énigme, polar échiquéen, roman fantastique, roman gothique, ésotérisme, alchimie et mythologie. Tout en étudiant la prégnance de la thématique échiquéenne dans le roman nevillien, il relève l'un des aspects les plus frappants de la transgénéricité, à savoir la renarrativisation de certains élément historiques et attire l'attention sur le travail de recherche, de réécriture et de rétrodiction auquel procède la romancière pour développer toute une théorie historique autour de l'échiquier de Charlemagne.

La quatrième partie intitulée « l'ethnopolar et l'anthropolar : quand le roman policier s'imprègne des couleurs amérindiennes et africaines » étudie des récits où l'intrigue policière se double de l'évocation du patrimoine culturel africain et navajo. Marc Michaud nous invite à découvrir les ethnopolars de Tony Hillerman (décédé en 2008) lequel, passionné de culture indienne et fort de son expérience de reporter criminel, a choisi la terre sacrée des Navajos comme cadre de ses romans policiers. Marchant dans les pas d'Arthur Upfield, inventeur du roman policier ethnologique, il met en scène deux policiers navajos (Chee et Leaphorn) qui enquêtent dans la réserve. Pour résoudre les énigmes du présent, ils plongent dans le passé de leur peuple, font revivre les mythes fondateurs et subissent une série d'épreuves initiatiques qui les guident dans leurs recherches tout en les ramenant aux sources de leur culture. Fondant ses romans policiers sur la culture navajo, Tony Hillerman transforme ainsi le paysage en personnage à part entière, fusionne le roman policier et la littérature amérindienne et propose une variante mythologique du polar où les enquêtes se doublent d'une quête de spiritualité et d'une valorisation de l'indianité.

S'appuyant dans son étude sur *L'Archer bassari* de Sounkalo Keita, *L'Empreinte du renard* de Moussa Konaté et *Sorcellerie à bout portant* d'Achille F. Ngoye, Dame Kane montre, quant à lui, que le roman policier négro-africain subsaharien francophone n'est pas à l'abri du phénomène de l'hybridité et de la subversion générique. En effet, chez ces auteurs, l'intrigue criminelle se trouve « africanisée » et adaptée à de nouvelles réalités sociales et historiques, donnant ainsi naissance à un nouvel avatar du roman policier : l'« anthropolar », ce genre qui se veut le support d'un discours socio-anthropologique sur les traditions, les coutumes, la culture et le vécu quotidien des peuples subsahariens, mettant ainsi l'accent sur certaines spécificités du patrimoine culturel négro-africain – l'importance des ancêtres et de la cohésion du groupe, l'attachement à la terre natale, le refus de s'ouvrir sur l'univers urbain occidentalisé, l'animisme, la communication avec les esprits et les animaux, le respect des vieux qui sont les dépositaires de sagesses ancestrales, etc. – et présentant une dénonciation véhémente de l'injustice sociale, de la corruption de certains dirigeants africains et de certains fléaux destructeurs, entre autres, la sorcellerie et la magie noire.

La cinquième partie porte sur le renouveau des polars italien et espagnol. Partant des articles que Marta Forno et Giuliana Pias ont consacrés respectivement aux polars de Valentina Gebbia et Luciano Marrocu, Kamel Feki évoque certains traits caractéristiques du polar italien contemporain : la parodie, l'invention de nouveaux enquêteurs qui se distinguent des détectives traditionnels, l'enracinement régional du *giallo*, la création d'« un polar sans solution » marqué par l'échec de la justice et l'avènement d'un polar micro-historique qui, centré sur le minuscule, le fragment et le singulier au détriment des grands événements de l'histoire relégués au second plan, dévoile au grand jour les mécanismes psychologiques et mentaux ainsi que les stratégies collectives et les pratiques sociales qui prévalent à une époque donnée.

Rendant hommage à l'auteur espagnol Antonio Lozano, décédé le 10 février 2019, Marie-Thérèse Vida étudie ses deux romans *Donde mueren los ríos* et *Harraga* qu'elle qualifie d'« *emigradopolar* » (*emigrado* signifie en espagnol « l'émigré »), c'est-à-dire de polars de l'émigration, en ce sens que la structure policière est explorée par l'auteur pour esquisser sa vision humaniste de l'expérience migratoire, laquelle expérience s'apparente à un véritable voyage initiatique mené par les nouveaux Ulysse africains. Évoquant les différents drames vécus par les émigrés, les polars d'Antonio Lozano présentent une image ambivalente de l'expérience migratoire qui apparaît à la fois comme une source d'enrichissement culturel et comme une cause de déchéance, tout en nous invitant à découvrir la culture, la littérature et l'histoire africaines.

La dernière partie se compose de deux contributions qui mettent en relief quelques « mutations thématiques et actantielles dans le roman policier contemporain ». Marc Blancher traite la relation entre ce que, d'une part, il désigne par l'expression « forme policière » et, d'autre part, ce qu'il regroupe sous l'appellation « gustatif ». Rappelant que le roman à énigme a contribué à faire de l'administration de poison l'un des *topoï* du genre policier, il a souligné la quasi-disparition du poison comme arme du crime avec le glissement vers le roman noir et ses avatars les plus récents comme le néo-polar ou encore le néo néo-polar. En effet, les dernières décennies ont marqué l'apparition de romans policiers dans lesquels le gustatif ne se confond plus potentiellement avec l'arme du crime (sous la forme du poison). Tout en se maintenant au niveau diégétique, il n'est plus au service de l'intrigue criminelle *stricto sensu*, mais plutôt partie intégrante de l'écheveau spatial-narratif, contribuant ainsi à la lecture subjectivée (souvent du point de vue de l'enquêteur) de la culture ou de l'espace (urbain) constitutifs du chronotope, à l'image de l'arrière-pays provençal du commissaire Laviolette ou du Marseille de Fabio Montale. Il arrive même que le gustatif soit présent au sein du paratexte, avec l'apparition de sous-titres « composé[s] selon le modèle "Un roman noir gastronomique + [chronotope]" », ou la présence « de la mention de couverture "un polar culinaire" ».

Abordant l'évolution de la représentation du personnage du détective tout au long du XXe siècle, Marion François nous rappelle d'abord que dans la première moitié du XXe siècle, le roman policier exaltait toujours l'excentricité (synonyme de singularité), la clairvoyance et la supériorité intellectuelle de l'enquêteur qui peut être considéré dans une certaine mesure comme l'avatar moderne du héros mythique. Toutefois, précise

Marion François, avec le surgissement de nouvelles réalités sociales et urbaines au cours de la seconde moitié du XXe siècle, cette excentricité qui hisse le détective au rang de héros va progressivement disparaître ; l'homme qui écrasait tous ses rivaux uniquement par son intelligence est devenu un errant, égaré dans les tréfonds labyrinthiques, non seulement de la « grande ville », mais aussi de son être et de son inconscient. La liste des détectives névrosés, déviants, instables ou délirants qui occupent le devant de la scène dans les productions policières contemporaines est tellement longue qu'on est en droit de parler d'une nouvelle poétique policière « surmoïque », une poétique qui donne la primauté à l'énigme de l'inconscient, aux drames intimes, au refoulé œdipien. Contrairement aussi au roman policier de la première moitié du XXe siècle, ceux de la seconde moitié reposent, herméneutiquement, sur une dynamique interrogative qui ne se laisse pas refermer, puisque le secret que le détective cherche à élucider appartient au refoulé, d'où la prégnance de la mise en abyme prospective et la récurrence des renvois intertextuels à Œdipe Roi. Il arrive aussi que la personnalité du détective soit plus proche d'Hamlet que d'Œdipe, puisque l'accent est mis non pas sur cette tension entre le « surmoi » incarné par le détective et le « ça » incarné par le criminel, mais plutôt sur le malaise existentiel ressenti par le Moi face à un monde corrompu dont le sens est de plus en plus opaque et insaisissable.

Portant sur les nouveaux avatars du roman policier, les différentes contributions réunies dans ce volume se veulent avant tout une invitation au voyage : voyage géographique qui mènera le lecteur à travers les continents américain, européen et africain, mais aussi voyage à travers le temps qui le projettera dans les réalités virtuelles du *cyberpunk* et du *slipstream* ou le plongera au contraire dans les méandres oubliées de l'Histoire par le truchement de la narration historico-fictionnelle. Elles offrent ainsi un panorama kaléidoscopique d'un grand nombre de civilisations et de cultures, nous permettant même de découvrir le patrimoine culturel et les traditions de peuples et de tribus peu connus (les Peuls, les Dogons ou les Amérindiens).

À ces deux types de voyage géographique et temporel, il faudrait peut-être en rajouter deux autres non moins importants : le voyage intertextuel qui convoque, chez le lecteur, d'anciennes aventures romanesques enfouies dans les gisements profonds de son sol mental, et le voyage métatextuel qui s'opère à travers les digressions et les sauts d'un récit à un autre. Tous ces voyages intratextuels ou extratextuels font de la modalité de la découverte l'un des ressorts fondamentaux de la narration policière contemporaine, modalité qui est indissociable de celle de l'ouverture : ouverture toujours féconde vers toutes les autres sphères littéraires ou même scientifiques.

C'est ce qui explique en réalité l'impressionnante richesse du polar contemporain, son incroyable malléabilité et son remarquable syncrétisme générique qui se traduit à travers ces nouvelles formes policières hybrides, oscillant tantôt du côté de la fiction authentiquement criminelle tantôt du côté d'autres domaines littéraires ou scientifiques. Le polar, pour rappeler cette métaphore chère au tandem Boileau-Narcejac (1975, p. 121), est bel et bien ce « pommier » qui « donne différentes variétés de fruits », issus de nombreuses greffes romanesques et de multiples procédés transgressifs et subversifs, allant du simple jeu avec la structure actantielle et narrative du genre jusqu'à la réécriture et l'hybridation avec d'autres formes littéraires.

Moez LAHMÉDI et Kamel FEKI

Nous adressons nos plus vifs remerciements à tous les membres du comité scientifique pour leur précieuse collaboration : M. Marc Blancher, Mme Isabelle-Rachel Casta-Leca, Mme Nicole Décuré, Mme Christina Horvath, M. Yves Reuter, Mme Isani Shaeda et M. Michel Sirvent. Nos remerciements vont particulièrement à Mesdames Isabelle-Rachel Casta-Leca et Nicole Décuré pour leur amicale sollicitude.

RÉFÉRENCES BIBLIOGRAPHIQUES

ABBRUGIATI, Perle, BARRIENTOS TECÚN, Dante & MILANESI, Claudio, « Réécritures policières », *Cahiers d'études romanes*, n° 25, *Réécritures policières*, éd. Perle Abbrugiati, Dante Barrientos Tecún et Claudio Milanesi, Centre Aixois d'Études Romanes, Université de Provence, Aix-Marseille 1, 2012, Disponible sur : « http://journals.openedition.org/etudesromanes/3732 (consulté le 18/05/2020) ».

BLANCHER, Marc, *Polar et postmodernité*, Paris, L'Harmattan, coll. « Sang maudit », 2016.

BOILEAU-NARCEJAC, *Le Roman policier*, Paris, PUF, coll. « Que Sais-je », 1975.

BOURG, Yannik, « Jean-Patrick Manchette, la position du romancier noir solitaire », entretien avec Jean-Patrick Manchette, *Combo*, n° 8, 26 février 1991. Disponible sur : « http://www.davduf.net/jean-patrick-manchette-la-position.html (consulté le 19/02/2020) ».

CIORAN, Émile, *La Tentation d'exister*, Paris, Gallimard, 1956.

DERRIDA, Jacques, « La loi du genre », *Parages*, Paris, Galilée, 1986, p. 249-287.

DUBOIS, Jacques, *Le Roman policier ou la modernité*, Paris, Nathan, coll. « Le texte à l'œuvre », 1992.

EVRARD, Frank, *Lire le roman policier*, Paris, Dunod, coll. « Lettres supérieures », 1996.

JULLIER, Laurent, *L'Écran post-moderne. Un cinéma de l'allusion et du feu d'artifice*, Paris, L'Harmattan, coll. « Champs visuels », 1997.

KRYSINSKI, Wladimir, « Sur quelques généalogies et formes de l'hybridité dans la littérature du XXe siècle », *Le Texte hybride*, éd. Dominique Budor et Walter Geerts, Paris, Presses de la Sorbonne Nouvelle, 2004, p. 27-39. Publication sur OpenEdition Books le 09 janvier 2019, Disponible sur : « https://books.openedition.org/psn/10058?lang=fr (consulté le 25/07/2020) ».

LITS, Marc, *Le Roman policier. Introduction à la théorie et à l'histoire d'un genre*, Liège, Éditions du C.É.F.A.L., coll. « Paralittératures », 1999.

LÖWY, Ilana, « Amanda Cross, Ruth Rendell, Dorothy Sayers. Féminisme et roman policier », *Mouvements*, t. 3, n° 15-16, *Le Polar, entre critique sociale et désenchantement*, Paris, La Découverte, 2001, p. 48-54. Disponible sur : « https://www.cairn.info/revue-mouvements-2001-3-page-48.htm (consulté le 05/03/2020) ».

MONTEILHET, Hubert, *Les Mantes religieuses*, Paris, Denoël, 1960.

POUY, Jean-Bernard, *Une brève histoire du Roman Noir*, Paris, L'Œil neuf, 2008.

REUTER, Yves, « L'étrange disponibilité du roman policier », *Revue critique de fixxion française contemporaine*, nº 10, *Le Polar*, éd. Jean Kaempfer et André Vanoncini, mai 2015, p. 4-12.

SCARPETTA, Guy, *L'Impureté*, Paris, Grasset, coll. « Figures », 1985.

TODOROV, Tzvetan, « Typologie du roman policier », *Poétique de la prose*, Paris, Seuil, coll. « Poétique », 1971, p. 55-65.

PREMIÈRE PARTIE

POLAR ET FÉMINISME

UNE CONQUÊTE DOULOUREUSE

LES FEMMES DÉTECTIVES ET LEURS AUTEURES

Une internationale féministe ?

À lire certains articles sur le roman policier, on pourrait penser que, parmi les auteurs, les femmes ont maintenant conquis une place égale avec les hommes. C'est loin d'être le cas. La liste 2016 de Wikipédia des auteures et auteurs de langue française compte 69 femmes sur 526 noms, soit un peu plus d'un dixième (13 %). De plus, cette liste est incomplète et imprécise, avec des manques importants (Danielle Thiéry ou Danielle Charest sont deux exemples parmi d'autres), des ambiguïtés sur le prénom (beaucoup de femmes s'appellent Claude ou Dominique, ce qui ne rend pas facile leur identification). Il faut dire que la liste remonte jusqu'à Malet, Boileau-Narcejac, époque sans femmes auteures. Cependant, par rapport à un premier comptage artisanal de 57 noms de femmes que j'ai effectué en 2000, le chiffre que j'ai compilé en 2015 à partir de diverses sources a triplé (176 noms). Il y a donc beaucoup plus d'auteures femmes qu'il y a quinze ans mais il est également possible que les sources d'information soient plus riches. En tous cas, les femmes sont plus visibles[1].

En revanche, pour ce qui est de la reconnaissance, les femmes restent une catégorie à part : on trouve toujours des articles spéciaux sur « le polar au féminin », « les filles du polar » (filles !), les « reines du crime » (expression galvaudée, stéréotypée), des colloques sur ce thème[2], des livres qui leur sont consacrés, la plupart sur les auteures anglo-saxonnes[3].

---

1 La liste 2020 de Wikipédia des auteurs de langue française s'est enrichie et compte maintenant 136 femmes et Danielle Thiéry y figure maintenant (mais pas Danielle Charest). Si c'est mieux qu'en 2016, le pourcentage reste bas (17 % pour être exacte).

2 J'ai organisé deux événements moi-même : deux tables rondes « L'art et la manière d'écrire » et « Le polar au féminin » dans le cadre d'une animation *Polar et jazz* le 27 avril 2000 à l'université Toulouse 3 (avec Laurent Arurault) ; un colloque de l'ANEF (Association nationale des études féministes) le 27 mai 2000 à Paris, *Féminisme et polar* (avec Danielle Charest).

3 Deux notables exceptions : *Des femmes dans le noir : typologie et thématique du polar au féminin* d'Elizabeth Legros Chapuis et *Le Roman policier de Fred Vargas : mutations du romanesque*

C'est un peu comme la fête des mères : on s'en débarrasse une fois par an, cela évite d'y penser le reste de l'année. Car on peut encore, en 2013, faire une thèse sur le sujet en consacrant moins d'une page aux femmes (Carron, 2013, p. 46-47).

La question qui m'intéresse ici est : être une auteure, cela change-t-il quelque chose ? Et si oui, qu'est-ce que ça change ? Notamment sur un point : le féminisme. Le féminisme est-il soluble dans le polar féminin (je ne me pose même pas la question sur le polar masculin). Ce n'est plus une question pour le roman américain. En France, en revanche, le sujet mérite d'être examiné de près.

Je traiterai ici presque uniquement du roman dit policier, qui est un roman d'enquête, ou, selon la définition de Fondanèche (2000, p. 3), un roman « lié au besoin d'élucidation d'une situation trouble », d'une « quête ayant pour but de rétablir un équilibre qui a été rompu après une transgression sociale », « la remise en ordre stable d'un état social qui, pendant un temps a été perturbé » (bien que ce ne soit pas toujours le cas). Il ajoute : « le début de cette normalisation est confié à un individu (policier, enquêteur, justicier) avant que la fin en soit confiée au *fatum* ou à l'institution judiciaire » (*ibid.*, p. 4). Le plus souvent, les personnages principaux sont ces enquêteurs et enquêtrices qui essaient de trouver l'identité d'un, d'une ou de plusieurs coupables. Donc nous nous plaçons dans une trame narrative simple sur la base classique du « Qui ? Comment ? Pourquoi ? ».

Quant au *féminisme*, on peut le définir, de façon très générale, comme un mouvement social, souvent militant, qui a pour objet l'émancipation des femmes, l'amélioration et l'extension de leurs rôles et de leurs droits en vue d'égaliser leur statut avec celui des hommes, en particulier dans les domaines juridique, politique, économique. C'est aussi, de manière indissociable, une révolution culturelle qui bouleverse profondément les rapports de pouvoir entre hommes et femmes (ce qu'on appelle en jargon sociologique « les rapports sociaux de sexe »), tend à déconstruire et détruire les stéréotypes et poser les femmes en véritables sujets, définis par elles-mêmes et non par les pouvoirs constitués masculins et machistes. C'est, essentiellement, une attitude, une posture et, pour copier Sartre, un humanisme.

---

et diffusion médiatique dans la France contemporaine de Chen Chen.

ROMAN POLICIER ET FÉMINISME

Roman policier et féminisme peuvent paraître *a priori* des termes antonymiques si l'on pense au sort généralement réservé aux femmes par les auteurs masculins de ce type de littérature et qui ont régné sans partage, du moins aux États-Unis et en France, jusque dans les années 80-90, l'Angleterre faisant exception, peut-être parce que l'Angleterre a connu le militantisme féministe des suffragettes (alors qu'Olympe de Gouges a été guillotinée).

Le roman policier est un genre contraint dans la mesure où, après les actes de violence qui génèrent l'enquête, l'ordre doit être rétabli, la morale sauvegardée, la vie doit reprendre son cours (*business as usual*) sinon normal, du moins apaisé par la découverte des coupables et leur éventuelle punition ou mort. Est-ce là une vision féministe ? Sans doute pas puisque le féminisme est censé bouleverser l'ordre et les croyances établies, durablement. À tout le moins, les lignes doivent bouger. Mais faut-il attendre une révolution culturelle de la littérature ? La littérature peut participer de cette révolution/évolution, car elle a un pouvoir de représentation, pas uniquement de la réalité mais aussi des possibles, des utopies. La fiction populaire permet de rendre compte de la réalité contemporaine. Selon Fondanèche, « le roman policier est une littérature populaire qui, pour mieux répondre aux attentes des lecteurs, est en prise directe sur la vie quotidienne et sur la modernité [...] littérature miroir qui rend compte du présent » (*ibid.*).

Ainsi, cette fiction est un reflet à la fois des changements sociaux (Betz, 2006, p. 2) mais aussi, hélas, de la pensée conventionnelle, stéréotypée, rétrograde : être une écrivaine n'implique pas automatiquement être féministe. On peut s'en tenir à copier le roman masculin avec ses portraits de femmes stéréotypées (femmes fatales, femmes victimes, maman, putain), des personnages secondaires. Dorothy Sayers, au milieu du XXe siècle, ne trouvait pas la question pertinente :

> *I am occasionally desired by congenital imbeciles and the editors of magazines to say something about the writing of detective fiction 'from the woman's point of view.' To such demands, one can only say, 'Go away and don't be silly. You might as well ask what is the female angle on an equilateral triangle'* (Sayers, 1971, p. 30-31).

> « Les imbéciles congénitaux dans les magazines me réclament parfois de parler de romans policiers “du point de vue des femmes”. À une telle requête, je ne peux que répondre : “Ne soyez pas stupide. Autant demander quel est le point de vue des femmes sur le triangle équilatéral.” »

Mais aujourd'hui, le MLF est passé par là, le droit à l'avortement, la parité, l'égalité (théorique) des salaires et on peut aussi (on doit ?) ouvrir des voies nouvelles. Maud Tabachnik déclarait en 2000 :

> Je pense que les modèles que l'on met en scène dans les livres ou les films ont une importance pour l'appréhension qu'ont les femmes de leur identité (Tabachnik, 2000, p. 62).

> Dans mes romans je me bats contre la barbarie quotidienne, installée et reconnue. Et je fais aussi en sorte que les femmes, qui sont en général les personnages centraux de mes romans ne soient pas présentées comme des victimes mais réagissent et se battent, quelle que soit l'époque, puisque j'ai écrit deux polars historiques (*ibid.*, p. 64).

On peut faire un parallèle, souvent éclairant, avec les minorités ethniques. On ne s'attend pas à ce que Chester Himes ou Walter Mosley écrivent des histoires de blancs parce que c'est justement leur point de vue d'Africains-Américains, un portrait de l'intérieur, qui est intéressant, alors que les histoires de blancs sont pléthore. De même, on ne s'attend pas à ce que les récits de femmes soient la copie conforme de ceux des hommes; de ceux-ci aussi il y a pléthore. Elles ont d'autres histoires à raconter, jamais publiées, un autre / d'autres point(s) de vue à exposer, d'autres prismes par lesquels rendre compte de leur vision du monde :

> [...S]exe, couleur, orientation sexuelle, classe, religion sont autant de prismes à travers lesquels on regarde le monde. Il arrive, trop souvent, que l'opprimée regarde par le prisme de l'oppresseur. C'est ce que l'on appelle un scénario de déni. Quand on regarde par son/ses propres prismes on élabore souvent des scénarios d'accusation. C'est ce que font les meilleures auteures. Entre les deux il y a simplement des scénarios d'affirmation (Décuré, 2000, 78).

Kathy Cole affirme :

> *Women want to read texts in which women have agency, in which women manage their lives and assert their role in society* (Cole, 2004, p. 25).

> « Les femmes veulent lire des textes dans lesquels les femmes sont sujets, dans lesquels les femmes prennent leur vie en charge et affirment leur rôle dans la société. »

Elle ajoute que c'est une tradition chez les écrivaines de créer des héroïnes qui remettent en cause et subvertissent la domination masculine et que déjà Jane Austen, George Eliot et les sœurs Brontë avaient créé des personnages féminins qui refusaient de vivre leur vie selon les diktats des hommes (*ibid.*, p. 26).

Maud Tabachnik, elle aussi, croit que les idées passent par les livres et qu'il y a une fonction identificatoire de la littérature :

> Je pense qu'effectivement les femmes ont manqué de modèles, contrairement aux hommes qui n'ont eu qu'à piocher dans l'histoire, de Vercingétorix à Saint-Exupéry pour en trouver. Qu'ont eu les petites filles comme héroïne ? Jeanne D'Arc ? Une illuminée qui entendait des voix… Il faut attendre le début de notre siècle pour que quelques femmes pionnières dans leur domaine apparaissent. Je suis, quant à moi, persuadée que montrer des personnages positifs, aussi bien dans les films que dans les livres, a une très grande importance quant à la réaction des filles qui, en voyant que les femmes résistent et se battent, en admettent pour elles la possibilité (Tabachnik, 2000, p. 68).

QU'EST-CE QUI REND UN ROMAN POLICIER FÉMINISTE ?

La condition primordiale est une conscience de la réalité du sexisme, ordinaire ou extraordinaire. Ceci se traite de différentes façons.

LE CHOIX DES SUJETS

Est-il question d'oppression des femmes, des grands débats qui ont agité et agitent les luttes féministes : les violences à l'encontre des femmes, sexuelles (viol, prostitution) ou domestiques, les inégalités, la domination masculine sous toutes ses formes, l'assignation des rôles ? L'enquête est une occasion d'aborder ces questions, de discuter les points de vue. Les femmes sortent-elles du statut d'éternelles victimes pour devenir actrices, sujets ?

Il peut s'agir aussi du sujet principal, notamment les raisons du/des meurtre(s) perpétrés sur les femmes, ou même par les femmes. Les Américaines et les Anglaises ont beaucoup écrit sur ces sujets : le viol, la pornographie, la prostitution, l'exploitation du travail des femmes, etc.

Dans le roman français, on peut mentionner Maud Tabachnik avec *Un été pourri* (1994) où une femme poursuit le violeur de son amante jusqu'à le tuer ou *L'Ordre et le Chaos* (2014) où une femme ordinaire devient justicière en éliminant les fauteurs de violence envers les femmes (et accessoirement les femmes complices de ces violences), ce qui ne l'empêche pas elle-même de se faire violer par un gang. Sur un autre thème, toujours de Maud Tabachnik, on peut citer *J'ai regardé le diable en face*, sur la violence contre les femmes au Mexique (viols, tortures, assassinats, basés sur des faits réels). Les meurtres d'enfant sont aussi un thème récurrent dans la littérature policière de femmes, bien que ce ne soit pas une question uniquement féministe.

LE CHOIX DES PERSONNAGES

Le personnage d'enquêteur ou d'enquêtrice est omniprésent, dominant. Danielle Charest le définissait ainsi :

> [...C]e personnage occupe la position centrale. C'est, en effet, la personne qui collecte les informations, les trie, découvre les indices, les compare et les organise, interroge et détermine la validité des témoignages, classe, fouille, déduit, induit, fait preuve d'une intelligence supérieure qui l'assimile à Dieu (Charest, 2000, p. 16).

Le roman permet un phénomène d'identification :

> *Women's crime fiction tells women crime readers a story about their own lives. It presents the fictional possibility of controlling events and issues that affect our lives and of bringing a measure of understanding to them* (Bird & Walker, 1993, p. 38).
>
> « Le roman policier écrit par des femmes raconte à ses lectrices l'histoire de leur propre vie. Elle présente aux femmes la possibilité fictionnelle de contrôler les événements et les problèmes qui affectent nos vies et, dans une certaine mesure, de les comprendre. »

Mais qu'est-ce qu'une héroïne féministe, ou du moins décrite avec une perspective féministe ? C'est une femme indépendante, compétente, qui traite d'égale à égaux avec ses collègues hommes dans le travail, d'égale à égal dans sa vie privée, qui se bat contre le sexisme : le contraire d'une femme soumise, victime. Ce sont les personnages de détectives privées qui ont été introduits par les pionnières du roman féministe américain, Marcia Muller, Sara Paretsky, Sue Grafton, Karen Kijewski et bien d'autres. Ce sont des personnages créés à l'image des détectives privés célèbres tels que Sam Spade de Dashiell Hammett, Philip Marlowe de Raymond Chandler, Lew Archer de Ross MacDonald et leurs confrères. Mais c'est un miroir déformant où les auteures femmes adoptent quelques conventions du genre (la bagarre, la mise en danger) pour aborder des préoccupations féministes (voir plus haut) et projeter une image de femmes libres, fortes, indépendantes. Ce sous-genre est quasiment inexistant en France, sans doute à cause du manque de références culturelles et malgré le nombre de romans qui ont pour cadre les États-Unis. Dans la réalité, détective privée est un métier moins répandu en France qu'aux USA : il y avait environ 3000 agences de détectives privés en France en 2004, 45500 détectives privés recensés aux USA en 2008 (Wikipédia, Détective, 2006). Je ne sais pas quels sont les privés actuels dans le roman français masculin : aucun selon Wikipédia et seul Nestor Burma me vient à l'esprit ; chez les femmes, je ne connais que Dagobert Leroy dans *Requiem Caraïbe* de Brigitte Aubert. Louise Morvan est une exception, personnage récurrent de Dominique Sylvain, détective intrépide, qui se met en danger, n'accepte pas les coups sans les rendre (*Le Roi lézard*). On peut aussi mentionner Melle Groseille qui apparaît chez Madeleine Chapsal, ou, dans *Apocalypse bébé* de Virginie Despentes, Lucie, femme détective d'agence, pas très performante et un autre personnage, la Hyène, au statut incertain. Pour Véronique Desnain,

> le "privé" américain, qui prend souvent le relais d'une police débordée ou corrompue, incapable de maintenir l'ordre, est souvent présenté comme le dernier rempart entre une société en déroute et une vague montante de criminalité. De ce fait, ses actions, même si elles sortent du cadre de la loi, sont justifiées (Desnain, 2000, 46).

C'est un personnage qui puise dans l'histoire américaine, la vieille histoire de la Frontière, de la conquête de l'Ouest, du justicier solitaire. Nous n'avons pas cette tradition.

Nous n'avons pas beaucoup d'amateurs non plus. Le roman policier amateur (*soft-boiled*), est une spécialité bien anglaise avec Miss Marple (Agatha Christie). La plupart des détectives amateurs célèbres sont cependant des hommes : Albert Campion (Margery Allingham), Lord Peter Wimsey (Dorothy L. Sayers). Quelques Américaines sont à noter : Kate Fanssler, professeure à l'université, d'Amanda Cross ; la libraire de Joan Hess, Claire Malloy ; Jenny Cain de Nancy Pickard qui travaille pour une fondation, Mary Minor « Harry » Haristeen, la postière devenue agricultrice de Rita Mae Brown, etc. Si la majorité des personnages de femmes dans des rôles principaux et créés par des femmes sont des enquêtrices officielles (flics, détectives privées, journalistes et photographes, personnes exerçant des métiers dans la justice), on compte aussi nombre d'enseignantes, de religieuses (nonnes ou ex-nonnes, pasteures) et une flopée d'enquêtrices exerçant des métiers divers : jardinière, décoratrice, releveuse de compteurs, chauffeuse de taxi, artiste, libraire, écrivaine, chasseuse de tête, chasseuse de prime, catcheuse/gardienne de parking, femme au foyer et même des chattes ! Les hommes occupent des rôles secondaires.

En France, les personnages les plus proches des détectives amateures à l'américaine seraient l'inclassable duo de Dominique Sylvain, Ingrid Diesel et Lola Jost, la première étant masseuse et stripteaseuse et l'autre ex-commissaire, ce qui lui donne accès à l'aide de flics toujours en place. Il est cependant douteux que le striptease soit un métier très féministe. Mais ce sont des héroïnes singulières et atypiques : Ingrid, « une grande bringue blonde aux cheveux ras, taillée comme une lutteuse » et Lola avec « un gros visage surmonté de cheveux gris coiffés à la mémère, un corps taille cinquante, cinquante-deux, ça dépendait des marques » (Sylvain, 2004, p. 53). On peut encore citer Alexandra Delys, sculptrice (*Cavale*, d'Eva David) ou deux jeunes filles dans un pensionnat catholique dans *L'Ange et le Réservoir de liquide à freins* d'Alix de Saint-André.

Et donc les personnages d'enquêtrices sont plutôt, en France, des policières. L'entrée des femmes dans la police a constitué une mini-révolution. Elles y restent très minoritaires, un peu moins en France qu'aux États-Unis d'ailleurs. Mais elles ne sont pas toujours, loin de là, l'enquêtrice principale. Jackson (2002), comme Sara Paretsky (1991), pense que le mouvement des femmes n'est pas pour rien dans cette évolution :

> *Today's fiction reflects the expanded range of women's opportunities in today's job market. The trend toward more women in law enforcement, for example, results in more authors depicting women characters on the police force, the crime scene, or a judge's bench. In addition, the traditional detective character represents the ultimate in independence and freedom* (Jackson, 2002, p. 1).

> « Le mouvement des femmes est une des causes de la popularité du polar mettant en scène des héroïnes car c'est le reflet de la place des femmes sur

le marché du travail, notamment dans les métiers de la "loi" et de l'"ordre" (police, avocats, juges, etc.). De plus, le personnage du détective représente par excellence l'indépendance et la liberté. »

C'est Dorothy Uhnak, elle-même détective dans la police des transports publics de New York, avec le personnage d'inspiration autobiographique de Christie Opara, qui inaugure la série des romans policiers avec des femmes flics dans une position principale. Le premier roman de cette série paraît en 1968 (*The Bait*). Uhnak est suivie en 1972 par Lillian O'Donnell (une actrice et non une professionnelle de la police) avec le personnage de Norah Mulcahaney, détective au NYPD (qui monte ensuite en grade) et qui apparaît dans le premier roman, *The Phone Calls* (1972). En France, Danièle Thiéry, elle-même commissaire de son métier, crée une série dont le personnage principal, Edwige Marion, est aussi commissaire. Le premier roman sort en 1996 (*Le Sang du bourreau*).

Qu'a de féministe une femme flic ? D'abord, sur le plan symbolique plus que personnel, sa place dans un endroit où elle n'est pas attendue, pas désirée, où son conditionnement ne l'a pas préparée à être. Lorsqu'elle devient lieutenant, Carla Montalban éprouve « un de ces rares moments de bonheur qui l'avait transportée et convaincue qu'elle pouvait être maître d'elle-même et de son destin » (Fradier, 2007, p. 91). C'est, en soi, une transgression.

Être dans une position de chef (avec des subalternes masculins) et donc dans une position de pouvoir, est une situation encore trop rare, dans la vie réelle comme dans la fiction. Cependant se comporter en féministe est un peu plus difficile dans l'institution policière qu'en dehors.

Les femmes mettent plus souvent en scène des policiers hommes. En Angleterre, P. D. James a créé un personnage masculin principal, Adam Dalgliesh, flic et poète ; Ruth Rendell met en scène l'inspecteur Wexford. En France, on trouve le célèbre commissaire Adamsberg de Fred Vargas (premier roman en 1992 avec *L'Homme aux cercles bleus*) ou les policiers américains de Maud Tabachnik, Sam Goodman qui apparaît pour la première fois dans *Un été pourri* (1994) et Sam Levine. Mentionnons également l'inspecteur Daquin de Dominique Manotti, le commissaire Léon de Nadine Monfils ou encore Maurice Laice de Chantal Pelletier.

Très souvent, ces flics masculins, tels que décrits par des femmes, sont loin d'être des super-héros : un daltonien timoré (Laice), un tricoteur (le commissaire Léon qui ne fait pas grand-chose mais réfléchit en tricotant), un boiteux (Foucheroux d'Estelle Monbrun), Adamsberg (de Fred Vargas), indéfinissable, excentrique, inclassable. Les femmes sont plus professionnelles : elles doivent faire leurs preuves. Par exemple, la capitaine Sharon Elbaz, de la police de Jérusalem, mise sur la touche en même temps que son collègue arabe israélien, se pose en franche-tireuse pour trouver la solution des meurtres avant tout le monde et se met même en danger pour ça (Schwartzbrod, *Balagan*, 2003).

Il existe une grande diversité de personnages féminins dans le roman policier américain. En plus des enquêtrices détectives privées, des policières, il y a un certain nombre de professionnelles qui ont à voir avec le crime. Les plus connues sont Kay Scarpetta (médecin experte de l'état de Virginie) de Patricia Cornwell et Temperance Brennan, anthropologue judiciaire, de Kathy Reichs, Anna Pigeon de Nevada Barr, ranger de parc national. Ces personnages sont plus rares, voire inexistants dans le roman français. Andrea Japp crée dans *Dans l'œil de l'ange* une femme médecin légiste, rôle généralement réservé aux hommes (mais le roman se passe aux États-Unis). Les femmes professionnelles, quand elles existent, sont reléguées à des rôles secondaires, sans importance réelle dans l'enquête. Leurs métiers peuvent sortir de l'ordinaire, par exemple chez Gilda Piersanti (*Bleu catacombes*) : une femme médecin, une guide des catacombes de Rome, une archéologue, mais la plupart du temps, les personnages de femmes n'ont guère de relief.

Y a-t-il des femmes, non enquêtrices, qui sont dans des positions de pouvoir, qui décident par et pour elles-mêmes ? Ou ne sont-elles que victimes ? Si elles sont victimes, se défendent-elles ? Gagnent-elles ? Prenons quelques exemples.

Dans *Crimes dans la cité impériale* (Colette Lovinger-Richard), les hommes occupent le devant de la scène, les positions de pouvoir. On pourra arguer que l'action se passe en 1810, époque où le statut des femmes n'était pas mirobolant. Mais Olympe de Gouges était morte peu avant, en 1793, Charlotte Corday n'avait pas eu froid aux yeux et Madame Sans Gêne était une contemporaine qui, elle, mourut de sa belle mort (si tant est qu'une mort soit belle). Les femmes dans ce roman sont une fille muette (qui fait semblant de l'être) tyrannisée par sa mère, une femme mariée qui se laisse séduire par le premier bel homme venu, une femme de mœurs légères qui se prétend enceinte (ou l'est vraiment ?)

pour faire chanter son amant, donc des femmes-clichés : la femme soumise, la mégère, la femme infidèle, la femme rouée.

Le personnage de Jane dans *Meurtre à Petite Plaisance* (Estelle Monbrun), femme indépendante, rebelle à l'autorité, écrivaine féministe, est dépeint de façon ridicule par moments, à cause de ce féminisme même. Dans un roman de Madeleine Chapsal, *Un bouquet de violettes*, sept femmes ont formé un club sur un seul critère : elles n'ont pas d'enfants et n'en sont pas malheureuses. Ces vieilles dames indignes embauchent des escortes masculines et l'une d'elles a trouvé un moyen astucieux de se moquer des hommes qui arrachent leurs sacs aux vieilles dames : elle porte des vieux sacs à main qu'elle n'utilise plus et tout ce que l'arracheur de sac trouve à l'intérieur est un petit mot qui dit : « Coucou ! » (Chapsal, 1997, p. 173). La Camille de Fred Vargas est un personnage étrange, atypique, sans les clichés de la féminité, musicienne et plombière, autonome, intelligente (faut-il le pointer parce que c'est une femme ?). Anne Rambach, dans *Tōkyō Atomic*, fait le portrait d'une femme chef d'un gang mafieux, ce qui n'est sans doute pas une position féministe sur le fond, mais sur la forme oui.

LES COMMENTAIRES

L'auteure, à travers ses personnages ou par sa voix narratrice, fait-elle des commentaires anti-sexistes ? Ou sexistes ? Prenons quelques exemples pour illustrer comment cela fonctionne.

Estelle Monbrun utilise l'ironie dans *Meurtre à Petite Plaisance.* Le passager d'un avion qui arrive aux États-Unis et dans lequel passagers et passagères lisent des livres très intellectuels écrits par des femmes, commente le fait que le commandant de bord est une femme :

> En France, au moins, les choses n'en étaient pas là et il en plaisantait souvent avec son épouse, qui avait pourtant tendance à manquer d'humour à cet égard. Mais une femme pilote, ça l'inquiétait. C'était un début, un mauvais début. Elles étaient en train d'envahir l'armée. Elles devenaient chirurgiens. Et elles écrivaient ! Heureusement qu'il restait le bastion de l'Église catholique ! (Monbrun, 1998, p. 12).

Catherine Fradier aussi dénonce les préjugés. Dans *Camino 999*, Carla Montalban, chef de groupe de la Brigade criminelle de Lyon pense : « L'instinct maternel. Une connerie contre laquelle il faudrait encore lutter pendant des siècles » (Fradier, 2007, p. 84), en constatant les sévices exercés par une famille (grands-parents et mère) sur un petit garçon. L'oncle de Carla, dans sa vie privée, lui parle sur un « ton » qu'elle juge « insupportable » :

> Elle lui avait déjà rappelé à maintes reprises qu'elle n'était ni sa fille ni son employée, mais il s'en moquait. Le ton qu'il usait avec les femmes était toujours autoritaire, parfois infantile, rarement respectueux, sauf lorsque son interlocutrice détenait une quelconque forme de pouvoir (*ibid.*, p. 94).

Cette dénonciation du sexisme peut aussi se faire à travers des remarques en passant sur l'oppression des femmes. Dans *Balagan*, à deux reprises, est mentionnée la violence ordinaire contre les femmes en Israël, que ce soit celle des Israéliens, des Palestiniens, violence « malheureusement banale » (Schwartzbrod, 2003, p. 302) ou celle des Russes immigrés (*ibid.*, p. 54). Ou dans *Dans l'œil de l'ange*, l'auteure évoque les violences conjugales sur une jeune femme, un personnage secondaire :

> [...] son mari – parce qu'elle s'est mariée à 17 ans – l'enfermait dans le poulailler et lui disait de manger le pain des poules ou qu'elle pouvait crever [...] Et en plus, il la battait. Un jour elle en a eu marre, elle a pris son gosse et elle s'est tirée (Japp, 1998, p. 302-303).

Sur le même sujet, dans un autre roman, *La Petite Fille au chien jaune*, elle fait dire à un personnage masculin :

> [L]es hommes sont des sentimentaux [...] les jolies histoires de brigand les ont toujours fait vibrer, peut-être parce qu'ils n'ont jamais vu de fille au visage tuméfié par les coups d'un mac parce qu'elle n'a pas voulu monter un micheton particulièrement craignos (Japp, 1993, p. 82).

Un peu plus loin, l'auteure dénonce l'exploitation d'une fille de la campagne « vendue comme une génisse » par des parents qui « s'improvisaient maquignons » (*ibid.*, p. 128) ou celle des jeunes filles enceintes qui alimentent le trafic d'enfants (*ibid.*, p. 158). Dans *Tōkyō Atomic*, Anne Rambach imbrique dans la narration et les dialogues nombre de petites dénonciations sur les inégalités dans le travail, les « cinglés » anti-avortement aux États-Unis ou les stéréotypes sur les femmes. Dans *Passage du désir*, Lola, ex-commissaire de police, Marlene Dietrich et Jeanne Moreau sont décrites comme « des femmes qui sont trop [...] On ne peut pas les mettre dans une catégorie. Elles sont libres, elles nous échappent tout le temps [...] » (Sylvain, 2004, p. 142).

Ces romans racontent aussi des actes de rébellion, mettent en scène des héroïnes qui ont un certain sens de la répartie et ne laissent pas passer des remarques sexistes sans rien dire. *La Petite Fille au chien jaune* d'Andrea Japp en est un exemple. *La Nuit des coquelicots* de Nadine Monfils s'ouvre sur cette phrase : « Maura avait décidé de se peindre les ongles en bleu. Son mari détestait ça ! » (Monfils, 1999, p. 9). Ceci évoque irrésistiblement Guy Bedos qui, dans un sketch célèbre, offre des fleurs à sa femme Paulette parce qu'elle déteste les fleurs. Les renversements de situation peuvent ainsi servir à déconstruire l'assignation des rôles.

LE SEXISME

Toutes les femmes auteures ne sont cependant pas des féministes et l'on trouve des remarques sexistes dans leurs romans, à l'état brut, sans aucun commentaire pour contrebalancer les stéréotypes habituels sur les femmes.

Georges Tiffany, qui écrivait pour Fleuve noir sous un pseudo d'homme, alignait de nombreux clichés sur les femmes, susceptibles de plaire à un public masculin, des généralisations qui sortent d'on ne sait où. Par exemple, dans *La Mort en chaîne*, des descriptions stéréotypées telles que « Elles caquetaient, babillaient sans complexe. D'adorables perruches » (Tiffany, 1971, p. 65), ou des remarques aussi subtiles que « Et, finalement, avec la logique propre aux femmes, elle fondit en larmes » (*ibid.*, p. 109) ou encore, « cette passion sauvage, inconditionnelle qui faisait si totalement partie de la nature féminine » (*ibid.*, p. 235) ne font que renforcer les préjugés.

Plus récemment, dans *Quai des enfers*, un homme célibataire dit à son chat qui se fait les griffes sur une chaise : « Bengali, t'es presque aussi chiant qu'une nana ! » (Astier, 2010, p. 112). Il faut remarquer le « presque ». Dans ce même livre, la place des femmes dans la police est décrite ainsi : « La Fluviale comptait sept femmes. Lily Péry était l'une d'elles. Et pas la moins belle » (*ibid.*, p. 115). On ne parle pas de ses compétences qui n'apparaissent que 300 pages plus loin, et encore pour sauver l'homme qu'elle aime (celui qui trouve son chat moins « chiant » que les femmes) et qui la tient à distance. Un de ses collègues peut lire dans ses yeux une « angoisse de femme » (qu'a-t-elle de différent de celle d'un homme ?) et elle se prépare « comme pour un sacrifice. Sa philosophie de l'amour » (*ibid.*, p. 438). Un peu plus loin, on parle d'« instinct de femme » (*ibid.*, p. 442) alors qu'il s'agit simplement d'instinct de survie.

On attribue ainsi aux femmes des caractéristiques souvent imaginaires mais rarement positives : « Au petit matin, la vieille ville se réveillait comme une femme. Nonchalante » (Schwartzbrod, 2003, p. 313), commente l'auteure de *Balagan*. Quelquefois, le sexisme se cache mieux. Dans *L'Ombre du soleil*, Christelle Maurin explique la misogynie d'un personnage par une déception amoureuse qui le conduit à haïr toutes les femmes. C'est une explication réductrice qui ne prend pas en compte la misogynie de la société dans son ensemble et rejette la faute sur une femme (infidèle).

On pourrait appliquer au roman policier le test de Bechdel ou test de Bechdel-Wallace (Wikipédia, Test de Bechdel, 2013). Il vise à démontrer à quel point certains films, livres et autres œuvres scénarisées sont centrés sur le genre masculin des personnages. Une œuvre réussit le test si les trois affirmations suivantes sont vraies : l'œuvre a deux femmes identifiables (elles portent un nom) ; elles parlent ensemble ; elles parlent d'autre chose que d'un personnage masculin. On donne un point par niveau pour noter les œuvres. Pour réussir ce test, il faut obtenir les trois points. Son but est de montrer la grande quantité de films et autres œuvres qui ne réussissent pas à valider ces trois affirmations. Le test a cependant des limites : c'est une grille de lecture factuelle qui donne une idée du « taux de présence » des femmes dans les films en général ; il ne détermine pas la qualité d'une œuvre et n'indique pas si elle est sexiste ou non. Des films aux contenus sexistes peuvent réussir le test alors que d'autres contenant des personnages féminins forts peuvent échouer. Ainsi, le test de Bechdel ne sert pas à prouver qu'un film est sexiste ou non, mais à souligner qu'un grand nombre d'œuvres, et en particulier de films, n'ont pas suffisamment de personnages féminins identifiables qui permettent à l'histoire de passer un test aussi simple.

Combien de romans policiers obtiendraient 3 au test ? Un point, oui : deux femmes identifiables, au moins les victimes. Qui parlent ensemble ? Ça peut arriver. D'autre chose que d'un personnage masculin ? C'est à voir. Chez les Américaines, il y a beaucoup de louves solitaires, comme Kinsey Milhone de Sue Grafton. V. I. Warshawski, de Sara Paretsky, a une amie femme très présente. En France, les personnages féminins principaux sont souvent entourés d'hommes, plus importants qu'elles. Leila Djemani (Estelle Monbrun), aussi compétente et efficace que le commissaire Foucheroux, reste une subalterne ; il est souvent assez déplaisant : autoritaire, condescendant, critique, sarcastique, certain de sa supériorité et ne partageant pas toujours ce qu'il sait, indifférent aux problèmes de ses collègues, sûr de lui alors qu'il lui arrive de se tromper, et incapable de s'excuser quand il s'en rend compte (Monbrun, 2001, p. 207). Il est le chef (elle ne deviendra chef qu'à sa démission). La police est fortement hiérarchisée et Sharon Elbaz d'Alexandra Schwartzbrod est dans la même position que Leila. Mais Carla Montalban (Catherine Fradier), en revanche, est bel et bien la cheffe, entourée de subalternes masculins ainsi qu'Edwige Marion (Danielle Thiéry). On peut mentionner au moins trois autres auteures : Gilda Piersanti (*Bleu catacombes*), Virginie Despentes (*Apocalypse bébé*) et la série de Dominique Sylvain mettant en scène le duo Ingrid et Lola.

Pour affiner le test de Bechdel, il faudrait ajouter d'autres critères, notamment : pas de massacres, tortures, viols de femmes racontés avec complaisance et moult détails, et sans analyse de la victimisation des femmes. Ces choses sont assez horribles et les auteurs hommes s'en chargent, il n'y a pas besoin d'en rajouter. C'est ce que les anglophones appellent « overkill » (utilisation de grands moyens pour un tout petit but, comme tuer une puce à la kalachnikov)[4].

Dominique Manotti exprimait en 2000 sa difficulté à faire émerger des personnages féminins. À propos de *Sombre sentier*, qui comporte trois personnages masculins importants et un féminin, elle déclarait :

> Je crois que j'ai beaucoup de difficultés à faire vivre des personnages féminins, justement j'ai du mal à les tenir à distance (Manotti, 2000, p. 45).

Elle a fini par créer un personnage féminin avec Nora Chayd dans *Nos fantastiques années frics* (2009) et trois personnages féminins dans

4 D'après Wikipédia, utilisé dans le cadre du profilage criminel, « le terme *overkill* réfère aux blessures ou aux mutilations infligées par l'agresseur (spécialement les tueurs en série) qui dépassent ce qui est nécessaire pour tuer la victime. De telles blessures sont souvent infligées *post mortem* » (Wikipédia, *Overkill*, 2010). C'est un phénomène courant dans les films d'horreur ou les jeux vidéo.

Bien connu des services de police (2011), un portrait très noir de la police : une jeune flic débutante, Isabelle Lefèvre, une commissaire de police, Le Muir (dont on ne mentionne jamais le prénom car elle est une fonction avant d'être une femme), et une observatrice des RG, Noria Ghozali. Elle déclare dans une interview : « Je préfère nettement décrire des personnages de femmes fortes » (Osganian, Perriaux & Flory, 2011, § 25)[5].

Fred Vargas exprimait la même difficulté en 1996 (Santucci, 1996) :

> […] contrairement aux hommes, les femmes sont cernées par les clichés littéraires : la vamp, la pute, la mère, la maîtresse, la niaise. Tenez, prenons un exemple : « Attendez-moi, j'ai un caillou dans ma chaussure » dit Marc. Rien à ajouter, on comprend, on l'attend. À la même phrase, dite par Colette, le lecteur pense : « Voilà, c'est bien d'une fille, elle va retarder le monde, quelle emmerdeuse. » Mais je n'ai pas encore réussi à dépeindre une « vraie » femme. Par respect et par défaut, je m'abstiens donc. Pour l'instant… (Chen, 2015, p. 322)[6]

Et pourtant Camille est née en 1991 dans *L'Homme aux cercles bleus* mais n'apparaît vraiment comme personnage important qu'en 1999 dans *L'Homme à l'envers*. Cette explication de Vargas pourrait paraître raisonnable mais les hommes n'ont pas de tels scrupules dans leur mise en scène de femmes. Alors, pourquoi les femmes sont-elles si réticentes ?

Quelle que soit la voie que l'on choisisse, étant donné le pouvoir de représentation de la fiction, la plupart des auteures savent l'importance de la création, de la projection d'images. Sur un milieu donné, le polar est très efficace. C'est une loupe qui permet de se focaliser sur les conflits entre les gens puisque c'est l'essence même du genre : conflits personnels et d'argent mais aussi conflits politiques, sociaux, raciaux, sexistes. On met en lumière les rapports entre les individus, leurs rapports de pouvoir. On parle de la vie quotidienne, de la réaction des gens face aux événements, aux idées.

Pour conclure, voici la définition que donne Barbara Neely d'un "bon" roman, qu'il soit policier ou non.

> *[Who] said that some guys sitting in Harvard get to decide what's "literary" ? […] What is important is : "Is it good writing ? Does it give me something new ? Does it*

5 Propos de Dominique Manotti recueillis par Patricia Osganian, Anne-Sophie Perriaux et Julienne Flory.

6 Propos de Fred Vargas cités par Chen Chen.

> *open up new avenues of thoughts for me ? Is it exciting ? Is it insightful, does it tell me something I never knew ?"* (Herbert, 1994, p. 351).
>
> « [Qui] a décrété que des mecs à Harvard ont le droit de décider de ce qui est "littéraire" ? [...] Ce qui est important c'est : "Est-ce que c'est bien écrit ? Est-ce que ça m'apporte quelque chose de nouveau ? Est-ce que ça ouvre ma réflexion sur des voies nouvelles ? Est-ce que c'est passionnant ? Est-ce que c'est perspicace ? Est-ce que ça me dit quelque chose que je ne savais pas ?" ».

Alors pour répondre à la question initiale : y a-t-il une internationale féministe dans le roman policier écrit par des femmes ?

Hélas non, pas encore. Mais toutes les histoires n'ont pas encore été écrites.

POSTCRIPT

L'année de la première rédaction de cet article, Louise Mey a publié *Les Ravagé(e)s* (2016) et a exaucé mes vœux avec ce roman, véritable manuel de féminisme à mettre dans toutes les mains.

Nicole DÉCURÉ
Université Toulouse III

RÉFÉRENCES BIBLIOGRAPHIQUES

ROMANS

ASTIER, Ingrid, *Quai des enfers*, Paris, Gallimard, coll. « Série noire », 2010.
AUBERT, Brigitte, *Requiem Caraïbe*, Paris, Seuil, coll. « Seuil policier », 1997.
CHAPSAL, Madeleine, *Un bouquet de violettes*, Paris, Stock, 1997.
DAVID, Eva, *Cavale*, Paris, Gallimard, coll. « Série noire », 1992.
DESPENTES, Virginie, *Apocalypse bébé*, Paris, Grasset, 2010.
FRADIER, Catherine, *Camino 999*, Paris, Pocket, 2007.
JAPP, Andrea H., *La Petite Fille au chien jaune*, Paris, Éditions du Masque, 1993.
JAPP, Andrea H., *Dans l'œil de l'ange*, Paris, Éditions du Masque, 1998.
LOVINGER-RICHARD, Colette, *Crimes dans la cité impériale*, Paris, Viviane Hamy, coll. « Chemins nocturnes : policier historique », 2002.
MANOTTI, Dominique, *Sombre sentier*, Paris, Seuil, coll. « Seuil policier », 1995.
MANOTTI, Dominique, *Nos fantastiques années frics*, Paris, Rivages, coll. « Rivages/Noir », 2009.
MANOTTI, Dominique, *Bien connu des services de police*, Paris, Gallimard, coll. « Série noire », 2010.
MAURIN, Christelle, *L'Ombre du soleil*, Paris, Fayard, 2005.
MEY, Louise, *Les Ravagé(e)s*, Paris, Fleuve Éditions, 2016.
MONBRUN, Estelle, *Meurtre à Petite Plaisance*, Paris, Viviane Hamy, coll. « Chemins nocturnes : policier », 1998.
MONBRUN, Estelle, *Meurtre chez Colette*, Paris, Viviane Hamy, coll. « Chemins nocturnes : policier », 2001.
MONFILS, Nadine, *La Nuit des coquelicots*, Paris, Vauvenargues, 1999.
O'DONNELL, Lillian, *The Phone Calls*, New York, G. P. Putnam, 1972.
PIERSANTI, Gilda, *Bleu catacombes*, Paris, Le Passage, 2007.
RAMBACH, Anne, *Tōkyō Atomic*, Paris, Calmann-Lévy, coll. « Calmann-Lévy suspense », 2001.
SAINT-ANDRÉ, Alix de, *L'Ange et le Réservoir de liquide à freins*, Paris, Gallimard, coll. « Série noire », 1994.
SCHWARTZBROD, Alexandra, *Balagan*, Paris, Stock, coll. « Thriller », 2003.
SYLVAIN, Dominique, *Passage du désir*, Paris, Viviane Hamy, coll. « Chemins nocturnes : policier », 2004.
SYLVAIN, Dominique, *Le Roi lézard*, Paris, Viviane Hamy, coll. « Chemins nocturnes : policier », 2012.

TABACHNIK, Maud, *Un été pourri*, Paris, Viviane Hamy, coll. « Chemins nocturnes : policier », 1994.

TABACHNIK, Maud, *J'ai regardé le diable en face*, Paris, Albin Michel, coll. « Spécial suspense », 2005.

TABACHNIK, Maud, *L'Ordre et le Chaos*, Paris, Albin Michel, coll. « Spécial suspense », 2014.

THIÉRY, Danielle, *Le Sang du bourreau*, Paris, J.-C. Lattès, 1996.

TIFFANY, Georges, *La Mort en chaîne*, Paris, Fleuve noir, coll. « Spécial-Police », 1971.

UHNAK, Dorothy, *The Bait*, New York, Simon & Schuster, 1968.

VARGAS, Fred, *L'Homme aux cercles bleus*, Paris, Hermé, coll. « Hermé suspense », 1991.

VARGAS, Fred, *L'Homme à l'envers*, Paris, Viviane Hamy, coll. « Chemins nocturnes », 1999.

OUVRAGES CRITIQUES, ARTICLES, ENTRETIENS ET SITOGRAPHIES

BETZ, Phyllis Marie, *Lesbian detective fiction. Woman as author. Subject and reader*, Jefferson, McFarland & Company, 2006.

BIRD, Delys & WALKER, Brenda, « Introduction », *Killing women : rewriting detective fiction*, éd. Delys Bird, Pymble, N.S.W., Angus & Robertson, 1993, p. 1-60.

CARRON, Delphine, *Figures du détective dans le polar américain contemporain*, Thèse de doctorat, Université d'Angers, 2013. Disponible sur : « https://tel.archives-ouvertes.fr/tel-00961471/document (consulté le 14/03/2017) ».

CHAREST, Danielle, « Historique des rapports sociaux de sexe dans le polar » suivi de « Questions brèves », *Féminisme et polar*, Actes des journées de l'ANEF, 2000, p. 15-25. Disponible sur : « http://www.anef.org/wp-content/uploads/2015/01/7-F%C3%A9minisme-et-polar.pdf (consulté le 14/03/2017) ».

CHEN, Chen, *Le Roman policier de Fred Vargas : mutations du romanesque et diffusion médiatique dans la France contemporaine*, Thèse de doctorat, Université de Poitiers, 2015.

COLE, Cathy, *Private dicks and feisty chicks. An interrogation of crime fiction*, Fremantle (Australia), Curtin university books, 2004.

DÉCURÉ, Nicole, « Noires et noir », *Féminisme et polar*, Actes des journées de l'ANEF, 2000, p. 73-79. Disponible sur : « http://www.anef.org/wp-content/uploads/2015/01/7-F%C3%A9minisme-et-polar.pdf (consulté le 14/03/2017) ».

DESNAIN, Véronique, « Les limites de la loi : le personnage du "justicier" chez les femmes auteurs francophones contemporaines », suivi de « Questions brèves », *Féminisme et polar*, Actes des journées de l'ANEF, 2000, p. 46-57. Disponible sur : « http://www.anef.org/wp-content/uploads/2015/01/7-F%C3%A9minisme-et-polar.pdf (consulté le 14/03/2017) ».

FONDANÈCHE, Daniel, *Le Roman policier*, Paris, Ellipses coll. « Thèmes & études », 2000.

HERBERT, Rosemary, *The Fatal Art of Entertainment. Interviews with Mystery Writers*, New York, G. K. Hall & Co., 1994.

JACKSON, Christine A., *Myth and Ritual in Women's Detective Fiction*, Jefferson, North Carolina, McFarland & Company, 2002.

LEGROS CHAPUIS, Elizabeth, *Des femmes dans le noir : typologie et thématique du polar au féminin*, Paris, Le Coin du Canal, coll. « Développons », 2012.

MANOTTI, Dominique, « Construction des personnages », suivi de « Questions brèves », *Féminisme et polar*, Actes des journées de l'ANEF, 2000, p. 41-45. Disponible sur : « http://www.anef.org/wp-content/uploads/2015/01/7-F%C3%A9minisme-et-polar.pdf (consulté le 14/03/2017) ».

OSGANIAN, Patricia, PERRIAUX, Anne-Sophie & FLORY, Julienne (propos recueillis par), « Nos fantastiques années fric : une affaire d'État ? Entretien avec Dominique Manotti, auteure, suivi de Cinq questions à Éric Valette, réalisateur », *Mouvements*, vol. 67, nº 3, 2011, Disponible sur : « https://www.cairn.info/revue-mouvements-2011-3-page-34.htm (consulté le 14/03/2017) ».

SANTUCCI, Françoise-Marie, « L'été en polar. Fred Vargas. Fouilles en tous genres. Archéologue, elle bâtit ses drôles d'énigmes à partir de riens », *Libération*, 25 juillet 1996, Disponible sur : « https://next.liberation.fr/livres/1996/07/25/l-ete-en-polar-fred-vargas-fouilles-en-tous-genres-archeologue-elle-batit-ses-droles-d-enigmes-a-par_176390 (consulté le 14/03/2017) ».

SAYERS, Dorothy L., « Are women human ? Address Given to a Women's Society, 1938 », *Are Women Human ?*, Grand Rapids, Eerdmans, 1971, p. 17-36.

TABACHNIK, Maud, « L'antisémitisme, pourquoi ? », suivi de « Questions brèves », *Féminisme et polar*, Actes des journées de l'ANEF, 2000, p. 62-72. Disponible sur : « http://www.anef.org/wp-content/uploads/2015/01/7-F%C3%A9minisme-et-polar.pdf (consulté le 14/03/2017) ».

WIKIPÉDIA, « DÉTECTIVE », Date de la création de la page : le 8 février 2006. La dernière modification de cette page a été faite le 27 février 2021, Disponible sur : « https://fr.wikipedia.org/wiki/Liste_d%27auteurs_de_romans_policiers#Auteures_de_langue_fran%C3%A7aise (consulté le 14/03/2017) ».

WIKIPÉDIA, « *OVERKILL* », Date de la création de la page : le 27 août 2010. La dernière modification de cette page a été faite le 17 juillet 2020, Disponible sur : « https://fr.wikipedia.org/wiki/Overkill (consulté le 14/03/2017) ».

WIKIPÉDIA, « TEST DE BECHDEL », Date de la création de la page : le 16 février 2013. La dernière modification a été faite le 28 février 2021, Disponible sur : « https://fr.wikipedia.org/wiki/Test_de_Bechdel (consulté le 14/03/2017) ».

« UNE ENQUÊTRICE À LA PLACE D'UN ENQUÊTEUR : TROUBLE DANS LE GENRE POLICIER ? »

Représentations de la figure du détective féminin dans les romans policiers français et américains contemporains[1]

LE POLAR EST-IL MACHO ?

À cette question, posée dans son ouvrage *Pleins feux sur le polar* (2012), Isabelle-Rachel Casta répond par l'affirmative : « Bien sûr qu'il l'est ! Le polar reflète exactement le feuilleté des convictions, des impensables et des préjugés d'une époque, d'une épistémè » (Casta, 2012, p. 132). En effet, le roman policier, souvent considéré comme un « laboratoire de l'utopie », reproduit aussi parfois les stéréotypes les plus éculés en mettant en scène systématiquement des héros masculins et des femmes victimes.

Le « polar », entendu dans son acception (très) large[2], évoque la plupart du temps la figure du privé « le col de son trench-coat relevé

1 C'est surtout dans les pays anglo-saxons que les *gender studies* ont ouvert un champ d'études sur le polar féminin/féministe : on peut se référer, entre autres, au travail critique accompli par Maureen T. Reddy (1988), Sally R. Munt (1994) ou Katherine Gregory Klein (1995) qui explorent les relations entre le genre policier et le genre féminin. En France, le travail entrepris par Michel Amelin a été poursuivi à partir des années 1990 par deux chercheuses féministes, Danielle Charest et Nicole Décuré, dont je reprends et poursuis ici les analyses (Danielle Charest, *Littérature policière et rapports sociaux de sexe*, Mémoire, Paris, École des Hautes Études en Sciences Sociales, 1997 ; Nicole Décuré, « Pleins feux sur les limières anglo-américaines : 30 ans de féminisme, 15 ans de polar. Réalisme et utopie », *Les Temps modernes*, n° 595, 3e trimestre, 1997, p. 35-52).

2 Genre littéraire en prise avec les réalités sociales né en France dans les années 70, le polar regroupe tous les types de romans policiers, romans de détectives privés ou amateurs, incluant le roman noir et le *thriller*.

sur son menton bleui de barbe, le chapeau au bord rabattu sur ses yeux cernés », ainsi que le décrit Jean Pons (en 1997) dans sa présentation du numéro des *Temps modernes* consacré au roman noir :

> Car le privé a souvent la gueule de bois, pour soigner ses cassages de gueule, mais aussi pour déjouer les pièges du réel qui lui saute au visage. *Ce sont des clichés, mais ils ont créé un style, une manière de regarder autour de soi et de dire des choses* qui n'avaient pas droit de cité dans la République des Lettres (Pons, 1997, p. 6)[3].

S'il porte un regard critique sur la société, il prend bien soin cependant de ne pas toucher aux rapports sociaux de sexe. Le polar a longtemps été un univers d'hommes agissant dans la sphère publique (enquêteurs, policiers, légistes, journalistes, criminels, etc.), les femmes (victimes ou fatales) étant cantonnées à l'espace domestique : « Les femmes sont maintenues hors du champ de bataille. Elles possèdent tout au plus le droit d'inciter au crime, c'est d'ailleurs souvent là leur principal rôle dans le roman noir », écrivait Anne Lemonde (1984, p. 35). Danielle Charest, dans son mémoire de sciences sociales *Littérature policière et rapports sociaux de sexe* (1997), a fait ce constat : « On ne peut donc réfuter que les hommes – collectivement – se sont appropriés le genre policier (du moins à titre d'auteurs) et que les femmes – collectivement – en ont été exclues » (Charest, 1997, p. 30)[4].

Cependant, les personnages féminins qui vont à l'encontre de ces stéréotypes genrés sont de plus en plus fréquents, souvent sous la plume d'auteures. Les personnages féminins désormais ont accès aux premiers rôles, n'agissent plus dans l'ombre mais revendiquent ouvertement leur part du pouvoir :

> Ainsi se configure un paysage policier fourmillant d'héroïnes complexes et dures à cuire (les *hard boiled* de la tradition américaine), où la Russe Anastasia Kamenskaïa (Alexandra Marinina) pourrait croiser la Californienne Kinsey Milhone (Sue Grafton), tandis que le procureur britannique Helen West (Frances Fyfield) marche peut-être sans le savoir dans les pas de Gloria Parker-Simmons (Andrea H. Japp) (Casta, 2012, p. 99).

---

3 C'est moi qui souligne.

4 *Cf.* aussi Natacha Levet, « Les "Chéries noires" : écriture féminine et roman noir », *Belphégor*, vol. 7, nº 2, 2008, Dalhousie University Librairies, Electronic Text Centre (ETC), Disponible sur : « https://dalspace.library.dal.ca/bitstream/handle/10222/47754/07_02_levet_cherie_fr_cont.pdf?sequence=1&isAllowed=y (consulté le 15/04/2021) ».

Des femmes à la place des hommes… Est-ce suffisant pour remettre en question les normes genrées – en somme, pour faire un (bon) polar féministe ?

LES NOUVELLES HÉROÏNES
De la *superwoman* à l'enquêtrice *borderline*

Depuis que les femmes ont accès aux métiers de la police et de l'armée, l'enquêtrice vient parfois prendre la place du PPM (personnage principal masculin, selon l'appellation de Maud Tabachnik). « Elles fument, boivent, baisent, tuent. Désormais "dure à cuire" s'écrit aussi avec un "e". Il va falloir s'y faire », écrivent Clémentine Thiébault et Mikaël Demets (2012, p. 43).

Ces personnages plaisent au public. Nicole Décuré affirme que ces *strong women* « contribuent à changer l'image des femmes » : « Ce sont des personnages auxquels toute femme peut s'identifier » (Décuré, 1991, p. 406)[5].

Aux États-Unis, les premières enquêtrices dures à cuire ont été des privées (V. I. Warshawski ou Kinsey Milhone, les héroïnes de Sara Parestky et Sue Grafton) mais aujourd'hui, on en trouve dans la police (chez Lisa Gardner, Carol O'Connell, Leslie Glass, Karin Slaughter, Barbara d'Amato). D'autres peuvent enquêter en solo (Bo Bradley chez Abigail Padgett) ou en collaboration avec la police, comme par exemple la légiste (Kay Scarpetta chez Patricia Cornwell ou Maura Isles chez Tess Gerritsen).

En France, rares sont les détectives privées – réalisme oblige : Victoria Reyne, chez Catherine Diran[6] ou Louise Morvan, chez Dominique Sylvain[7]. Mais les enquêtrices peuvent être policières : la lieutenante

5 Ce que confirme Hélène Amalric : « Aujourd'hui, il semble que les lectrices préfèrent clairement les héroïnes […]. Elles sont passées d'une époque où cela leur était égal à une autre où elles choisissent de lire des histoires qui mettent en scène des femmes qui leur ressemblent ou auxquelles elles souhaitent s'identifier », propos d'Hélène Amalric cités par Michel Abescat (1997, p. 26).

6 Catherine Diran, *Kill parade*, Paris, Éditions du Masque, 2007.

7 Dominique Sylvain, *Baka !*, [1995], Paris, Viviane Hamy, coll. « Chemins nocturnes : policier », 2007.

Martine Lewine ou la commissaire Lola Jost chez Dominique Sylvain[8], Junko Go chez Anne Rambach[9], Jeanne Debords chez Lalie Walker[10], ou encore Rhéa Zauber, cette Anglaise qui vit en France en 2020 et fait partie de l'unité d'élite de la nouvelle police européenne imaginée par Stéphanie Benson[11]. Chez Fred Vargas, l'équipe de l'inspecteur Adamsberg compte deux femmes : Froissy et Rettancourt. Cependant, la plupart sont indépendantes : la journaliste Diane Harpmann chez Anne Rambach[12], la mathématicienne Gloria Parker-Simmons chez Andrea H. Japp[13], la journaliste Sandra Kahn de Maud Tabachnik[14], etc.

Toutes ces héroïnes sont des femmes puissantes, au courage hors du commun, qui s'imposent dans un monde masculin. Symptomatique est le fait que le lieutenant Martine Lewine, en privé, aime fouetter les hommes ! Elles sont intrépides, prennent des risques : Diane Harpmann, par exemple, paraît invincible. Tandis que deux tueurs la tiennent dans leur champ de vision (l'un la visant au dos, l'autre au cœur), elle arrive à échapper à leurs balles grâce à sa pratique de l'aïkido :

> Elle bondit, comme pour exécuter un *zempo kaiten ukemi* mais en se projetant bien plus haut, en y ajoutant une sorte de vrille, et tant pis si la réception allait être rude. Elle s'éleva en l'air, un instant allongée comme en lévitation, sentant le souffle de la balle passer entre ses jambes, le long de son abdomen, de son sternum et de son cou pour continuer sans la toucher, tandis que l'autre balle éraflait l'arrière de son crâne, glissait entre ses omoplates, ses fesses, pour se perdre. [...] Elle se réceptionna durement sur l'épaule, roula avec souplesse, se déplia et se retrouva debout (Rambach, 2008, p. 343-344).

Parfois, ces héroïnes deviennent un modèle de force et de courage pour les hommes eux-mêmes. Diane Silver (Andrea H. Japp), « la meilleure dans son domaine », est une femme « puissante » qui suscite envie et admiration de la part d'un de ses collègues :

---

8 Dominique Sylvain, *Vox*, Paris, Viviane Hamy, coll. « Chemins nocturnes : policier », 2000 ; *Passage du désir*, Paris, Viviane Hamy, coll. « Chemins nocturnes : policier », 2004.

9 Anne Rambach, *Tōkyō chaos*, Paris, Calmann-Lévy, coll. « Calmann-Lévy suspense », 2000.

10 Lalie Walker, *Pour toutes les fois*, Paris, Éditions Hors commerce, coll. « Hors noir », 2001.

11 Stéphanie Benson, *Carnivore Express*, Paris, Seuil, coll. « Points », 2000.

12 Anne Rambach, *Bombyx*, Paris, Albin Michel, 2007.

13 Andrea H. Japp, *La Parabole du tueur*, Paris, Éditions du Masque, 1996.

14 Maud Tabachnik, *Un été pourri*, Paris, Viviane Hamy, coll. « Chemins nocturnes : policier », 1994.

> Au fond, il voulait être comme Diane Silver, sans changement de sexe, et le charme en plus. Il voulait devenir assez puissant pour ne plus jamais avoir besoin d'en faire une tonne, pour se passer de l'approbation des autres (Japp, 2010, p. 286).

Certaines héroïnes, enfin, sont atypiques : africaine[15], handicapées[16], hermaphrodite[17], employée de maison[18] – et même nonnes (Décuré, 1990, p. 149-153). Le déplacement du regard permet de donner accès à une autre réalité. Bo Bradley (Abigail Padgett), à cause de (ou grâce à) sa psychose maniaco-dépressive, a un point de vue décalé sur l'enquête – de même que Keye Street (Amanda Kyle Williams) avec son passé d'alcoolique.

C'est seulement lorsque les personnages féminins ont acquis le statut d'héroïnes qu'elles peuvent aussi montrer des faiblesses et accéder au statut d'anti-héroïnes sans que ce personnage ne représente à lui tout seul la totalité de sa classe de sexe. Ainsi voit-on apparaître des personnages vulnérables ou *borderline* : Claire De Witt (Sara Gran) est une détective privée aux multiples tatouages et aux méthodes ésotériques, adepte de drogues plus ou moins douces, qui se décrit comme « la meilleure détective du monde » mais également « caractérielle ».

« LA FEMME, AVENIR DU POLAR[19] » ?

Dans *L'Incendie du Crystal Palace* de Deborah Crombie (paru en 2013), l'univers est essentiellement féminin : un tandem de deux policières (l'inspecteur principal Gemma James et le sergent Melody Talbot) mène

---

15 Martine Nougué met en scène Pénélope Cissé, une femme d'origine Sénégalaise officier de police à Sète : « Flic, femme, Africaine. La totale ! » (Nougué, 2015, p. 23).

16 Chloé dans *Chapeau !* de Michèle Rozenfarb (Paris, Gallimard, coll. « Série noire », 1998) ou Élise Andrioli, l'héroïne tétraplégique de Brigitte Aubert (*La Mort des bois*, Paris, Seuil, coll. « Seuil policier », 1996).

17 Vera Cabral, psychiatre enquêtrice chez Virginie Brac (*Tropique du pervers*, Paris, Fleuve noir, coll. « Noirs », 2000).

18 Blanche White dans Barbara Neely, *Blanche tire sa révérence*, [É.-U., *Blanche on the Lam*, 1992], trad. de l'anglais par Laure du Breuil, Paris, Librairie des Champs-Élysées, coll. « Les reines du crime », 1996.

19 C'est le titre d'un article de Christine Ferniot paru dans *Lire* (juin 2005) et repris sur le site de *L'Express* le 1er juin 2005. Disponible sur : « https://www.lexpress.fr/culture/livre/la-femme-avenir-du-polar_810129.html (consulté le 15/04/2021) ».

l'enquête ; le commissaire divisionnaire et l'Inspecteur de la brigade sont également des femmes. Seul le légiste est un homme – au demeurant au charme irrésistible, ce qui occasionne plusieurs remarques sur son physique car « un légiste aux allures de rock star pouvait *poser un problème* » (Crombie, 2016, p. 144)[20]. Évidemment, par souci de parité, on envisage toujours l'éventualité que le criminel puisse être une femme :

> Faites fouiller les autres chambres du sous-sol, juste au cas où le tueur ait profité du fait qu'il y avait des chambres libres. Il – ou elle – ajouta [Gemma] avant que Shara ne la corrige, a pu laisser quelque chose derrière lui – ou elle (*ibid.*, p. 120).

Par ailleurs, ces enquêtrices qui réussissent leur carrière ont également une vie sentimentale sans nuages. Gemma est mariée à celui qui fut un temps son supérieur. Bien que son mari voie son congé parental se prolonger pour s'occuper de la petite fille qu'ils viennent d'adopter et que son travail d'inspecteur lui manque, il prend son mal en patience, profite des joies du paternage et va même jusqu'à prendre soin de son chef qui s'est foulé la cheville : lui revient le travail du *care* (ou « souci des autres »), d'ordinaire réservé aux femmes.

Que le monde a changé, pourrait-on se dire, et qu'il fait bon vivre dans une société sans patriarcat ! Ne doit-on pas conclure de cette lecture que toute lutte féministe est désormais inutile ?

À défaut d'être totalement réaliste, ce genre de roman a le mérite de nous montrer des femmes en position *d'agency* (« capacité d'agir ») – et non plus des femmes victimes. C'est important, car il suffit parfois d'une simple permutation des rôles pour transformer notre perception de la réalité, comme le suggère Elsa Marpeau :

> Je lis presque exclusivement du polar et du roman noir et je commençais à en avoir vraiment assez de retrouver le même schéma avec une victime féminine ou avec une femme dont on évoque surtout la beauté. Donc j'ai voulu inverser parce que sincèrement, la victime n'est quasiment jamais un homme. Je voulais montrer que ça fonctionne tout aussi bien lorsqu'on inverse. Plus on montre qu'il est possible d'inverser les rôles, plus on fait évoluer les regards (Orieul, 2015, § 7)[21].

Mais est-ce que, vraiment, « ça fonctionne tout aussi bien » ? Ce n'est pas si évident. Il n'est pas anodin de remplacer, dans un univers

20 Je souligne.
21 Propos d'Elsa Marpeau cités par Anaïs Orieul.

traditionnellement masculin, un homme par une femme. Il existe dans notre société une répartition sexuée des tâches qui fait qu'hommes et femmes ne sont pas égaux dans la sphère publique. Et ce sont justement ces inégalités de genre que révèlent certains romans policiers mettant en scène des enquêtrices.

LE POLAR FÉMINISTE COMME RÉVÉLATEUR DES INÉGALITÉS DE GENRE

Le Dahlia rouge (2009) de Lynda La Plante illustre assez bien ce qu'apporte l'introduction d'un personnage féminin dans un univers masculin. Par sa seule présence, l'enquêtrice Anna Travis remet en cause le regard phallocentrique de son collègue, par exemple lorsqu'il parle d'une victime : « – Je ne comprends pas. Elle est superbe, elle reste assise au bar tout ce temps et on n'a personne qui se souvienne ne serait-ce que de l'avoir vue ? Moi, elle m'aurait frappé, pas vous ? » (La Plante, 2009, p. 191). Le « vous » ici exclut les femmes.

Il plane toujours sur l'enquêtrice la menace d'être ré-assignée à son sexe biologique. Kay Scarpetta (Patricia Cornwell) possède un fort capital symbolique : experte dans son domaine (la médecine légale), scientifique excellente, elle est également avocate et possède toutes les attributions d'un bon policier. Pourtant, il arrive qu'un « mauvais avocat [trompe] le tribunal en évacuant ses dix-sept ans d'études supérieures et en la réduisant dans le box des témoins à une madame ou une mademoiselle, ou, pire encore, une Kay » (Cornwell, 2005, p. 41).

L'importance du sexe biologique apparaît avec acuité lorsque la police a besoin d'un appât pour traquer un violeur ou un tueur de femmes. Le corps des enquêtrices est alors mis en danger – et elles sont exposées en tant que femmes – non plus en tant que détectives. C'est ce qui arrive à Lauren Laurano (Sandra Scoppettone) lorsqu'elle enquête sur un violeur psychopathe et repense malgré elle à un viol qu'elle a subi plusieurs années auparavant : « Je sonde ses yeux, et bien que je sache que c'est ridicule je trouve qu'ils ressemblent aux yeux de mes violeurs. Mon cœur de femme se met à palpiter de peur » (Scoppettone, 1995, p. 302).

Il arrive très souvent que l'enquêtrice s'occupe de violences faites aux femmes – c'est alors le prétexte pour dénoncer la société patriarcale, par exemple le système prostitutionnel. La policière Angie Polaski, chez Karin Slaughter, est chargée d'infiltrer les prostituées : « Elle avait beau détester travailler aux Mœurs, elle se sentait une sorte d'affinité avec les filles. Elles partageaient des origines similaires, un passé de maltraitance et d'abandon. Elle aurait aussi facilement pu devenir l'une d'elles » (Slaughter, 2008, p. 233). Elle n'est jamais à l'abri d'être prise pour une prostituée, même dans l'exercice de son travail. C'est la même chose pour l'inspectrice-chef Jane Tennison (Lynda La Plante), enquêtant sur un meurtre de prostituées dans *Suspect numéro un*. À un moment du récit, elle se retrouve sur le trottoir en train d'interroger deux témoins : « En les voyant toutes les trois, on aurait eu du mal à dire qui étaient les prostituées et qui était la policière » (La Plante, 1995, p. 205). Elles font bien partie de la même classe, celle des femmes – susceptibles du même traitement de la part des hommes. D'ailleurs, peu après, dans un pub, un homme aborde Jane : « – J'ai dix minutes, viens, la camionnette est garée devant… » (*ibid.*, p. 206). Bo Bradley, aussi, recherchant les causes de la mort d'une prostituée dans *Petite tortue*, s'aperçoit que le fait d'être femme lui procure un point de vue situé[22] :

> […] je sais parfaitement que je vendrais mon corps si je n'avais rien à manger, et si je n'avais pas d'autre moyen de me nourrir.
>
> – Je sais, soupira Estrella. Toutes les femmes le savent. Simplement, on n'en parle pas.
>
> Quand Bo recula sur le parking, son amie et elle regardèrent Andrew Lamarche, toujours debout près de sa voiture. D'une certaine manière, la distance entre les deux femmes et cet homme absolument charmant, pensa Bo, était plus grande que la distance entre la Terre et la plus éloignée des étoiles de la Voie lactée. La réalité de la prostitution était un des facteurs de cette distance. (Padgett, 2006, p. 148).

En France, c'est davantage le thème du viol qui retient les auteures. Chez Japp, Gloria Parker-Simmons ment pour protéger une femme qui se venge du viol de sa fille. Elle-même ancienne victime d'abus sexuel, Gloria s'en justifie ainsi devant son ami policier :

---

22 La critique féministe s'inscrit dans le cadre de ce qu'on appelle l'épistémologie de la *connaissance située, qui* abandonne l'idée de neutralité pour poser que toute connaissance est nécessairement située dans le temps et l'espace. Voir sur ce sujet Ludovic Gaussot (2008, p. 181-198).

> Tu ne comprendras jamais. Imagine, tu es là, tu es faible et lui est le plus fort. [...] Ça te gêne, ce que je dis, je le vois. Tu penses que tu n'es pas comme eux, que tu n'as rien à voir avec eux. C'est vrai. Mais vois-tu, nous toutes, on transporte cette peur en nous, même quand ça ne s'est jamais produit. (Japp, 2001, p. 934).

On voit donc comment des femmes policières peuvent, en raison de leur sexe, se trouver particulièrement affectées par les cas de violences envers les femmes : elles ne les vivent pas, dans leur chair, de la même façon que les hommes.

L'ENQUÊTRICE N'EST PAS UN ENQUÊTEUR COMME LES AUTRES

Mettre une femme à la place d'un homme ne se réduit donc pas à une simple transposition : les positions ne sont pas symétriques. La police, en effet, est faite pour des hommes qui ont une femme pour s'occuper de la sphère domestique. Pour exercer ce métier d'homme, quand on est une femme, il faut non seulement se comporter « comme un homme », mais comme un homme sans femme ni enfants à la maison. « [P]our nous les femmes, il n'y a pas de repos du guerrier. Même quand nous sommes le guerrier » (Oliver, 1998, p. 117), remarque amèrement l'enquêtrice catalane Lònia Guiu (Maria Antònia Oliver). Elles n'ont pas de mari fidèle qui leur concocte de bons petits plats à la maison lorsqu'elles rentrent tard (sauf exceptions notables), et en cas de divorce, ce sont souvent elles qui doivent s'occuper des enfants. Dans l'univers de Dominique Manotti, peu de femmes assistent aux fêtes du commissariat : « Les administratives ne tardent pas à suivre l'exemple de la commissaire. Il faut s'occuper du dîner, du mari, des gosses. Elles partent en groupe » (Manotti, 2010, p. 180).

Ainsi, rares sont celles qui se lancent dans l'aventure de la maternité. On trouve peu d'enquêtrices enceintes chez les auteures françaises – sauf chez Andrea H. Japp (Gloria Parker-Simmons dans *Le Ventre des lucioles*), qui a aussi réalisé de beaux portraits de mères enquêtrices (dans *La Femelle de l'espèce* par exemple).

En revanche, le thème est récurrent chez les Américaines. Le roman qui exploite le mieux la problématique de la maternité est sans doute *Derniers adieux* (Lisa Gardner), où Kimberly Quincy, agent du FBI confrontée à des situations terribles, est enceinte et se demande : « Comment être une épouse, une policière, sans parler d'être mère ? » (Gardner, 2011, p. 285). Lisa Gardner traite de nouveau ce sujet dans *Preuves d'amour* : l'enquêtrice D. D. Warren commence une enquête particulièrement éprouvante (une femme policière est mise en cause dans l'assassinat de son mari et sa fille de six ans a disparu). « Le commandant D. D. Warren était officiellement enceinte » (Gardner, 2013, p. 337), et se pose des questions :

> Peut-être que les femmes qui travaillaient dans les forces de l'ordre n'étaient pas destinées à connaître les joies de la vie de famille ? [...]
>
> Qu'est-ce qu'elle était censée *ressentir*, elle, l'enquêtrice ambitieuse qui était accro à son boulot et qui en avait conscience ? (*ibid.*, p. 115).

Lorsqu'elles sont mères, les enquêtrices connaissent des conditions de travail encore plus difficiles : mi-cubaine, mi-irlandaise, Susannah Figueroa (Barbara d'Amato) travaille dans la police de Chicago et élève seule son fils de six ans. Le service qu'elle préfère est celui de 23 h à 7 h, qui lui permet de voir son enfant le matin et le soir. Elle a évidemment peu de temps pour elle-même – encore moins pour aller boire des bières avec ses collègues après le travail. Comme le lui fait remarquer son coéquipier : « C'est vrai, tu bosses à la maison, tu bosses au boulot. C'est pas une vie, ça ! » (Amato, 2001, p. 16). Mais cela ne l'empêche pas de prendre des risques et de se comporter en véritable héroïne.

Parfois c'est la maternité qui est le moteur de l'action : dans *Preuves d'amour* de Lisa Gardner, la policière Tessa Leoni se métamorphose en véritable lionne capable de tout pour sauver sa fille, séquestrée par un policier sans scrupules : « Quelque part là-bas, il y avait ma fille. J'allais la sauver. J'allais tuer celui qui l'avait enlevée. Et on rentrerait toutes les deux chez nous » (Gardner, 2013, p. 379). Ce qu'elle fait. Sauf qu'elle ne se contente pas de tuer le ravisseur, mais trucide un criminel en prison, échappe à la surveillance des flics en faisant exploser une fausse scène de crime, tue un flic en cavale, puis élimine un tueur à gage.

Depuis les années 2010 est apparue une nouvelle génération d'enquêtrices surarmées, qui n'ont rien à envier à *Wonderwoman* et qui sont pourtant prises dans des relations affectives très fortes. Le roman de Karin Slaughter, *Séduction*, présente une situation assez atypique : lorsque sa mère, première femme capitaine d'Atlanta, est prise en otage et sauvagement torturée par un gang ultra-violent, Faith Mitchell est prête à tout pour la sauver. Faith a eu un fils à 14 ans, est entrée à l'école de police à 18 ans, et vient d'avoir une fille à 34 ans. Aux yeux de son coéquipier, la maternité n'est pas une faiblesse, bien au contraire :

> Jusqu'ici, Faith lui avait toujours fait l'effet d'être indestructible, capable d'affronter n'importe quelle situation de crise. Peut-être parce qu'elle s'était heurtée aux difficultés de la maternité avant d'y être prête (Slaughter, 2014, p. 458).

Pour sauver sa mère, Faith ne recule devant rien ; après avoir mis ses deux enfants à l'abri, elle se rue, seule, à l'assaut de la maison où est retenue l'otage :

> Elle était armée jusqu'aux dents. Il y avait un couteau dans le sac de camping en toile, caché sous les liasses de billets. Le Walther de Zeke était glissé dans sa ceinture et elle portait un étui à la cheville qui contenait un des Smith & Wesson de secours d'Amanda pressé fermement contre sa peau (*ibid.*, p. 469-470).

Ce roman met en scène une nouvelle génération de femmes qui n'ont plus à faire leurs preuves en tant que femmes et qui intimident les hommes non seulement grâce à des qualités dites viriles (détermination, sang-froid, audace) mais aussi grâce à leur expérience de la maternité. Être mère n'est plus pour elles un handicap.

L'ARME COMME SYMBOLE DE LA FORCE VIRILE

Ainsi, s'il plane toujours sur les femmes enquêtrices, aussi virilisées soient-elles, la menace d'être rappelées à leur identité genrée, c'est bien leur statut qui leur permet de revendiquer l'égalité avec les hommes. Et avant tout : leur arme.

L'arme signifie et réalise à la fois le pouvoir. La journaliste Moïra Sauvage fait le constat que, pour une femme, devenir « *one of the boys* » nécessite de se soumettre à l'apprentissage de la masculinité : « porter une arme devient une source de pouvoir, qui aide ceux qu'elles croisent à oublier qu'elles sont des femmes ; c'est un symbole phallique qui leur donne confiance » (Sauvage, 2012, p. 156). Déjà au début du XXe siècle, Madeleine Pelletier écrivait que « le revolver a un pouvoir psychodynamogène, ce fait seul de le sentir sur soi rend plus hardi » (Bard, 1992, p. 93)[23].

Quand les enquêtrices sont dans la police, leurs armes leur servent souvent de prothèse : « Ton revolver est un prolongement naturel de ton corps », dit l'une des héroïnes de Laurie Lynn Drummond (2009, p. 132). Même chose pour Faith Mitchell avec son pistolet-mitrailleur : « Le métal dur et froid lui semblait une extension de son corps. L'adrénaline faisait battre frénétiquement son cœur. En elle, tous les muscles voulaient appuyer sur la détente » (Slaughter, 2014, p. 28).

Le port de l'arme, longtemps interdit aux femmes, est ce qui permet de les transformer : d'individus assignés au sexe féminin, elles deviennent policières, combattantes, dangereuses… Elles peuvent ainsi échapper à l'emprise du genre. Lorsque Tessa Leoni endosse son uniforme, c'est presque une mutation qu'elle décrit :

> Un ceinturon en cuir noir de dix kilos par-dessus la ceinture de mon pantalon, fixé avec quatre attaches Velcro. Ensuite, prendre mon Sig Sauer semi-automatique dans le coffre-fort du placard, et le mettre dans l'étui, sur ma hanche droite. Accrocher mon téléphone portable à l'avant du ceinturon et rentrer mon biper professionnel dans son étui sur mon épaule droite. Vérifier ma radio sur ma hanche gauche, contrôler mes deux cartouches de munitions de rechange, la matraque, la bombe lacrymogène, une paire de menottes et le Taser (Gardner, 2013, p. 63).

L'exemple le plus révélateur, car poussé à l'extrême, est celui de Junko Go (Anne Rambach), amoureuse des armes à feu (Rambach, 2000, p. 73). Son pistolet l'aide à repousser la peur et à se sentir vivante. Il est clairement désigné dans le texte comme un symbole phallique : son obsession est d'« en avoir un » (*ibid.*, p. 96), si possible plus gros que celui de son collègue :

> Parfois, Junko se demandait si elle n'était pas devenue flic pour l'arme de service. Le flingue, en l'occurrence son Desert Eagle 50 Action Express, c'était

23 Propos de Madeleine Pelletier cités par Christine Bard.

> l'image même de l'harmonie. [...] Elle avait déjà remarqué ce phénomène étrange : quand elle avait le Eagle à la main, la force que produisait et dégageait le reste de son corps était supérieure à sa force effective. La puissance passait de l'appendice à l'individu en provoquant une montée d'adrénaline et quelque chose d'autre, difficile à nommer, le sentiment et surtout la réalité d'un flux d'énergie qui traversait le corps. La certitude d'être invincible, aussi (*ibid.*, 36-37).

Bien sûr, Junko Go est un cas pathologique – mais le roman dit assez clairement ce que peut représenter l'arme pour elle : force, assurance, possibilité de rivaliser avec les hommes de son équipe, avec les assassins qu'elle poursuit... Tout comme pour Keye Street :

> D'après ma psy, le Dr Shetty, j'ai un fantasme de puissance – un gros problème d'envie du pénis. Que puis-je répondre à cela ? C'est vrai, de temps à autre j'aime bien avoir un bon gros Glock à la main (Williams, 2013, p. 25).

VERS UN UNIVERSEL FÉMININ ?

En 2000, Patrick Raynal se moquait de « la flopée de romans américains écrits par des femmes avec des personnages féminins, et qui n'ont d'autre intérêt que de remplacer les godasses des mecs par des escarpins, et les attitudes du privé homme par celles du privé femme[24] » – laissant ainsi entendre que mettre une héroïne à la place du héros était un simple artifice qui ne changeait rien au fond. Pourtant, l'apparition de ces personnages féminins met souvent à jour les inégalités profondes de notre société. Certains romans ont un caractère utopique en ce qu'ils font parfois *comme si* être une femme puissante dans un monde d'hommes était tout à fait possible et facile – mais d'autres laissent aussi entrevoir les obstacles auxquels se heurtent les femmes en raison de leur sexe.

Dans la police, les femmes ont toujours à prouver leur valeur. Même lorsqu'elles travaillent comme les hommes, sur le terrain, les enquêtrices

24 Patrick Raynal, éditeur de la Série noire, 25 mai 2000, dans une série d'interviews avec la chercheuse Véronique Desnain, ayant servi à son étude intitulée « Le polar féminin ? Contemporary Crime Writing by Women in France », consultée à la BiLiPo (Dossier de presse : « études thématiques / Femmes »).

sont conscientes qu'on attend d'elles davantage encore que de leurs collègues masculins. Comme l'analyse Danielle Charest : bien que pratiquant la même profession, privés hommes et privées femmes sont déterminés par leurs positions sociologiques. Ces intrigues révèlent donc la violence symbolique à laquelle sont soumises les femmes, qui doivent lutter en terrain hostile pour conquérir l'égalité.

Le pistolet ne suffit pas toujours à faire oublier qu'on est une femme : si les collègues ne vous le rappellent pas, ce sont les suspects qui le font. Voici ce qui arrive à Keye Street qui traque un mauvais payeur :

> *Pan, pan, pan.* Je tirai quelques balles et entrai dans la maison en me jetant à terre en roulé-boulé au cas où le malfrat aurait eu l'idée de répliquer.
>
> Recouvrement de caution, monsieur Johnson ! criai-je de ma voix la plus autoritaire. Lâchez votre arme et montrez-vous, les mains derrière la nuque. *Immédiatement !*
>
> – Une gonzesse ? cria-t-il, hilare, quelque part au fond de la maison. Jamais de la vie, connasse ! (Williams, 2000, p. 19).

Les féministes, tout en adoptant les traits du détective privé, les transforment. Tout comme un *drag queen* ne sera jamais tout à fait une femme et met en évidence, par sa performance, le côté artificiel de la féminité, l'enquêtrice femme ne sera jamais tout à fait un détective *hard-boiled* comme les autres et dévoile, par sa seule présence, les rapports sociaux de sexe. C'est le constat que fait à ses dépens Hanna Wolf (Sarah Dunant), alors qu'après une bagarre elle est sérieusement amochée :

> Je pensais à Jack Nicholson dans *Chinatown* : son nez fendu et son sparadrap n'empêchaient pas Faye Dunaway de partager son lit. Héros blessé, héroïne consentante, variation symbolique d'un thème banal. Dans le miroir, je passai le doigt de la lèvre fendue à l'œil fermé.
>
> – Voyons, mademoiselle Wolfe, j'adore cette charmante petite cicatrice…
>
> *Dans certains cas, l'égalité des sexes est purement et simplement un mythe* (Dunant, 1994, p. 152)[25].

C'est surtout que les femmes n'ont pas de modèles héroïques à leur disposition : difficile alors de jouer les super-héroïnes ou les *cow-girls*. Lorsque Kat Colorado (Karen Kijewski) prend conscience de ses limites, elle se rend compte de la différence de traitement :

25 Je souligne.

> Dans les livres et les films les privés ont la vie dure jusqu'au bout. Peut-être s'enivrent-ils au Jack Daniel's, sont-ils éjectés d'une voiture à soixante à l'heure et traînés sur une centaine de mètres mais ils tiennent bon et continuent en titubant à chercher le coupable, à bouffer, à biberonner, à baiser toute la nuit. Je pense que la grosse différence entre eux et moi c'est qu'ils ont un public et moi pas (Kijewski, 1990, p. 187).

« La simple présence de femmes dans des rôles inhabituels est en soi subversive et en dit long sur la société qui n'accepte toujours pas les femmes sur un plan d'égalité », selon Nicole Décuré (1991, p. 404). Ainsi, la production féministe actuelle « déstabilise ces identités de genre et engendre un questionnement radical de la naturalisation des rapports sociaux de sexe », écrit Michèle Soriano (2008, p. 29).

La plupart du temps, il n'est pas anodin pour une femme d'emprunter la voix narrative du détective, c'est-à-dire une position de savoir / pouvoir. Laurie Lynn Drummond, s'inspirant de son expérience en Louisiane, décrit le quotidien de cinq femmes flics à Baton Rouge. L'une des policières qui dénonce l'inconfort de l'uniforme a cette formule étonnante :

> Et les huiles se demandaient pourquoi elles avaient tellement de mal à convaincre les *policiers* de porter leurs gilets pare-balles. J'aimerais les voir s'occuper d'un accident sur l'Interstate 10, à midi, en plein mois de juillet, avec une casquette, un pare-balles, sept à huit kilos de ceinturon autour de la taille, et ces foutus uniformes en drap. Rajoutez-y, pour faire bonne mesure, le premier jour de règles douloureuses, et *l'individu moyen*[26] tomberait dans les pommes au bout de cinq minutes[27]. (Drummond, 2009, p. 227).

Ici, la narratrice opte d'emblée pour un « nous » qui se veut universel – mais universel féminin. « Policiers », « individu », sont employés comme des termes génériques qui n'excluent pas le féminin (voire qui excluent le masculin lorsqu'il est question des menstruations) et la réaction d'étrangeté à la lecture nous fait du même coup percevoir ce qu'a d'artificiel le « masculin universel ». Ce passage illustre assez bien comment un simple changement de point de vue peut, de manière

---

26 C'est moi qui souligne.

27 Dans l'édition originale, la formulation utilisée est : « *And the brass wondered why they were having such a hard time persuading officers to wear their bulletproof vests. I'd like to see one of them work a wreck on Interstate 10 in the middle of a July day wearing a hat, bulletproof vest, fifteen pounds of gun belt around their waist and those goddamn wool-blend uniforms. Throw in the first day of menstrual cramps for good measure, and the average man would faint after five minutes* » (Drummond, 2004, p. 156).

subtile mais radicale, questionner les stéréotypes genrés. Comme le souhaitait Michelle Coquillat en 1983, puisque les hommes ont fait du masculin un universel, « il faut donc que les femmes à leur tour deviennent créatrices de langage, mais d'un langage qui serait lui aussi accepté comme universel » (Coquillat, 2001, p. 32-33).

VERS L'ÉGALITÉ

L'introduction de personnages féminins dans le rôle de l'enquêteur ouvre une crise dans le genre noir. En détournant les codes implicites ou les rôles archétypaux (le privé viril et la femme victime / la femme fatale), les auteures contemporaines enfreignent la loi du genre – littéraire et sexuel.

Récits réalistes, mais avec ferments d'utopie, ces polars féministes mettent en évidence que l'égalité est une conquête. Selon Clémentine Thiébault et Mikaël Demets (2012, p. 43) : « Opter pour des premiers rôles féminins s'avère un excellent moyen d'éviter certains aspects trop convenus du roman noir sans perdre l'essence du genre : la réflexion sur le pouvoir ».

Les enquêtrices n'ont rien à envier aux hommes – *sauf* leur position sociale. En prenant les armes, elles recherchent avant tout le pouvoir, la puissance d'agir – l'égalité. « On ne s'arrêtera que lorsqu'on sera mortes. Ou satisfaites », affirme la détective Lola Jost, chez Dominique Sylvain (2011, p. 101).

Ces romans féministes contemporains qui dénoncent le système patriarcal peuvent nous aider à repenser la fameuse « différence des sexes » et, ainsi, ouvrir le champ des possibles.

Caroline GRANIER
Lycée Bergson-Jacquard, Paris 19e

RÉFÉRENCES BIBLIOGRAPHIQUES

ROMANS

AUBERT, Brigitte, *La Mort des bois*, Paris, Seuil, coll. « Seuil policier », 1996.

BENSON, Stéphanie, *Carnivore Express*, Paris, Seuil, coll. « Points », 2000.

BRAC, Virginie, *Tropique du pervers*, Paris, Fleuve noir, coll. « Noirs », 2000.

CORNWELL, Patricia, *Signe suspect*, [É.-U., *Trace*, 2004], trad. de l'anglais (États-Unis) par Andrea H. Japp, Paris, Éditions des deux Terres, 2005.

CROMBIE, Deborah, *L'Incendie du Crystal Palace*, [É.-U., *The Sound of Broken Glass*, 2013], trad. de l'anglais par Vincent Guilluy, Paris, Le Livre de poche, coll. « Le Livre de poche : thriller », 2016.

AMATO Barbara D', *Avant qu'il ne soit trop tard*, [É.-U., *Killer. App*, 1996], trad. de l'anglais, États-Unis, par Yves et Claire Forget-Menot, Neuilly-sur-Seine, Michel Lafon, coll. « Thriller », 2001.

DIRAN, Catherine, *Kill parade*, Paris, Éditions du Masque, 2007.

DRUMMOND, Laurie Lynn, *Tout ce que vous direz pourra être retenu contre vous*, [É.-U., *Anything you say can and will be used against you*, 2004], Éditions Payot & Rivages, coll. « Rivages noir », 2009.

DRUMMOND, Laurie Lynn, *Anything you say can and will be used against you*, Harper Collins Publishers, 2004.

DUNANT, Sarah, *Poison mortel*, [G.-B., *Fatlands*, 1993], trad. de l'anglais par Augustine Mahé, Paris, Calmann-Lévy, 1994.

GARDNER, Lisa, *Derniers adieux*, [É.-U., *Say Goodbye*, 2008], trad. de l'anglais (États-Unis) par Cécile Deniard, Paris, Albin Michel, coll. « Spécial suspense », 2011.

GARDNER, Lisa, *Preuves d'amour*, [É.-U., *Love you more*, 2011], trad. de l'anglais (États-Unis) par Cécile Deniard, Paris, Albin Michel, coll. « Spécial suspense », 2013.

JAPP, Andrea H., *La Femelle de l'espèce*, Paris, Librairie des Champs-Élysées, coll. « Le Masque », 1996.

JAPP, Andrea H., *La Parabole du tueur*, Paris, Éditions du Masque, 1996.

JAPP, Andrea H., *La Raison des femmes*, in *Le Cycle des Gloria*, Paris, Éditions du Masque Hachette-Livre, 2001.

JAPP, Andrea H., *Le Ventre des lucioles*, Paris, Flammarion, coll. « Flammarion noir », 2001.

JAPP, Andrea H., *La Mort, simplement*, Paris, Calmann-Lévy, 2010.

KIJEWSKI, Karen, *Ta Langue au chat ?*, [É.-U., *Katwalk*, 1989], trad. de l'américain par Jacqueline Lenclud, Paris, Gallimard, coll. « Série noire », 1990.

LA PLANTE, Lynda, *Suspect numéro un*, [G.-B., *Prime Suspect*, 1991], trad. de l'anglais par Pascal Loubet, Paris, Librairie des Champs-Élysées, coll. « Le Masque », 1995.

LA PLANTE, Lynda, *Le Dahlia rouge*, [G.-B., *The Red Dahlia*, 2006], trad. de l'anglais par Nathalie Mège, Paris, Éditions du Masque, 2009.

MANOTTI, Dominique, *Bien connu des services de police*, Paris, Gallimard, coll. « Série noire », 2010.

NEELY, Barbara, *Blanche tire sa révérence*, [É.-U., *Blanche on the Lam*, 1992], trad. par Laure du Breuil, Paris, Librairie des Champs-Élysées, coll. « Les reines du crime », 1996.

NOUGUÉ, Martine, *Les Belges reconnaissants*, Saint-Étienne, Éditions du Caïman, coll. « Polar en France », 2015.

OLIVER, Maria Antònia, *Antipodes*, [Esp., *Antípodes*, 1988] trad. du catalan par Anne-Marie Meunier, Paris, Gallimard, coll. « Série noire », 1998.

PADGETT, Abigail, *Petite tortue*, [É.-U., *Turtle Baby*, 1995], trad. de l'anglais (États-Unis) par Danièle et Pierre Bondil, Paris, Éditions Payot & Rivages, coll. « Rivages noir », 2006.

RAMBACH, Anne, *Tōkyō chaos*, Paris, Calmann-Lévy, coll. « Calmann-Lévy suspense », 2000.

RAMBACH, Anne, *Bombyx*, Paris, Albin Michel, 2007.

RAMBACH, Anne, *Parfum d'Enfer*, Paris, Éditions Panama, 2008.

ROZENFARB, Michèle, *Chapeau !*, Paris, Gallimard, coll. « Série noire », 1998.

SCOPPETTONE, Sandra, *Tout ce qui est à toi…*, [É.-U., *Everything you have is mine*, 1991], trad. de l'américain par Christophe Claro, Paris, Fleuve noir, 1995.

SLAUGHTER, Karin, *Triptyque*, [É.-U., *Triptych*, 2006], trad. de l'américain par Paul Thoreau, Paris, Grasset et Fasquelle, coll. « Grand format », 2008.

SLAUGHTER, Karin, *Séduction*, [É.-U., *Fallen*, 2011], trad. de l'anglais (États-Unis) par François Rosso, Paris, Grasset et Fasquelle, coll. « Grand format », 2014.

SYLVAIN, Dominique, *Vox*, Paris, Viviane Hamy, coll. « Chemins nocturnes : policier », 2000.

SYLVAIN, Dominique, *Passage du désir*, Paris, Viviane Hamy, coll. « Chemins nocturnes : policier », 2004.

SYLVAIN, Dominique, *Baka !*, [1995], Paris, Viviane Hamy, coll. « Chemins nocturnes : policier », 2007.

SYLVAIN, Dominique, *Guerre sale*, Paris, Viviane Hamy, coll. « Chemins nocturnes : policier », 2011.

TABACHNIK, Maud, *Un été pourri*, Paris, Viviane Hamy, coll. « Chemins nocturnes : policier », 1994.

WALKER, Lalie, *Pour toutes les fois*, Paris, Éditions Hors commerce, coll. « Hors noir », 2001.

WILLIAMS, Amanda Kyle, *Celui que tu cherches*, [É.-U., *The Stranger You Seek*, 2011], trad. de l'américain par Pierre Reignier, Paris, Albin Michel, coll. « Spécial suspense », 2013.

OUVRAGES CRITIQUES ET ARTICLES

ABESCAT, Michel, « Depuis le commencement, le polar s'écrit aussi au féminin », *Le Monde*, vendredi 11 juillet 1997, p. 26. Disponible sur : « https://scholar.lib.vt.edu/InterNews/LeMonde/issues/1997/lm970711.pdf (consulté le 15/04/2021) ».

BARD, Christine (dir.), *Madeleine Pelletier (1874-1939). Logique et infortunes d'un combat pour l'égalité*, colloque de Paris, 5-6 décembre 1991, organisé par le Centre d'études, de documentation et de recherches féministes, Paris, Côté-femmes, coll. « Des femmes dans l'histoire », 1992.

CASTA, Isabelle-Rachel, *Pleins feux sur le polar*, Paris, Klincksieck, coll. « 50 questions », 2012.

CHAREST, Danielle, *Littérature policière et rapports sociaux de sexe*, Mémoire, Paris, École des Hautes Études en Sciences Sociales, 1997.

COQUILLAT, Michelle, « Les femmes, le pouvoir et l'influence » [publié originellement en 1983], *Femmes de pouvoir : mythes et fantasmes*, éd. Odile Krakovitch, Geneviève Sellier et Éliane Viennot, Paris, L'Harmattan, coll. « Bibliothèque du féminisme », 2001, p. 17-75.

DÉCURÉ, Nicole, « Les femmes et la religion dans le roman policier féminin américain des années 1980 », *Recherches féministes*, vol. 3, nº 2, 1990, p. 149-153. Disponible sur : « https://www.erudit.org/fr/revues/rf/1990-v3-n2-rf1642/057610ar/ (consulté le 15/04/2021) ».

DÉCURÉ, Nicole, « Les filles et les petites-filles d'Agatha. Images de femmes et images des femmes dans le roman policier anglais contemporain », *Études anglaises, Grande-Bretagne – États-Unis*, éd. R. Asselineau, Luce Bonnerot, P.-G. Boucé, R. Ellrodt et S. Soupel, t. 44, nº 4, Didier Érudition, octobre-décembre 1991, p. 399-412. Version en ligne, ResearchGate, Disponible sur : « https://www.researchgate.net/publication/303314172_Les_filles_et_les_petites-filles_d'Agatha_Images_de_femmes_et_images_des_femmes_dans_le_roman_policier_anglais_contemporain (consulté le 15/04/2021) ».

DÉCURÉ, Nicole, « Pleins feux sur les limières : 30 ans de féminisme, 15 ans de polar. Réalisme et utopie », *Les Temps modernes*, nº 595, 3e trimestre, 1997, p. 35-52. Version en ligne, ResearchGate, Disponible sur : « https://www.researchgate.net/publication/303314973_Pleins_feux_sur_les_limieres_30_ans_de_feminisme_15_ans_de_polar_Realisme_et_utopie (consulté le 15/04/2021) ».

DESNAIN, Véronique, « Le polar féminin ? Contemporary Crime Writing by

Women in France », *Arachnofiles*, Issue 1, Autumn 2000. Cette étude a été consultée à la BiLiPo (Dossier de presse : « études thématiques / Femmes »).

FERNIOT, Christine, « La femme, avenir du polar », *Lire*, juin 2005, p. 13-15. Repris sur le site de *L'Express* le 1er juin 2005. Disponible sur : « https://www.lexpress.fr/culture/livre/la-femme-avenir-du-polar_810129.html (consulté le 15/04/2021) ».

GAUSSOT, Ludovic, « Position sociale, point de vue et connaissance sociologique : rapports sociaux de sexe et connaissance de ces rapports », *Sociologie et sociétés*, vol. 40, nº 2, automne 2008, p. 181-198.

LEMONDE, Anne, *Les Femmes et le roman policier. Anatomie d'un paradoxe*, Montréal, Québec-Amérique, coll. « Littérature d'Amérique. Essai », 1984.

LEVET, Natacha, « Les "Chéries noires" : écriture féminine et roman noir », *Belphégor*, vol. 7, nº 2, 2008, Disponible sur : « https://dalspace.library.dal.ca/bitstream/handle/10222/47754/07_02_levet_cherie_fr_cont.pdf?sequence=1&isAllowed=y (consulté le 15/04/2021) ».

PONS, Jean, « Le roman noir, littérature réelle », *Les Temps modernes*, nº 595, août-septembre-octobre 1997, p. 5-14.

ORIEUL, Anaïs « Polar et roman noir : quand les femmes mènent la danse », *Terrafemina*, 2015, Disponible sur : « http://www.terrafemina.com/article/polar-et-roman-noir-quand-les-femmes-menent-la-danse_a291918/1 (consulté le 15/04/2021) ».

SAUVAGE, Moïra, *Guerrières ! À la rencontre du sexe fort*, Arles, Actes Sud, coll. « Questions de société », 2012.

SORIANO, Michèle, « Violence, érotisme, pornographie : technologies du genre dans les genres policier et érotique », *Lectures du genre*, nº 5, *Lectures théoriques, approches de la fiction*, 2008, p. 27-39. Disponible sur : « http://lectures-dugenre.fr/lectures_du_genre_5/Soriano.html (consulté le 15/04/2021) ».

THIÉBAULT, Clémentine & DEMETS, Mikaël, « Megan Abbott. La dame en noir », *Alibi*, nº 5, *Reines du Crime. Le noir leur va si bien*, 2012, p. 42-43.

DEUXIÈME PARTIE

ZOMPOL, CYBERPUNK ET SLIPSTREAM

QUELQUE CHOSE
À SAVOIR SUR LES MORTS

L'énigme sous le scalpel ?

> Dans l'exacte mesure où la série macabre organise un au-delà de la mort, elle en recule également les limites : il y a une vie après la mort. Particulièrement visible dans *Bones* et *Body of Proof*, le bénéfice collatéral de la résolution de l'énigme – qui n'est pas le moindre – c'est d'accomplir le chemin à rebours.
> Jacqueline GUITTARD, « Autopsies en série : la transparence et l'ombre ».

Le récit d'autopsie en **milieu** policier (au sens quasi naturaliste du terme) redonne vie aux morts ; il retransforme les cadavres en véritables acteurs de l'enquête, puisqu'ils demandent réparation ou, tout simplement, s'en remettent au légiste pour repartir 24 heures en arrière et empêcher ainsi leur propre meurtre (*Tru Calling, Compte à rebours*, Jon Harmon Feldman, USA, 2003).

Le légiste psychopompe se voit alors investi d'un pouvoir exorbitant : substituer au « **discours** » **violent** du criminel (plaies, exactions *ante* ou *post-mortem*, fétichisme, trophées…), le « **discours** » **savant** du dispositif médico-légal, transformant le roman policier classique (le « rompol » selon Fred Vargas), en précipité technique sophistiqué de savoirs multiples : odontologiques, thanato-anthropologiques, judiciaires, chimiques… jusqu'à parfois saturer le lecteur et/ou spectateur de détails encyclopédiques complexes, dont on ne sait pas bien à qui ils s'adressent – aux autres légistes qui en savent et en sauront forcément toujours plus, ou au public, qui en sait et en saura forcément toujours moins !

Cette ambiguïté constitutive de l'énigme résolue en IML, dans la lignée du pionnier *Necropolis* (Herbert Lieberman), participe d'une nouvelle poétique policière, que l'on pourrait appeler la technologie post-humaniste, au service d'une *nekuya* supérieure : les grandes séries criminelles « *mainstream*[1] » et les sommes romanesques dont elles sont souvent issues (Tess Gerritsen, Patricia Cornwell, Kathy Reichs…) adultèrent en effet le propos strictement énigmatique d'une volonté sans cesse réaffirmée et renouvelée d'aider les morts à renouer le fil de « leur » vie… par le truchement d'un savoir *upgradé*.

D'autres encore croisent deux ancrages *a priori* antinomiques : le récit d'autopsie et la « surnaturelle » vie des morts ; il s'agit bien d'une poétique policière redoublée : puisque « autopsie » signifie « voir de ses propres yeux ». Le lecteur de récit d'énigmes (ici médicales, ailleurs politiques ou cybercriminelles) autopsie donc des autopsies, certes sous-catégories d'un plus vaste ensemble (croisement entre les séries policières et les séries médicales) mais devenues elles-mêmes genre accueillant pour des sous-genres plus spécifiques : casting zombie avec *IZombie*, immortel avec *Forever*, sans omettre l'adossement au cinéma et aux romans[2] ; vers une transmédialité… ?

---

1 De *The Knick* à *Grey's Anatomy*, en passant par *Bones*, *Dexter*, *Dr House*, *Body of Proof*, *Crossing Jordan*, *Urgences*, *Nip/Tuck*, *Night Shift* ou… *Forever*, via les récurrent(e)s Temperance Brennan, Maura Isles, Harry Morgan ou Kay Scarpetta, adossés aux « grands ancêtres » : *Seven* et *Le Silence des agneaux*.

2 L'essayiste Yann Moix, dans l'un de ses billets « signé » pour *Le Figaro*, commente longuement le roman de Mathieu Térence *La Belle*, qu'il qualifie d'« autothanatographie » : « Il y a, dans la précipitation à se vouloir mort, une inconnue et une absente de taille qui n'exerce son magistère qu'au cours languissant de la vie : et c'est la mort elle-même. […] La mort comme repli, comme ailleurs, comme terre à l'infinie proximité, se prête à la littérature et, une fois couchée sur le papier, toute cette mort devient elle-même vivante. » (Moix, 06 mars 2013).

« MORBIDE EST ENFIN LE DIRE POLICIER[3] »…

L'IML (et ses fantômes[4]), la morgue, déjà lieu de souffrance et d'horreur pour Buffy et sa jeune sœur (Joss Whedon, 2001, saison V), est de plus en plus livré aux dérèglements drolatiques ou terrifiants, puisque y exercent désormais des êtres super-naturels, mais « polaro-compatibles », comme le montrent les trois exemples suivants : Henry Morgan, médecin légiste immortel torturé par le doute dans la série *Forever* (qui n'a ironiquement que très peu duré d'ailleurs), ressuscite chaque fois qu'il meurt, et se retrouve nu dans l'eau, où qu'il soit.

Quant à Olivia « Liv » Moore, une fille-zombie ravissante mais morte-vivante, elle a trouvé là matière à se nourrir (elle dévore les cerveaux des morts, acquérant au passage leurs qualités propres…). Engagée par le légiste Ravi Chakrabarti, elle se débat sentimentalement entre son ex-fiancé Major, et son *alter ego* zombie. Il s'agit donc d'une « zom-com », une comédie zombique plus fantastique/fantaisiste que terrifiante : *IZOMBIE*, série développée par Rob Thomas (auteur de *Veronica Mars*) et Diane Ruggiero-Wright d'après la série de *comic book* éponyme de Chris Roberson et Mike Allred, et diffusée depuis le 17 mars 2015 sur le réseau The CW. Liv, étudiante en médecine, est donc transformée en zombie lors d'une soirée cauchemardesque sur un bateau. Elle en vient bel et bien à manger des cerveaux cuisinés (et devient assistante d'un légiste, qui a étrangement tout compris !). Le générique sous forme de BD est très drôle, même si en partie déjà utilisé dans *Desperate Housewives* (en fait, TOUT est déjà un peu utilisé ailleurs de toute façon), avec des bulles pour retracer les différentes étapes (contagion, réveil…) du processus. On découvre même un autre zombie, peroxydé comme l'était le Spike

3 *Cf.* Sylvie Guionnet (2002, p. 243).

4 Cette formule pille sans pudeur l'inquiétant *L'Hôpital et ses fantômes* (*Riget*), ou *Le Royaume* au Québec, mini-série danoise en 11 épisodes de 55 minutes, créée par Lars von Trier et diffusée entre le 24 novembre 1994 et 1997 sur le réseau DR1. En France, la mini-série a été diffusée sur Arte. Et bien entendu aussi son remake *Kingdom Hospital* ou *Stephen King présente Kingdom Hospital* (*Kingdom Hospital* ou *Stephen King's Kingdom Hospital*) est une série télévisée américaine en quinze épisodes de 42 minutes, adaptée par Stephen King de la série de Lars von Trier, *L'Hôpital et ses fantômes*, et diffusée entre le 3 mars et le 15juillet 2004 sur le réseau ABC. En France, la série a été diffusée entre le 26 février et le 16 avril 2005 sur Paris Première et rediffusée à partir du 6 janvier 2006 sur M6.

de *Buffy*, Blaines : David Anders ; la scène inaugurale est soignée : Liv se réveille en sac mortuaire, blafarde, et vomit !

Le policier qui la voit se sauve, persuadé d'avoir mis une femme vivante dans une housse de morgue. En fait, c'est vrai ET c'est faux, puisque… « *BUT I'AM A ZOMBIE* ! », est le leitmotiv qui vient scander toutes ses tentatives de retrouver une vie normale. Elle va faire équipe avec Clive Babineaux, flic noir désabusé qui la croit médium : ainsi se trouve activé un trio blanche-indien-noir, bonne image du *melting-pot*. Se croisent les réminiscences d'autres « grandes » séries, *Dollhouse* pour les dons soudains, *Tru Calling* pour les flashs mémoriels liés aux tranches de cerveau. Par exemple, elle devient peintre et veut garder ce don, donc avale de toutes petites quantités de cerveau d'artiste à l'épisode deux ; elle « abandonne » son fiancé, pour son bien, puis tente de le reconquérir mais en vain ; il ne peut plus la comprendre.

Enfin nous citerons True Davies, une laborantine à l'empathie douloureuse, à qui les morts demandent de revivre en leur compagnie leurs dernières vingt-quatre heures (*Tru Calling*).

Tout se passe donc un peu comme si la logique des *Experts* ou de *Coroner da Vinci* avait muté en une autre attente sérielle : faire se croiser, se rencontrer et s'épouser les prouesses scientifiques les plus pointues, avec les problématiques gothiques du retour des morts, qu'ils soient simples patients comme dans *Tru calling*, ou au contraire praticiens comme le légiste de *Forever* et la laborantine de *IZombie*. Il semble que s'opère ici une intéressante adultération entre ce qu'il est convenu d'appeler cultures savantes et cultures populaires… avec un nuancier particulièrement complexe de *cross-over*. Ajoutons que de nombreux travaux convergent en ce moment vers ce biais particulier, que ce soit ceux de Jacqueline Guittard (*Autopsies en séries*), de Maud Desmet[5] (*Confessions du cadavre. Autopsie et figures du mort dans les séries et films policiers* chez Guy Astic / Rouge profond) ou encore ceux de Mathieu Pierre sur la série fantastique américaine en général (*De la sérialité à la série fantastique américaine*, ouvrage lui aussi promis à publication chez Vendémiaire) – donc avec une entrée vers la *fantasy* macabre des morgues.

5 Dans l'entretien accordé à Pierre Langlais (17 août 2016, p. 15), l'auteur souligne la proximité de la femme et de la mort : « […] la toilette des morts avant leur enterrement était effectuée par des femmes […]. La femme et la mort ont depuis toujours été associées dans nos productions culturelles. »

C'est peu de dire que la thématique est « concernante » et même « concertante » : une assez récente exposition, intitulée « Our Body : à corps ouvert[6] » a soulevé par exemple des torrents d'indignation et des océans de questions, et après deux mois de « carrière » parisienne, a définitivement été frappée d'interdit (ordonnance du 21 avril 2009, TGI de Paris) – ce qui peut tout à fait se concevoir compte tenu du caractère éventuellement perturbant des « objets » exposés – mais ce qui en même temps révèle notre échelle de valeur de la « supportabilité » face au cadavre, à ses traitements (im)possibles et/ou (in)tenables.

Or, les séries télévisées à succès, les *blockbusters* dans la lignée de *Seven* et du *Silence des agneaux* regorgent littéralement de scènes d'autopsie, de personnages de légistes ou d'anthropologues judiciaires : on peut parler d'une « nécropoétique » renouvelée, loin des classiques *memento mori* ou de la « belle mort » des romantiques anglais. Et pour mesurer l'impact d'une telle thématique dans la vie réelle, il n'est que de constater le bond prodigieux des demandes de spécialisation en médecine légale des étudiants français, ou l'accroissement insolite de l'intérêt pour la criminalistique[7] et surtout, *Experts* oblige, pour la désormais fameuse Police technique et scientifique (PTS), qui en 2005 a vu arriver 5500 dossiers pour 225 postes, soit un pic de 20 % de plus en un an.

Exemplaire à cet égard est la série italienne *RIS* : en français : « *Les Spécialistes : Investigation scientifique* » (c'est le titre que cette série italienne prend en France) ; le service « Recherches et Investigation Scientifique » n'existe d'ailleurs pas vraiment en France, contrairement à l'origine

6 Proposée par Pascal Bernardin à Lyon, Marseille puis Paris, cette exhibition n'est jamais que la timide reprise du grand *show* américain « *Our Body : The Universe Within* », présenté à Orlando et drainant des recettes fabuleuses – on parle de 700 millions de dollars. La tradition du « cabinet des horreurs » ambulant ne s'étant jamais tout à fait éteinte, on peut voir l'invention de l'anatomiste allemand Günther von Hagens (la « plastination ») comme le dernier avatar – rentable – des anciens cirques où femmes à barbe et frères siamois faisaient la joie (et l'effroi) des badauds… Des dizaines d'expos concurrentes tournent de par le monde, et la question qui se pose est évidemment celle de la provenance de ces corps aux traits invariablement orientaux : condamnés à mort chinois ? C'est l'hypothèse la plus probable et ce n'est pas la moins sinistre. Les souvenirs des « traitements » réservés aux corps des suppliciés juifs par les nazis ne sont pas si lointains que la gêne et le dégoût ne viennent nous submerger. Mais la loi de l'offre et de la demande joue contre ces pudeurs d'un autre âge.

7 Un ouvrage passionnant fait le point sur la question : *Profession médecin légiste. Le quotidien d'un médecin des violences*, écrit par Bernard Marc aux éditions Démos, 2009. L'engouement actuel pour le métier n'empêche pas une pénurie chronique, qui oblige à se tourner de plus en plus vers l'autopsie virtuelle, ou « virtopsie ».

italienne (réalisateurs Daniele Cesarano, Barbara Petronio et Leonardo Valenti, 2005 – en prod, 7 saisons, 144 épisodes, *RIS Delitti imperfetti : RIS Roma*, et son *spin-off Romanzo siciliano : RIS Messina*, présenté en France comme la « 6e saison » de *RIS*…). En France les noms sont transposés : Venturi pour Venturini ; la légiste femme, Coralie Zahonero dans le rôle de Alexandra Joffrin, est très séduisante, amenant la touche glamour bienvenue pour contrebalancer le décor anxiogène de la salle d'autopsie ; notons que le titre allemand est plus explicite encore que le titre français : *RIS, Sprache den Toten.*

Cet engouement n'est pas seulement occidental, ou américain : si la série britannique *MacCallum* explore des sentiers assez convenus, le film[8] *Silent Hill* s'attache à faire exister des morgues inquiétantes, au sein d'un hôpital fantôme ; au Japon, la série *Rinjo* (Asahi TV 2009-2010), travaille sur l'imaginaire asiatique de la mort violente, en lien avec l'institution médicale spécifiquement nippone[9].

Sans doute faut-il y lire l'héritage des grandes figures littéraires de médecins dévoués ou démoniaques, qui touchent désormais aux mythèmes (Balzac, Zola, Wells, A. J. Cronin…), le versant ensoleillé de l'isotopie du savant génial mais candide se noyant peu à peu sous les ombres inquiétantes de Caligari[10] ou de Mabuse[11], nécromants pseudo-scientifiques au fort parfum de thaumaturges. C'est ainsi que depuis quelques années (on songera au *Necropolis* de Herbert Lieberman – 1977 – comme origine acceptable) domine la figure du légiste, ami de la décomposition, de la puanteur et des mouches, ces vrombissantes gardiennes des scènes de crime. La surabondance des séries à succès qui

8 *Silent Hill* est un film d'horreur franco-canadien de Christophe Gans, sorti en 2006. Il s'agit d'une adaptation du jeu vidéo du même titre. La distribution principale réunit Radha Mitchell, Laurie Holden, Sean Bean et Deborah Kara Unger. Une suite, *Silent Hill : Revelation 3D*, réalisée par Michael J. Bassett et reprenant une partie du casting du premier volet, est sortie au cinéma en 2012.

9 « Kuraishi Yoshio is a coroner known for his keen powers of observation and his thorough investigations. The term "rinjo" is said to be police slang for the initial investigation carried out at the scene of the crime » (Kuraishi Yoshio est un coroner connu pour ses puissants pouvoirs d'observation et ses enquêtes approfondies. Le terme « rinjo » serait un argot de la police pour l'enquête initiale menée sur les lieux du crime). Réalisateur : Hajime Haschimoto.

10 *Le Cabinet du Docteur Caligari* est un film expressionniste allemand de Robert Wiene (1920).

11 Personnage créé par le romancier Norbert Jacques, le Docteur Mabuse est surtout connu par les adaptations cinématographiques réalisées par Fritz Lang en 1922, 1933 et 1960.

se déroulent, en tout ou en partie, dans une morgue et/ou une entreprise d'embaumement nous adresse en tout cas un signe fort : l'I.M.L.[12] est le « *it* » lieu, le cadre fictionnel qui fait rêver et frissonner.

Ce qui amène peut-être une sorte de compulsion de réparation, exercée par le truchement de professionnels toujours présentés comme hypercompétents, ce « Letzte Zeuge[13] », cette Temperance Brennan[14] surdouée ou, dans le domaine voisin de la thanatopraxie, cette famille Fisher[15] toute entière qui dévale les escaliers le matin pour aller embaumer les morts qui reposent au sous-sol.

Qu'ils soient légistes ou thanatopracteurs, tous ont en commun d'avoir dépassé, depuis longtemps, le stade banal de l'effroi, du dégoût, de l'ignorance crasse. Véritable propédeutique de l'exercice médico-légal, ces séries policières permettent, selon la formule de Michel Foucault (1963, p. 147), de fixer sur le cadavre « le regard d'un œil qui a vu la mort. Grand œil blanc qui dénoue la vie ».

Néanmoins le *show* doit rester ludique, sinon léger, ou alors... ce n'est plus de la fiction[16] ! Quels choix opérer, quelles ré-articulations proposer, pour garder vivaces les deux conditions d'une « thanatologie spectaculaire » ? Car il s'agit bien d'une « danse avec la mort », avec

---

12 Institut médico-légal ; le terme de « morgue », plus sinistre et plus imagé, renvoie en fait au guichet des prisons d'où les gardiens « morguaient » (regardaient attentivement) les prisonniers.

13 Cette excellente série allemande (Stephan Bernhard, 1998) s'intitule en français *Le dernier témoin* ; il s'agit évidemment du légiste, seul autorisé à se pencher sur le corps ouvert et à scruter les organes, les fluides, les tissus... qui racontent l'histoire d'un être dans sa plus totale intimité, celle du physiologique.

14 Rendue mondialement célèbre par la série *Bones* (Hart Hanson, 2005), Temperance Brennan est anthropologue judiciaire dans les romans quasi autobiographiques de sa créatrice, Kathy Reichs. Rivale officielle de la Kay Scarpetta de Patricia Cornwell, Tempe est capable de reconstituer un corps entier à partir d'une molaire ou d'une vertèbre, et passe aisément de l'ontogenèse à la phylogenèse – ce que ne font pas forcément ses consœurs « seulement » légistes.

15 Le feuilleton *Six feet under* (« Six pieds sous terre », Alan Ball, 2001) a séduit et parfois choqué par la crudité de ses scènes sexuelles autant que par l'omniprésence des morts dans l'intimité de cette famille d'embaumeurs. Le générique inquiétant, les prologues inéluctablement meurtriers et l'atmosphère curieusement « provinciale » de l'ensemble tranchent radicalement avec les séries voisines, de type *Preuves à l'appui* ou *Coroner da Vinci*.

16 La série *Engrenages* est quand même réputée pour la violence de ses cadrages et de ses plans, qui n'édulcorent plus le corps altéré sur la table, et reprennent la frontalité du *Petit Lieutenant* de Xavier Beauvois, de *Scènes de crime* de Frédéric Schoendorffer, ou des *Rivières pourpres* de Mathieu Kassovitz (2000).

ses figures obligées, ses morceaux de bravoure et ses *prima donna* du scalpel et de la bétadine… comme le légiste Dominic Da Vinci dans la série éponyme : *Coroner Da Vinci* (*Da Vinci's Inquest*), série télévisée canadienne en 91 épisodes de 45 minutes, créée par Chris Haddock et diffusée entre le 7 octobre 1998 et le 23 janvier 2005 sur le réseau CBC (diffusée en France sur TMC).

Les « accidents » (au sens philosophique) de la quête de vérité, qu'elle soit policière ou plus métaphysique, réhabilitent en tout cas pleinement le corps du mort, ne l'externalisent plus du récit, comme un protagoniste gênant qui ne ferait qu'encombrer. Il est et reste le centre du processus, le maître muet et douloureux d'une lente révélation, le glyphe à décrypter par de patientes et savantes analyses. Ce n'est pas l'illusion ressuscitante des histoires de détective à la Leroux, ou des sagas vampiriques (Stephenie Meyer), mais la parole redonnée à celui qui n'a plus de voix, la *lumen opacatum* d'un départ définitif mais pour un instant différé :

> Seul, si froid, environné de silence, l'homme mort attend, il m'attend. Je suis le dernier être auquel il se confiera avec des mots qui ne sont pas de ce monde […] à la morgue où je déploierais tout mon talent pour le faire parler, à moi seule (Cornwell, 2001, p. 115).

Cela n'empêche pas David Le Breton d'insister sur la nécessaire froideur à maintenir entre légiste et autopsié, froideur qui rejoint l'anthropologique séparation qui règle depuis toujours le séjour des morts et celui des vivants : « L'homme disséqué est dépersonnalisé et perçu comme une matière inerte dont il faut déconstruire les éléments, démembrer la forme, il est un bel outil d'apprentissage. L'émotion est tenue à distance » (Le Breton, 1993, p. 21). Cette problématique est développée sur le plan fictionnel par la série française *Cellule identité* (Simon Jablonka et Jean-Marc Rudnicki, 2008) dont Emmanuelle Skyvington (30 janvier 2008, p. 114) salue la vraisemblance salutaire : « Bienvenue à *Cellule Identité*, l'unité (imaginaire) de police scientifique chargée d'élucider crimes impunis, morts bizarres et de redonner un nom à ces hommes et femmes tombés dans l'oubli ».

On trouve un écho de cette impersonnalisation forcée dans de nombreux romans et séries, mais c'est généralement pour la réfuter peu après en affirmant que même le plus endurci des légistes est submergé par l'émotion, etc. :

> La mort est donc pour moi chose habituelle. Son odeur, sa vue, son idée même me sont familières. Sur le plan des émotions, mon métier m'a endurcie. J'ai appris à rester détachée. Pourtant, quelque chose chez cette vieille femme faisait voler en éclat ma carapace (Reichs, 2004, p. 13).

La raison de cette *captatio benevolentiae* ? Tout simplement le besoin d'identification du spectateur ; or, personne ne peut s'identifier durablement à quelqu'un qui baille ou mange un sandwich devant un corps putréfié, surtout si ce personnage est le héros ; mais s'il est un comparse, alors cela devient une figure obligée : le légiste rigolard et « vanneur », ou au contraire poète et artiste, que rien ne révulse et qui plonge dans la fausse consternation horrifiée tout son entourage (Pluvinage dans la série *Boulevard du Palais*, par exemple). Pourtant, la « vulgate » adoptée par la plupart des criminalistes penche plutôt vers le pathétique et le sérieux, seuls garants d'une *politacally correctness* due aux morts, surtout aux États-Unis où la majorité du public attend sur ces sujets une certaine gravité, disons, de bon aloi : « Les morts forment de muettes armées auxquelles je faisais appel pour qu'elles nous sauvent tous » (Cornwell, 1995, p. 317).

Faire allégeance à ceux qui sont partis « de l'autre côté » permet ensuite à toute l'infrastructure criminalistique de se déployer, dans ses fastes glaçants. Moins consensuel, Michel Houellebecq (1999, p. 73) élève, lui, une sorte de « cantique de la pourriture » qui profère notre immanence d'être périssable, sans pour autant abdiquer notre grandeur : « Le monde pue. Il n'y a pas de fantôme sous la lune tumescente. Il n'y a que des cadavres gonflés, ballonnés et noirs, sur le point d'éclater dans un vomissement pestilentiel ».

Intronisation/détronisation, figuration/défiguration : le cadavre s'efface des visualités de ce monde, quand le message enfin a été lu. « *Ecce homo* », semble dire chaque légiste à l'orée de chaque autopsie. La précision des gestes, la spécialisation des instruments (la scie, le crâniotome, puis le spectromètre et le chromatographe en phase gazeuse), la basse température, les odeurs qui résistent à tout – et à qui personne ne résiste, *gimmick* amplement souligné dans toutes les séries – participent de cet isolat, de cette cérémonie médico-légale tant de fois constatée et commentée. Citons l'analyse du philosophe Michel Foucault (1963, p. 126), pour qui : « [...] dans la hardiesse du geste qui ne viole que pour mettre à jour, le cadavre devient le plus clair moment dans les figures de la vérité ». La morgue est bien le lieu paradoxal de la plus grande technicité, et de la plus extrême vulnérabilité : l'homme y est roi, et mendiant, et le mystère « particulier » de l'énigme en cours renvoie forcément au mystère « général » de nos fins dernières.

UN « CANTIQUE DE LA POURRITURE » ?

Nous trouvons donc, à l'orée de cette seconde partie, un état des lieux constrasté, mais pas entièrement bipolarisé : les scènes-choc comme marque de fabrique hyperréaliste (*Engrenages*, *Bones*) peuvent supporter la confrontation avec la spécialisation du « burlesque atroce », comme les cerveaux des morts dévorés dans *IZombie* (saison Une, épisode 2) – sorte de transposition innocente de *Hannibal*.

Car si « ce qui est enfoui finit toujours par refaire surface » (Morice, 10 juillet 2013, p. 110), la sérialité policière serait-elle en charge d'une spiritualité désormais opaque ? Selon J.-B. Pontalis (2003, p. 185) dans *Traversée des ombres*, « il nous faut croiser bien des revenants [...] converser avec bien des morts, donner la parole à bien des muets, [...] pour enfin, peut-être trouver une identité qui, si vacillante soit-elle, tienne et nous tienne ».

C'est pourquoi la série de Bryan Fuller, *Pushing daisies* (2007), tient un discours inédit sur la mort : le héros, Ned, a la faculté de réveiller les morts en les touchant mais aussi celle de les replonger dans le néant en cas de second contact ! Chaque résurrection se prolongeant plus d'une minute entraîne inéluctablement une autre mort. Amené à ressusciter son amour de jeunesse, Chuck, il ne peut se résoudre à la perdre de nouveau, lui sacrifiant un innocent. Le journaliste Lucas Armati (18 décembre 2013, p. 85), critique dans *Télérama*, résume avec pertinence le caractère exceptionnel de cette série méconnue : « Version fantastique des *Experts* ? Non, car l'emballage policier s'effrite vite pour livrer un conte kitsch, hyper visuel et attachant sur l'amour impossible de deux êtres qui ne peuvent se toucher sous peine de mort ».

Ces séries sont surplombées par la puissante ambiguïté qui gouverne notre confrontation au corps mort, au corps du mort, et revêtent deux figures archétypiques particulièrement riches en enseignement : la fascination épouvantée pour l'objet-cadavre (et son cortège de fictions exorcisantes sur les spectres, zombies, vampires, revenants… qui en sont la textualisation fantasmagorique), puis la transformation de la répulsion en gratitude, lorsque le cadavre hideux redevient une figure herméneutique majeure, lourd d'une vérité que nous accueillons enfin sans réticence.

Il n'a de toute façon jamais été simple de surmonter l'interdit qui frappe le corps du mort pour procéder à son autopsie ; l'historien Grégoire Chamayou nous le rappelle crûment, en évoquant, à propos de l'expérimentation en général, la devise de certains légistes : « *facere experimentum in corpore vili* », c'est-à-dire : faisons des expériences sur un corps vil… On ajoutera : car seuls ceux-ci sont d'un accès aisé ! Souvenons-nous de *L'Impasse aux violences*, film britannique de John Gilling (1960), où des brutes sadiques fournissent en cadavres « frais » un professeur de médecine sans scrupules… Cette « gêne », souvent transformée en exploitation sociale mal déguisée (mendiants, filles de joie, déments ou condamnés fournissant les gros bataillons des fameux « corps vils »), se traduit aujourd'hui par une proclamation sans cesse réaffirmée du respect dû aux morts, de l'intimité spéciale entre le légiste et « son » cadavre, de la considération éprouvée et soulignée à tout instant entre le corps du mort et celui/celle qui va en violer l'enveloppe charnelle ; le légiste va parfois jusqu'à s'imaginer à la place du mort : « L'idée vertigineuse la traversa soudain que c'était elle qu'elle voyait sur cette table. Qu'elle assistait à l'autopsie de son propre cadavre » (Gerritsen, 2007, p. 53).

En contrepartie, les contraintes et servitudes du métier sont hautement manifestes, comme s'il fallait payer cher le privilège particulier qui consiste à manier la scie Stryker et le kit de thoracotomie dans le fracas de la soufflerie et des outils métalliques, sous la lumière crue des lampes : « Depuis sept heures du matin elle respirait l'arôme de la mort, tellement familier qu'elle ne broncha pas lorsque sa lame incisa la peau froide et qu'une odeur nauséabonde s'échappa des organes mis à nu » (Gerritsen, 2009, p. 16). On le voit, l'*ekphrasis* sérielle de l'autopsie suit à peu près toujours le même schéma : dégoût du profane, impassibilité du légiste, déploration de la vénusté détruite de la victime, précision hyperréaliste des gestes et des instruments (c'est l'effet « *Urgences* », ses « gaz du sang » et ses « O Neg »), odeurs épouvantables – il y aurait de quoi rédiger une anthologie – et pour finir résultats du labo et *ultima verba* sur la condition humaine, misérable[17], et les pouvoirs du légiste, immenses mais dérisoires.

Le *punctum* du texte, ce corps couronné d'insectes comme la tête de cochon dans *Sa Majesté des mouches*, nous renvoie l'image grimaçante et dérangeante du « puzzle biologique » que nous formons, et peut en effet déclencher, chez les plus sensibles des lecteurs, les mêmes réflexes hépatiques que chez l'officier Marley, pourtant aguerrie : « Elle alla droit aux toilettes, s'accroupit devant la cuvette et se mit à vomir, secouée de haut le cœur, jusqu'à ne plus expulser que des filet de salive brunâtre » (Hayder, 2009, p. 59). Danse avec les morts…

Un constat s'impose sans difficulté pour clore cette seconde partie : à travers films, romans et séries innombrables, le cadavre est devenu en quelques années un « *must* » dans le casting des romans policiers à succès. La vague de fond a été préparée par les séries « médicales », types *Docteur House* ou *Grey's Anatomy*, – et la vétérante, *Urgences*, dont les 15 saisons se sont achevées en 2009 – puis l'attention s'est déportée du malade vers le mort, et par voie de conséquence de l'urgentiste vers le coroner ou le thanatopracteur[18]. C'est ainsi que l'image de Scully[19] chaussant ses lunettes anti-projection dans *X-Files* continue de passionner les *aficionados*, tandis que les multiples descriptions de l'habillage, puis du déshabillage, des légistes chez P. Cornwell et K. Reichs confèrent à la pratique la pompe sacerdotale des instants sacrés ou des « mystères » gréco-latins.

17 La méditation sur le cadavre écorché en salle d'autopsie ressemble aux anciennes vanités : « Comme l'os humain est vulnérable ! pensa-t-elle. […] l'une après l'autre, les côtes cèdent sous l'acier trempé. Nous sommes faits d'une matière fragile » (Gerritsen, 2007, p. 48).

18 La fascination récente ressentie pour le métier de légiste surprend un peu les praticiens : eux n'ont pas l'impression d'exercer une profession aussi attrayante, et ils s'en expliquent d'ailleurs dans *Les Enquêteurs de l'ombre*, un excellent documentaire d'Éléonore Manéglier (France, 2009) ; elle décrit crûment quoique sans aucun sensationnalisme le geste nécroptique : « De la scène de crime à la table d'autopsie, ce documentaire instructif et concret sait garder la juste distance d'observation avec son sujet, évitant les écueils de la description clinique et de la fascination morbide » (Gavoille, 24 juin 2009, p. 93).

19 On a assisté au retour du tandem Mulder et Scully sur la Fox – et donc au retour des autopsies bizarroïdes de la légiste (*X-Files*).

LA « PORNOGRAPHIE DE LA MORT[20] »

Ce « mystère » pressenti autour de l'exercice légal et policier s'actualise puissamment dans *Forever* (ou *Éternel* au Québec) ; c'est – nous l'évoquions au commencement – une série télévisée américaine comportant 22 épisodes de 42 minutes créée par Matt Miller, diffusée entre le 22 septembre 2014 et le 5 mai 2015 sur le réseau ABC aux États-Unis et 24 heures en avance sur le réseau CTV au Canada ; et en France : du 28 avril 2015 au 16 juin 2015 sur TF1.

On suit un élégant légiste (il est britannique, ce que surlignent son goût pour les écharpes en cachemire et son accent à couper au couteau) dans son éternité médico-légale, comme le signale la journaliste Nathalie Schuck (28 avril 2015) : « Le docteur Henry Morgan (Ioan Gruffudd) est immortel depuis déjà deux siècles. Il en ignore la raison et n'accepte pas cet état mystérieux. [...] Dans sa vie présente, il est médecin légiste à New York, ce qui lui permet d'étudier la mort sous toutes ses formes pour comprendre pourquoi il ne peut passer dans l'au-delà » ; Pierre Langlais se montre extrêmement sévère avec cette série qu'il juge en ces termes : « Derrière ce scénario improbable, pour ne pas dire grotesque, se cachent les sempiternelles enquêtes policières des grandes chaînes américaines, mâtinées ici de fantastique » (Langlais, 25 avril 2015, p. 83)[21].

Le croisement médecin surdoué / personnage fantastique a semblé difficile, peut-être parce que la figure du médecin, génial mais odieux, s'est incarnée pendant huit ans sous les traits de Gregory House, ou bien que l'on s'est surtout habitué à voir des femmes légistes, grandes gagnantes des récentes productions des *networks* ; toujours élégantes, elles reprennent la tradition des *Experts* (petits hauts pimpants, talons hauts, brushing impeccable...). En premier lieu *Body of proof* (série créée par Christopher Murphey, USA, 2011) : « Désormais reine de l'autopsie, elle mène l'enquête au-delà de son laboratoire, en réservant ses sourires à sa fille ado [...] Enquêtes cousues de fil blanc, personnages

20 *Cf.* Geoffrey Gorer (1995).

21 On peut lire aussi : Pierre Langlais « "Forever", pas sûr que ça dure... », *Télérama*, 28 septembre 2014, Disponible sur : « http://www.telerama.fr/series-tv/forever-ca-risque-de-ne-pas-durer,117032.php (consulté le 25/08/2016) ».

secondaires caricaturaux, dialogues prévisibles : tout, dans ce produit formaté, n'inspire que banalité et ennui » (Langlais, 09 mars 2013, p. 48) ; mais aussi *Rizzoli et Isles*, la série de Janet Tamaro, où deux amies, une policière de terrain (Jane Rizzoli) et une anatomo-pathologiste (Maura Isles), mènent des enquêtes criminelles dans un quotidien éprouvant et sentimentalement peu gratifiant.

Ce « *Rizzoli & Isles : Autopsie d'un meurtre* » (USA, 2012) présente donc un nouveau binôme de charme dans le monde des légistes télévisuels ; on peut se demander d'ailleurs si l'aspect léger et fantaisiste ne contribue pas à rendre anodines sinon insignifiantes les scènes d'autopsie qui se veulent pourtant réalistes : « Jeanne Rizzoli, lieutenant de police, est un vrai garçon manqué, au grand désespoir de sa mère [...] Maura Isles, elle, est un médecin légiste passionné par son métier. Très intelligente, elle est aussi folle de mode et s'habille avec les tenues des plus grands créateurs » (Litaud, 25 février 2013) ; Pierre Langlais (08 mars 2014, p. 72) est d'ailleurs beaucoup plus incisif en accordant quand même quelque crédit à cette présentation idyllique de l'institution médico-légale : « Une série inégalement écrite, légèrement relevée par l'amitié vache entre ses deux héroïnes (volontiers crypto-lesbienne) incarnée par un casting soigné mais sans souffle du côté de ses enquêtes ».

Enfin la série *Les Enquêtes de Murdoch* (Laurie Lynd, Canada, 2008 – en production) met en scène une femme légiste particulièrement attachante (Julia Ogden, incarnée par Helen Joy[22]). Pierre Langlais (20 septembre 2014, p. 111) en souligne les qualités (pour une fois !) mais aussi les limites : « Un honnête et très classique divertissement avec questions, réponses, indices et fausses pistes, le tout relevé par quelques traits d'esprit et de romances chastes. [...] il faut aimer les polars qui ronronnent en costume, calmes comme un dimanche soir ».

Cette abondance en témoigne : la surcadavérisation de nos policiers actuels plaît et fascine ; de plus en plus de séries érigent la salle d'autopsie en nouvelle « terre gaste » (*ReGenesis*, *Epitafios*, *Crossing Jordan*, *Coroner Da Vinci*, *Bones*, *Les Experts*...), car cette mythographie participe surtout de l'identification à la toute-puissance légiste, curieux croisement entre le vrai et le faux de la médecine et le bien et le mal de la morale ; ce qui

22 D'autres consœurs la rejoignent, d'ailleurs, au fil des neuf saisons : bousculade réjouissante, et un peu incongrue, de compétences féminines ultra-scientifiques en cette fin du dix-neuvième siècle, à Toronto !

explique les nombreuses occurrences de méditations devant le cadavre, pitoyable dans sa nudité, dans sa vulnérabilité ultime. On se souvient que le journaliste Bruno Icher avait particulièrement apprécié le film japonais *Departures* (Yōjirō Takita, 2009), qui racontait les débuts d'un jeune thanatopracteur très maladroit :

> La construction de *Departures* rappelle confusément quelque chose, en l'occurrence la série *Six Feet under*, créée par Alan Ball [...]. Cette chronique morbide d'une famille névrosée jusqu'à l'os, travaillant dans les pompes funèbres, jouait de la même manière d'un équilibre précaire entre l'empêchement obsessionnel de vivre des personnages et l'odeur presque perceptible de la mort environnante. [...] on vit pour ne pas mourir tout de suite (Icher, 3 juin 2009, p. 26).

On comprend pourquoi des séries policières, surtout américaines, reposent entièrement sur le spectacle d'autopsies frontales, évidemment très peu usité dans le paysage audiovisuel français avant *Engrenages* ; l'article de Stéphane Johany « Récit d'une autopsie minute par minute » n'hésite pas à évoquer les aspects les plus *gore* du travail d'un légiste, pour le plus grand plaisir (masochiste ?) des nouveaux experts que nous croyons tous être :

> Les gestes du docteur Marc sont nets, précis, sans fioritures. L'autopsiée reste une patiente et le légiste, un médecin. [...] Du cou au pubis, le cadavre est éventré. La cage thoracique découpée. À pleines mains ou à l'aide de longs ciseaux, il est proprement vidé en trois temps : d'abord les viscères, puis les reins et enfin le cœur et les poumons (Johany, 16 février 2009).

Alors, « *Tu mourras moins bête* »... (« *Mais tu mourras quand même !* ») : le titre allégrement provocateur de ce volume (Montaigne, 2012) cache en fait un excellent ouvrage de vulgarisation, suffisamment ironique envers les « *Expert(e)s* » de la série américaine arrivant sur les scènes de crime en tenue sexy et moulante... mais très informé et très pédagogique dans la description des procédés et l'évocation des outils les plus novateurs. Il offre donc un contre-point salutaire à la « sur-cadavérisation » actuelle. Certes, les contraintes économiques fortes et l'importance accordée aux ventes ou à l'audimat, rendent au lecteur/spectateur une part de son poids, ceci d'autant plus qu'il participe aux communautés d'interprétation que sont les blogs.

Aussi les raisons du succès de ce type de séries depuis le milieu des années quatre-vingt-dix relèvent-elles, nous l'avons vu, de l'esprit d'une époque, mélange de fétichisme positiviste pour la science et de désenchantement postmoderne.

POUR CONCLURE
La solitude est un cercueil de verre[23]…

Ainsi la production policière « *mainstream* » manifeste-t-elle en effet une fascination pour la mort violente, réponse fictionnelle aux images journalistiques et publicitaires quotidiennes, ainsi qu'une centration sur les techniques d'investigation, vision positive des techniques nouvelles qui baignent le lecteur (vidéo surveillance, réseaux sociaux, passeports biométriques…). Tout est trace, et tout crime sera puni, car ce n'est qu'une question de moyens scientifiques supplémentaires : quand le tragique de la vie est ramené à une utopie scientiste, le schéma politique sous-jacent pourrait même être dit néoconservateur. Certaines séries cependant acceptent aussi d'engager le spectateur sur la voie de la déception : en effet, ni la technique ni le discours scientifique n'éliminent les incertitudes de la responsabilité ou des difficultés relationnelles.

La thématique techno-scientifique que le lecteur/spectateur avait pensée apte à prendre en charge la quête de réponses rassurantes, le renvoie à ses errances interprétatives. Car il y a des moments fantastiques dans *Les Experts*, dans *Dexter* ou dans *Six Feet Under*… même si ces moments n'appartiennent pas à la diégèse proprement dite (fantôme de Harry discutant avec son fils Dexter Morgan, corps à embaumer se relevant pour se lamenter auprès de Nate Fisher, l'un des grands thanatopracteurs de la série *Six feet under* (saison II, épisode 2)…, ou bien encore Will Graham errant mentalement dans les dédales d'une scène de crime particulièrement torturée, ou Carrie, l'hyper-mnésique d'*Unforgettable*[24] se projetant dans une séquence du passé, où elle se croise elle-même, etc.).

Mais ces franchissements du conventionnalisme de la représentation réaliste suffisent à rendre poreuses les frontières entre les genres, et à préparer l'acceptabilité de *Forever*, ou de *IZombie*.

Loin d'être rassuré par le renouvellement du même (Eco, 1884, p. 9-26), le public contemporain est au fond en questionnement perpétuel.

23 *Cf.* Ray Bradbury (1986).

24 *Unforgettable* ou *Mémoire sous enquête* au Québec est une série télévisée américaine en 61 épisodes de 44 minutes créée par Ed Redlich et John Bellucci, diffusée entre le 20 septembre 2011 et le 14 septembre 2014 sur le réseau CBS et en simultané sur le réseau CTV au Canada, puis entre le 27 novembre 2015 et le 22 janvier 2016 sur A&E.

En se gardant de sombrer dans un nihilisme à la Robin Cook[25], ou de verser dans un nouvel absolu à la James Lee Burke[26], le lecteur/spectateur postmoderne, se doit, sur la base d'un désenchantement politique et d'une prise en compte de la dimension tragique de l'Homme, chercher des « transcendances relatives » ou des « utopies réalistes[27] ».

Il semble en définitive que le genre policier autoptique soit particulièrement en adéquation avec l'esprit de l'époque, et son esthétique disparitionniste : si la thématique médico-légale tend à laisser croire à un néo-positivisme triomphant, la création de personnages fantastiques ou faillibles peut en compenser l'artifice, comme dans *Un os à ronger* (*Bones of the Lost*), de Kathy Reichs :

> Une chance que les proches des défunts conservés chez nous ne soient pas autorisés à entrer dans cette salle glacée ! Aucune mère n'a jamais vu son enfant congelé de la sorte. Aucun mari n'a jamais aperçu sa femme désignée par une succession de lettres et de chiffres (Reichs, 2015, p. 60).

De cet adossement au réel, de cette profonde imprégnation du *Zeitgeist*, la série policière britannique *Autopsie* (en VO *Silent Witness*, de Coky Geidroyc, d'après Nigel McCrery, 20 saisons) semble aujourd'hui le modèle insurpassable et la référence la plus prisée ; elle inspire à Hugo Cassavetti le commentaire suivant :

> Après la mode des séries directement inspirées des *Experts*, une nouvelle tendance arrive sur notre petit écran : des séries anciennes et inédites revendiquant la paternité du concept qui a fait la fortune de Jerry Bruckenheimer. Autrement dit, une fiction policière à suspense dont l'énigme est résolue par les indices, les déductions, *bref par l'esprit humain* (Cassavetti, 1er juin 2005, p. 141).

---

25 Ici, nous pensons à l'écrivain britannique, mort en 1994 ; mais son homonyme américain aurait toute sa place, à cause de son couple fictionnel récurrent : Laurie Montgomery et Jack Stapleton sont deux médecins légistes travaillant à l'Institut Médico-Légal de New York. Menant leurs enquêtes en commun, leur relation va évoluer au fil des romans ; d'abord collègues, puis amants et enfin mariés. Le docteur Laurie Montgomery apparaît pour la première fois dans *Vengeance aveugle* (1992), le docteur Jack Stapleton dans *Contagion* (1995). Le couple Laurie Montgomery / Jack Stapleton fait une petite apparition dans l'avant dernier ouvrage de l'auteur (*Assurance Vie*).

26 James Lee Burke, né le 5 décembre1936 à Houston au Texas, est un écrivain américain de romans policiers. Lauréat de nombreux prix littéraires, il est particulièrement connu pour sa série mettant en scène le shérif Dave Robicheaux. On lira à ce sujet Philippe Corcuff, *Polars, philosophie et critique sociale*, Textuel, coll. « Petite encyclopédie critique », 2013.

27 Ceci constitue la définition du polar selon Philippe Corcuff.

Faut-il pour autant symétriser féminité et sens du passage, et sciences médico-légales avec eschatologie ? Ce ne serait pas une si grande nouveauté : après tout, les Walkyries, déités féminines, relevaient et emportaient déjà les guerriers morts au Walhalla… mais le motif baroque du comble se trouve plus fortement re-sémantisé dans la représentation actuelle d'une dissection à la fois hyper-technicisée et en même temps spiritualisée et miséricordieuse, puisque sous le masque du thanatopracteur rayonne l'ange sécularisé, qui éveille à la lumière du trépas les corps altérés et défaits. Mais à quel prix ?

Isabelle-Rachel CASTA-LECA
Université d'Artois

RÉFÉRENCES BIBLIOGRAPHIQUES

SÉRIES TÉLÉVISÉES

AMIEL, Jack & BELGER, Michael, *The Knick*, USA, 2014-2015.
BALL, Alan, *Six feet under* (*Six pieds sous terre*), USA, 2001-2005.
CARTER, Chris, *X-Files : Aux frontières du réel*, USA, 1993-2018.
CHERRY, Marc, *Desperate Housewives* (*Beautés désespérées* au Québec), USA, 2004-2012.
CLERT, Alexandra & SAINDERICHIN, Guy-Patrick, *Engrenages*, FR, 2005 – en production.
CRICHTON, Michael, *Urgences* (*ER* pour *Emergency Room*), USA, 1994-2009.
EDELMANN, Gregor, *Le Dernier Témoin* (*Der letzte Zeug*), DE, 1996-2007.
FELDMAN, Jon Harmon, *Tru Calling, Compte à rebours*, USA, 2003-2005.
FULLER, Bryan, *Pushing Daisies*, USA, 2007-2009.
FULLER, Bryan, *Hannibal*, USA, 2013-2015.
GUILMINEAU, Marie, *Boulevard du Palais*, FR, 1999-2017.
HADDOCK, Chris, *Coroner Da Vinci* (*Da Vinci's Inquest*), CAN, 1998-2005.
HANSON, Hart, *Bones*, USA, 2005-2017.
HASCHIMOTO, Hajime, *Rinjo*, Japon, 2009-2010.
HEPBURN, Stuart, *McCallum*, UK, 1995-1998.
JABLONKA, Simon & RUDNICKI, Jean-Marc, *Cellule Identité*, FR, 2008.
JENNINGS, Christina, *ReGenesis* (ou *ReGénèse* puis *Alerte au virus* au Québec), CAN, 2004-2008.
KING, Stephen, *Kingdom Hospital* ou *Stephen King présente Kingdom Hospital* (*Kingdom Hospital* ou *Stephen King's Kingdom Hospital*), USA, 2004.
KRING, Tim, *Crossing Jordan*, (*Preuve à l'appui* (en France) ou *Témoins silencieux* (au Québec)), USA, 2001-2007.
JENNINGS, Maureen, *Les Enquêtes de Murdoch* (*The Murdoch Mysteries*), CAN, 2008 – en production.
MANOS, Jr. James, *Dexter*, USA, 2006-2013.
MCCRERY, Nigel, *Autopsie* (*Silent Witness*), UK, 1996 – en production.
MILLER, Matt, *Forever* (ou *Éternel* au Québec), USA, 2014-2015.
MURPHEY, Christopher, *Body of proof*, USA, 2011-2013.
MURPHY, Ryan, *Nip/Tuck*, USA, 2003-2010.
REDLICH, Ed & BELLUCCI, John, *Unforgettable* (*Mémoire sous enquête* au Québec), USA, 2011-2016.
RHIMES, Shonda, *Grey's Anatomy* ou *D^re^ Grey* (*Leçons d'anatomie* au Québec), USA, 2005 – en production.

SACHS, Gabe & JUDAH, Jeff, *Night Shift* (*Nuits blanches à l'urgence* au Québec), USA, 2014-2017.

SHORE, David, *Dr House* (*House, M.D.*, ou simplement *House*), USA, 2004-2012.

SLAVICH, Marcello et Walter, *Epitafios*, ARG, 2004.

TAMARRO, Janet, *Rizzoli and Isles : Autopsie d'un meurtre*, USA, 2010-2016.

THOMAS, Rob & RUGGIERO-WRIGHT, Diane, *IZombie*, USA, 2015-2019.

VON TRIER, Lars, *L'Hôpital et ses fantômes* (*Riget*), ou *Le Royaume* au Québec, DK, 1994-1997.

WHEDON, Joss, *Dollhouse*, USA, 2009-2010.

ZUIKER, Anthony E., (2000-2015), *Les Experts* (*CSI : Crime Scene Investigation*), USA.

FILMS

BEAUVOIS, Xavier, *Le Petit Lieutenant*, FR, 2005.

DEMME, Jonathan, *Le Silence des agneaux* (*The Silence of the Lambs*), USA, 1991.

FINCHER, David, *Seven*, USA, 1995.

GANS, Christophe, *Silent Hill*, CAN/FR, 2006.

GILLING, John, *L'Impasse aux violences* (*The Flesh and the Fiends*), UK, 1960.

KASSOVITZ, Mathieu, *Rivières pourpres*, FR, 2000.

SCHOENDORFFER, Frédéric, *Scènes de crime*, FR, 2000.

TAKITA, Yōjirō, *Departures*, JP, 2008.

WIENE, Robert, *Le Cabinet du Docteur Caligari*, DE, 1920.

ROMANS

BRADBURY, Ray, *La Solitude est un cercueil de verre*, [*Death is a lonely business*, 1985], trad. par Emmanuel Jouanne, Paris, Denoël, coll. « Arc-en-ciel », 1986.

CORNWELL, Patricia, *La Séquence des corps*, [*The body Farm*, 1994], trad. de l'américain par Dominique Dupont-Viau, Paris, Librairie des Champs-Élysées, 1995.

CORNWELL, Patricia, *Dossier Benton*, [*The last Precinct*, 2000], trad. de l'américain par Hélène Narbonne, Paris, Calmann-Lévy, coll. « Calmann-Lévy crime », 2001.

GERRITSEN, Tess, *Le Lien fatal*, [*Body Double*, 2004], trad. de l'américain par Jacques Martinache, Paris, Presses de la Cité, 2007.

GERRITSEN, Tess, *Au bout de la nuit*, [*Vanish*, 2005], trad. de l'anglais (États-Unis) par Hubert Tézenas, Paris, Presses de la Cité, coll. « Sang d'encre », 2009.

GOLDING, William, *Sa Majesté des mouches*, [*Lord of the Flies*, 1954], trad. de l'anglais de Lola Tranec, Paris, Gallimard, coll. « Du monde entier », 1956.

HARRIS, Thomas, *Le Silence des agneaux*, [*The Silence of the Lambs*, 1988], trad. de l'anglais par Monique Lebailly, Paris, Albin-Michel, 1988.

HAYDER, Mo, *Skin*, [*Skin*, 2009], trad. de l'anglais par Hubert Tézenas, Paris, Presses de la Cité, coll. « Sang d'encre », 2009.

LIEBERMAN, Herbert, *Necropolis*, [*City of the dead*, 1976], trad. de l'américain par Maurice Rambaud, Paris, Seuil, 1977.

REICHS, Kathy, *Secrets d'outre-tombe*, [*Grave Secrets*, 2002], trad. de l'américain par Viviane Mikhalkov, Paris, Robert Laffont, coll. « Best-sellers », 2004.

REICHS, Kathy, *Un os à ronger*, [*Bones of the Lost*, 2013], trad. de l'anglais (Canada) par Viviane Mikhalkov et Dominique Haas, Paris, Robert Laffont, coll. « Best-sellers », 2015.

OUVRAGES CRITIQUES, ARTICLES, ESSAIS

CASSAVETTI, Hugo, « *Autopsie* », *Télérama*, n° 2890, 1er juin 2005, p. 141.

CORCUFF, Philippe, *Polars, philosophie et critique sociale*, avec des dessins de Charb, Paris, Textuel, coll. « Petite encyclopédie critique », 2013.

DESMET, Maud, *Confessions du cadavre. Autopsie et figures du mort dans les séries et films policiers*, Aix-en-Provence, Rouge profond, coll. « Raccords », 2016.

ECO, Umberto, « Innovation et répétition : entre esthétique moderne et post-moderne », trad. de l'américain par Marie-Christine Gamberini, *Réseaux*, vol. 12, n° 68, 1994, p. 9-26.

FOUCAULT, Michel, *Naissance de la clinique*, Paris, PUF, coll. « Galien », 1963.

GAVOILLE, Émilie, « Présentation du documentaire *Les Enquêteurs de l'ombre* d'Éléonore Manéglier », *Télérama*, n° 3102, 24 juin 2009, p. 93.

GORER, Geoffrey, *Ni pleurs ni couronnes* précédé de *Pornographie de la mort*, [*Death, grief and mourning in contemporary Britain*, 1965], préf. de Michel Vovelle, trad. de l'anglais par Hélène Allouch, Paris, E. P. E. L., 1995.

GUIONNET, Sylvie, « L'énigme policière dans le parcours des lecteurs », *Les Œuvres noires de l'art et de la littérature*, éd. Alain Pessin et Marie-Caroline Vanbremeersch, t. I, avec la collaboration de Pascale Ancel, Yvonne Neyrat et Gisèle Peuchlestrade, actes du colloque international d'Amiens, organisé par le Centre d'études, de formation et de recherches en sciences sociales, CEFRESS, [et] le Groupement de recherches « Œuvres, publics, sociétés », GDR Opus, Paris, L'Harmattan, coll. « Logiques sociales. Série Sociologie de la connaissance », 2002, p. 233-246.

GUITTARD, Jacqueline, « Autopsies en série : la transparence et l'ombre », *Itinéraires*, vol. 1, *Récits de société*, éd. Mireille Brangé et Magali Nachtergael, 2015, Disponible sur : « https://journals.openedition.org/itineraires/2781 (consulté le 25/08/2016) ».

HOUELLEBECQ, Michel, *H.P. Lovecraft. Contre le monde, contre la vie*, Paris, Éditions J'ai lu, coll. « J'ai lu. Document », 1999.

ICHER, Bruno, « Fosse Joie », *Libération*, 3 juin 2009, p. 26, Disponible sur : « https://next.liberation.fr/cinema/2009/06/03/fosse-joie_561669 (consulté le 25/08/2016) ».

JOHANY, Stéphane, « Récit d'une autopsie minute par minute », *Le Journal du dimanche*, 16 février 2009, Disponible sur : « https://www.lejdd.fr/Societe/Recit-d-une-autopsie-minute-par-minute-78761-3077417 (consulté le 25/08/2016) ».

LANGLAIS, Pierre, « Critique de *Body of Proof* », *Télérama*, n° 3295, 09 mars 2013, p. 48.

LANGLAIS, Pierre, « Critique de *Rizzoli et Isles* », *Télérama*, n° 3347, 08 mars 2014, p. 72.

LANGLAIS, Pierre, « Critique de *Les enquêtes de Murdoch* », *Télérama*, n° 3375, 20 septembre 2014, p. 111.

LANGLAIS, Pierre, « "Forever", pas sûr que ça dure… », *Télérama*, n° 3376, 28 septembre 2014, p. 120. Disponible sur : « http://www.telerama.fr/series-tv/forever-ca-risque-de-ne-pas-durer,117032.php (consulté le 25/08/2016) ».

LANGLAIS, Pierre, « Critique de *Forever* », *Télérama*, n° 3406, 25 avril 2015, p. 83.

LANGLAIS, Pierre, « Les cadavres des séries ont beaucoup de choses à nous raconter », entretien avec Maud Desmet, *Télérama*, n° 3475, 17 août 2016, disponible sur : « https://www.telerama.fr/series-tv/les-cadavres-de-series-tele-ont-beaucoup-de-choses-a-nous-raconter,146129.php (consulté le 25/08/2016) ».

LE BRETON, David, *La Chair à vif. Usages médicaux et mondains du corps humain*, Paris, Éditions Métailié, coll. « Traversées », 1993.

LITAUD, Emmanuelle, « Rizzoli et Isles, duo de charme sur France 2 », *Le Figaro Magazine. TV*, 25 février 2013, Disponible sur : « http://tvmag.lefigaro.fr/programme-tv/article/serie/74133/rizzoli-isles-duo-de-charme-sur-france-2.html (consulté le 25/08/2016) ».

MARC, Bernard, *Profession médecin légiste. Le quotidien d'un médecin des violences*, préface de Sidonie Bonnec, postface du Dr Walter Vorhauer, Paris, Éditions Demos, coll. « Criminologie et société », 2009.

MOIX, Yann, « *La Belle*, autobiographie de la mort », *Le Figaro*, 06 mars 2013, Disponible sur : « https://www.lefigaro.fr/livres/2013/03/06/03005-20130306ARTFIG00635--la-belle-autobiographie-de-la-mort.php (consulté le 26/03/2020) ».

MONTAIGNE, Marion, *Tu mourras moins bête*, t. 2, Paris, Ankama éditions, 2012.

MORICE, Jacques, « Ce qui est enfoui finit toujours par refaire surface », *Télérama*, n° 3313, 10 juillet 2013, p. 110.

PONTALIS, Jean-Bertrand, *Traversée des ombres*, Paris, Gallimard, 2003.

SKYVINGTON, Emmanuelle, « Critique de *Cellule Identité* », *Télérama*, n° 3029, 30 janvier 2008, p. 114.

SCHUCK, Nathalie, « *Forever* dégaine son héros immortel sur TF1 », *Le Figaro Magazine. TV*, 28 avril 2015, Disponible sur : « http://tvmag.lefigaro.fr/programme-tv/article/serie/86648/forever-degaine-son-heros-immortel-sur-tf1.html (consulté le 25/08/2016) ».

SIMULATION ET DISSIMULATION

Roman policier et roman spéculatif

Considérés comme deux paradigmes par Brian McHale (1994, p. 9) à propos de la distinction entre modernisme et postmodernisme, le roman policier et la science-fiction se sont rejoints depuis les années 1980 dans le genre hybride qu'est le *cyberpunk* en littérature ou « *tech noir* » au cinéma. Tous deux procèdent en effet d'une démarche spéculative, posant les questions de savoir ce qui est accessible à la connaissance. Le roman policier, qui se soucie de la vérité dans un monde dont la réalité est tenue pour acquise, et la science-fiction, qui explore des mondes possibles, sont gouvernés respectivement par des considérations épistémologiques et ontologiques. Or dans la nouvelle formule les deux questionnements ont partie liée dans l'enquête : la séparation entre le monde réel et la réalité virtuelle poursuit la logique de l'enquête classique, qui oppose des scénarios virtuels au récit définitif qu'établit le détective au terme de son parcours herméneutique.

L'usage de ces catégories philosophiques est particulièrement éclairant pour rendre compte de ce moment où le roman policier devient métaphysique[1] et la science-fiction devient spéculative en se retournant sur le présent ; genre hybride né de leur croisement, le *cyberpunk* tente de rendre compte de ce que l'on pourrait appeler « l'infosphère » (Slusser & Shippey, 1992, p. 3) : comme dans le roman policier, il y a collecte et organisation d'information, mais contrairement au roman policier l'information ne sert pas à reconstituer un événement passé, mais contribue à la création d'un univers ontologique, comme dans la science-fiction. Cependant cet univers n'est pas postulé comme éloigné dans le temps et l'espace, comme dans la science-fiction, mais installé dans une sorte de présent tenant lieu d'espace. Il n'y a pas de vaisseaux

1 Selon l'expression de Patricia Merivale et Susan Elizabeth Sweeney dans *Detecting Texts : The Metaphysical Detective Story from Poe to Postmodernism*, Philadelphia, University of Pennsylvania Press, 1999.

spatiaux ou de créatures venues d'autres galaxies dans le *cyberpunk* mais des ordinateurs, des conglomérats financiers, des intelligences artificielles, et des *hackers* dont l'essentiel de l'activité s'effectue dans un monde virtuel. La projection dans le temps est remplacée par une projection dans les réalités alternatives qu'offre à présent la technologie de l'information.

À partir d'Alfred Bester, Philip K. Dick, William Gibson et China Miéville, auteurs qui ont croisé la structure de l'enquête criminelle avec l'exploration de réalités alternatives, on tentera de mettre au jour les articulations entre espace, société, information et contrôle. Ainsi, on montrera que le *cyberpunk* se présente comme une sorte d'avatar du genre policier, ou même un retour aux sources, comme le souligne Maurice Dantec (1997, p. 268), qui parle du « croisement du récit criminel à tendance fantastique et de l'instrumentation technique du XIXe siècle industriel » pour souligner leur origine commune et non simplement le fait que l'un découlerait de l'autre.

LA TÉLÉPATHIE EST-ELLE COMPATIBLE AVEC LE ROMAN POLICIER ?

Les années 1950 aux États-Unis voient émerger le contrecoup des progrès de la psychiatrie et des sciences sociales, dans la crainte de les voir s'unir en une collusion qui priverait les citoyens de leur libre arbitre ; Vance Packard décrit le fonctionnement de la perception subliminale dans *The Hidden Persuaders* (1957). Il dénonce une armée d'opérateurs (publicitaires, entreprises de relations publiques, hommes politiques…) qui s'activent dans l'ombre à modifier les comportements des consommateurs et des citoyens.

Dans ce contexte de paranoïa, *The Demolished Man*[2] (*L'Homme démoli*, 1953) fait figure de précurseur dans la transcription fictionnelle de l'influence mentale comme complot ; roman de science-fiction, il met en scène un enquêteur doté de pouvoirs psychiques nommé Powell, un

2 Alfred Bester, *The Demolished Man* [1953], London, Millenium, 2000. Toutes les traductions sont les miennes.

« *Esper* » ou « *peeper* » qui appartient à la classe supérieure des télépathes, ceux qui peuvent atteindre l'inconscient. Le roman suggère que cette élite préfigure le destin de l'humanité. Sur le plan policier, la présence de télépathes capables de lire les pensées coupables permet une prévention parfaite de la criminalité :

> *"There hasn't been a successful premeditated murder in 79 years. Espers make it impossible to conceal intent before murder. Or, if Espers have been evaded before the murder, they make it impossible to conceal the guilt afterwards."*
> *"Esper evidence is not admitted in court."*
> *"True, but once an Esper discovers guilt he can always uncover objective evidence to support his peeping."* (Bester, 2000, p. 28).

> « "Aucun crime prémédité n'a pu être mené à bien depuis 79 ans. Les Espers rendent la dissimulation d'un projet criminel impossible. Et si l'on parvient à échapper aux Espers avant le meurtre, ils rendent impossible la dissimulation de la culpabilité le meurtre une fois commis."
> – Mais les preuves obtenues par télépathie ne sont pas recevables au tribunal.
> – C'est vrai, mais une fois qu'un Esper découvre un élément de culpabilité, il s'arrange toujours pour découvrir des preuves matérielles qui corroborent ce qu'il a vu par la pensée. »

C'est l'aboutissement d'une société panoptique où la surveillance ne prend même plus la forme de la discipline décrite par Foucault, lorsque le sujet intériorise le fait qu'il est soumis au regard, mais devient une censure encore plus intime qui l'oblige à contrôler jusqu'à sa pensée :

> *"Look here, Powell. Murder's abnormal. Only a distorted TP pattern can produce death by violence. Right ?"*
> *"Yes."*
> *"Which is why there hasn't been a successful Triple-A in over seventy years. A man can't walk around with a distorted pattern, maturing murder, and go unnoticed these days. He'd have as much chance of going unnoticed as a man with three heads. You peepers always pick'em up before they go into action."*
> *"We try to … When we contact them."*
> *"And there are too many peeper screens to pass in normal living these days for you to be avoided. A man would have to be a hermit to do that. How can a hermit kill ?"*
> *"How indeed ?"*
> *"Now here's a killing that must have been carefully planned … And the killer was never noticed. Never reported."* (*ibid.*, p. 73).

> « – Enfin, Powell, le meurtre est complètement anormal. Seul un résultat TP [télépathique] pathologique peut causer la mort par violence, j'ai pas raison ?

– Si.

– Ce qui est la raison pour laquelle il n'y a pas eu de Triple A [meurtre] depuis plus de soixante-dix ans. De nos jours, un malade ne peut pas se balader avec un mental pathologique, peaufinant tranquillement son projet de meurtre, sans que personne ne le remarque. Il aurait à peu près autant de chances de passer sous le radar qu'un homme à trois têtes. Normalement vous autres les Espers les repérez avant même qu'ils n'entrent en action.

– On essaie… quand on entre en contact avec eux.

– Et il y a trop de filtres télépathiques à traverser dans la vie de tous les jours pour qu'on puisse vous éviter. Il faudrait un ermite pour y parvenir. Et comment un ermite peut-il tuer ?

– Oui, comment ?

– Là c'est un meurtre qui a été soigneusement préparé… et on n'a jamais repéré le tueur. Il n'y a eu strictement aucun rapport sur lui. »

L'intrigue met ainsi en valeur non seulement le *modus operandi* lui-même, qui rappelle davantage les procédures alambiquées du roman d'énigme que la brutalité *hard-boiled*[3], mais la conception et la dissimulation du crime. Rassemblant les suspects comme dans un roman d'Agatha Christie, le détective leur propose un petit jeu :

> *"In the game of 'Murder,'" he said, "A make-believe victim is killed. A make-believe detective must discover who killed the victim. He asks questions of the make-believe suspects. Everyone must tell the truth, except the killer who is permitted to lie. The detective compares stories, deduces who is lying, and uncovers the killer. I thought you might enjoy playing this game."* (*ibid.*, p. 83).

> « Dans le jeu "Meurtre", dit-il, une fausse victime est assassinée. Un faux détective doit découvrir qui a tué la victime. Il pose des questions aux faux suspects. Tout le monde doit dire la vérité, sauf le meurtrier qui a le droit de mentir. Le détective compare les versions, en déduit qui a menti, et démasque le coupable. Je me suis dit que ce jeu vous amuserait. »

Dans son imitation faussement ludique de la grande scène finale, Powell imite Hercule Poirot qui passe en revue les suspects. S'il demandait à chacun la permission de les examiner télépathiquement, conclut-il, tous

3 Dans la tradition de la chambre close, le crime a lieu lors d'un jeu de société appelé « Sardines » où tous les suspects jouent à cache-cache dans le noir. L'hôtesse de la fête décide de jouer à ce jeu en découvrant le cadeau que lui a fait le coupable d'un livre ancien où seules les règles de ce jeu sont lisibles ; l'élaboration du scénario criminel implique l'achat d'un livre et l'altération de son état, afin d'influencer le choix de la maîtresse de maison, la manipulation étant ainsi déclinée sur un mode autre que celui, présenté comme légitime, de la télépathie.

accepteraient sans broncher sauf le coupable, et c'est là qu'il s'arrête pile devant Reich. L'enquête aurait pu se terminer là – mais tous se récrient, ayant d'autres choses inavouables sur la conscience. Powell doit effectuer son enquête, et Reich ayant réussi à commettre son crime devra mettre en échec le détective en dissimulant ses pensées, grâce à des techniques empruntées à des spécialistes dont il rémunère les talents : il apprend à réciter mentalement un *jingle* publicitaire pour détourner ses pensées de ses forfaits et empêcher les télépathes de lire en lui.

On peut voir dans l'utilisation d'un *earworm* (une rengaine qui s'insinue dans la tête) la transcription mentale du fonctionnement du *red herring* : le terme anglais fait référence au hareng fumé que l'on traînait sur le sol pour détourner la meute du gibier poursuivi. Une piste brouille une autre piste. Dans le cas du roman futuriste, la publicité se présente comme susceptible d'occuper les pensées plus ou moins conscientes du sujet (Reich appelle le processus « *interference* »), et c'est donc une forme d'intrusion rivale, le lavage de cerveau, qui sera opposée à la télépathie.

Dans ce cadre spéculatif, où l'intrigue policière implique le meurtre ingénieux d'un magnat de l'industrie par son rival, on découvre la figure du milliardaire pervers, le prototype des capitalistes à la fois mandataires et adversaires du *hacker* que mettra en scène la formule *cyberpunk* dans les années 1980. Powell remarque ainsi qu'il y a un « angle financier » (« *financial angle* ») (*ibid.*, p. 93) dans l'affaire et que le suspect est un homme de pouvoir, qui a contribué à l'élection du procureur, ce qui évoque le soupçon de collusion typique du roman *hard-boiled* dont s'inspire le *cyberpunk*. La dissolution du tangible dans un monde de plus en plus immatériel, tel que la réalité virtuelle le rend possible, est incarnée dans *The Demolished Man* par l'arme du crime, un pistolet de collection dont les balles tirent tout simplement de l'eau encapsulée dans un gel, ce qui en rend la détection *postmortem* impossible.

Contrairement à la vision critique du capitalisme tardif du *cyberpunk*, *The Demolished Man* conclut sur la célébration, étonnante pour un lecteur contemporain, des qualités d'entrepreneur du coupable. Le criminel est un homme d'avenir, un « changeur de monde » (« *World-Shaker* »), un « lien entre le passé et le futur » (« *[a] lin[k] between the past and the future* ») (*ibid.*, p. 241-242) qui, certes, est dangereux mais dont la société doit pouvoir utiliser l'énergie et la créativité. La punition du criminel, l'épreuve de « démolition », consistera à effacer sa mémoire pour le recycler en tant que sujet dominant dans une société qui favorise l'esprit d'entreprise :

> *"We need men like Reich. It would have been a shame to lose him."*
> *"Lose him ? How's that possible ? You don't think that a little fall like that could –"*
> *"No. I mean something else. Three or four hundred years ago, cops used to catch people like Reich just to kill them. Capital punishment, they called it."*
> *"You're kidding."*
> *"Scout's honor."*
> *"But it doesn't make sense. If a man's got the talent and the guts to buck society, he's obviously above average. You want to hold on to him. You straighten him out and turn him into a plus value. Why throw him away ? Do that enough and all you've got left are the sheep."*
> *"I don't know. Maybe in those days they wanted sheep."* (*Ibid.*, p. 249).

> « – Nous avons besoin d'hommes tels que Reich. Ç'aurait été dommage de le perdre. […] Il y a trois ou quatre cents ans, les flics attrapaient les gens comme Reich pour les exécuter. Ils appelaient ça la peine capitale.
> – Vous plaisantez.
> – Non, parole de scout.
> – Mais cela n'a aucun sens. Si un homme a le talent et l'audace de défier la société, il est clairement au-dessus de la moyenne. Il faut le garder. On le redresse et on en fait une plus-value. Pourquoi s'en débarrasser ? Si on fait ça trop souvent, on finit par se retrouver avec un troupeau de moutons.
> – Je ne sais pas. Peut-être qu'à cette époque c'était un troupeau de moutons qu'on voulait. »

Ernest Mandel dans *Meurtres exquis* fait remonter le roman policier aux histoires de brigands, et montre que la transformation du « bon bandit » en « scélérat » ne va pas de soi, mais s'accomplit au contraire grâce à un « saut périlleux dialectique » (Mandel, 1986, p. 17). À l'origine en effet, le brigandage est le fait non pas d'aristocrates à la Robin des Bois mais de bandes de marginaux ou vagabonds paupérisés (*ibid.*, p. 18) dont les loyautés ne vont ni aux seigneurs ni aux serfs ; comme le montre la tradition espagnole du roman picaresque, le *picaro* est un opportuniste dont le seul atout n'est pas la naissance mais l'intelligence et la capacité d'adaptation. C'est seulement lorsque l'ordre social est perçu comme légitime que le crime ne se justifie pas, et ce n'est donc pas un hasard si le roman policier, qui condamne le délinquant, naît et prospère dans des régimes démocratiques comme ceux des pays anglo-saxons, même si le premier texte à faire état d'un détective professionnel est bien les *Mémoires de Vidocq* (1828). Mais Vidocq est un ancien criminel, et la réussite de ses activités policières se base sur la stratégie de l'infiltration plutôt que de la déduction ; de plus, en tant que chef de la nouvellement créée Sûreté, il bénéficie d'un statut officiel et d'un réseau de soutien logistique qui apparente ses investigations au genre procédural, une forme qui devait naître bien plus tard. L'idéologie individualiste du roman policier, que ce soit dans la version *whodunit* ou *hard-boiled*, est donc bien à rapprocher de la domination conjointe de la bourgeoisie, du capitalisme et de la démocratie en Angleterre. C'est seulement lorsque cet individualisme se sent menacé par l'hégémonie d'une forme nouvelle de capitalisme *corporate*, bureaucratique et globaliste, dès les années cinquante aux États-Unis, angoisse théorisée par le *best-seller* de William H. Whyte *The Organization Man* (1956), que la fiction policière éprouve à nouveau le besoin d'exalter une forme d'autonomie chez le sujet, quitte à relativiser le danger de comportements criminels.

Ainsi le roman *hard-boiled* crée avec Raymond Chandler[4] le personnage du détective marginal, qui se refuse à servir le système, mais dénonce au contraire la complicité qui unit en une vaste conspiration le pouvoir de l'argent, les forces de l'ordre et les réseaux occultes du crime organisé. C'est la même structure oppositionnelle qui, comme son nom l'indique, préside au récit du genre *cyberpunk* né dans les années 1980.

DE L'ÉPISTÉMOLOGIQUE À L'ONTOLOGIQUE
Roman policier, science-fiction et métaphysique

Comme *The Demolished Man*, *Do Androids Dream of Electric Sheep ?* (*Les Androïdes rêvent-ils de moutons électriques ?*), le roman de Philip K. Dick, publié en 1966, soulève la question des capacités psioniques[5]. Les habitants de la Californie du futur ont remplacé les substances chimiques par des consoles pour modifier leur humeur ; ils peuvent également se

4 Les détectives de Dashiell Hammett ont des rapports plus ambigus avec l'ordre social. Le Continental Op anonyme de *Red Harvest* (*La Moisson rouge*, 1929) est mandaté par une organisation qui ressemble à l'agence Pinkerton, dont l'activité principale au XIXe siècle consiste à briser les grèves.

5 Du mot-valise « *psionics* », qui croise les pouvoirs psychiques avec l'électronique. Il s'agit de télépathie associée à un univers *high-tech*.

connecter les uns aux autres via une « boîte à empathie » pour échanger leurs affects. C'est cette absence de capacité d'éprouver les émotions de l'autre qui permet d'identifier les androïdes qui essaient de se faire passer pour des humains. L'empathie est complexe puisqu'elle est à la fois fusion (entre les hommes) et discrimination (les androïdes en sont dépourvus, et c'est uniquement à cela qu'on les reconnaît). Sur le plan technique, elle se manifeste par des marqueurs physiologiques qui sont mesurés par des électrodes placées sur le visage du suspect. Au-delà de cet outillage technologique qui rappelle le polygraphe, la thématique de l'empathie renoue avec la théorie que propose le Chevalier Dupin selon laquelle la résolution d'un crime implique de se mettre à la place du coupable, d'éprouver ses émotions en imitant ses expressions faciales ; l'écolier dont se recommande Dupin explique ainsi sa méthode infaillible pour gagner au jeu du pair et de l'impair :

> Quand je veux savoir jusqu'à quel point quelqu'un est circonspect ou stupide, jusqu'à quel point il est bon ou méchant, ou quelles sont actuellement ses pensées je compose mon visage d'après le sien, aussi exactement que possible, et j'attends alors pour savoir quels pensers ou quels sentiments naîtront dans mon esprit ou dans mon cœur, comme pour s'appareiller et correspondre avec ma physionomie (Poe, 2006, p. 92).

Expérience librement consentie dans un but à la fois cognitif et pragmatique, la résolution d'une énigme et la domination d'un adversaire, la télépathie comme substitution « de sorte qu'on ne sait plus à quoi s'en tenir quant au moi propre, ou qu'on met le moi étranger à la place du moi propre » (Freud, 1995, p. 236) engendre la terreur dans l'analyse qu'en fait Freud un siècle plus tard.

Les capacités psioniques sont au cœur de l'univers de Philip K. Dick. Le titre du roman étudié ici fait référence au rêve, pour en contester la nature même ; en un renversement typique, Dick appose un point d'interrogation au rêve, dont le statut ontologique est notoirement délicat à établir, car le rêve propose une réalité alternative, tout aussi plausible pour le dormeur que celle qu'il vient de quitter, qui concurrence celle de l'état éveillé, et il accole au rêve une dimension technologique, puisqu'il serait peuplé de moutons « électriques ». L'humour sardonique de ce titre semble renvoyer le rêve à une réalité tristement mécanique. Du coup, le monde dont ce rêve est censé s'extraire est lui-même relativisé, voire onirisé *a contrario*. Et en effet, l'enquête du détective rend ontologique la question épistémologique.

Détective et chasseur de primes opérant en Californie, Deckard a pour mission de « retirer » ou de neutraliser les androïdes qui, venus de Mars où ils travaillaient pour des colons humains, se sont clandestinement établis sur la Terre. Ces androïdes n'ont pas commis de crime à proprement parler, ou, pour le dire autrement, leur crime se confond avec leur identité. Ils sont coupables de n'avoir pas respecté la frontière ontologique qui les sépare des humains, frontière garantie spatialement par la distance entre les planètes. Malgré l'absence de crime initial (car ils tuent pour défendre leur vie), comme dans le roman policier classique, la quête herméneutique est fondée sur la notion d'identité : le détective révèle la vraie identité d'un sujet qui se cache derrière un masque. Simulation et dissimulation fondent l'existence des androïdes sur la Terre, comme le précise la fugitive Luba :

> *"Ever since I got here from Mars my life has consisted of imitating the human, doing what she would do, acting as if I had the thoughts and impulses a human would have. Imitating, as far as I'm concerned, a superior life form."* (Dick, 1972, p. 103).
>
> « "Depuis que je suis arrivée ici de Mars, ma vie s'est réduite à imiter l'humain, à faire ce qu'elle ferait, à agir comme si je possédais les pensées et les pulsions qu'aurait une humaine. À imiter ce qui est, selon moi, une forme supérieure de vie". »

Activant également le *topos* du « *Least Likely Suspect* » (le suspect le moins soupçonnable), le récit dissimule des androïdes jusque dans un commissariat :

> *"I've always said," he continued, "that the best place for an android would be with a big police organization such as W.P.O. Ever since I first met Polokov I've wanted to test him, but no pretext ever arose. It never would have, either... which is one of the values such a spot would have for an enterprising android."*
>
> *Getting slowly to his feet Inspector Garland faced Phil Resch and said, "Have you wanted to test me, too?"*
>
> *A discreet smiled traveled across Phil Resch's face ; he started to answer, then shrugged. And remained silent. He did not seem afraid of his superior, despite Garland's palpable wrath* (*ibid.*, p. 92).
>
> « J'ai toujours dit, continua-t-il [Resch], que le meilleur endroit pour un androïde serait d'être employé par une grande organisation de police, comme le W.P.O. Dès que j'ai fait la connaissance de Polokov [policier russe, en

réalité un androïde], j'ai été tenté de le tester, mais aucun prétexte ne s'est jamais présenté… Ça ne risquait pas… c'est justement pour ça que ce genre d'endroit serait précieux pour un androïde qui a de l'idée…

L'inspecteur Garland se leva lentement de son siège pour se planter face à Phil Resch.

– Et tu aurais bien voulu me tester moi aussi, hein ?

Un léger sourire vient traverser le visage de Resch. Il commença à répondre, puis haussa les épaules. Et ne dit rien. Il ne semblait pas avoir peur de son supérieur, malgré la colère palpable de Garland. »

Afin d'ôter le masque, le détective-chasseur de primes doit administrer un test, pour lequel il utilise une sorte de polygraphe évoqué plus haut, instrument qui ne mesure pas la vérité mais le degré de réaction à des énoncés choquants. C'est la possibilité de ce test qui permet les retournements de l'intrigue, ou le passage de l'innocence au crime et vice-versa comme dans la tragédie grecque, selon la célèbre analogie de Auden (1989, p. 147). Une première péripétie se produit lorsque le test semble échouer à mesurer le degré d'empathie d'un humain schizoïde ; Rachel, la nièce du dirigeant de l'entreprise qui fabrique les androïdes, échoue à se voir identifier comme humaine lorsqu'elle le passe, au prétexte qu'elle souffre de troubles mentaux – on apprend par la suite qu'il s'agit bien d'une androïde, utilisée par la firme pour démonétiser le test et continuer à lancer sur le marché ses robots de plus en plus sophistiqués. La principale fonction de Rachel dans l'économie du roman est cependant d'occuper la place de la femme fatale, un des personnages qui définissent le *hard-boiled* et le roman noir : son rôle dans la conspiration des androïdes consiste à séduire les chasseurs de primes pour inhiber leur capacité de tuer ses semblables[6]. Si les androïdes peuvent être pris pour des humains, inversement certains humains agissent exactement comme des androïdes. La qualité d'humain d'un autre détective, Phil Resch, le double de Deckard, est constamment mise en question : par Luba, juste avant de mourir, par Garland, son supérieur hiérarchique, au moment où il avoue être effectivement un androïde ; son indifférence totale le rend suspect aux yeux de Deckard et à ceux des

6 Deckard qualifie la stratégie de Rachel de « démodée » (Dick, 1972, p. 150) lorsqu'elle lui explique son double rôle. Le mot fait irruption dans la confession, faisant sursauter Rachel qui ne comprend pas, et pour cause, puisque cet adjectif semble avoir pour destinataires les lecteurs. Le récit reprend alors son cours après cette ouverture vers un espace extradiégétique.

lecteurs. Pourtant, Resch est bien humain, il subit le test avec succès. Si le brouillage entre les limites de l'humain et du non-humain n'est que momentané pour se résoudre dans une identité définitive selon les résultats du test, suivant la logique de la découverte finale du coupable qui met fin à l'hésitation, cette certitude d'ordre épistémologique est relativisée par l'instabilité du cadre ontologique dans lequel elle a lieu : l'univers diégétique ne cesse de se dédoubler ; devenu suspect à son tour, Deckard se retrouve ainsi dans un commissariat dont il ignore l'existence bien qu'il soit situé dans son secteur. Garland lui explique qu'il s'agit d'une fiction ; les androïdes ont créé cette structure alternative à l'usage des chasseurs de primes comme Deckard :

> *"This is a homeostatic enterprise we're operating here, Deckard. We're a closed loop, cut off from the rest of San Francisco. We know about them but they don't know about us. Sometimes an isolated person such as yourself wanders in here or, as in your case, is brought here – for our protection."* (Dick, 1972, p. 95).
>
> « "C'est une organisation homéostatique que nous gérons ici, Deckard. Nous sommes en circuit fermé, coupés du reste de San Francisco. On connaît leur existence mais ils ne connaissent pas la nôtre. Parfois un individu isolé comme vous s'aventure jusqu'ici, ou, comme dans votre cas, y est amené – pour assurer notre protection". »

Pourtant le commissariat présente tous les aspects de la réalité et c'est un univers familier qui entoure Deckard alors qu'il s'en échappe avec l'aide de Resch qui le fait passer pour son prisonnier :

> *The elevator arrived ; several police-like nondescript men and women disemelevatored, cracked off across the lobby on their several errands. They paid no attention to Rick or Phil Resch* (*ibid.*, p. 97).
>
> « L'ascenseur arriva. Plusieurs hommes et femmes d'apparence banale dans le genre policier en sortirent et s'éloignèrent vers leurs tâches respectives en faisant claquer leurs talons sur le sol. Ils ne prêtaient aucune attention à Rick ou à Phil Resch. »

Tout est fiction, faux-semblants, simulation. L'être est remplacé, déplacé et réduit à l'inexistence par son imitation, son simulacre ou son image, comme les moutons électriques du titre. L'obsession des humains pour les animaux devenus rares dans cette société post-apocalyptique est un désir de voir et de toucher la vraie réalité – c'est un désir de transcendance. Deckard ne peut se contenter de son mouton électrique, et c'est pour acheter une vraie chèvre vivante qu'il accomplit sa mission. L'animal est garant de vérité – quelque chose existe qui ne peut être fabriqué.

L'enquête policière est donc l'une des multiples stratégies de Dick pour remettre en question l'authenticité de la réalité qui nous entoure ; la quête de transcendance angoissée de sa fiction renoue avec les origines du roman policier.

Parlant de Poe, Stephen Knight (1980, p. 49) analyse le choix de la méthode de ratiocination comme entachée d'une tentation solipsistique :

> *Poe's ideology [...] presents nothing more than an intellectual and passive subjectivism which urgently persuades itself that its subtle and ideal nature gives it objective status and so validity.*

> « L'idéologie de Poe ne présente rien d'autre qu'un subjectivisme intellectuel passif qui tente désespérément de se convaincre lui-même que sa nature idéale et subtile peut lui conférer un statut objectif, et donc une quelconque validité. »

Mais il ne faut pas oublier que « Double assassinat dans la rue Morgue » s'ouvre sur une méditation nourrie par les découvertes scientifiques de l'époque, en particulier en astrophysique avec les travaux de Laplace, et se termine sur une citation du naturaliste Cuvier. Dès le départ, donc, le roman policier, qui selon Régis Messac accompagne la naissance de l'esprit scientifique[7], se penche sur l'usurpation de la raison humaine : par sa capacité d'échafauder des hypothèses et des théories, elle domine le monde, mais cette usurpation pourrait avoir pour corollaire la perte du monde.

---

7 *Cf.* Régis Messac, *Le « Detective Novel » et l'influence de la pensée scientifique*, Paris, Champion, 1929.

LE ROMAN POLICIER DES ESPACES AUTRES
Cybperpunk et *slipstream*

La publication de *Neuromancer* en 1984 vient cristalliser la naissance d'un mouvement littéraire, le *cyberpunk*. Tiré du titre d'une nouvelle de Bruce Bethke publiée en 1983 dans le magazine *Amazing Stories*, le mot « *cyberpunk* » est utilisé comme un label pour la première fois l'année suivante, dans un article du *Washington Post* qui décrit une nouvelle génération d'auteurs de science-fiction autour de William Gibson et de Bruce Sterling[8]. De la science-fiction classique, le *cyberpunk* conserve l'intérêt pour la technologie – tout particulièrement l'informatique – et de la nouvelle vague initiée par l'auteur britannique J. G. Ballard il retient le goût d'une forme expérimentale. Comme le roman policier *hard-boiled*, le *cyberpunk* ne se contente pas d'identifier un coupable mais révèle les ramifications d'un système qui vient peu à peu recouvrir de son réseau la réalité tout entière, et même la digitaliser ou la remplacer. William Gibson est connu comme celui qui a inventé le *cyberespace* en lui donnant un nom et une représentation fictionnelle si convaincante qu'elle n'a cessé d'inspirer notre culture contemporaine, au cinéma, le film *Matrix* étant l'exemple le plus célèbre. La vision d'une réalité virtuelle dont l'apparence est calquée sur la réalité, au lieu de laisser visible son substrat numérique, comme c'est le cas dans le film *Tron*, semble s'être imposée. À force de ressembler au réel, le *cyberespace* menace de prendre sa place : chez Gibson, la réalité virtuelle est totalisante, envahissante.

La situation initiale de *Neuromancer* reprend les poncifs du *hard-boiled* : le détective-hacker dont le nom, Case, peut être lu comme allégorique (« case » comme « affaire »), est au creux de la vague, son logement est une capsule sordide dans les bas-fonds de la ville japonaise de Chiba City, la Los Angeles du futur. À la suite d'un traitement chimique destiné à le punir pour avoir utilisé ses talents à ses propres fins, il est désormais incapable de faire la seule chose qu'il sache faire, naviguer le *cyberespace*, et il est donc condamné à errer dans le réel, prisonnier de la chair (« viande » dans le texte) en se nourrissant d'hallucinogènes pour oublier cette déchéance. Sa

8 *Cf.* l'historique de Lewis Shiner, « Inside the Movement : Past, Present, and Future » (Shiner, 1992, p. 17).

petite amie vient de le voler et il doit de l'argent au trafiquant de drogue local. C'est dans cette situation de dénuement et de désœuvrement, moment classique d'ouverture du noir, que Case est contacté par un intermédiaire, Armitage, pour monter une opération de piratage informatique. Il endosse dès lors sa fonction à la fois narrative et symbolique, celle du «*punk*» qui s'attaque au «*cyber*». De même, Erik Dussere (2013, p. 201) remarque l'hommage de Gibson à Raymond Chandler dans la conclusion de *Neuromancer* ; les derniers mots du roman, « *He never saw Molly again* » (Gibson 1984, p. 271) (« Il ne revit jamais Molly »), font écho au constat désenchanté de Marlowe dans *Le Grand Sommeil* : « En redescendant en ville, je m'arrêtai devant un bar et m'envoyai deux doubles whiskies. Ça ne me fit aucun bien. Le résultat, c'est que je pensai à Boucle d'Ange, et jamais je ne la revis » (Chandler, 2010, p. 331)[9]. Plus généralement, la clôture narrative ne permet pas la *catharsis* à la fois individuelle et collective qui se produit dans le *whodunit* par l'éviction du coupable et la restauration de l'ordre. Comme le fait remarquer Marlowe, en mettant au jour la conspiration, le détective comprend aussi qu'il en fait partie malgré lui : « Moi, je faisais partie des choses moches maintenant » (*ibid.*, p. 331)[10]. Le cheminement de l'innocence vers l'expérience n'est pas réversible, la nouvelle réalité entrevue ne peut pas ne plus être vue. Dans *Neuromancer*, cette réalité est perçue par superposition plutôt que par contamination comme dans le *hard-boiled*.

Le « casse » se double d'une enquête policière par la question qui se pose de savoir qui en est le commanditaire. Il s'agit d'une intelligence artificielle dont le but est la fusion avec son double. L'acte de naissance de la nouvelle entité, accomplie grâce à Case, marque la fin définitive de la différence entre virtualité et réalité, battant en brèche la logique binaire du tiers exclu : les avatars virtuels qui coexistent avec leur double de chair et d'os ont, aux yeux de Neuromancer, l'intelligence artificielle, exactement le même statut ontologique :

> *To live here is to live. There is no difference* (Gibson, 1984, p. 258).
>
> « Vivre ici c'est vivre. Il n'y a aucune différence. »

---

9 « *On the way downtown I stopped at a bar and had a couple of double Scotches. They didn't do me any good. All they did was make me think of Silver-Wig, and I never saw her again* » (Chandler, 1988, p. 220).

10 « *Me, I was part of the nastiness now* » (*ibid.*).

Malgré la frontière encore lisible entre le monde virtuel et le monde réel, frontière marquée par le geste du *hacker* qui se branche sur la matrice, les deux espaces semblent contigus et tendent à se fondre par la mise en place d'états ontologiques intermédiaires dans la fiction : humains morts dont la conscience a été téléchargée dans la matrice, reconstruction de personnalité d'humains à partir de plusieurs autres dans le monde réel, emprunts du *sensorium* d'autrui grâce à la technologie du *simstim* qui permet d'éprouver ses sensations… Définie comme une « hallucination consensuelle » (« consensual hallucination » (*ibid.*, p. 5)), oxymore rendant compte de sa puissance englobante, la matrice ou *cyberespace* est l'espace électronique virtuel dans lequel évoluent les navigateurs, espace sans repères ni limites, ce qui en fait la représentation parfaite de ce que Fredric Jameson appelle l'« espace total » (« *total space* » (Jameson, 1991, p. 40) ou « *hyperespace* » (*ibid.*, p. 44)) du capitalisme tardif. Dans cette continuité spatiale globalisée que ne vient rompre aucune différence, aucun autre, le temps est aboli et la réalité aplatie. Correspondant à la période qui, sur le plan économique, fabrique et échange des biens immatériels, le postmodernisme est souvent défini par le règne des images, le remplacement par la représentation d'un "original" dont la réalité est mise en doute.

The City and The City de China Miéville réussit le prodige de reproduire la découverte d'une superposition des mondes enchâssés les uns dans les autres, mais sans qu'il soit nécessaire de passer par le seuil de la réalité virtuelle. Au contraire, par le biais d'un récit qui repose sur le trope de la littéralisation, le roman actualise la virtualité. C'est dans le monde réel, dans la même dimension ontologique, que ces mondes coexistent. Pour autant, la dimension spatiale du principe d'identité sur laquelle repose depuis toujours le roman policier est battue en brèche. Comment est-ce possible ?

Selon Locke, deux objets de même nature qui existent simultanément dans le même espace sont une seule et même chose[11]. L'univers de *The City and the City* ne reconnaît pas ce principe logique d'identité. Le récit, sous forme d'enquête policière procédurale très classique, se déroule dans une

11 « De ce que nous ne trouvons jamais ni ne pouvons concevoir que deux choses de même espèce puissent exister à la même place au même moment, nous concluons à bon droit que tout ce qui existe quelque part à un moment donné en exclut tout ce qui est de même espèce, et s'y trouve soi seul » (John Locke, 1998, § 1).

région imaginaire d'Europe de l'Est où deux pays mitoyens ont chacun leur capitale sur le même espace, qui donc est désignée de deux noms différents dans deux langues différentes, Beszél et Ui Qoma. Ces deux villes sont peuplées d'habitants qui appartiennent soit à l'une soit à l'autre, la séparation entre les deux étant radicale. Ils doivent impérativement agir comme si l'autre partie n'existait pas. Ils apprennent dès l'enfance à avoir une perception tronquée, à ne pas voir ni entendre tout ce qui appartient à l'autre ville. Les citoyens des deux villes apprennent à reconnaître les étrangers grâce aux « style de vêtement, couleurs autorisées, démarche et façon de se tenir[12] ». Cette discipline d'évitement s'appelle « dé-voir[13] » (« *to unsee* ») et toute rupture de la frontière perceptive (« *breaching* ») est violemment réprimée par une police parallèle, à ne pas confondre avec les forces de l'ordre respectives des deux régimes, dont c'est la seule mission. La surveillance institutionnelle se révèle parfaitement compatible avec l'injonction de ne pas voir faite aux citoyens. *The City and the City* combine l'enquête sur un meurtre avec une investigation historique ; la jeune femme assassinée, une archéologue américaine, voulait prouver l'existence d'une troisième ville invisible pour les deux autres.

Œuvre profondément originale, *The City and The City* reprend certains des tropes des romans vus plus haut : mondes parallèles sur le plan institutionnel avec double commissariat, perception extraordinaire, ici anti-télépathie puisqu'il s'agit de réduire délibérément sa propre perception, contrainte qui peut rendre une enquête policière particulièrement ardue :

> *An elderly woman was walking slowly away from me in a shambling way. She turned her head and looked at me. I was struck by her motion, and I met her eyes. I wondered if she wanted to tell me something. In my glance I took in her clothes, her way of walking, of holding herself, and looking.*
>
> *With a hard start, I realized she was not in GunterStrasz at all, and that I should not have seen her.*
>
> *Immediately and flustered I looked away, and she did the same, with the same speed. I raised my head, towards an aircraft on its final descent. When after some seconds I looked back up, unnoticing the old woman steeping heavily away, I looked carefully instead of at her in her foreign street at the facades if the nearby and local GunterStrasz, that depressed zone* (Miéville, 2009, p. 14).

---

12 « *[S]styles of clothing, permissible colours, ways of walking and holding oneself* » (Miéville, 2009, p. 80).

13 La traduction est la mienne, le mot « dé-voir » permettant de jouer sur la notion d'obligation contenue dans « devoir ». Le traducteur de la version française utilise le néologisme « éviser ».

> « Une femme âgée s'éloignait lentement d'un pas traînant. Elle tourna la tête et me regarda. Mon attention fut attirée par son mouvement, et mes yeux rencontrèrent les siens. Je me demandai si elle voulait me dire quelque chose. D'un coup d'œil j'enregistrai ses vêtements, sa démarche, son attitude, son regard.
>
> Dans un violent sursaut je me rendis compte qu'elle n'était pas du tout à Gunterstrasz, et que je n'aurais jamais dû la voir.
>
> Je tournai immédiatement la tête, horriblement gêné, et elle fit de même avec la même rapidité. Je levai la tête vers un avion qui amorçait la descente vers l'atterrissage. Quand je me retournai quelques secondes plus tard, déremarquant la vieille femme qui avait lourdement repris son chemin, j'observai les façades voisines et locales de Gunterstrasz, ce quartier déshérité, au lieu d'elle dans sa rue étrangère. »

Comme dans *The Crying of Lot 49* de Thomas Pynchon, lui aussi roman policier allégorique, c'est la perception elle-même qui fait l'objet d'un traitement spécifique pour en révéler le soubassement idéologique. Selon la théorie marxiste, l'idéologie est invisible car naturalisée, mais elle est également ce qui rend invisible, comme le démontre *L'Idéologie allemande*[14]. Pour le dire autrement, comme selon Marx les représentations sont l'émanation directe de la vie réelle, ces représentations peuvent être inadéquates seulement si la vie réelle est elle-même inadéquate[15] ; la vision « étriquée » ou « bornée », pour reprendre les termes de Marx, résulte d'une part et cause d'autre part une existence étriquée et bornée. Les deux Amériques de Pynchon, l'une cachée dans l'autre mais en même temps offerte à la vue de qui décide de se départir de ses œillères, se retrouvent dans l'enchâssement spatial des cités jumelles de Miéville. Dans les deux textes, l'enquête policière, avec son mode de perception aiguë, l'attention qu'elle doit nécessairement prêter aux détails et à leur configuration, vient défier la discipline de la non-perception.

Sur le plan du droit, la « rupture » constitue un crime plus sérieux que le trafic de drogue ou même le meurtre ; ainsi, l'enquête de *The City and the City* cherche moins à trouver le coupable qu'à déterminer si le meurtrier a commis une « rupture » en déplaçant le cadavre, auquel cas l'inspecteur Borlú qui a été chargé de l'enquête serait dessaisi de

---

14 « Si l'expression consciente des conditions de vie réelles des individus est imaginaire, si, dans leurs représentations, ils mettent la réalité la tête en bas, ce phénomène est encore une conséquence de leur mode d'activité matériel borné et des rapports sociaux étriqués qui en résultent » (Marx & Engels, 1968, p. 50).

15 *Cf.* Franck Fischbach, « L'idéologie chez Marx : de la "vie étriquée" aux représentations "imaginaires" », *Actuel Marx*, vol. 43, n° 1, 2008, p. 14.

l'affaire et remplacé par la brigade qui s'occupe de la Rupture et dont la juridiction englobe les deux villes.

Miéville est un des praticiens les plus reconnus du genre *slipstream*, défini par Sterling par la juxtaposition d'éléments réalistes et anti-réalistes et la mise en place d'un sentiment d'étrangeté[16]. En réponse à Sterling, Nancy Katherine Hayles associe le *slipstream* à la culture digitale, plus particulièrement l'existence de masses de données enfouies dans les interstices du monde réel. Le *slipstream* est un genre qui réagit à la présence d'information cachée, comme le roman policier :

> *Although he does not say more about why late-twentieth-century living should make one feel strange, I suggest that a strong reason is the growing power, pervasiveness, and hiddenness of databases. [...] Their tremendous influence notwithstanding, most of these databases are invisible to the general public, which either does not have access to them or, in best-case scenarios, is able to search them but not to see their internal structures* (Hayles, 2011, § 1)
>
> « Bien que [Sterling] n'en dise pas plus sur la raison pour laquelle la vie au vingtième siècle devrait générer un sentiment d'étrangeté, je suggère qu'une cause importante de ce sentiment est le pouvoir grandissant, insidieux, et la capacité de dissimulation des banques de données. [...] Malgré leur influence immense, la plupart de ces banques de données restent invisibles pour le grand public, qui n'a jamais accès à elles, ou qui, dans le meilleur des cas, peuvent y effectuer des recherches mais ne voient jamais leur structure interne. »

Nombreux sont les commentateurs qui ont souligné la parenté entre le fantastique et le policier (Lits, 1993, p. 129-133), « conte fantastique expliqué » (Castex, 1951, p. 403). Si le roman policier, héritier de l'esprit scientifique, détruit le fantastique par l'exercice de la raison, les formes hybrides contemporaines recyclent la structure de l'enquête policière pour réintroduire de l'inconnu au cœur même de systèmes sociaux saturés par la raison.

Isabelle BOOF-VERMESSE
Université de Lille

16 *Cf.* Bruce Sterling, « Slipstream 2 », *Science Fiction Studies*, vol. 38, part 1, March 2011. Disponible sur : « https://www.depauw.edu/sfs/abstracts/a113.htm#sterling (consulté le 14/04/2021) ».

RÉFÉRENCES BIBLIOGRAPHIQUES

ROMANS ET NOUVELLES

BESTER, Alfred, *The Demolished Man* [1953], London, Millenium, 2000.

CHANDLER, Raymond, *Le Grand Sommeil*, [*The Big Sleep*, 1939], trad. par Boris Vian, édition électronique, Ebooks libres et gratuits, 2010.

CHANDLER, Raymond, *The Big Sleep*, Harmondsworth, Penguin Books, 1988.

DICK, Philip Kindred, *Do Androids Dream of Electric Sheep ?* [1966], London, Granada Publishing, 1972.

GIBSON, William, *Neuromancer*, New York, Ace, 1984.

HAMMETT, Dashiell, *La Moisson rouge*, [*Red Harvest*, 1929], trad. de l'anglais par P.-J. Herr et révisé par Henri Robillot, édition électronique, Ebooks libres et gratuits, 2012.

POE, Edgar Allan, « La Lettre volée » [*The Purloined Letter*, 1844], *Histoires extraordinaires*, trad. par Charles Beaudelaire, Première publication en France en 1956, édition électronique, Ebooks libres et gratuits, 2006, p. 78-103.

PYNCHON, Thomas, *The Crying of Lot 49*, Philadelphia, J. B. Lippincott Company, 1966.

OUVRAGES CRITIQUES ET ARTICLES

AUDEN, Wystan Hugh, « The Guilty Vicarage : Notes on the Detective Story, by an Addict » [1948], *The Dyer's Hand*, New York, Vintage Books, 1989, p. 146-158.

CASTEX, Pierre-Georges, *Le Conte fantastique en France de Nodier à Maupassant*, Paris, José Corti, 1951.

DANTEC, Maurice, « La fiction comme laboratoire anthropologique expérimental », *Les Temps Modernes*, n° 595, août-septembre-octobre 1997, p. 263-281.

DUSSERE, Erik, *America is Elsewhere : The Noir Tradition in the Age of Consumer Culture*, Oxford, Oxford University Press, 2013.

FISCHBACH, Franck, « L'idéologie chez Marx : de la "vie étriquée" aux représentations "imaginaires" », *Actuel Marx*, vol. 43, n° 1, 2008, p. 12-28.

FREUD, Sigmund, « L'Inquiétante étrangeté » [1919], *L'Inquiétante étrangeté et autres essais*, trad. par Bertrand Féron, Paris, Gallimard, coll. « Essais », 1995, p. 208-263.

HAYLES, Nancy Katherine, « Material Entanglements : Steven Hall's *The Raw Shark Texts* as Slipstream Novel », *Science Fiction Studies*, vol. 38, part 1,

March 2011, Disponible sur : « https://www.depauw.edu/sfs/backissues/113/hayles.html (consulté le 14/04/2021) ».

HOLLINGSWORTH, Whyte William, *The organization man*, New York, Simon and Schuster, 1956.

JAMESON, Fredric, *Postmodernism, or, The Cultural Logic of Late Capitalism*, London and New York, Verso, 1991.

KNIGHT, Stephen, *Form and Ideology in Crime Fiction*, London, Macmillan, 1980.

LITS, Marc, *Le Roman policier : introduction à la théorie et à l'histoire d'un genre littéraire*, Liège, Éditions du CÉFAL, 1993.

LOCKE, John, *Identité et différence. L'invention de la conscience* (chapitre XXVII du Livre II de l'*Essai sur l'entendement humain*), éd. Étienne Balibar, présenté, traduit et commenté par Étienne Balibar, trad. revue par G. Brykman, Paris, Seuil, coll. « Points. Essais », 1998, Disponible sur : « http://www.jpbu.fr/philo/notions/conscience/Locke_Identite_et_difference.rtf (consulté le 14/04/2021) ».

MANDEL, Ernest, *Meurtres exquis : une histoire sociale du roman policier*, [*Delightful Murder : A Social History of the Crime Story*, 1984], trad. de Marie Acampo, préf. de Jean-François Vilar, Montreuil, PEC, coll. « Les Nôtres », 1986.

MARX, Karl & ENGELS, Friedrich, *L'Idéologie allemande*, trad. par Henri Auger, Gilbert Badia, Jean Baudrillard et Renée Cartelle, Paris, Éditions sociales, 1968.

MCHALE, Brian, *Postmodernist Fiction* [1987], London, Methuen, 1994.

MERIVALE, Patricia & SWEENEY, Susan Elizabeth, (ed.), *Detecting Texts : The Metaphysical Detective Story from Poe to Postmodernism*, Philadelphia, University of Pennsylvania Press, 1999.

MESSAC, Régis, *Le « Detective Novel » et l'influence de la pensée scientifique*, Paris, Champion, 1929.

MIÉVILLE, China, *The City and the City*, London, Macmillan, 2009.

PACKARD, Vance, *The Hidden persuaders*, New York, David McKay Compay, 1957.

SHINER, Lewis, « Inside the Movement : Past, Present, and Future », *Fiction 2000 : Cyberpunk and the Future of Narrative*, éd. George Slusser et Tom Shippey, Athens & London, University of Georgia Press, 1992, p. 17-25.

SLUSSER, George & SHIPPEY, Tom, « Introduction », *Fiction 2000 : Cyberpunk and the Future of Narrative*, éd. George Slusser et Tom Shippey, Athens & London, University of Georgia Press, 1992, p. 1-14.

STERLING, Bruce, « Slipstream 2 », *Science Fiction Studies*, 113, vol. 38, part 1, March 2011, Disponible sur : « https://www.depauw.edu/sfs/abstracts/a113.htm#sterling (consulté le 14/04/2021) ».

TROISIÈME PARTIE

POLAR ET HISTOIRE

DE NOUVELLES INTERACTIONS ALCHIMIQUES

RECONSTRUIRE LE PASSÉ, INTERROGER L'HISTOIRE

Un siècle de polar historique

Si le genre existe depuis au moins 1911, au moment où Melville Davisson Post publie son premier récit des enquêtes de l'Oncle Abner dans *The Saturday Evening Post*[1], « [j]usqu'aux années 1980, le roman policier historique est un phénomène absolument marginal » (Witta, 2016, § 7). Le polar historique ne devient à la mode qu'aux alentours de l'année 1980 avec la parution des chroniques de frère Cadfael d'Ellis Peters[2] et du *Nom de la rose* d'Umberto Eco. Depuis cette date, des centaines de romans policiers historiques, dont les intrigues s'étendent de l'Égypte antique (ex. Elizabeth Peters, 1989) à l'Angleterre des années 1950 (ex. Runcie, 2012), voient le jour chaque année. La technique de composition du roman policier historique, qui est un mariage du roman policier et du roman historique, comme le constate Ellen O'Gorman (1999), est facilitée par les ressemblances entre l'enquête policière et la recherche historique, la méthodologie de reconstruction des événements du passé à partir d'indices trouvés sur les lieux ou laissés par inadvertance par les protagonistes.

Cependant, tous les polars historiques n'ont pas le même rapport avec l'Histoire. Si un tout petit nombre d'entre eux essaie depuis notre époque d'éclaircir les crimes mystérieux, réels ou inventés, des siècles révolus, la grande majorité préfère que leur enquête se déroule juste après le crime. Certains, comme les récits de Post, bien qu'ils se déroulent dans le passé, dans un cadre réaliste évoqué dans le moindre détail, comprennent uniquement des personnages fictifs et ne font que rarement référence au monde extérieur

1 La première nouvelle d'Oncle Abner, intitulée à l'époque « The Broken Stirrup-Leather » (« L'Étrier de cuir cassé »), est actuellement connue sous le nom « The Angel of the Lord » (« L'Ange du Seigneur »).

2 Le premier des vingt romans de la série, *Trafic de reliques* (*A Morbid Taste for Bones*), paraît en 1977.

de l'intrigue. D'autres auteurs, comme Ellis Peters ou C. J. Sansom, utilisent un arrière-plan réaliste, mais enracinent leurs intrigues dans des événements connus et mettent en scène des personnages historiques dans un contexte crédible qui ne contredit aucun fait généralement admis. D'autres encore, en se servant presque uniquement de personnages ayant réellement vécu, tentent de reconstruire et même résoudre des mystères historiques. Enfin, certains, depuis Lillian de la Torre, écrivent des pastiches en choisissant comme enquêteur un personnage historique, sans pour autant négliger de faire des recherches très précises sur la biographie de celui-ci, ni de se préoccuper de la vraisemblance historique.

UN MARIAGE DE DEUX GENRES

Même si tous les critiques semblent s'accorder à considérer que le polar historique comprend certains éléments de la fiction historique et d'autres du roman policier, il n'y a aucune unanimité quant à l'équilibre idéal entre les deux genres littéraires. Pour Mike Ashley (1993, p. XIII)[3], éditeur de plusieurs anthologies de fiction policière historique, « on doit mettre l'accent sur les aspects "enquête" de l'intrigue, autrement on n'a qu'un récit historique avec quelques éléments mystérieux ». En revanche, Ellis Peters, qui avait publié de nombreux romans historiques et une série de romans policiers avant d'écrire son premier polar historique, estimait qu'avec le temps, elle écrivait de plus en plus des romans historiques avec quelques éléments policiers plutôt que le contraire, car elle s'intéressait davantage aux personnages qu'aux crimes (Christian & Lindsey, 1993, p. 26). La même confusion existe chez les critiques – en 2016, le journal britannique *The Daily Telegraph* classa les romans policiers historiques parmi les romans historiques, tandis que *The Guardian* les rangea parmi les polars.

Mais, fondamentalement, qu'est-ce qu'un roman policier ? Selon P. D. James (2009, p. 15), qui en a écrit plusieurs, chaque polar suit une trame semblable :

3 « *[...] but the emphasis has to be on the detective element, otherwise it is nothing more than a historical story containing some element of mystery* ». Sauf indication contraire, toutes les traductions sont les miennes.

> *… we can expect is a central mysterious crime, usually murder ; a closed circle of suspects, each with motive, means and opportunity for the crime ; a detective, either amateur or professional, who comes in like an avenging deity to solve it ; and, by the end of the book, a solution which the reader should be able to arrive at by logical deduction from clues inserted in the novel with deceptive cunningbut essential fairness.*
>
> « On peut s'attendre à trouver un crime mystérieux au centre de l'intrigue, le plus souvent un meurtre ; un cercle restreint de suspects, chacun ayant un mobile, les moyens et l'occasion de commettre le crime ; un enquêteur – soit un policier, soit un détective privé, soit un criminologue amateur – qui arrive comme une divinité vengeresse pour résoudre l'énigme ; et, à la fin du livre, on présente une solution que le lecteur aurait pu trouver lui-même par le biais d'un processus de raisonnement logique résultant des indices insérés dans le récit par un auteur rusé mais essentiellement juste. »

On peut ajouter que l'enquêteur arrive à ses conclusions « en examinant les preuves matérielles et en interrogeant méticuleusement les témoins : en bref, en retraçant et en déterrant le passé » (O'Gorman, 1999, p. 20)[4], tout comme un historien.

Dans le roman policier, le cadre et le lieu du crime sont primordiaux. Selon P. D. James (2009, p. 109)[5], c'est uniquement quand « l'action est solidement enracinée dans une réalité physique que nous pouvons pleinement entrer dans le monde des personnages ». L'un des rôles du cadre est de rendre l'histoire criminelle crédible, car si le lecteur peut imaginer les lieux de vie et la société à laquelle appartient la victime, il accepte plus facilement que le crime ait pu y avoir lieu. Par cadre, on désigne, bien sûr, le lieu où se déroule l'intrigue et le contexte social, mais également l'époque. Même si certains auteurs, comme Reginald Hill (1982, p. 20)[6], ont avancé que le polar « ne pouvait commencer à exister avant que la société ne se modernise de façon significative ; autrement dit avant qu'elle ne commence à être scientifique plutôt que superstitieuse, bourgeoise plutôt qu'aristocratique, urbaine plutôt que pastorale », de nombreux auteurs des XXe et XXIe siècles n'ont pas hésité

---

4 « *The detective seeks a solution to a mystery or mysteries. The solution is arrived at through the scrutiny of material evidence and the careful questioning of witnesses : in short, through a process of retracing, recovering the past* ».

5 « *Place, after all, is where the characters play out their tragicomedies, and it is only if the action is firmly rooted in a physical reality that we can enter fully into their world* ».

6 « *This is a relatively recent phenomenon and could not begin to exist till society had made a significant lurch in the direction of the modern, which is to say when it started to be scientific rather than superstitious, bourgeois rather than aristocratic, [and] urban rather than pastoral* ».

à créer des crimes et des enquêteurs anciens ou médiévaux, estimant, comme P. D. James (2009, p. 151)[7], que le roman policier est à sa place dans toute société où « l'auteur d'un meurtre doit être découvert et où la société doit se purifier d'un tel acte salissant », même si un service de police officiel n'existe pas encore. La seule nécessité est de rendre crédible le cadre géographique et historique, en recréant tous les détails du monde et de la période choisis : décor, habillement, nourriture, infrastructures sociales et politiques. Le célèbre *incipit* du chef d'œuvre de L. P. Hartley, *Le Messager* (*The Go-Between*, 1953), « le passé est un pays étranger, aux mœurs différentes », est de la plus grande pertinence dans ce contexte (dans la fiction), voyager dans le temps relève du même acte imaginatif que se déplacer d'un coin de la terre à un autre. Le public, en tout cas, accepte sans peine de faire cette démarche car, comme l'a constaté Robin Winks (2007, p. XI)[8] il y a déjà une décennie, « le polar historique est le sous-genre du roman policier le plus prolifique à l'heure actuelle » et plusieurs séries, représentant presque toutes les époques et toutes les zones géographiques, sont devenues des *best-sellers*. Le genre commence également à trouver sa place dans les rangs de la littérature sérieuse ; pour la première fois en 2016 un roman policier historique, *His Bloody Project*[9] de Graeme Macrae Burnet, a été présélectionné pour le Prix Man Booker.

Comment définir la fiction historique ? Pour la revue *Historical Novels Review*, il s'agit d'œuvres où « les événements ont eu lieu il y a plus de cinquante ans et où l'auteur a fait des recherches plutôt que de partir de son expérience personnelle » (Johnson, 2002, § 8)[10]. La recherche est toujours primordiale. Selon Jean-Christophe Sarrot, le romancier historique « doit effectuer un travail analogue à celui de l'historien qui fouille les archives » (Sarrot & Broche, 2009, p. 195), démarche qui, pour l'historien Paul Veyne, comporte trois phases. Il doit d'abord découvrir et étudier les sources, ensuite les soumettre à un examen critique. Puis, vu qu'il ne peut jamais tout savoir sur une situation historique précise, « il lui faut boucher les trous » (Veyne,

7 « *The classical detective story can work in any age provided murder is regarded as an act which necessitates the discovery of the perpetrator and the cleansing of society of its stain* ».

8 « *[...] and the "historical mystery" is the most rapidly growing branch of the genre* ».

9 *Son projet sanguinaire.*

10 « *To us, a "historical novel" is a novel which is set fifty or more years in the past, and one in which the author is writing from research rather than personal experience* ».

1971, p. 194) dans ses connaissances, un processus que Veyne appelle « la rétrodiction[11] ». Jusqu'ici, l'historien universitaire et le romancier historique suivent les mêmes pistes, mais la différence se situe dans la façon dont ils présentent leurs conclusions. Laurent Broche explique que « là où l'historien affirme avec prudence, défend une version, argumente en sa faveur [...] le romancier fige une version, ne l'argumente pas, mais l'incorpore au déroulement de son intrigue » (Sarrot & Broche, 2009, p. 329). Richard Slotkin (2005, p. 226)[12] observe que cette démarche ressemble à une expérience scientifique qui « vérifie des hypothèses historiques ». Le romancier « doit manipuler une théorie qui est *peut-être* fiable comme si elle était fiable *sans le moindre doute* et reconstruire de façon crédible un univers dans lequel cette théorie est cohérente » (*ibid.*)[13]. Il est important de préciser que l'auteur ne doit pas nécessairement être convaincu de la vérité de sa propre théorie. Il peut ne pas en être sûr et parvenir, en rédigeant, à la conclusion que sa théorie est peu probable. Paul Doherty, par exemple, à la fois titulaire d'un doctorat en histoire de l'Université d'Oxford et romancier populaire, a écrit deux ouvrages tirés des recherches effectuées en vue de sa thèse sur Isabelle, épouse du roi Édouard II d'Angleterre, un polar historique et un livre d'histoire narrative. Dans le premier, *The Death of a King*[14] (1985), l'enquêteur conclut que le roi Édouard II n'est pas mort en 1327 comme le disent presque tous les livres d'histoire, mais qu'il a pu échapper à ses meurtriers et a fini sa vie dans un monastère en Italie. En revanche, dans son ouvrage historique, *Isabella and the Strange Death of Edward II*[15] (2003), Doherty « joue longuement avec cette théorie avant de la rejeter avec une certaine tristesse » (Sumption, 2003, § 15)[16].

En composant un récit policier historique, l'auteur doit à la fois respecter les règles des deux genres. Cependant, il y a de nombreuses façons de le faire. Certains critiques, comme John Scaggs, Jean-Christophe Sarrot, Bruce F. Murphy et Ray B. Browne ont tenté de définir quelques-unes des formules et méthodes les plus courantes mais, jusqu'ici, personne

11 *Cf.* « chapitre 8 » de *Comment on écrit l'histoire. Essai d'épistémologie.*

12 « *tests historical hypotheses* ».

13 « *must treat a theory which may be true as if it was certainly true, without quibble or qualification; and credibly represent a material world in which that theory appears to work* ».

14 *La Mort d'un roi.*

15 *Isabelle de France et la mort étrange d'Édouard II.*

16 « *Doherty toys with this theory at length before rather reluctantly rejecting it* ».

n'a essayé de rassembler ces définitions et d'en inventer d'autres pour les autres types d'écrits appartenant à ce genre. Le critère utilisé ici sera surtout le rapport de l'auteur avec l'histoire, plutôt qu'avec le crime.

LE POLAR TRANSHISTORIQUE

Bruce F. Murphy (2001, p. 247) a créé le terme « polar transhistorique » (« *"transhistorical" mystery* ») pour décrire un récit où un enquêteur actuel essaie d'éclaircir un crime historique, commis avant sa propre naissance. Comme l'historien, l'enquêteur, souvent un policier en congé maladie ou un descendant soit de la victime soit de l'accusé, doit faire un travail de recherche historique en se fiant aux documents de l'époque. Néanmoins, comme le précise Michèle Witta (2016, § 5), « si le sujet de l'enquête appartient à l'Histoire, les méthodes d'investigation sont modernes ». Les œuvres transhistoriques se divisent en deux catégories, celles où l'enquêteur fictif examine un crime qui a véritablement eu lieu, souvent une affaire célèbre ou qui n'a jamais été véritablement élucidée par les forces de l'ordre, et celles où l'enquêteur et le crime relèvent tous deux de la fiction.

On considère généralement que le texte fondateur du sous-genre est *La Fille du temps* (*The Daughter of Time*, 1951) de l'Écossaise Josephine Tey qui y met en scène son héros habituel, l'inspecteur de police Alan Grant. Cloué au lit à la suite d'un accident, et fasciné par une carte postale représentant le roi Richard III d'Angleterre, meurtrier présumé de ses deux neveux, les fils d'Édouard IV, Grant décide de mener sa propre enquête. Comme la majorité des œuvres de ce type, *La Fille du temps* présente une théorie révisionniste, remettant en question l'interprétation traditionnelle des événements et ici, en particulier, la vision de Richard III véhiculée par la pièce de Shakespeare. On rencontre une approche presque identique dans *Mort d'une garce* (*The Wenchis Dead*, 1989) de Colin Dexter où le célèbre inspecteur Morse, hospitalisé, tente de résoudre une véritable affaire criminelle qui s'est déroulée en 1859. Persuadé de l'innocence des deux hommes pendus pour le meurtre d'une jeune femme, le policier cherche à les innocenter.

D'autres auteurs préfèrent l'approche à moitié transhistorique où une énigme du passé et une affaire contemporaine s'entremêlent et où la solution de l'une permet d'éclaircir l'autre. *Le Vilain Petit Canard* (*The Dirty Duck*, 1984) de Martha Grimes, où des liens apparaissent entre la mort mystérieuse du dramaturge Christopher Marlowe au XVIe siècle et celle de quelques touristes américains au XXe, fait partie des ouvrages les plus connus dans cette catégorie.

Beaucoup plus nombreux sont les récits transhistoriques où les crimes sont inventés par l'auteur mais enracinés dans un cadre historiquement réaliste. Barbara Vine[17] réussit particulièrement bien à composer ce type d'intrigue ; notamment dans *Le Journal d'Asta* (*Asta's Book*, 1993) et *Crime par ascendant* (*Blood Doctor*, 2002). Elle marie l'autobiographie fictive, l'intrigue criminelle et le suspense psychologique, tout en montrant à quel point les secrets du passé peuvent influencer le présent. Plusieurs autres auteurs connus ont écrit un seul roman transhistorique afin d'explorer l'histoire familiale de l'un de leur protagonistes habituels. Par exemple, *Au Bois mourant* (*The Wood Beyond*, 1996) de Réginald Hill met en scène une évocation puissante des horreurs de la Première Guerre Mondiale, découvertes peu à peu par l'inspecteur Peter Pascoe à la recherche de la vérité sur son grand-père. Comme dans *Crime par ascendant* et de nombreux autres ouvrages transhistoriques, la transgression dépeinte est non seulement fictive, mais également représentative, et permet aux lecteurs de mieux saisir les polémiques et faiblesses de toute une époque.

FICTION HISTORIQUE, FICTION D'ÉPOQUE ?

Dans un entretien publié en 1999, le romancier Max Allan Collins distingue le roman historique du roman d'époque. Il affirme avoir été le premier à écrire des polars noirs historiques. Il précise qu'il ne parle pas du « roman noir d'époque avec un détective privé », mais qu'il a été « le premier à mettre un protagoniste fictif et plutôt noir dans une intrigue qui est autrement solidement fondée sur les faits historiques » (Pierce,

17 L'un des noms de plume de Ruth Rendell.

1999, § 30)[18]. La même année, Collins (2001, p. 20) explique que dans sa série des enquêtes de Nathan Heller, détective à Chicago pendant les années trente et quarante : « J'enquête sur des faits divers réels, des affaires criminelles non élucidées, mais je présente les résultats de mes recherches sous une forme romanesque ». Un auteur qui, selon Collins, écrit plutôt de la fiction d'époque, Stuart Kaminsky, et dont les récits se déroulent à Hollywood à la même période, place ses crimes et ses protagonistes entièrement imaginaires dans un cadre réaliste, mais ne s'intéresse pas beaucoup aux questions réelles de l'époque.

Il est possible d'établir un parallèle partiel entre le roman d'époque de Collins et le roman de cape et d'épée, tel que le définit Umberto Eco, qui l'oppose également au véritable roman historique. En utilisant l'œuvre d'Alexandre Dumas comme exemple, Eco (1985, p. 85-86) explique :

> Le roman de cape et d'épée choisit un passé "réel" et reconnaissable : pour y parvenir, il le peuple de personnages déjà enregistrés par l'encyclopédie [...] auxquels il fait accomplir des actions que l'encyclopédie n'enregistre pas [...] mais qui ne la contredisent pas. Naturellement, pour corroborer l'impression de réalité, les personnages historiques feront aussi (avec l'assentiment de l'historiographie) ce qu'ils ont fait [...] Dans ce cadre viennent s'insérer les personnages de fiction ; cependant, ceux-ci manifestent des sentiments qui pourraient être attribués à des personnages d'autres époques.

Afin de renforcer son propos, Eco donne l'exemple suivant : « ce que d'Artagnan fait en récupérant à Londres les bijoux de la Reine, il aurait pu le faire aussi bien au XVIe qu'au XVIIIe siècle » (*ibid.*, p. 87). Il oppose les romans de Dumas à ce qu'est pour lui un véritable roman historique, *Les Fiancés* (*I Promessi Sposi*, 1821) d'Alessandro Manzoni, où « tout ce que font Renzo, Lucia ou Fra Cristoforo ne pouvait qu'être accompli dans la Lombardie du XVIIe siècle. Les agissements des personnages servent à mieux faire comprendre l'histoire » (*ibid.*).

Cependant, on trouve ici quelques problèmes de définition. Ce que dit Eco sur le roman de cape et d'épée s'applique aussi bien à plusieurs romans sans cape ni épée comme, par exemple, ceux de Stuart Kaminsky.

---

18 Propos de Max Allan Collins recueillis par J. Kingston Pierce : « *I have been chastised for making this claim, but I do feel I invented the historical hard-boiled detective novel. Not the period private eye novel ([Stuart] Kaminsky and [Andrew] Bergman and Robert Towne and maybe a couple others pre-date me), but using a fictional noirish protagonist in a story that is otherwise solidly based on fact. That's my contribution* ».

De plus, de nombreux récits sans le moindre personnage ayant réellement vécu reflètent à merveille l'époque de leur intrigue et servent à mieux comprendre de véritables enjeux historiques, tandis que d'autres, dont les événements ont véritablement eu lieu, ont des personnages qui pensent et agissent entièrement comme des occidentaux des XXe ou XXIe siècles. Comment faire le tri, non pas entre « les nombreux écrivains excellents de romans policiers historiques » et « les ouvrages mal recherchés remplis d'anachronismes criants à chaque chapitre » (Winks, 2007, p. XII)[19], mais entre les écrivains qui cherchent à intégrer des aspects vérifiables du passé dans leur fiction d'une manière précise et ceux qui choisissent une autre approche ?

Suivant Max Allan Collins, il est possible d'appeler roman policier d'époque tout récit dont le cadre historique et, éventuellement, les personnages réels, servent uniquement à fournir un arrière-plan exotique ou reconnaissable à une affaire criminelle fictive sans rapport avec les enjeux sociaux ou politiques de la période. Le terme n'est pas nécessairement péjoratif, car l'arrière-plan peut être bien ou mal désigné. Dans *La Mort n'est pas une fin* (*Death Comes as the End*, 1944) d'Agatha Christie, qui occupe la 83e place au classement des cent meilleurs romans policiers de tous les temps établi par la Crime Writers'Association en 1990, l'auteur « déguise ses personnages en pagne de lin » (Witta, 2016, § 6) dans une histoire de tueur en série qui, comme Christie (1963, p. 6)[20] l'avoue, aurait pu se passer « à n'importe quel endroit, à n'importe quelle époque ». Même si le cadre, la rive ouest du Nil à Thèbes autour de l'an 2000 av. J.-C., n'est pas essentiel à l'intrigue, Christie s'est inspirée de trois véritables lettres égyptiennes, composées pendant la XIe dynastie et retrouvées par des archéologues américains pendant les années vingt, pour créer son intrigue et ses personnages. Aucun personnage vraiment historique ni événement repéré par les historiens ne s'y trouve mais Christie parvient, avec ses évocations détaillées et archéologiquement exactes de la vie quotidienne égyptienne, à dépayser le lecteur et à lui permettre d'acquérir, de façon agréable, des connaissances intéressantes sur l'Égypte ancienne.

---

19 « *In any case, there are now many superb writers of the historical mystery. There are, as with all crime fiction, also a goodly number of potboilers, badly researched books that introduce jarring anachronisms in every chapter* ».

20 « *The action of this book takes place on the West bank of the Nile at Thebes in Egypt about 2000* BC. *Both place and time are incidental to the story. Any other place and any other time would have served as well* ».

De la même manière, le terme « récits d'époque » peut être attribué aux nouvelles d'Oncle Abner par Melville Davisson Post. Le grand succès de la série – Willard Huntingdon Wright (1992, p. 55)[21] estimait qu'Oncle Abner faisait partie du « très petit nombre d'enquêteurs qui méritent d'être associés au trio immortel de Dupin, Lecoq et Holmes » – vient principalement, non pas des enquêtes criminelles, même si celles-ci sont souvent ingénieuses et bien construites, mais de l'ambiance inimitable de la Virginie rurale au milieu du XIXe siècle avant la Guerre de Sécession, le monde des ancêtres de l'auteur. Très peu de personnes ayant vraiment vécu y sont mentionnées[22], même si certaines grandes questions de l'époque, comme l'abolition de l'esclavage et la nature de la démocratie, y sont occasionnellement évoquées.

Certains auteurs de romans policiers historiques, souvent hautement diplômés, comme Candace Robb, affirment : « Nous n'utilisons pas l'histoire simplement pour l'ambiance, nous essayons de recréer le passé » (Pierce, 1998, § 22)[23]. Ce n'est pas le cas des auteurs de polars d'époque qui cherchent uniquement à écrire de bonnes fictions policières en donnant à leurs intrigues une ambiance historique cohérente et crédible.

LES RECONSTRUCTIONS

Comme le constate Michel Lebrun, le roman policier historique permet aux écrivains « d'effectuer de vraies enquêtes historiques sous couvert de la fiction » (Sarrot & Broche, 2009, p. 112)[24]. Parfois, ces enquêtes se déroulent dans un contexte transhistorique, mais le plus souvent, l'auteur choisit d'entreprendre une reconstruction de l'affaire en se servant d'un enquêteur de l'époque, historique ou fictif. Le propos

21 « *Uncle Abner, indeed, is one of the very few detectives deserving to be ranked with that immortal triumvirate, Dupin, Lecoq and Holmes* ».

22 Un arrière-grand-oncle de Post, Nathaniel Davisson, joue un rôle important dans « Naboth's Vineyard » (1912), classé parmi les douze meilleures nouvelles policières de tous les temps par *Ellery Queen's Mystery Magazine*. Autrement, des personnages de la vie publique américaine de l'époque ne sont mentionnés qu'en passant.

23 Propos de Candace Robb recueillis par J. Kingston Pierce : « *We're not simply using the history as "atmosphere", but trying to recreate the past* ».

24 Michel Lebrun cité par Jean-Christophe Sarrot et Laurent Broche.

célèbre de Todorov (1978, p. 43) selon lequel « le roman à énigme est constitué de deux histoires : la première est celle du crime, la seconde [...] celle de l'enquête », se heurte à certaines difficultés car, dans le cas où l'énigme principale du récit relève d'une affaire bien connue, comme les meurtres de Jack l'Éventreur ou l'assassinat de Christopher Marlowe, le lecteur instruit connaît déjà les détails du crime et s'intéresse davantage aux découvertes de l'enquête, en particulier quand l'auteur choisit une approche révisionniste.

Dans les reconstructions d'affaires historiques, presque tous les personnages sont connus, sauf parfois l'enquêteur, son entourage et/ou quelques personnages mineurs, et l'action se déroule à des endroits vérifiables. Le but des reconstructions de Paul Doherty, par exemple, est « de dévoiler en grand des mystères connus du passé, et donc de présenter une explication possible pour plusieurs d'entre eux » (Sarrot & Broche, 2009, p. 114). Pour cette raison, Doherty (2013, p. I)[25] compare ses écrits à « une machine à remonter le temps », où le lecteur peut s'immerger dans le monde d'Édouard II, du comte Dracula, des petits princes prisonniers de la Tour de Londres ou de Guillaume II d'Angleterre et découvrir une solution possible aux mystères qui les entourent, qui n'est jamais celle habituellement enseignée dans les manuels scolaires. Certains auteurs, comme Max Allan Collins, sont même fiers de l'originalité de leurs conclusions :

> *I think, in most instances, I have come very close to what really happened. I'm proud of the fact that none of these novels trumpet somebody else's theory. I develop my own. In fact, one of my fears is that I will someday do one of these and find that I agree 100 per cent with some existing theory. It's been so much fun that my theories have been brand new* (Pierce, 1999, § 51)[26].
>
> « Je crois que, dans la majorité des cas, j'ai réussi à m'approcher de très près de ce qui est véritablement arrivé. Je suis fier du fait qu'aucun de mes romans n'annonce la théorie de quelqu'un d'autre. Je développe mes propres théories. En réalité, j'ai peur de faire un jour des recherches et de me retrouver 100 % d'accord avec une théorie déjà élaborée. Cela m'a beaucoup amusé jusqu'ici de construire des théories complètement neuves. »

La plus grande difficulté dans les reconstructions est de rendre crédibles des personnages enregistrés par l'encyclopédie, car la majorité

25 « *I see my stories as a time machine* ».

26 Propos de Max Allan Collins recueillis par J. Kingston Pierce.

des lecteurs a déjà des idées préconçues à leur égard. Par exemple, « The White Ship Murders[27] » de Susanna Gregory, présente un scénario où le naufrage de la *Blanche Nef* en 1120, qui a tué plus de trois cents nobles anglais et normands, n'était pas un accident tragique mais, contrairement à ce que disent les chroniqueurs de l'époque, plutôt un acte de sabotage. La théorie présentée par Gregory est historiquement possible, même si elle n'est pas très probable. En revanche, sa présentation de l'impératrice Mathilde à dix-huit ans contredit tout ce que pensent savoir les experts de la période à son égard. La Mathilde de Gregory déclare : « C'est bien connu que je déteste l'Allemagne et que j'aimerais bien avoir l'occasion de retourner en Angleterre » (Gregory, 1999, p. 72)[28], tandis qu'Austin Lane Poole est du même avis que la quasi-totalité des historiens quand il écrit que Mathilde était heureuse en Allemagne où, contrairement aux autres pays, « elle était appréciée et même regardée avec affection » (Poole, 1975, p. 131)[29]. Dans un sens, ce genre d'inexactitude n'est pas important si on perçoit la nouvelle surtout comme une énigme à résoudre, car beaucoup de lecteurs ne savent rien de la jeunesse de l'impératrice. Cependant, comme le constate Rebecca Cantrell, elle-même auteur de plusieurs romans du genre :

> *I read historical mysteries is to time travel within the pages of a book. If the detail isn't there, or if it's incorrect, the time machine breaks, and I'm thrown out of the story into my own time* (Rozovsky, 2011, § 7)[30].
>
> « Je lis des romans policiers historiques afin de voyager dans le temps à travers les pages du livre. S'il manque des détails ou s'il y a des erreurs, la machine à remonter le temps tombe en panne et je me retrouve éjectée de l'histoire et, de nouveau, à ma propre époque. »

De légères modifications chronologiques ou logistiques sont acceptées si l'auteur les signale dans une note historique à la fin de l'œuvre, ce que font la plupart des meilleurs écrivains du genre, mais des incohérences dans le portrait physique ou moral d'un personnage connu gênent bien davantage.

27 « Les Meurtres de la Blanche Nef ».

28 « *It's no secret that I hate Germany, and would relish the opportunity to return to England* ».

29 « *she had been brought up in Germany where alone she was appreciated and even regarded with affection* ».

30 Propos de Rebecca Cantrel recueillis par Peter Rozovsky.

On peut également noter que certains auteurs, incertains quant à la véritable personnalité ou bonne foi d'un personnage historique, communiquent cette incertitude aux lecteurs en créant des personnages fictifs, intelligents et intègres, qui sont soit également dans le doute soit en désaccord entre eux. Steven Saylor, dont la série Gordien se déroule dans la Rome antique à la fin de la République, rédige à la première personne du singulier, avec un narrateur homodiégétique, afin d'éviter toute impression d'omniscience. Dans sa note historique à la fin de *L'Énigme de Catilina* (*Catilina's Riddle*, 1993), il rappelle que « le lecteur est libre de remettre en question les perceptions et les conclusions de Gordien, comme le fait d'ailleurs Gordien lui-même » et que « Catilina reste aujourd'hui ce qu'il a dû être à sa propre époque : une énigme » (Saylor, 1998, p. 719)[31].

LE CADRE QUI VAUT AUTANT QUE LE CRIME

Même si les reconstructions historiques sont assez faciles à trouver dans la fiction policière actuelle, bien plus nombreux sont les auteurs qui, comme Daniel Elton Harmon, « afin d'éviter des inexactitudes [...] ne choisissent pas comme personnages des personnes ayant réellement existé » (Sarrot & Broche, 2009, p. 196). Cependant, contrairement aux romans policiers d'époque, les grands personnages et les grandes questions de l'époque sont bien présents sur le fond de scène et dominent souvent l'action principale. Dans ce type de récit, comme ceux d'Ellis Peters et de C. J. Sansom, un enquêteur fictif secondé par des assistants fictifs cherche à élucider des énigmes qui sont intimement liées à la situation politique et sociale de l'époque et qui servent à mieux faire comprendre le contexte historique. Le premier roman de Sansom, par exemple, *Dissolution* (2003), se déroule dans l'un des monastères que Thomas Cromwell cherche à fermer sur ordre du roi Henri VIII et décrit

31 « *Nevertheless, the reader is ultimately free to question Gordianus's perceptions and his conclusions. As does Gordianus himself. It has not been my aim to rehabilitate Catilin, as Josephine Tey sought to rehabilitate Richard III in* The Daughter of Time. *Catilina remains today what his must have been in his own time :* œnigma, *which is to say, a riddle* ».

une nation encore traumatisée par le divorce injustifié de Catherine d'Aragon et par l'exécution d'Anne Boleyn et des hommes faussement accusés d'avoir été ses amants.

Même si, dans ce type de fiction, le crime est inventé, le cadre est presque toujours historiquement aussi exact que possible. Contrairement aux reconstructions, où l'auteur a souvent des intentions révisionnistes, ici les écrivains ne cherchent pas tant à réécrire l'histoire qu'à la mettre en valeur. Ellis Peters (1991, p. 13)[32] affirme qu'elle « n'a jamais changé l'emplacement d'un événement attesté dans un document historique ». Elle précise que, pour chaque nouveau livre, elle obtient « toutes les sources disponibles sur ce qui se passait à ce moment *précis* » (Christian & Lindsey, 1993, p. 14)[33], et qu'elle s'en sert méticuleusement. Umberto Eco avait la même approche lorsqu'il rédigeait *Le Nom de la Rose.* Il explique que « certains éléments, comme le nombre de marches [d'un escalier de son monastère fictif], dépendent d'une décision de l'auteur, d'autres, comme les déplacements de Michel [de Césène] dépendent du monde réel » (Eco, 1985, p. 33) et il se sentait obligé de les respecter. L'auteur cherche, comme le dit Peters (1993, p. XVIII)[34], à « tisser la fiction et les faits reconnus sans prendre de libertés avec l'Histoire ».

Ce travail respectueux des faits connus et des conclusions des historiens ne signifie pas qu'on ne trouve jamais rien de nouveau dans ce genre de roman policier historique, car les romanciers font parfois des recherches supplémentaires pour compléter ce qui est généralement connu. C. J. Sansom, par exemple, après avoir intégré ses découvertes sur le voyage d'Henri VIII au nord du pays en 1541 au roman *Sang Royal* (*Sovereign*, 2006), publia un article universitaire original sur le même sujet deux ans plus tard (Sansom, 2008, p. 217-238).

Pour ceux qui, comme l'universitaire Delphine Cingal, lisent un polar historique en partie pour « apprendre sur une période donnée » (Sarrot & Broche, 2009, p. 26), les romans à cadre historique et crime fictif sont souvent les plus fiables, surtout quand il s'agit de voir un événement connu à travers les yeux d'un personnage de l'époque. Même si le lecteur sait bien que sœur Fidelma et son amie sœur Étain

32 « *I have not altered the location of any event in recorded history* ».

33 « *everything I can get on what was happening at* exactly *that time* ».

34 « *The whole process of working fiction into fact without playing tricks with history appealed to me strongly* ».

n'étaient pas réellement présentes au concile de Whitby, la présentation de ce rassemblement dans *Absolution par le Meurtre* (*Absolution by Murder*, 1994) de Peter Tremayne lui permet de bien comprendre à la fois les enjeux et la société de l'époque. De la même manière, *The Last Templar* (1995)[35] de Michael Jecks facilite la compréhension des conséquences dévastatrices de la destruction de l'ordre des Templiers en 1314 et *Un cadavre de trop* (*One Corpse Too Many*, 1979) d'Ellis Peters aide le lecteur à comprendre les divisions dans le peuple anglais lors du siège de Shrewsbury par Étienne de Blois en 1138. Comme l'affirme Pauline Dewan (2012, § 5)[36], « des informations sur le passé sont souvent plus accessibles dans les romans à énigme que dans les études historiques », car « de tels romans font revivre le passé d'une manière impossible à un récit non-fictionnel » (*ibid.*, § 6)[37].

L'intrigue criminelle dans ces récits, même si elle est au-devant de la scène, bien ficelée et suit toutes les règles habituelles du polar, est la plupart du temps moins importante que le cadre historique et, s'il s'agit d'une série, moins importante également que les évolutions dans la vie privée de l'enquêteur fictif. L'enquête criminelle dans « Une lumière sur la route de Woodstock » (1985) d'Ellis Peters, par exemple, se déroule dans le cadre du naufrage de la *Blanche Nef* en 1120 et montre comment Frère Cadfael est devenu à la fois moine et détective amateur. Même si le *kidnapping* et la tentative de meurtre prennent le plus de place dans le récit, le lecteur est conscient que la tragédie réelle et la vocation fictive du protagoniste ont une plus grande importance à la fois dans l'histoire de l'Angleterre et dans l'univers imaginaire inventé par l'auteur.

LES PASTICHES

Le dernier sous-groupe de romans policiers historiques est composé de pastiches où des personnages connus de l'histoire ou même des héros littéraires du passé, renaissent en tant qu'enquêteurs. On y trouve Socrate

35 *Le Dernier Templier.*

36 « *Information about the past is often more accessible in mysteries than in historical texts* ».

37 « *These novels make the past come to life in a way that nonfictional accounts of history do not* ».

(Brèni James), Chaucer (Cherith Baldry), Léonard de Vinci (Theodore Mathieson), Jane Austen (Stephanie Barron), Christophe Colomb (Edward D. Hoch), ainsi que Holmes, Lupin, Lecoq et Rouletabille qui « ressuscitent sous la plume des pasticheurs » (Sarrot & Broche, 2009, p. 32). De cette manière, comme le constate John Scaggs (2005, p. 128)[38], l'auteur « confond délibérément les frontières ontologiques entre la fiction et le monde réel » et, pour ajouter à la confusion, les énigmes que ces héros tentent de résoudre sont parfois de véritables crimes historiques.

Le premier auteur à se lancer dans ce type de fiction a été l'Américaine Lillian de la Torre (1902-1993), spécialiste du XVIIIe siècle britannique. Après avoir connu un certain succès avec son premier polar historique, *Elizabeth is Missing* (1945)[39], la reconstruction d'une affaire criminelle célèbre en Angleterre en 1753, l'auteur, qui se disait « histo-détectrice » (Lambert, 1993, § 4)[40] commença à publier des nouvelles mettant en scène le célèbre auteur et lexicographe Samuel Johnson et son biographe James Boswell. Le premier volume, *Dr. Sam Johnson, Detector* parut en 1946. En dépit du côté ludique du projet, de la Torre (1948, p. 8)[41] affirme que ses récits sont « aussi proches de la réalité en langage, style narratif, exactitude historique et détails de fond que l'état actuel de la recherche [...] puisse produire ». Le langage et le style ressemblent beaucoup à ceux des véritables écrits de Boswell et de la Torre se montre attentive à la chronologie afin que Johnson se trouve toujours à l'endroit où il était en réalité au moment des affaires qu'elle raconte. Vu que, selon son biographe, Johnson avait une fois réellement résolu une énigme, « l'imposture du fantôme de Cock Lane » et se plaisait à « raconter comment il avait aidé à découvrir la supercherie » (*Ibid.*, p. 7)[42], de la Torre n'avait qu'à transférer la même technique à d'autres affaires, pour la majorité inspirées par de véritables mystères de la période.

38 Remarque de John Scaggs à propos de Stephanie Barron : « *Stephanie Barron's series of historical novels featuring Jane Austen as the detective are a case in point. However, even as Barron's use of the real-world Jane Austen as a fictional detective blurs the ontological boundaries between the fictive and the real, it also derives from the narrative impulse to 'fill in the gaps' that motivates both detectives and historians* ».

39 *Elizabeth est perdue.*

40 « *Describing herself as a histo-detector, she used scholarly research to delve into old crimes and scandals, especially those in 18th-century Britain and arrive at her own modern solutions* ».

41 « *The stories are as accurate in language, prose style, historical fact, and background detail of research, albeit light-hearted, can make them* ».

42 « *"He expressed great indignation", says Boswell, "at the imposture of the Cock Lane ghost, and related, with much satisfaction, how he had assisted in the detecting the cheat"* ».

Les auteurs de pastiches qui ont suivi de la Torre ont aussi, pour la plupart, fait très attention à respecter les détails biographiques connus de leur enquêteur. Toute la série de Stephanie Barron, qui met en scène les enquêtes de la romancière Jane Austen, se situe entre 1800 et 1804, période de sa vie caractérisée par l'absence de preuves documentaires concernant ses agissements. L'auteur fait également des efforts pour reproduire le style d'Austen et pour dépeindre la société du tout début du XIXe siècle. Comme presque tous les pastiches mettant en scène un enquêteur historiquement connu, la série de Barron est également un hommage à son protagoniste et Austen est présentée, comme Johnson dans la série mentionnée ci-dessus, presque sans défauts.

Cependant, des pastiches peuvent également être des reconstructions. Parmi ses nouvelles sur les enquêtes du poète/diplomate Geoffrey Chaucer, Cherith Baldry reconstruit la mort mystérieuse de Lionel, duc de Clarence, fils d'Édouard III d'Angleterre, à Alba, peu après son mariage à Violante Visconti, fille du duc de Pavi. Chaucer et son ami et collègue le chroniqueur Jean Froissart étaient très probablement présents au moment de la mort de Lionel[43] et, dès le début, on soupçonnait quelqu'un, peut-être son beau-père, de l'avoir empoisonné[44]. Il n'est donc pas étonnant que Baldry ait vu dans cette situation une intrigue propice à la fiction.

Si les pastiches comportant un enquêteur historique sont souvent des hommages, ceux qui font revivre un personnage fictif peuvent basculer de l'imitation à la parodie. Le Herlock Sholmès de Maurice Leblanc n'est pas vraiment historique, car il vit le jour alors que Conan Doyle était toujours en vie, mais depuis la Seconde Guerre mondiale le défilé des nouveaux Sherlock est sans cesse renouvelé, à tel point qu'un recueil, *The Alternative Sherlock Holmes. Pastiches, Parodies and Copies* (2003), a essayé de les recenser tous. Si *La Maison de Soie* (*The House of Silk*, 2001) d'Anthony Horowitz est peut-être celui qui réussit le mieux à faire revivre les Holmes et Watson de Doyle, la série très réussie de Laurie R. King surprend en donnant à Holmes une épouse aussi intelligente que lui, tandis que *Einstein et Sherlock Holmes* (1989) d'Alexis Lecaye oscille entre la farce et la parodie. Cependant, ces nouveaux avatars sont aussi une forme d'hommage au créateur du personnage qui devient un véritable

43 *Cf.* « Jean Froissart » de Robert J. Frail (1998, p. 366).

44 *Cf. Lancaster and York : The Wars of the Roses* de Alison Weir (2009, p. 23-24).

Pygmalion. Comme l'observe Umberto Eco (1994, p. 126)[45], « lorsque des personnages de fiction commencent à migrer de texte en texte, ils sont devenus citoyens du vrai monde et se sont libérés de l'œuvre qui les a créés ». On pourrait également conclure que les véritables personnages historiques qui trouvent une place dans la fiction entrent dans l'univers du mythe.

Les romans policiers historiques font partie de notre univers depuis un peu plus d'un siècle et leur popularité ne trahit aucun signe de faiblesse. Au début du vingtième siècle, paraissaient surtout des romans policiers d'époque, mais dès la Seconde Guerre mondiale, des romans policiers transhistoriques, des récits au cadre historique et crime fictif et des pastiches les ont rejoints pour garnir les étagères des librairies. Comme l'affirme P. D. James (2009, p. 151-152)[46], « le roman policier historique est l'un des genres les plus difficiles à réussir. Il exige une identification sensible avec le passé, la capacité de le faire revivre et des recherches méticuleuses ». Cette difficulté vient en partie du fait que « ceux qui lisent ce genre connaissent leur histoire » (Maitland, 2015, § 2)[47] et que les sites web dédiés au sous-genre « sont remplis de commentaires des lecteurs qui se moquent des auteurs qui ont fait des erreurs bêtes » (Rozovsky, 2011, § 13)[48].

Les exigences élevées des lecteurs peuvent être attribuées au fait que les questions abordées par le roman policier historique ont souvent une certaine importance à leurs yeux. Pour Ray Browne et Lawrence Kreiser (2007, p. XIV)[49], le polar historique « explore les pulsions principales de la vie humaine » et John Scaggs (2005, p. 132)[50] croit que « même les romans policiers historiques les plus classiques peuvent interroger,

45 « *When fictional characters begin migrating from text to text, they have acquired citizenship in the real world and have freed themselves from the story that created them* ».

46 « *The historical detective story is one of the most difficult to write well, requiring sensitive identification with the past, the ability to bring it vividly to life and meticulous research* ».

47 « *[But historical crime writers face their own challenges, not least because] those who read that genre know their history* ».

48 Propos de I. J. Parker recueillis par Peter Rozovsky : « *Historical novel web sites are full of readers mocking authors for making silly mistakes* ».

49 « *Historical* crime fiction, *though more narrow in its thematic treatment, is concerned with the major drives of human life* ».

50 « *The waxworks analogy is a significant one, and it illustrates that even apparently 'mainstream' historical crime fiction, such as the Sergeant Cribb novels of Peter Lovesey, can interrogate, in its plots, themes, and backgrounds, the fictive and historical relationship between the past and the present* ».

par leurs intrigues, leurs thématiques et leurs cadres, les relations historiques et fictives entre le passé et le présent ». Si le roman policier a toujours abordé des questions de crime et de châtiment, de culpabilité et d'innocence, de pardon et d'expiation, le roman historique est capable d'éclairer les tensions dans une société précise, de déterminer dans le passé les causes de ce qui se passe aujourd'hui et de mettre en question notre propre identité. Le mélange des deux a donc le potentiel de déranger et de faire réfléchir son lectorat.

Mais il ne faut pas oublier que « nos représentations du passé nous disent beaucoup sur les idéologies les plus puissantes de notre propre époque » (Wallace, 2008, p. XI)[51]. Dans un récit transhistorique, le policier du XXe siècle peut être influencé autant par le visage dans un portrait que par des documents d'archives[52]. L'auteur d'un roman d'époque peut se rendre compte, comme le note John Scaggs (2005, p. 126)[53], que

> La fidélité historique à des croyances et des valeurs d'une époque radicalement différente de la nôtre peut donner des personnages peu sympathiques ou même antipathiques aux lecteurs actuels. Pour cette raison, la loi de la vraisemblance est souvent tordue et le portrait d'un contexte ou d'une culture du passé se situe quelque part entre le réaliste, mais bizarre, jusqu'à l'acceptable, mais anachronique.

Ceci explique pourquoi les conditions sanitaires dans les villes médiévales, les convictions religieuses des hommes politiques de l'époque moderne ou le manque d'éducation de la grande majorité de la population européenne avant le XIXe siècle ne sont que rarement visibles. Il est vrai aussi que, dans les reconstructions, les meurtres vendent plus de romans que les accidents tragiques, donc l'auteur peut être tenté de s'inspirer de la théorie la plus sensationnelle ou sanguinaire que les preuves historiques lui permettent d'élaborer. On peut également constater que frère Cadfael, sœur Fidelma, Matthew Shardlake, Owen Archer et de nombreux autres protagonistes fictifs de romans historiques

---

51 « *our representations of the 'past' tell us a great deal about the most powerful ideologies of the present* ».

52 *Cf. La Fille du temps* de Josephine Tey (2009, p. 27).

53 « *Historical fidelity to the beliefs and values of a radically different time and culture can result in characters who are unsympathetic, and even repugnant to modern readers. For this reason, the law of verisimilitude is often bent, and depictions of past places and cultures will often lie somewhere along a line that stretches from the realistic, but alien, to the palatable, but anachronistically modern* ».

sont « des femmes et des hommes en avance sur leur temps » (Sarrot & Broche, 2009, p. 139) et ont des valeurs plus proches des nôtres que de celles de leurs contemporains.

Néanmoins, le lecteur moyen sait très bien que la fiction historique, y compris le récit à énigme historique, appartient au domaine de la fiction et non à celui de l'histoire. Il la lit pour apprendre, certes, mais surtout pour se divertir en assimilant de façon agréable des connaissances sur ceux qui l'ont précédé. En le faisant, il comprend que l'histoire n'est pas figée, mais avance avec les nouvelles découvertes, théories et interprétations de chaque époque.

Suzanne Bray
Université catholique de Lille

RÉFÉRENCES BIBLIOGRAPHIQUES

ROMANS ET NOUVELLES

BURNET, Graeme Macrae, *His bloody project : documents relating to the case of Roderick Macrae*, London, Contraband, 2015.

CHRISTIE, Agatha, *Death Comes as the End*, [1944], London, Pan, 1963.

COLLINS, Max Allan, *Les Meurtres du Titanic*, [*The Titanic Murders*, 1999], Paris, Payot & Rivages, coll. « Rivages-mystère », 2001.

DEXTER, Colin, *The Wench is Dead*, London, Macmillan, 1989.

DOHERTY, Paul, *The Death of a King*, [1985], London, Headline, 2013.

ECO, Umberto, *Le Nom de la rose*, [*Il Nome della rosa*, 1980], trad. de l'italien par Jean-Noël Schifano, Paris, B. Grasset, 1982.

HARTLEY, L. P., *The Go-Between*, London, H. Hamilton, 1953.

HILL, Reginald, *The Wood Beyond*, London, Harper Collins Publishers, 1996.

HOROWITZ, Anthony, *The House of Silk*, London, Little, Brown and Company, 2001

GREGORY, Susanna, « The White Ship Murders », *Royal Whodunnits : Tales of Right Royal Murder and Mystery*, [1998], éd. Mike Ashley, London, Robinson, 1999, p. 64-82.

GRIMES, Martha, *The Dirty Duck*, Boston, Little, Brown, 1984.

JECKS, Michael, *The Last Templar*, London, Headline Books Publishing, 1995.

LECAYE, Alexis, *Einstein et Sherlock Holmes*, Paris, Payot, coll. « Romans Payot », 1989.

MANZONI, Alessandro, *I Promessi Sposi*, [1821], Milan, Mondadori, 2002.

PETERS, Ellis, *One Corpse Too Many*, London, Macmillan, 1979.

PETERS, Ellis, « *A Light on the Road to Woodstock* », *A Rare Benedictine*, London, Headline Books Publishing, 1988, p. 11-56.

PETERS, Elizabeth, « The Locked Tomb Mystery », *The Mammoth Book of Historical Whodunnits*, [1989], éd. Mike Ashley, London, Robinson, 1993, p. 3-15.

POST, Melville Davisson, *Uncle Abner : Master of Mysteries*, [1918], Landisville PA, Coachwhip Publications, 2010.

RENDELL, Ruth, *Asta's Book*, London, Viking, 1993.

RENDELL, Ruth, *Blood Doctor*, London, Viking, 2002.

RUNCIE, James, *Sidney Chambers and the Shadow of Death*, London, Bloomsbury, 2012.

SANSOM, C. J., *Dissolution*, London, Macmillan, 2003.

Saylor, Steven, *Catilina's Riddle*, [1993], London, Robinson, 1998.
Tey, Josephine, *La Fille du temps*, [*The Daughter of Time*, 1951], trad. de l'anglais par Michel Duchein, Paris, 10/18, coll. « Grands Détectives », 2009.
Torre, Lillian de la, *Elizabeth is Missing*, New York, Alfred A. Knopf, 1945.
Torre, Lillian de la, *Dr. Sam. Johnson, Detector*, [1946], London, Michael Joseph, 1948.
Tremayne, Peter, *Absolution by Murder*, London, Headline Books Publishing, 1994.

OUVRAGES, ARTICLES ET ENTRETIENS

Ashley, Mike, « Introduction », *The Mammoth Book of Historical Whodunnits*, éd. Mike Ashley, London, Robinson, 1993, p. xiii-xviii.
Browne, Ray B. & Kreiser, Lawrence A. (dir.), *The Detective as Historian : History and Art in Historical Crime Fiction*, vol. 2, Newcastle, Cambridge Scholars Publishing, 2007.
Christian, Ed & Lindsey, Blake, « Detecting Brother Cadfael : An Interview with Ellis Peters, 17 August 1991 », *Clues : A Journal of Detection*, vol. 14, nº 2, automne/hiver 1993, p. 1-30.
Dewan, Pauline, « The Historical Mystery Novel », *Mystery Page Turners*, 27 juillet 2012, Disponible sur : « http://mysterypageturners.blogspot.fr/2012/07/the-historical-mystery-novel.html (consulté le 11/05/2020) ».
Doherty, Paul, *Isabella and the Strange Death of Edward II*, [2003], London, Headline, 2013.
Eco, Umberto, *Apostille au Nom de la Rose*, trad. de l'italien par Myriem Bouzaher, Paris, Grasset, 1985.
Eco, Umberto, *The Limits of Interpretation*, Bloomington, Indiana University Press, 1994.
Frail, Robert J., « Jean Froissart », *Dictionary of World Biography : The Middle Ages*, éd. Frank N. Magill, vol. 2, London, Routledge, 1998, p. 366
Hill, Reginald, « A Prehistory », *Whodunit ? A Guide to Crime, Suspense and Spy Fiction*, éd. H. R. F. Keating, London, Winward, 1982, p. 20-29.
James, P. D., *Talking About Detective Fiction*, Oxford, Bodleian Library, 2009.
Johnson, Sarah, « Defining the genre : What are the Rules for Historical Fiction ? », discours prononcé au congrès annuel des *Associated Writing Programs*, East Illinois University, *Historical novel society*, 2002, Disponible sur : « http://historicalnovelsociety.org/guides/defining-the-genre/defining-the-genre-what-are-the-rules-for-historical-fiction/ (consulté le 11/05/2020) ».
Lambert, Bruce, « Lillian de la Torre, 91, an Author of Mysteries from British History », *The New York Times*, 19 septembre 1993, Disponible sur : « http://www.nytimes.com/1993/09/19/obituaries/lillian-de-la-torre-91-an-author-of-mysteries-from-british-history.html (consulté le 11/05/2020) ».

MAITLAND, Karen, « A Criminal Past – Writing Historical Crime Fiction », *Writers & Artists : The Insider Guide to the Media*, London, Bloomsbury, 2015, Disponible sur : « https://www.writersandartists.co.uk/writers/advice/870/dedicated-genre-advice/writing-historical-fiction/ (consulté le 11/05/2020) ».

MURPHY, Bruce F., *The Encyclopedia of Murder and Mystery*, New York, Palgrave, 2001.

O'GORMAN, Ellen, « Detective Fiction and Historical Narrative », *Greece & Rome*, série 2, vol. 46, n° 1, avril 1999, p. 19-26.

PETERS, Ellis, « Introduction », Robin Whiteman, *The Cadfael Companion*, Londres, Little Brown, 1991, p. 13-14.

PETERS, Ellis, « Foreword », *The Mammoth Book of Historical Whodunnits*, éd. Mike Ashley, London, Robinson, 1993, p. XVIII-XIX.

PIERCE, J. Kingston, « Candace Robb Gets Downright Medieval », interview with Candace Robb, *January Magazine*, décembre 1998, Disponible sur : « https://www.januarymagazine.com/profiles/robb.html (consulté le 11/05/2020) ».

PIERCE, J. Kingston, « Killings, Cover-ups and Max Allan Collins », interview with Max Allan Collins, *January Magazine*, septembre 1999, Disponible sur : « https://www.januarymagazine.com/profiles/collins.html (consulté le 11/05/2020) ».

POOLE, Austin Lane, *From Domesday Book to Magna Carta 1087-1216*, Oxford, Oxford University Press, 1975.

ROZOVSKY, Peter, « History and Mystery : Three Authors of Historical Crime Fiction on What They Do and Why They Do It », interview with Rebecca Cantrell, Gary Corby and I. J. Parker, *Detectives Beyond Borders*, 29 juin 2011, Disponible sur : « http://detectivesbeyondborders.blogspot.com/2011/06/history-and-mystery-three-authors-on.html (consulté le 11/05/2020) ».

SARROT, Jean-Christophe & BROCHE, Laurent, *Le Roman policier historique. Histoire et polar : autour d'une rencontre*, Paris, Nouveau Monde, 2009.

SCAGGS, John, *Crime Fiction*, London, Routledge, 2005.

SLOTKIN, Richard, « Fiction for the Purposes of History », *Rethinking History*, vol. 9, n° 2-3, juin-septembre 2005, p. 221-236.

SANSOM, Christopher J., « The Wakefield Conspiracy and Henry VIII's Progress to the North Reconsidered », *Northern History*, vol. 45, issue 2, septembre 2008, p. 217-238.

SUMPTION, Jonathan, « Plotting the Past : Intrigue, invasion and that red-hot poker… Jonathan Sumption on the curious death of Edward II », *The Guardian*, 5 avril 2003, Disponible sur : « https://www.theguardian.com/books/2003/apr/05/featuresreviews.guardianreview8 (consulté le 11/05/2020) »

TODOROV, Tzvetan, *Poétique de la prose. Choix* suivi de *Nouvelles recherches sur le récit*, Paris, Seuil, 1978.

VEYNE, Paul, *Comment on écrit l'histoire. Essai d'épistémologie*, Paris, Seuil, coll. « L'Univers historique », 1971.

WALLACE, Diana, *The Women's Historical Novel : British Women Writers 1900-2000*, [2005], Basingstoke, Palgrave Macmillan, 2008.

WATT, Peter Ridgway & GREEN, Joseph, *The alternative Sherlock Holmes. Pastiches, Parodies and Copies*, Aldershot, Ashgate, 2003.

WEIR, Alison, *Lancaster & York : The Wars of the Roses*, London, Vintage, 2009.

WINKS, Robin W., « Preface », *The Detective as Historian : History and Art in Historical Crime Fiction*, éd. Ray B. Browne et Laurence A. Kreiser, vol. 2, Newcastle, Cambridge Scholars Publishing, 2007, p. XI-XII.

WITTA, Michèle, *« Le roman policier historique : une anomalie ? », Manières de noir. La fiction policière contemporaine*, éd. Maryse Petit et Gilles Ménégaldo, Rennes, Presses universitaires de Rennes, coll. « Interférences », 2010, Publication sur OpenEdition Books, 26 septembre 2016, Disponible sur : « http://books.openedition.org/pur/38775 (consulté le 11/05/2020) ».

WRIGHT, Willard Huntington, « The Great Detective Stories », *The Art of the Mystery Story*, [1946], éd. Howard Haycraft, New York, Carroll and Graf, 1992, p. 33-70.

LES NOUVEAUX AVATARS HYBRIDES DU POLAR OU LES ROMANS TRANSPOLICIERS

L'exemple du *Huit* de Katherine Neville

La fin des années quatre-vingts et la dernière décennie du siècle écoulé constituent à bien des égards l'un des tournants cruciaux dans l'évolution du roman policier américain. Deux faits importants vont en effet marquer le monde de la fiction criminelle au cours de cette période donnant naissance à maintes nouvelles formes littéraires et instituant progressivement de nouvelles réalités et traditions romanesques : le premier est l'apparition d'une nouvelle génération d'écrivaines qui mettent en scène dans leurs polars des femmes détectives : Kinsey Millhone de Sue Grafton, Victoria Iphigenia de Sara Paretsky, Sharon McCone de Marcia Muller, Kat de Karen Kijewski, etc. Le second est le décloisonnement générique sans précédent du roman policier et le surgissement d'une part, de maints sous-genres policiers dont les deux plus importants sont le polar métaphysique (Paul Auster, Jerome Charyn, Jonathan Lethem…) et le polar scientifique (Patricia Cornwell, Robin Cook …) et d'autre part, d'œuvres hybrides et inclassables auxquelles il s'avère quasiment impossible d'appliquer les grilles taxinomiques traditionnelles.

Le Huit (*The Eight*) de Katherine Neville (1988) est l'un des meilleurs exemples illustratifs de cette nouvelle vague romanesque. En effet, se distinguant par une structure romanesque et une identité générique extrêmement complexes, ce roman fleuve qui a été traduit en français par Évelyne Jouve (2002)[1], peut être considéré comme l'un des nouveaux avatars hybrides du roman policier, un avatar qui se présente comme un véritable *melting pot* générique inclassable ou pour reprendre l'expression de Barthes (1973, p. 17), « un texte paradisiaque, utopique (sans lieu),

1 Toutes les citations extraites du *Huit* renvoient à l'édition le cherche midi, 2004.

une hétérologie par complétude », un texte qui invite à revisiter la notion même de genre et de classe générique ; polar ésotérique ? Polar « mystico-historique » ? Roman historique à traces policières ? Polar échiquéen ? Polar fantastique ? Thriller postmoderne ? Polar « philosophal » (George-Hoyau, 2009) ? Rien ne nous permet de trancher catégoriquement cette interrogation qui prouve déjà que cette œuvre relève de ce que Jacques Dubois (1987, p. 66) appelle « l'expérience des limites ».

Le postulat qui sous-tend notre analyse est qu'il y a derrière cette résistance à la catégorisation générique un secret ou plutôt une formule romanesque inédite qui permet à l'auteure de pousser l'hybridité jusqu'à ses limites extrêmes et de transformer le travail scriptural en une véritable opération alchimique visant à créer une œuvre littéraire universelle, totale et totalisante. L'élément de base de cette formule est incontestablement le motif du jeu d'échecs, ce *topos* dont les potentiels ludique, allégorique et surtout herméneutique seront ingénieusement explorés par l'auteure du *Huit* pour créer au sein du texte une sorte de confluence générique où s'entrecroisent et fusionnent divers genres et sous-genres littéraires. Notre analyse portera essentiellement sur la dynamique générique dans le roman nevillien ainsi que sur ce rôle fondamental que joue le motif des échecs d'une part, en tant que catalyseur d'hybridité et d'autre part, en tant que principe structurant de la diégèse.

LE HUIT, UN TEXTE DE PLAISIR ?

Avec ses 958 pages, *Le Huit* s'affirme d'emblée comme un roman fleuve qui résiste à la lecture de type ferroviaire ou stationnaire. C'est une œuvre qui ne se dévore pas en une bouchée ou se boit d'un trait à l'instar d'un grand nombre de récits policiers classiques. Aussi les lecteurs qui acceptent le défi d'aborder cet opus volumineux doivent-ils observer cette recommandation barthienne : « […] ne pas dévorer, ne pas avaler, mais brouter, tondre avec minutie, retrouver […] le loisir des anciennes lectures : être des lecteurs *aristocratiques* » (Barthes, 1973, p. 23-24). C'est d'ailleurs cette même recommandation que la romancière va adresser indirectement à son lecteur (en prêtant sa voix à chaque fois à l'un de ses personnages féminins) comme pour lui insinuer que rien ne sert de courir et qu'il faut faire preuve de patience, car la « partie » textuelle, qui a tout d'une partie d'échecs, est trop longue et « l'arme la plus efficace aux échecs est la patience » (Neville, 2004, p. 649) : « Le récit que nous nous proposons de faire ne s'adresse pas aux esprits faibles » (*ibid.*, p. 18), dit Alexandrine de Forbin en s'adressant aux sœurs de l'abbaye Montglane. « Mon récit, leur dit de sa part l'abbesse, est long. Vous devrez vous montrer patients si je vous parais lente » (*ibid.*, p. 21). « Ayez de la patience, dit de sa part Letizia Bonaparte à Élisa, Napoléon et Mireille, car ce n'est pas une histoire simple » (*ibid.*, p. 444). L'art de la dégustation se substitue ainsi à la tentation de dévoration, et c'est essentiellement par le truchement des digressions métatextuelles que la romancière va ralentir le rythme de la narration, tenir en haleine son lecteur tout en l'entraînant progressivement dans des zones génériques instables et pour ainsi dire tectoniques. De fait, *Le Huit* est, pour rester toujours dans le registre barthien, « un texte de plaisir », car il place le récepteur, surtout dans le premier chapitre, dans une posture réceptive confortable[2] (semblable à celle du fameux Chahriar des *Mille et une nuits*) en le plongeant dans un univers mi-gothique mi-historique où s'entrecroisent le réel, le légendaire, le mystérieux et le fantastique. On peut dégager au moins six stéréotypes classiques qui orientent le récepteur vers cet horizon générique historico-gothique et qui l'assoient dans sa position « chahriarienne » rassurante.

L'ABBAYE DE MONTGLANE QUI RAPPELLE LES CHÂTEAUX SOMBRES ET MYSTÉRIEUX DES ROMANS GOTHIQUES

Dès qu'il franchit les seuils paratextuels, le lecteur se trouve invité à un voyage vers les années tumultueuses et sanguinaires de la Révolution Française et de la Terreur. L'indication spatio-temporelle (« Abbaye de Montglane, France. Printemps 1790 ») placée en haut de la page incipitale sert de « starter » narratif à la machine romanesque dont la mécanique ressemble pour ainsi dire à celle du « trou de ver » qui relie

2 « Texte de plaisir : celui qui contente, emplit, donne de l'euphorie ; celui qui vient de la culture, ne rompt pas avec elle, est lié à une pratique *confortable* de la lecture. Texte de jouissance : celui qui met en état de perte, celui qui déconforte (peut-être jusqu'à un certain ennui), fait vaciller les assises historiques, culturelles, psychologiques, du lecteur, la consistance de ses goûts, de ses valeurs et de ses souvenirs, met en crise son rapport au langage » (Barthes, 1973, p. 25-26).

deux univers et deux espace-temps complètement différents et très éloignés l'un de l'autre. Toutefois, si le cadre temporel est facilement identifiable, le cadre spatial, lui, demeure partiellement ambigu ou plutôt intrigant, surtout pour le lecteur « moyen », c'est-à-dire celui dont « l'encyclopédie personnelle » (au sens que donne Umberto Eco à ce terme) est moyenne en comparaison avec celle du spécialiste en littérature qui a certainement lu ou parcouru la fameuse « Geste de Garin de Montglane » (appelée aussi « La chanson de Guillaume au Court Nez » et qui sait donc que Montglane est le nom d'un ancien fief accordé par Charlemagne au chevalier Garin à l'issue d'une partie d'échecs. En fait, même si le lecteur est un historien médiéviste qui connaît l'histoire de Garin et de Montglane, il demeure incapable, lui aussi, de trancher si la cité de Montglane a réellement existé ou s'il s'agit d'un lieu légendaire inventé par le trouvère qui a déclamé la chanson de Garin. Certains archéologues ont avancé l'hypothèse selon laquelle Montglane correspond à Glanum, situé dans l'actuelle commune de Saint-Rémy-de-Provence (près de Tarascon), toutefois aucune preuve historique et topographique ne confirme de façon tranchante cette probabilité (Suchier, 1903, p. 353-383). Il en est de même pour l'abbaye de Montglane qui est un lieu purement fictif mais qui est peut-être l'avatar romanesque de l'abbaye bénédictine de Caen, évoquée dans les premières pages du roman. La description panoramique de sa façade lui confère une épaisseur légendaire voire mythique et l'entoure d'une aura de mystère : bâtie sur le modèle d'une forteresse et entourée de « six ou sept strates de murs, empilées les unes sur les autres » (Neville, 2004, p. 12), elle se présente comme un véritable « monstre architectural, dont l'aspect sinistre ne manquait pas d'alimenter les rumeurs déjà existantes. [Elle] était la plus vieille église de France restée intacte, et il flottait autour d'elle une vieille malédiction qui ne demandait qu'à se réveiller » (*ibid.*). Sa description laisse ainsi planer une ambiance « grise » qui n'est pas sans rappeler l'atmosphère sombre et funéraire des romans gothiques. Mais il ne s'agit là en réalité que de préliminaires narratifs visant à prédisposer mentalement le lecteur à découvrir, avec les deux héroïnes, le principal objet fantastique du roman qu'est le Jeu Montglane.

LE JEU MONTGLANE : UN OBJET MALÉFIQUE

L'objet mystérieux, fantastique ou porteur d'une malédiction est également un poncif authentiquement gothique, et dans *Le Huit*, c'est le Jeu Montglane qui assure cette fonction narrative : ce jeu, lit-on dans le récit de l'abbesse qui réactualise le duel échiquéen entre Charlemagne et son vassal Garin, est « possédé par une force démoniaque » (*ibid.*, p. 26), « une terrible malédiction pesait sur [lui] » (*ibid.*, p. 29), « des rumeurs [...] attestant que le Diable n'y était pas étranger [...]. D'étranges bruits couraient sur des carnages, des violences et même des guerres, dans lesquelles il aurait joué un rôle » (*ibid.*), c'est un « instrument du Diable » (*ibid.*, p. 29).

LE SECRET MYSTÉRIEUX ENFOUI DANS LE JEU MONTGLANE

On sait que la notion de mystère constitue non seulement un thème central dans la fiction gothique mais également un marqueur générique spécifique à cette littérature. Dans *Le Huit*, Neville va renarrativiser ce *topos* en le rattachant au Jeu Montglane : ce jeu recèle en effet un secret mystérieux, une formule extraordinaire qui permet à quiconque la découvre de détenir « une force qui dépasse la loi de la nature et le savoir humain » (*ibid.*, p. 30).

LA NOTION DE QUÊTE

C'est incontestablement l'un des éléments narratifs qui attestent le conformisme narratif ou plutôt le conventionnalisme générique du *Huit*, qui convoquent l'attitude réceptive « chahriarienne » et rapprochent le récit des contes populaires ou orientaux qui s'ouvrent par la fameuse expression : « Il était une fois ». D'ailleurs, l'intrigue se prête parfaitement au schéma actantiel proppien : l'abbesse (le destinateur) confie à huit religieuses dont font partie les deux principales héroïnes du récit (sujet) la mission d'éparpiller les pièces du Jeu Montglane dans différents endroits en Europe afin qu'elles ne tombent entre de mauvaises mains. Le but consiste donc à épargner à l'humanité tout entière le danger terrible que peut former cet objet mystérieux (objet). L'abbesse précise à Mireille et Valentine que leur destination est Paris, que le peintre Jacques-Louis David se chargera là-bas de leur protection (adjuvant) et que l'un des hommes « assoifé[s] de pouvoirs » (*ibid.*, p. 20) qui rêvent de s'emparer du Jeu Montglane est l'évêque d'Autun (opposant).

LA DIGRESSION

C'est l'un des procédés les plus classiques qui relèvent de l'arsenal d'hameçonnage narratif destiné à captiver le lecteur et à l'entraîner progressivement vers le centre de la toile narrative. La première parenthèse digressive est le métarécit de l'abbesse dans lequel elle revient sur l'histoire mystérieuse du Jeu Montglane et la partie d'échecs entre Charlemagne et Garin. Sa fonction est essentiellement informative, puisqu'elle livre les informations indispensables sur le principal objet de quête dans le roman, c'est-à-dire l'échiquier « maléfique ».

L'HISTORISATION DES ÉVÉNEMENTS

Dans cet *incipit* foncièrement « gothique », Katherine de Neville va incorporer également quelques éléments narratifs qui rattacheraient le récit au roman historique. Nous parlons précisément du cadrage spatio-temporel (France, printemps 1790), de ces quelques personnages historiques ayant réellement existé et dont les biographies détaillées figurent dans les manuels d'histoire (Alexandrine de Forbin, Marie-Charlotte Corday, Charlemagne, Garin, l'évêque d'Autun, Jacques-Louis David) et de quelques faits historiquement attestés (l'éclatement de la Révolution Française, détrônement de Louis XVI, famine, pillage et terreur dans les villages, naissance de l'Assemblée nationale, adoption de la Déclaration des droits de l'homme et promulgation de la motion de la confiscation des biens ecclésiastiques).

Tous ces stéréotypes et *topoï* sont donc au service de cette lecture rassurante et aristocratique qui ouvre un « horizon d'attente générique » (Schaeffer, 1989, p. 151) classique et familier, mais voilà qu'avec le deuxième chapitre, le fil de la narration s'interrompt pour laisser la place à un nouveau récit se déroulant pendant les années soixante-dix du XXe siècle et mettant en scène une héroïne new-yorkaise (Catherine Velis). À partir de là, *Le Huit* passe du statut d'un texte de plaisir à celui d'un texte de « jouissance », c'est-à-dire d'un texte qui déroute, déconforte, ébranle ce que Paul Bleton (1999, p. 110) appelle « l'encyclopédie générique » du lecteur et l'accule à remodeler ses attitudes réceptives classiques. En effet, d'un chapitre à un autre, le processus narratif va se complexifier et les deux récits alternés vont se fragmenter et se décliner en plusieurs micro-récits appartenant à différents genres et sous-genres littéraires au point que le lecteur se sentirait piégé et égaré dans un labyrinthe dédaléen dont il n'est pas aisé de deviner l'issue. Il existe toutefois quelques éléments thématiques qui peuvent servir de points de départ pour une enquête approfondie sur la généricité nevillienne. L'un de ces éléments est le ludisme échiquéen.

LE HUIT, ROMAN ÉCHIQUÉEN ?

Le motif du jeu d'échecs travaille en profondeur *Le Huit* et constitue non seulement un ingrédient basique de l'alchimie narrative nevillienne mais carrément le principe compositionnel qui permet à l'auteure de transformer son texte en un véritable « échiquier d'encre[3] » où tout ne se lit et ne s'interprète qu'à la lumière du paradigme échiquéen. C'est aussi un marqueur générique puisqu'il inscrit le roman nevillien dans le sillage des romans échiquéens à l'instar de *La Défense Loujine* de Nabakov, *Le Joueur d'échecs* de Stephan Zweig et *Le Tableau du Maître flamand* d'Arturo Perez-Reverte. D'ailleurs, si l'on essaie de réduire le roman à sa fabula squelettique ou à ce que Raphaël Baroni appelle la « macroproposition », on peut le définir tout simplement comme étant le récit d'une quête visant à percer le secret d'un échiquier mystérieux (l'échiquier de Montglane). En fait, à examiner seulement les titres des chapitres et les épigraphes qui les émaillent, on perçoit clairement la volonté de l'auteure de construire son texte sur le modèle échiquéen et d'en faire la traduction allégorique d'une longue partie d'échecs. Cheminant dans le texte, le lecteur découvre progressivement que le jeu d'échecs constitue bel et bien l'âme même du corps textuel et que les deux récits parallèles portent exclusivement sur cet échiquier mystérieux (le Jeu Montglane) que le gouverneur musulman de Barcelone Ibn al-Arabi a offert à Charlemagne pour l'aide qu'il lui avait apportée dans les Pyrénées basques : le premier récit qui a pour arrière-plan historique la période qui s'étend de 1790, c'est-à-dire quelques mois après l'éclatement de la Révolution française, jusqu'à 1830, retrace le cheminement aventureux

3 Nous empruntons cette expression au titre de l'ouvrage collectif *Échiquiers d'encre. Le Jeu d'échecs et les Lettres (XIXe-XXe s.)*, dirigé par Jacques Berchtold.

de Mireille de Rémy tout d'abord, pour cacher les pièces que l'abbesse de Montglane lui a confiées (l'objectif étant d'éparpiller toutes les pièces du jeu pour que personne ne puisse le reconstituer), ensuite, pour rassembler les mêmes pièces afin de percer le mystère du Jeu Montglane et venger ainsi la mort de Valentine.

Le second récit se déroule dans les années soixante-dix (1972) et met en scène une héroïne new-yorkaise du nom de Catherine Velis. Sa mission consiste aussi à rassembler les pièces de l'échiquier légendaire puis à découvrir la formule magique qui y est encodée. Le motif du jeu d'échecs constitue donc la charnière entre ces deux quêtes parallèles qui sont les traductions allégoriques, de deux parties d'échecs opposant les « blancs » (le clan maléfique qui cherche à mettre la main sur l'échiquier pour réaliser ses desseins diaboliques) et les « noirs » (le clan vertueux qui aspire à trouver l'échiquier pour s'assurer qu'il ne tombe pas entre de mauvaises mains). Au fur et à mesure que les événements évoluent, le nom, le clan, le rôle et le champ de déplacement de chaque actant se dévoilent progressivement confirmant ou infirmant les attentes, les expectations et les pronostics du récepteur. La conscience positionnelle chez les personnages se développe et s'aiguise à son tour, leur permettant de mieux saisir le réseau relationnel dont ils font partie ainsi que les enjeux de la partie dans laquelle ils sont impliqués. Cette conscience peut se répercuter aussi sur leur rôle sur l'échiquier. Ainsi, d'une innocente novice cloîtrée entre les murs de l'abbaye ou plutôt d'un simple pion sur l'échiquier, Mireille va devenir progressivement une reine noire impitoyable qui n'hésite pas à se débarrasser de tous ceux qui pourraient entraver sa conquête du territoire blanc et sa quête du mystère du Huit. À ses côtés, nous trouvons toute une rangée de pions prêts à se sacrifier pour la protéger (Valentine, Alexandrine, Claude de Forbin, Mlle Beaumont, Mlle Defresnay, Mlle d'Armentières, Courtiade) ainsi que sept autres personnages-pièces qui la seconderont dans sa longue et tortueuse quête visant à percer le mystère de Montglane : Talleyrand (le roi), David et Charlotte Corday (les fous), Napoléon et Shahin (cavaliers), Élisa et Letizia Bonaparte (les tours). Face à ces huit figurines noires se tient le clan blanc composé à son tour de personnages-pions tels que Benedict, Arnold, Blake, Danton et Wordsworth et de personnages-pièces qui aspirent à mettre la main sur l'échiquier de Montglane dans le but de dominer le monde : Marat (le roi), Catherine Grand (la reine), Rousseau et Boswell (les fous), Philidor et Euler (les cavaliers), Robespierre et Zubov (les tours).

Dans le second récit, la configuration actantielle est régie par le même principe de transposition échiquéenne : au cours de la « la phase préparatoire[4] » du jeu, Harry Rad propose à Catherine Velis de l'aider à trouver les pièces de l'échiquier mystérieux pour les donner ensuite à un commanditaire désireux de conserver l'anonymat et prêt à débourser une somme énorme pour ce service. Catherine ignore à ce stade du récit qu'elle n'est qu'un pion noir sur un grand échiquier et que certains qu'elle croyait ses amis proches s'avèreront des pièces du clan adverse. La tension narrative proprement dite surgit et se déploie sous la modalité de la curiosité avec l'apparition de la « diseuse de bonne aventure » qui met en garde Catherine contre un danger probable et lui fait une prémonition énigmatique qui résume toute sa future quête et dessine en même temps les premiers contours de l'échiquier d'encre sur lequel se déroulera le duel entre les noirs et les blancs. Secondée par Lily, Catherine tente de mener jusqu'au bout sa mission. Les deux femmes vont conjuger leurs performances en informatique et aux échecs pour tenter de résoudre les énigmes qui se posent à elles : « Vous êtes un génie des ordinateurs et moi une experte des échecs, lui dit Lily. La stratégie est notre moyen de subsistance. Je suis sûre qu'en associant nos connaissances, nous pourrons tirer toute cette histoire au clair » (Neville, 2004, p. 166). Ainsi, chaque fois que les choses s'embrouillent devant elles, elles placent un échiquier miniature sur une table et se livrent à une analyse positionnelle pour décider de la meilleure tactique et du meilleur coup à jouer.

Ce calquage de la structure actantielle sur le modèle échiquéen renforce la dimension ludique dans le texte, puisque le lecteur est invité non seulement à lire (un récit) mais aussi à jouer et à deviner les correspondances, les connexions et les interférences entre personnages et pièces, espaces et cases, coups et actions. Le ludisme échiquéen favorise de la sorte une lecture immersive et participative qui implique le récepteur dans la toile narrative et dans les parties qui se jouent devant lui et l'amènent à échafauder des hypothèses et des scénarios offensifs ou défensifs possibles. On sait d'ailleurs que contrairement à la plupart des jeux cérébraux, le jeu d'échecs offre à l'observateur extérieur l'occasion

4 C'est le titre même du chapitre. (« A quiet move »).

d'évaluer les parties qu'il suit, de prévoir les coups et les variantes possibles de chacun des deux joueurs et même de deviner l'issue de la partie. Cela exige assurément beaucoup d'attention et de vigilance, d'autant plus que dans la grande partie d'échecs qui se joue dans *Le Huit*, certains personnages-pions qu'on croyait du clan « noir » s'avèreront des « es-pions » chargés de suivre les déplacements des pièces adverses. L'identité et le clan réels de quelques autres pièces demeurent également ambigus et ne se dévoilent qu'à la fin. En réalité, l'essence même de l'activité herméneutique est là : il s'agit de déterminer à quelle pièce tel ou tel personnage correspond et à quel clan au juste il appartient. Est-il un allié ou un ennemi ? Au début du roman, Talleyrand est présenté comme étant « le Diable en personne » mais, en réalité, c'est lui-même le roi noir qui finira par se marier avec Mireille (la reine noire). Dans le second récit, Catherine croyait aussi que Blanche, la femme de Harry Rad, est une amie, mais elle est en réalité la reine blanche qui guide et oriente toutes les autres figurines sur l'échiquier. Pour résumer, les personnages-pièces de l'équipe noire sont les suivants : Harry Rad (roi), Catherine Velis (reine), Lily (fous), Kamel et Solarin (cavaliers), Nim et Thérèse (les tours). Quant à l'équipe blanche, elle se compose de : El-Marad (le roi), Blanche (la reine), Llewllyn (fou), Saul (cavalier), Sharif et Brodski (les tours).

La configuration des espaces dans le texte nevillien fait également émerger ce que certains critiques appellent « une poétique du déplacement » (Soubeyroux, 1996) une poétique qui repose sur une vision purement mathématique des cadres topographiques et qui transforme le texte en un échiquier géant où se déroulent les confrontations interactantielles. Ce n'est d'ailleurs pas un hasard si le roman comporte exactement trente-deux personnages historiques et trente-deux autres fictifs.

Principe structurant de la diégèse et plus précisément de la configuration actantielle et spatiale dans les deux récits combinés, le motif du jeu d'échecs y constitue également le principal catalyseur des dimensions fantastico-ésotérique, historique et policière. Il est également un catalyseur d'hybridité qui assure l'enchevêtrement de ces différentes composantes génériques.

LE HUIT, POLAR (TRANS)HISTORIQUE ?

Comme l'indique son nom, le polar historique est né de la fusion entre roman policier et histoire ; l'intrigue y est souvent « inscrit[e] dans une autre époque que celle vécue par les lecteurs » (Bellet, 2011, p. 13). L'une des principales spécificités de ce genre est que l'auteur doit se livrer à des fouilles documentaires pour pouvoir échafauder son univers fictionnel et le doter d'un ancrage historique solide. Le texte conjugue ainsi crédibilité historique et vraisemblance romanesque et permet aux lecteurs de « découvrir des réalités peu connues [...] [et] des contextes sociopolitiques recomposés » (*ibid.*). La définition proposée par *Wikipédia* nous paraît également instructive surtout en ce qui concerne la structure actantielle du polar historique : c'est un récit qui « associe une enquête policière ayant pour arrière-plan une époque historique particulière (Grèce antique, Moyen-Âge, Premier Empire, Belle Époque...) ou une civilisation ancienne et une intrigue mêlant généralement des événements et des personnages réels et fictifs » (Wikipédia, « Roman policier historique », 2007).

À la question de savoir si *Le Huit* répond à ces critères définitoires, la réponse ne peut être que nuancée, car l'auteure a fait subir à certaines composantes de ce sous-genre des entorses qui nous empêchent d'être catégorique. En effet, dans le premier récit, c'est la dimension historique qui est prédominante tandis que dans le second récit, c'est plutôt la dimension policière qui est plus saillante. Autrement dit, le récit de Mireille s'apparente globalement à un roman historique « à traces policières » alors que celui de Cat est, dans une certaine mesure, un polar « à traces historiques », et c'est l'alternance des deux intrigues qui donnent l'impression globale qu'il s'agit d'un polar historique. Le terme polar lui-même est à prendre ici avec des pincettes, car on ne retrouve pas dans *Le Huit* la structure narrative et actantielle distinctive du roman policier classique ou de l'un des autres sous-genres noirs mais plutôt un avatar hybride du polar ; optant pour une écriture foncièrement transgressive et subversive, Neville va réexploiter les ingrédients basiques du genre policier à sa guise pour inventer cette nouvelle forme romanesque qui peut s'apparenter à plusieurs genres et sous-genres à la fois sans jamais appartenir exclusivement à l'un d'eux. Ainsi, dans le premier récit, nous retrouvons certains *topoï* authentiquement policiers tels que l'enquête et la collecte d'indices (sur les pièces de l'échiquier), le mystère (du chiffre huit), le crime (l'assassinat de Valentine par Marat puis de ce dernier par Mireille), le déchiffrage de messages (le journal intime de Richelieu), toutefois, l'évolution diégétique de l'intrigue n'est pas policière à proprement parler, car l'enquête menée par Mireille ne vise pas à élucider un meurtre mais plutôt le mystère de cet objet historique qu'est le Jeu Montglane. Il s'agit plus précisément d'une double quête : quête de l'échiquier (rassembler les pièces) et quête de la formule du Huit. L'auteure aurait pu se conformer à la recette classique du polar historique en *« énigmatisant »* l'assassinat de Valentine ou de Marat par exemple, mais elle a choisi de rattacher toute la tension narrative au Jeu Montglane parce que cet objet mystérieux est pour ainsi dire le principe efficient de l'intrigue : tout s'explique par lui et mène uniquement à lui.

De plus, on remarque tout au long du premier récit que le souci de Neville est moins de conférer un souffle policier à son intrigue que de brosser une fresque réaliste qui rend compte de la vie sociale, intellectuelle, artistique et scientifique à la fin du XVIIIe siècle. C'est essentiellement cette dimension historico-réaliste qui pousse davantage *Le Huit* du côté des romans historiques, et pour justement historiser la diégèse, Katherine Neville va y instiller tous les détails susceptibles de traduire l'ambiance horrible et sanguinaire qui a marqué la période révolutionnaire pour plonger le lecteur au milieu de la foule parisienne enragée qui règle ses comptes historiques avec le régime royal et féodal. Il semble que Katherine Neville se soit livrée à une véritable enquête documentaire sur la Révolution Française et ses figures marquantes avant de concevoir son échiquier textuel et les figurines qui s'y affronteront. En fait, si la démarche du romancier ressemble à bien des égards à celle de l'historien, les enjeux de l'un diffèrent énormément de l'autre, car si l'historien essaie d'échafauder des hypothèses en s'appuyant sur des preuves, des indices, des manuscrits, etc., le romancier, lui, développe carrément une théorie, brouille exprès les frontières entre le réel et le fictionnel, le vrai et le vraisemblable et essaie de la rendre cohérente en articulant autour d'elle tous les faits historiques qu'il évoque[5].

Dans *Le Huit*, la théorie que développe Katherine Neville s'articule autour de cet échiquier mystérieux inspiré, comme nous l'avons déjà

5 *Cf.* Jean-Christophe Sarrot et Laurent Broche (2009, p. 329).

signalé, de l'échiquier (réel) de Charlemagne. Les explications ingénieuses que donne l'auteure de certains faits historiques et qu'elle présente d'une façon admirablement cohérente et convaincante relèvent du travail d'harmonisation des événements et de collage des différents abacules constitutifs de la mosaïque romanesque. Tout doit paraître non pas vraisemblable mais carrément vrai, tellement vrai et réel que le lecteur qui n'a pas un solide bagage culturel en histoire finira par tomber dans le piège de l'illusion référentielle. Ainsi, selon l'auteure, la motion visant à confisquer des biens ecclésiastiques proposée par l'évêque d'Autun (Talleyrand) et Mirabeau, ne visait pas seulement à mettre fin au pouvoir du clergé (c'est la version universellement connue) mais aussi à avoir un prétexte pour accéder à l'abbaye de Montglane et mettre la main sur le fameux échiquier. Les atrocités commises par Marat, nous prévient aussi l'auteure, ne sont pas motivées uniquement par la rage révolutionnaire mais aussi par la volonté de tirer des aveux des novices qui pourraient avoir une idée sur l'emplacement de l'échiquier. Quant à sa mort, la version communément admise et véhiculée par tous les ouvrages d'histoire est entièrement remise en question, puisqu'on apprend que sa véritable meurtrière n'est pas Charlotte Corday (qui sera arrêtée et guillotinée) mais bien son sosie : Mireille de Rémy. Robespierre, le symbole de « la Terreur », aspirait à son tour à s'emparer de l'échiquier de Charlemagne ; l'histoire du jeu lui a été transmise par Jean-Jacques Rousseau dont le ralliement inconditionnel à la cause corse et aux revendications d'indépendance des Corses (il est l'auteur du « projet de constitution pour la Corse ») n'était qu'un prétexte pour mener son enquête sur le secret du Jeu Montglane.

S'emparer du Jeu Montglane et détenir le Pouvoir qu'il recèle étaient aussi les véritables aspirations de Napoléon Bonaparte :

> – Ce Bonaparte ne veut pas des territoires, il veut le pouvoir ! Il a emmené avec lui autant de scientifiques que de soldats : le mathématicien Monge, Berthollet le chimiste, le physicien Fourier… Il a vidé l'École polytechnique et l'Institut ! Pourquoi aurait-il agi ainsi, s'il n'était animé que par un esprit de conquête ?
>
> – Que voulez-vous me faire comprendre ? chuchota Alexandre, tandis qu'une pensée commençait à clignoter faiblement dans son esprit.
>
> – Le secret du Jeu Montglane est caché ici, siffla Paul, le visage figé en un masque de peur et de haine. Et c'est cela qu'il cherche ! (Neville, 2004, p. 872-873).

On apprend également que la tsarine russe Catherine II n'avait acquiert la bibliothèque de Voltaire que parce qu'elle comporte le journal intime du cardinal Richelieu, journal qu'il avait écrit en langage codé et dans lequel il avait essayé de percer le secret du Jeu de Montglane.

Pour « historiciser » au maximum sa théorie, brouiller les frontières entre histoire et fiction et mener à la perfection le travail de rétrodiction, Katherine Neville va d'une part, multiplier les repères chronologiques pour créer une temporalité historique et d'autre part, rappeler à plusieurs reprises que toutes les nouvelles révélations et les nouveaux détails historiques qui seront exposés pour la première fois relèvent de ce « non-dit » que les livres d'histoire ont négligé et passé sous silence. Ainsi, tous les détails qui se rapportent par exemple à la participation d'Édouard Ier aux croisades, à son accession au pouvoir, à l'assujettissement de l'Écosse, à la fuite des Jacobites vers la France, à la fondation de la loge des Sciences à Paris par Montesquieu, à la bulle pontificale émise par Clément XII contre la franc-maçonnerie, sont attestés historiquement et nul ne peut les remettre en question, et tout le génie de l'auteure réside justement dans ces liens qu'elle a pu nouer entre ces faits et le mystère du Jeu Montglane.

Dans le second récit, c'est surtout dans le chapitre intitulé « La roue du chevalier » que le récit se « polarise » et acquiert progressivement l'aspect d'un récit policier mettant en scène le tandem d'enquêtrices Cat-Lily : la mort du grand maître d'échecs anglais Fiske lors d'un tournoi d'échecs est le coup d'envoi de l'enquête, mais aucun indice ne permet aux deux femmes d'échafauder une quelconque hypothèse. Bien au contraire, l'affaire s'embrouille davantage avec la découverte de deux impacts de balle sur la carrosserie de la voiture de Lily et la multiplication des interrogations auxquelles Catherine surtout se trouve confrontée : qui cherche à l'impliquer dans cette affaire ? Comment décrypter la prophétie de la diseuse de bonne aventure et quel sens donner au premier indice de l'enquête : « *J'adoube* » ? Quelle est la véritable identité de cette femme et contre quel danger au juste voulait-elle la mettre en garde ? Pourquoi Solarin, le joueur d'échecs russe, agit comme s'il la connaissait depuis longtemps ? Qui est le Roi noir qui contrôle le jeu et qui semble la choisir pour conquérir le territoire « blanc » en Algérie ? Pourquoi en appelant son mentor Nim, elle tombe sur un couvent de carmélites ?

Le caractère policier de la diégèse se confirme avec la survenue d'un autre assassinat : celui de Saul (le chauffeur de la famille Rad) dans le siège des Nations Unies. Catherine apprend par la suite que son cadavre a été déplacé et immergé dans l'East River. Les interrogations fusent de nouveau : qui l'a donc tué et pourquoi ? Y a-t-il un lien entre ce meurtre et celui de Fiske ? Quel est cet homme à bicyclette qui la poursuit ? Pourquoi Solarin agit comme s'il était son ange gardien ? Contre quel danger veut-il, lui aussi, la prévenir ? Comment décrypter ces notes et poèmes envoyés par Nim ? Pourquoi ce dernier lui a-t-il recommandé de contacter à son arrivée en Algérie la femme du consul algérien (Minnie de Renselas) ?

Comme nous l'avons déjà signalé auparavant, l'évolution diégétique du récit s'accompagne d'une prise de conscience positionnelle qui s'aiguise chez les héroïnes nevilliennes avec chaque coup et avec chaque déplacement, exactement comme dans le jeu d'échecs. Ainsi, Catherine découvrira que Solarin est le fou chargé de la protéger et de l'assister dans sa future quête de l'échiquier en Algérie. C'est lui d'ailleurs qui a tué Saul, l'assassin de Fiske. C'est lui qui lui révèlera qu'Hermanold n'avait organisé le tournoi d'échecs (*Hermanold Invitational*) et n'y a impliqué Fiske que pour obtenir (de lui) la formule du Huit. C'est Hermanold aussi qui a tiré les deux coups sur la voiture de Lily. On assiste également avec la progression vers le milieu de l'échiquier (l'Algérie) et le commencement de l'affrontement direct avec les pièces du clan blanc, à l'apparition de nouveaux personnages tels que Mordecai (le mentor de Lily), Émile Kader Kamel, le ministre du Pétrole, Sharrif, El-Marad, Mokhfi Mokhtar, Wahad, etc.

Il est évident qu'avec la résolution des deux premières affaires criminelles (l'assassinat de Fiske puis de Saul), le souffle policier dans *Le Huit* va partiellement s'éteindre, mais voilà qu'avec l'enclenchement de la parenthèse digressive de Kamel, un autre crime, commis au passé cette fois-ci, surgit pour restituer de nouveau cette coloration policière. Celui-ci raconte à Catherine que son père était l'associé en affaires d'El-Marad et qu'en se rendant une fois en Angleterre pour mener une négociation, il fut détroussé et assassiné par des bandits. Il lui avoue que ses soupçons se portent vers El-Marad lui-même. À la quête du Jeu Montglane et du mystère du Huit dans le désert algérien, s'ajoute ainsi l'énigme de l'assassinat du père de Kamel. Les notes codées ou les mots croisés (sous forme de puzzle) envoyés par Nim participent de cette écriture policière et échiquéenne tout à la fois, car n'oublions pas que l'échiquier de Montglane est le levier principal du processus diégétique, et que c'est par le truchement du motif du jeu d'échecs que Neville parvient à instaurer une sorte de passerelle entre les différents genres et sous-genres auxquels elle emprunte les diverses composantes de leur tessiture romanesque. Signalons ici que l'auteure a même impliqué les Russes et le KGB dans cette quête haletante derrière le Jeu Montglane conférant aussi à son roman une teinte du roman d'espionnage et du roman de suspense (le *thriller*) : Minnie qui a choisi la plupart des pièces du clan noir informe Catherine et Lily que les Russes détiennent l'échiquier (donc le tiers de la formule) et qu'ils savent maintenant qu'une partie des pièces est en sa possession. Elle leur demande de se rendre au Tassili pour récupérer quelques pièces inhumées là-bas. Dès qu'elles ont réussi à localiser leur emplacement et à les déterrer, les figurines de l'équipe blanche se trouvant en Algérie (El-Marad, le chef de la Sécurité Sharrif et les policiers sous son autorité) bougent et se lancent à leur poursuite pour s'emparer des nouvelles pièces découvertes. Le *topos* de la filature, du *hold-up* (donner les pièces ou mourir) et la scène de la victime assaillie et prise en « *zugzwang* » fonctionnent ici comme des générateurs de la tension narrative et plus précisément du suspense que Neville va pousser jusqu'au bout en impliquant même des chefs d'État tels que Kadhafi dans cette affaire du Jeu Montglane.

Étant continuellement pourchassés par El-Marad, Lily, Cat et Solarin vont se lancer dans une nouvelle aventure en prenant la décision de traverser l'Atlantique en direction des États-Unis sur un bateau. Le récit bascule à ce stade vers le roman d'aventures, et c'est lors de ce voyage que les trois protagonistes parviennent à déterminer la façon dont les pièces doivent être placées sur l'échiquier Montglane pour obtenir la formule magique qu'il recèle. En se rendant chez Harry, un dernier affrontement les opposera aux « blancs » (Blanche Régine, Llewellyn et Hermanold) qui ont pris en otage le roi noir (Harry) et qui exigent les pièces de l'échiquier, mais comme à chaque fois, le tandem Cat-Lily saisit le moment opportun pour surprendre l'ennemi et renverser la situation : « Au même instant, tous les diables se déchaînèrent » (*ibid.*, p. 929). Carioca (le chien) fonce soudain sur Llewellyn, ce qui a permis à Cat de lui assener des coups et de le mettre par terre, Solarin s'en prend à Hermanold et Lily à Blanche.

Reposant ainsi sur une poétique de la subversion, *Le Huit* illustre parfaitement à notre sens la notion de dynamique générique telle qu'elle a été définie par Jean-Michel Adam, c'est-à-dire de participation du texte à un ou plusieurs genres. Rappelons ici que pour le linguiste français, le concept de « genre » relève d'une approche statique qui se limite à circonscrire « l'appartenance » d'une œuvre quelconque à une certaine catégorie romanesque (sa dénomination taxinomique) alors que celui de « généricité » sert plutôt à rendre compte de la dynamique interne du texte littéraire et des « potentialités génériques qui le traversent [...] en tenant compte des points de vue tant auctorial qu'éditorial et lectorial » (Adam & Heidmann, 2007, p. 27). Il faut savoir aussi qu'« à l'exclusion de genres socialement très contraints, la plupart des textes ne se conforment pas à un seul genre, mais opèrent un travail de transformation d'un genre à partir de plusieurs genres (plus ou moins proches) » (*ibid.*).

Dans *Le Huit*, toute la dynamique générique est tributaire du motif du jeu d'échecs qui constitue non seulement une métaphore de l'architecture globale de l'œuvre et des confrontations interactantielles dans les deux récits alternés qui la composent mais aussi et surtout un catalyseur d'hybridité permettant à l'auteure de bouger librement, comme la Reine, sur son échiquier narratif et de procéder à toutes sortes d'expérimentations transgénériques. Le roman, on l'a vu, s'ouvre à la manière d'un roman gothique, évolue progressivement comme un roman échiquéen puis comme un roman policier classique, se donne à lire dans certains chapitres comme un vrai polar historique, frôle de temps à autre le roman d'aventures, le roman fantastique, le roman de suspense et le roman d'espionnage, et c'est l'enchevêtrement de toutes ces composantes dans une même texture romanesque qui donne à l'intégralité de l'œuvre toute son originalité et qui permet d'emporter le lecteur vers de nouveaux horizons génériques. Budor et Geerts (2004, p. 13) considèrent d'ailleurs que la spécificité de l'hybride réside dans l'affirmation, « à partir de la coexistence d'éléments disparates mais compatibles, [de] la force créatrice de la réunion : loin de porter le regret d'un ordre antérieur, il proclame le composite et exalte l'ouverture de l'ordre nouvellement institué ». L'hybridité, affirme de sa part Jean-Marie Schaeffer (1997, p. 339) « permet à la littérature [...] de conquérir des nouveaux mondes de conceptions verbales ». Ainsi, il nous semble tout à fait légitime de parler à côté du roman policier d'un nouveau roman transpolicier.

Moez LAHMÉDI
Université de Monastir

RÉFÉRENCES BIBLIOGRAPHIQUES

ROMANS

NABAKOV, Vladimir, *La Défense Loujine*, Paris, Gallimard, 1964.

NEVILLE, Katherine, (2004), *Le Huit*, trad. par Évelyne Jouve, Paris, Éditions le cherche midi.

PEREZ-REVERTE, Arturo, *Le Tableau du Maître flamand*, trad. de l'espagnol par Jean-Pierre Quijano, Paris, Le Grand livre du mois, 1993.

ZWEIG, Stephan, *Le Joueur d'échecs*, trad. du russe par Jacqueline Des Gouttes, 2e édition, Neuchâtel-Paris, Delachaux et Niestlé, 1946.

OUVRAGES CRITIQUES, ARTICLES, ENTRETIENS ET SITOGRAPHIES

ADAM, Jean-Michel & HEIDMANN, Ute, « Six propositions pour l'étude de la généricité », *La Licorne*, nº 79, *Le Savoir des Genres*, éd. Raphaël Baroni et Marielle Macé, 2007, p. 21-34.

BARTHES, Roland, *Le Plaisir du texte*, Seuil, 1973.

BELLET, Alain, *Écrire un roman policier et se faire publier*, Éditions Eryrolles, 2011.

BERCHTOLD, Jacques (dir.), *Échiquiers d'encre. Le Jeu d'échecs et les Lettres (XIXe-XXe s.)*, Genève, Droz, coll. « Histoire des idées et critique littéraire », 1998.

BUDOR, Dominique, GEERTS, Walter (dir.), *Le Texte hybride*, Paris, Presses Sorbonne Nouvelle, 2004.

DUBOIS, Jacques, « Genre frontière et expérience des limites », *Études littéraires*, vol. 20, nº 1, printemps-été 1987, p. 63-73.

GEORGE-HOYAU, Catherine, « Katherine Neville : Polar philosophal », entretien avec Katherine Neville, *Pleine Vie*, nº 278, août 2009, Disponible sur : « https://www.pleinevie.fr/loisirs/livres/katherine-neville-polar-philosophal-8620 (consulté le 25/07/2019) ».

SOUBEYROUX Jacques (dir.), *Poétique du déplacement. Littérature et arts d'Espagne et d'Amérique latine*, Saint-Étienne, Publications de l'Université de Saint-Étienne, 1997.

SCHAEFFER, Jean-Marie, « Genres littéraires », *Dictionnaire des genres et notions littéraires*, Paris, Albin Michel, coll. « Encyclopaedia universalis », 1997.

SARROT, Jean-Christophe & BROCHE, Laurent, *Le Roman policier historique. Histoire et polar : autour d'une rencontre*, Paris, Nouveau Monde, 2009.

SUCHIER, Hermann, « Recherches sur les chansons de Guillaume d'Orange », *Romania*, nº 127, 1903, p. 353-383.

Wikipédia, « Roman policier historique », Date de la création de la page : le 19 novembre 2007. La dernière modification a été faite le 13 février 2021. Disponible sur : « https://fr.wikipedia.org/wiki/Roman_policier_historique (consulté le 25/07/2019) ».

QUATRIÈME PARTIE

L'ETHNOPOLAR ET L'ANTHROPOLAR

QUAND LE ROMAN POLICIER S'IMPRÈGNE DES COULEURS AMÉRINDIENNES ET AFRICAINES

LA DIMENSION MYTHOLOGIQUE DU ROMAN POLICIER CHEZ TONY HILLERMAN

Poussés par la vague de « retour aux racines de l'Amérique profonde » et profitant de la promotion de l'indianité et de ses différents modes d'expression (littérature, peinture, musique…) – en France et surtout dans l'ouest des États-Unis –, les polars de Tony Hillerman, décédé en 2008, jouissent d'une popularité indéniable. D'ailleurs, son célèbre roman *Dance Hall for the Dead* (*Là où dansent les morts*) a remporté en 1974 le prix Edgar du meilleur roman policier ainsi que le Grand Prix de Littérature Policière. Quelques années plus tard, *Skinwalkers* (*Porteur-de-peau*) remporte le prestigieux prix « Spur » du meilleur roman de l'Ouest ainsi que le prix Anthony du meilleur polar. En 2001, son roman autobiographique *Seldom Disappointed* (*Rares furent les déceptions*) décroche le prix Agatha de la meilleure non-fiction. Les qualificatifs sont aussi légion pour présenter l'œuvre particulière de cet écrivain blanc né en 1925, élevé dans la pauvreté au milieu d'Indiens séminoles et potawatomis, dans la petite communauté de Sacred Heart, en Oklahoma. Il est tour à tour « le sorcier du polar », « le grand manitou du polar », « un magicien redoutable », « le père du polar navajo », « un Chandler chez les Navajos ». Ce grand succès tient en grande partie à cette fusion pour ainsi dire alchimique que Tony Hillerman a réussi à réaliser entre deux types de fiction et de discours *a priori* très distincts voire antinomiques : le récit criminel et la fiction sur les Amérindiens ou le documentaire ethno-géographique sur les Navajos. De fait, l'auteur explore dans le détail cette interface qui sert de titre à l'étude de Gina et Andrew Macdonald (2002) : « Shaman ou Sherlock ? ».

Après des études de journalisme, Hillerman travaille une dizaine d'années comme journaliste (1948-1962), à différents postes, en commençant par celui de reporter criminel. Il enseignera ensuite le journalisme, pendant vingt ans, à l'Université du Nouveau-Mexique, État rural où il s'est établi. De ce premier métier, il gardera un style d'écriture concis et épuré qu'il résume dans ce principe scriptural :

> *If you use an adverb, it almost inevitably means that you didn't find the right verb […]. If you have to modify a noun with an adjective, maybe you've got the wrong noun.* (Herbert, 1996, p. 110)[1]
>
> « Si tu emploies un adverbe, c'est que tu n'as pas trouvé le bon verbe […]. Si tu te trouves obligé de remplacer un nom par un adjectif, c'est que probablement, tu as besoin d'un nom différent. »

Cette longue expérience journalistique représente le prélude logique à l'accès de Tony Hillerman à l'univers policier[2], d'autant plus qu'il fasciné par de nombreux auteurs de *hard-boiled*, notamment Graham Greene, Eric Ambler et Raymond Chandler dont l'influence est visible et transparaît à travers certains de ses personnages qui posent le même regard que Marlowe sur la richesse matérielle et la vanité des hommes.

Parallèlement à son attrait pour le roman policier, il s'est peu à peu pris de passion pour la culture et la mythologie dinée (navajo), au point de vouloir en faire le thème central de ses romans[3]. Il écrit son premier roman policier en 1970, *The Blessing Way* (*La Voie de l'ennemi*), comme un moyen de transcrire son amour du pays, de ses habitants, et de la littérature. Près de vingt autres suivront, ancrés dans les traditions navajos et la ruralité, faisant de lui un pont intellectuel avec l'anglo-australien Arthur Upfield, sa principale source d'inspiration et l'inventeur du roman policier ethnologique[4].

1 Propos de Tony Hillerman cités par Rosemary Herbert.

2 Le meilleur exemple est sa première nouvelle, « First Lead Gasser », qui se passe dans le milieu du journalisme. *Cf.* Liza Cody, Michael Z. Lewin, *2nd Culprit : An Annual of Crime Stories*, New York, Chatto & Windus, 1994.

3 Alors qu'il avait envisagé initialement l'introduction de la culture dinée comme un « dérivatif », une sorte de diversion au récit lui-même, sa position a évolué, donnant de l'épaisseur à ses deux détectives navajos.

4 Au-delà de l'histoire policière, le roman fait également découvrir une communauté ou une société particulière.

LA RÉSERVE NAVAJO
Cadre d'une expérience mythico-spirituelle

Tandis qu'Arthur Upfield, considéré comme « l'un des plus grands écrivains de romans policiers » (Browne, 1988, p. 1), situe les enquêtes de son détective aborigène Napoléon Bonaparte dans l'*outback* quasi-désertique du pays-continent, la fiction de Tony Hillerman investit le désert ouest-américain du Nouveau-Mexique et met en scène deux membres de la police tribale navajo, Jim Chee et Joe Leaphorn, qui mènent toutes leurs enquêtent dans la réserve amérindienne. Parlant de l'influence qu'avait exercée sur lui l'écriture d'Upfield, Hillerman rend hommage à son inspirateur en ces termes :

> *I cannot honestly say that I set about to write my own versions of the mystery novel, Arthur Upfiled was consciously in my mind. Subconsciously, he certainly was. Upfield has shown me – and a good many other mystery writers – how both ethnography and geography can be used in a plot and how they can enrich an old literary form* (Browne, 2004, p. 33).
>
> « Je ne peux pas affirmer que lorsque je me suis mis à écrire mes propres romans, j'avais ceux d'Arthur Upfield en tête. Mais dans mon subconscient, il était sûrement là. C'est lui qui m'a montré comment l'ethnologie et la géographie peuvent être utilisées dans une intrigue et comment ces disciplines peuvent enrichir le roman policier. »

La place prépondérante occupée par le décor naturel constitue un point commun indéniable entre les deux écrivains. À l'image de celle d'Upfield, la narration de Hillerman se distingue par l'importance dévolue aux paysages et à l'espace ainsi qu'à la rencontre de deux cultures dans un même cadre.

Rappelons ici que dans le polar américain contemporain (et plus particulièrement dans le *hard-boiled*), c'est la grande ville, c'est-à-dire la métropole gigantesque et tentaculaire (Los Angeles chez Chandler, New York chez Ed Mac Bain, San Francisco chez Hammett, Chicago chez Burnett, etc.) qui occupe presque toujours le devant de la scène et s'impose parfois comme quasiment un personnage à part entière. Entité géographiquement balisée, elle est souvent dépeinte comme la source de tous les maux et de toutes les corruptions, et donne souvent une impression d'enfermement. Dans les deux cas cependant, espace ouvert ou espace circonscrit, l'environnement dans lequel évoluent les policiers/détectives joue un rôle central.

Cette symbolique de l'espace n'est pas sans renvoyer à l'imaginaire de la forêt des contes occidentaux (Harrison, 2010). De même que les rues sombres de la jungle urbaine représentent des lieux dangereux et des terreaux de la criminalité, de même, les étendues arides de la Grande Réserve représentent des *locus horribilis* pour ceux qui les arpentent ; derrière l'atemporalité des canyons et l'apparente tranquillité des grands espaces de Tony Hillerman se niche le crime. La ruralité n'est donc pas exempte de méfaits, comme le souligne Conan Doyle (2005, p. 893) qui fait dire à Sherlock Holmes : « J'ai la conviction que les plus basses et les plus abjectes des ruelles de Londres ne possèdent pas à leur actif une aussi effroyable collection de péchés que toute cette belle et souriante campagne », ou encore Agatha Christie qui voit dans les champs verdoyants les tombes secrètes des meurtres les plus hideux.

Chez Tony Hillerman, le décor est sec mais la terre est sacrée ; la réserve navajo qui s'étend sur plus de 62.000 km^2 est délimitée par quatre montagnes (San Francisco, Hesperus, Blanca et Taylor) qui occupent une place centrale dans la théogonie et la cosmogonie navajos, car elles représentent non seulement les demeures des dieux, mais aussi les frontières séparant le monde sacré du profane : « Ce pays a l'air vide, et au regard de l'occupation humaine il l'est, mais il est plein, plein de mythologie » (Hillerman, 2004), dit-il, faisant écho à l'écrivain-ranger Edward Abbey (1991, p. 208) :

> *In the desert, [...] there is all and there is nothing. God is there and man is not.*
>
> « Dans le désert [...], il y a tout et il n'y a rien. Dieu est là et l'homme n'y est pas. »

Dans un autre entretien, il avoue que c'est la fascination qu'exercent sur lui les paysages et les reliefs de la « Nation Navajo » qui l'a motivé à faire de ce cadre l'espace romanesque central de ses œuvres :

> *One of the key reasons I opted to set my first book on the Navajo reservation was my love of that huge, high, dry, mountain-rimmed landscape and the immense sky which looks over it. It is open, empty country, and the great storm clouds which rise above its mountain ranges remind me of the Glory of God* (Geherin, 2008, p. 37).

> « L'une des principales raisons qui m'ont amené à placer les actions de mon premier roman dans la réserve Navajo était mon amour pour ce paysage étendu, haut, sec et bordé de montagnes au-dessus duquel s'étendait un ciel immense. C'est un pays ouvert et vide, et les tempêtes orageuses qui éclatent au-dessus de ces chaînes de montagnes me rappellent la gloire de Dieu. »

Réalité géographique et spiritualité s'avèrent ainsi intimement liées dans les romans de Tony Hillerman et les crimes perpétrés revêtent souvent une dimension mythologique ; l'espace, en tant que terrain d'échange entre deux mondes, participe au processus de la *catharsis*.

TONY HILLERMAN, À LA CONFLUENCE DE DEUX GENRES
Roman policier et conte mythologique

Au cours de leurs enquêtes, les deux policiers Joe Leaphorn et Jim Chee vont subir un certain nombre d'épreuves, avançant sur un chemin initiatique à la fois inscrit dans la culture indienne et dans l'universalité du conte. À ce sujet, l'analyse que fait Vladimir Propp de la structure narrative du conte (Propp, 1986) s'applique parfaitement au schéma narratif des romans de Tony Hillerman : situation initiale, élément perturbateur, épreuves, réparation, retour du héros victorieux et situation finale qui ramène l'équilibre[5]. Et le caractère oral des contes des origines rejoint bien la tradition orale de la culture navajo.

Tony Hillerman s'impose donc comme un passeur d'histoires, écrites cette fois-ci. Il est d'ailleurs souvent présenté comme un conteur, « *a natural storyteller* » (Mattson, 2008)[6]. Il intègre les mythes navajos qui permettent de répondre aux questions que se pose l'être humain sur ses origines et celles du monde. Les deux policiers puisent ainsi dans le passé mythologique pour rétablir l'équilibre, et les épreuves subies vont

---

5 Et comme dans les contes, les deux héros bénéficient d'« auxiliaires » (le shaman Franck Sam Nakai pour Chee et le propriétaire de *trading-post* McGuiniss pour Leaphorn), qui peuvent s'apparenter aux « indics » des romans policiers.

6 « He was just a natural storyteller », déclaration faite par Anne Hillerman à la mort de son père en 2008, et citée par Doug Mattson.

les ramener vers les valeurs traditionnelles (l'un s'en est détourné, l'autre est tenté de le faire) et les transformer en « hommes complets », ce qui correspond bien à la définition du détective par Raymond Chandler (1977, p. 20-21) :

> *He must be a complete man and a common man yet an unusual man. He must be […] a man of honor […] He must be the best man in his world and a good-enough man for any world.*
>
> « Il doit être un homme complet et un homme commun mais un homme inhabituel. Il doit être […] un homme d'honneur […] le meilleur homme dans son monde et un homme assez bon pour n'importe quel monde. »

Chez le même Chandler, Philip Marlowe, dans *Le Grand Sommeil* (*The Big Sleep*), se projette dans un vitrail représentant un chevalier délivrant une jeune fille, recherchant ainsi dans les mythes occidentaux le moyen de sauver sa future cliente.

Les constantes références mythologiques utilisées par Hillerman font écho aux mystères de la quête du détective de roman policier, et les propos de l'ethnopsychiatre Tobie Nathan, lui-même auteur d'un polar, pourraient tout aussi bien s'appliquer à lui : « J'ai choisi la forme du polar pour parler de choses qui sont puissantes mais un peu irréelles, mystérieuses, des choses de l'envers, des choses de la nuit » (Pracontal, 1993, p. 94)[7]. Chez Hillerman, genre policier, conte et mythologie s'entremêlent, faisant de ses romans une œuvre singulière. Joe Leaphorn et Jim Chee recourent aux méthodes policières classiques tout en convoquant les mythes de leur Terre-Mère, acteurs d'une hybridation toute particulière, puisant ici et là les solutions aux problèmes terrestres. Leur tandem n'est pas sans évoquer celui de Sherlock Holmes-Watson chez Conan Doyle, Ed Cercueil-Fossoyeur chez Chester Himes, Poirot-Hastings chez Agatha Christie et, bien entendu, les Héros Jumeaux, pourfendeurs de monstres dans la mythologie navajo. Ils vont par deux, leurs différences et complémentarités sont là pour faire ressortir les aspérités de l'humanité et pour remettre de l'ordre dans le chaos de la vie.

7 Propos de Tobie Nathan cités par Michel De Pracontal.

JOE LEAPHORN, POLICIER EN QUÊTE D'UNE INDIANITÉ PERDUE

Les deux héros jumeaux de Hillerman sont très différents, le premier (Leaphorn) s'est éloigné de ses racines navajos au contact des Blancs, tandis que le second (Chee) songe à devenir *yataali* (shaman). L'étude de ces deux personnages, à travers trois romans fondateurs et quelques passages significatifs, permettra de voir comment les enquêteurs-quêteurs poursuivent leurs investigations policières, humaines, tout en inscrivant leur trajectoire dans une dimension magique et mythologique.

Joe Leaphorn est le plus âgé et le plus désabusé des deux détectives. Éduqué dans des pensionnats gérés par le Bureau des affaires indiennes et diplômé de l'Université d'Arizona, il considère avec détachement les traditions de son peuple. L'une des épreuves révélatrices qu'il va subir au cours de ses enquêtes figure au seizième chapitre de *Dance Hall of the Dead* (*Là où dansent les morts*) lorsqu'il reçoit une seringue hypodermique remplie de produit paralysant. La blessure de Leaphorn[8] reproduit symboliquement le « *death trip* », voyage qui consiste à assister à sa propre mort afin de prouver son courage. Les épreuves de « *death trip* » peuvent être vécues par le biais de cérémonies où le novice absorbe du peyotl (cactus hallucinogène) et voyage dans la mythologie et le Temps Sacré. Le délire occasionné par le produit contenu dans la seringue n'est donc pas sans signification pour un Navajo ou un Zuñi : il marque un état de conscience supérieur à l'état humain normal[9]. Il faut donc voir le côté formateur de la vision de Leaphorn. Alors que la paralysie le submerge peu à peu, il semble remonter dans le temps, comme s'il assistait à sa propre naissance. Son « *death trip* » se conjugue ainsi avec une renaissance spirituelle[10].

8 Dans les contes, le héros reçoit « une marque » (baiser, objet, blessure).

9 L'homme-médecine Lame Deer témoigne de l'importance de la quête de vision chez son peuple : « La recherche éperdue de la vision, me dit un jour mon père, c'est la racine de notre religion. C'est l'aspiration à un rêve venu d'en haut, qui, tant qu'il durera, fera de toi plus qu'un simple humain. Celui qui n'a jamais eu de vision n'est rien, je le crois fermement » (Lame Deer, 1995, p. 259).

10 Cette renaissance est l'une des caractéristiques des récits mythiques : « L'initiation réelle ou rituelle oblige le futur adulte à mimer une sorte de renaissance laborieuse, conquête

L'enquête, par les épreuves qu'elle place sur le chemin de Joe Leaphorn, lui offre un moyen de se purifier puisque, paradoxalement, la pratique du métier blanc de policier donne l'occasion au Navajo de se (re)tourner vers sa culture. Carlos Castaneda (1972, p. 98) souligne l'importance de ce parcours de l'initié : « Un homme de connaissance [...] est celui qui a subi intégralement, loyalement, les épreuves de l'apprentissage ; un homme qui, sans hâte et sans erreur, a avancé aussi loin qu'il a pu sur les chemins secrets de la puissance et du savoir ».

Le schéma initiatique se reproduit pour Leaphorn dans *Listening Woman* (*Femme qui écoute*) : un groupe de scouts est pris en otage par deux activistes traditionnalistes et Leaphorn doit combattre l'énorme chien de l'un des deux criminels. Il sait que ce combat n'est pas seulement terrestre, mais présente des connotations mythologiques :

> *The sound turned Leaphorn's thoughts back to the dog, to the eyes staring at him out of the car, to what had happened to the sheep dogs at the water hole, and to witch dogs, the Navajo Wolves, of his people's ancient traditions* (Hillerman, 1990, p. 101).
>
> « Le bruit sortit Leaphorn de ses pensées et le ramena vers le chien, vers les yeux le fixant depuis la voiture, vers ce qui était arrivé aux chiens de berger au point d'eau, et vers les chiens sorciers, les Loups Navajos, des anciennes traditions de son peuple. »

Leaphorn comprend que, pour élucider le problème policier auquel il est confronté, il va devoir se plonger dans les traditions et le passé oublié de son peuple. La recherche de la vérité passe par la mythologie, celle-là même qu'il avait rejetée auparavant. Il va donc descendre dans le canyon où les otages sont retenus comme on descend dans le puits du temps, conscient des « affaires surnaturelles » (« *Unnatural affairs* ») (*ibid.*, p. 204) qui l'amènent là. C'est au fond de ce canyon qu'il subit une première attaque du chien monstrueux, véritable Cerbère, gardien des Enfers qui en interdit l'entrée aux vivants. Il parvient à lui échapper en se réfugiant dans une crevasse située en hauteur (signe de la progression de son initiation) où il se retrouve bloqué. Leaphorn s'arrache de sa condition matérielle, laissant derrière lui – en bas, sur terre – les ténèbres et leur gardien. Son ascension (physique et surtout intellectuelle) lui permet de repousser le chien à qui il lance une pierre, renouvelant dans le présent le geste de ses

ou ascèse, au cours de laquelle il apprend à accepter les renoncements que la réalité lui imposera » (Bellemin-Noël, 1993, p. 67).

ancêtres qui, assaillis par les colons espagnols, se réfugiaient sur les parois abruptes des canyons et bombardaient les *conquistadores* de pierres, armes dérisoires face aux mousquets et aux sabres. Il finit par le neutraliser.

Conformément à la tradition, Leaphorn a combattu seul ce Cerbère navajo, avec la force spirituelle conférée par sa seconde naissance. Il a fait la preuve de son courage, et a réussi à atteindre un niveau de connaissances spirituelles supérieur, loin des considérations dérisoires du monde des Blancs. Déterminé à retrouver les deux criminels, il se dirige vers son ultime épreuve. Le Navajo a retrouvé la crevasse dans laquelle, jeune non-initié, il n'avait osé s'aventurer. Il va donc pénétrer dans le « *black heart* » (cœur noir) de la Terre-Mère. Il ne s'agit pas ici d'une descente aux enfers, d'une perte de spiritualité pour le Navajo, mais bien l'inverse : sa descente l'amène au cœur des traditions navajos. Il se rapproche du centre de son univers en même temps que de la sagesse de son peuple. La cavité dans laquelle il progresse devient de plus en plus étroite, le forçant à faire des efforts pour se déplacer :

> *Leaphorn squatted under the lowering roof, moving forward. He advanced on hands and knees. Finally, he crawled* (*ibid.*, p. 251).
>
> « Leaphorn s'accroupit sous la voute qui s'abaissait, et avança. Il progressa à quatre pattes. Pour finir, il rampa. »

Le retour dans le passé est total : Leaphorn passe par toutes les étapes inversées du développement humain, de l'âge adulte à la (re)naissance. Perdu dans le labyrinthe des origines, il cherche la sortie comme les animaux du mythe de l'émergence[11] cherchaient un passage dans le ciel. Il est confronté aux peurs et croyances ancestrales qui le ramènent à l'aube de l'humanité, à une époque où le temps n'existait pas en tant que tel :

> *In the darkness, time seemed to take on another dimension. After three days and nights virtually without sleep, Leaphorn was finding it took much of his concentration to stay awake* (*ibid.*, p. 275).
>
> « Dans l'obscurité, le temps semblait prendre une autre dimension. Après trois jours et trois nuits pratiquement sans sommeil, Leaphorn avait du mal à rester concentré pour rester éveillé ».

---

11 Mythe de la création du monde selon les Navajos. La tradition orale raconte l'émergence de leur peuple hors d'un monde originel souterrain peuplé d'êtres insectes et la progression de monde en monde jusqu'à la surface du monde actuel.

Leaphorn remplit les conditions de la quête de vision, à savoir le jeûne et la concentration sur le spirituel, tous deux le détachant un peu plus de la réalité matérielle.

L'épreuve qu'il subit est en de nombreux points semblable à celle des ancêtres des Navajos dans les mythes fondateurs, lorsqu'ils eurent à passer du quatrième au cinquième monde. Craignant d'être engloutis par un flot puissant et impétueux, ils se réfugièrent alors dans un roseau. Le policier navajo est en train de revivre les mythes de son peuple. Selon ce même mythe de l'émergence, c'est le criquet qui trouve une sortie pour le peuple, qui doit creuser pour s'extraire de ce monde. Leaphorn est désormais arrivé dans le cinquième monde, celui de la surface : la caverne est entourée d'eau comme une petite île. Il découvre alors des *sandpaintings*[12] qui ont été profanées par les Blancs. La découverte de *sandpaintings* marque l'aboutissement de la formation du Navajo : il côtoie le Temps Sacré, apprenant des cérémonies et des histoires mythologiques que jusque-là il ignorait. Ce contact avec le Grand Temps, but de sa quête spirituelle, l'oriente dans sa quête policière. Le choc entre les deux mondes est extrême : d'un côté, les *sandpaintings* marquent la spiritualité absolue, de l'autre la dynamite posée par les criminels, reliée au mécanisme d'horlogerie, traduit la futilité du temps humain. Grâce à son nouveau statut d'initié, Leaphorn va réussir à sauver les scouts pris en otages et parvenir à sortir de la caverne – à émerger du roseau – avant que la bombe posée par les criminels n'explose et n'engloutisse le monde précédent. L'émergence est achevée, la cosmogonie recréée.

JIM CHEE, LE POLICIER APPRENTI SHAMAN

Alors que Leaphorn, occidentalisé par son éducation, a besoin de subir un certain nombre d'épreuves initiatiques, son coéquipier, plongé dans le traditionalisme, semblerait devoir échapper à cette initiation. Or, il

12 Ces peintures de sable réalisées par un homme-médecine à partir de sable coloré avec des pigments naturels sont sacrées. Elles sont notamment utilisées lors de cérémonies de guérison. Elles mettent en scène des Dieux, des personnages mythologiques, des plantes sacrées, des astres, des animaux, et autres représentants de la mythologie dinée.

n'en est rien ; Chee, tout respectueux qu'il soit de sa culture, songe à quitter Dinetah (la réserve navajo) pour intégrer le FBI. Par conséquent, il est logique qu'il surmonte, lui aussi, un certain nombre d'obstacles.

Dès le premier roman où il apparaît, *People of Darkness*, il doit subir une épreuve physique tandis qu'il recherche le cambrioleur de la maison du richissime B. J. Vines. Accompagné de sa petite amie blanche Mary Landon, il traverse le *Malpais*, nom qui à lui seul évoque un pays maléfique sorti tout droit d'un conte de fées. Les deux personnages traversent une contrée magique, dont la noirceur donne l'impression qu'elle se trouve sous le coup d'un sortilège jeté par un quelconque sorcier. Tandis que Chee situe l'épreuve dans le Temps Sacré de la mythologie de son peuple, Mary Landon ne se rend pas compte du caractère sacré de l'endroit qu'ils parcourent, et lorsque Chee lui apprend que les mythes disent que First Man a assigné à Big Snake la garde de la montagne pour protéger Turquoise Girl[13], elle jette un regard pour le moins ironique sur les mythes navajos :

> *"Speaking of big snakes," Mary Landon said. "Am I right in remembering that they hibernate in the winter, and I therefore have absolutely nothing to worry about ? Or is that hibernation business just another of your myths ?"* (Hillerman, 1991, p. 116).
>
> « "En parlant de gros serpents", dit Mary Landon. "Ai-je raison de penser qu'ils hivernent, et que je n'ai par conséquent absolument rien à craindre ? Ou est-ce que cette histoire d'hivernation n'est qu'un autre de vos mythes ?" »

Quand, plus tard, ils sont poursuivis par le tueur à gages Colton Wolf, elle ne peut comprendre que lorsque Chee parvient à la tirer de ses griffes, c'est en fait Big Snake qui sauve sa protégée, Turquoise Girl. Engluée dans le matérialisme de sa civilisation, elle n'aura d'ailleurs de cesse de détourner Chee de sa quête et d'essayer de l'attirer loin de l'harmonie atemporelle de Dinetah.

Dans l'épisode où Colton Wolf recherche Chee pour le tuer dans sa chambre d'hôpital, ce dernier se retrouve dans la même situation que Leaphorn dans sa caverne. Alors qu'il semble n'avoir aucune échappatoire, il remarque une conduite d'aération au-dessus de sa tête, et décide de s'y cacher. De là, il assiste au meurtre de son voisin de chambre, que Wolf prend pour Chee. C'est en quelque sorte à sa propre mort que Chee est confronté, vivant ainsi lui aussi un « *death trip* ». Sa mort n'est que symbolique, et il prend conscience qu'il a franchi un cap dans son initiation.

13 Chez les Navajos, il existe une vaste mythologie pour raconter leurs origines.

La naissance de Chee à un nouvel état est proche : le Navajo éprouve dans la conduite le même bien-être que l'enfant dans le ventre de sa mère, et ne désire aucunement sortir de cet endroit rassurant qui le maintient en vie. De plus, la position de Chee par rapport à Wolf lui donne du monde terrestre la vision supérieure qu'aurait un dieu observant les êtres humains. Lorsqu'il finit par sortir, il renaît en tant qu'envoyé des dieux, nanti d'une mission sur terre, et sait que la solution appartient au monde navajo. Cette gigantesque introspection a remis Chee dans le droit chemin de la Voie Navajo, car c'est là qu'il a trouvé la vérité. Il n'est donc pas surprenant, à la fin du roman, d'apprendre qu'au grand dam de Mary Landon, il abandonne l'offre qui lui a été faite de rentrer au FBI et de travailler avec les Blancs. À ce sujet, il convient de revenir sur le début du roman, lorsque Chee hésite à envoyer sa candidature au FBI. Alors qu'il doit donner une réponse avant le onze décembre, il rend visite à B. J. Vines, et découvre devant la maison du milliardaire la tombe d'un Indien :

> *Gravestones. He leaned over the wall. The name chiselled into the one just to the right of where Chee stood was DILLON CHARLEY. Under it, the legend read :*
> *He Didn't Remember When he Was Born*
> *Died December 11, 1953*
> *A Good Indian*
> *Chee grinned. Was the sardonic double meaning intended ? Was Vines, or whoever had ordered this legend carved, familiar with General Sheridan's dictum that the only good Indian was a dead Indian ?* (*ibid.*, p. 6-7).

> « Des tombes. Il s'appuya contre le mur. Le nom gravé sur celle juste à droite de l'endroit où Chee se tenait était DILLON CHARLEY. Sous le nom, l'épitaphe disait :
> Il ne se souvenait pas de sa date de naissance
> Mort le 11 décembre 1953
> Un bon Indien
> Chee grimaça. Le sous-entendu ironique était-il intentionnel ? Est-ce que Vines, ou celui qui avait fait graver cette épitaphe, connaissait la maxime du Général Sheridan selon laquelle un bon Indien était un Indien mort ? »

Cette tombe est, symboliquement, celle de Chee lui-même : la date du décès de Dillon Charley correspond au lendemain de l'échéance de dépôt de candidature au FBI. Tout au long du roman, le policier hésite. Pourtant, dès le début, les enjeux sont clairement exprimés : s'il accepte ce poste, Chee signe sa mort spirituelle. L'épitaphe « *A good Indian* » vient ironiquement appuyer cette vision de la possible conversion de Chee. Initialement proférés par le général Sheridan, ces mots (« Un bon Indien est un Indien mort ») marquèrent le signal de l'extermination de tout un peuple. La référence historique montre une fois de plus que le temps est cyclique, que l'Histoire se répète : pour être un « bon Indien », Chee doit choisir le monde des Blancs, et intégrer le FBI. Mais il fait le choix de la réserve.

Chez Hillerman, nous l'avons vu, une simple investigation visant à rechercher un criminel prend des dimensions insoupçonnées. L'histoire, en effet, n'est pas seulement celle de deux policiers enquêtant pour les Blancs (réactualisant au passage la tradition des éclaireurs indiens), mais également une quête emblématique de tout un peuple. L'imbrication des deux dimensions transparaît dans toutes les enquêtes des détectives donnant aux romans de Hillerman une saveur, une épaisseur toute particulière, faisant évoluer le lecteur dans un monde double, ou plutôt dans deux mondes parallèles.

Hillerman est en ce sens un écrivain novateur dans la mesure où la finalité de ses enquêtes diffère du roman policier classique ; tandis que ce dernier marque la critique sinon le rejet de la société par l'enquêteur, la quête de Chee et Leaphorn consacre le retour de ces deux francs-tireurs dans le cercle tribal navajo, offrant par là-même une ouverture que n'a pas le reste de la fiction policière.

L'alchimie singulière de la fiction de Hillerman, née de la rencontre entre roman policier et puissance de l'atemporalité navajo, a séduit un large lectorat. En dépit de quelques critiques qui lui reprochent d'utiliser la culture navajo ou bien encore de faire de la « littérature post-coloniale » (dixit Sherman Alexie), Tony Hillerman est considéré comme un grand défenseur de l'indianité. Le Conseil tribal navajo lui a d'ailleurs décerné le titre de « grand ami du Peuple », lui témoignant ainsi sa reconnaissance pour avoir montré les Navajos sous un jour pour une fois positif (loin des stéréotypes de l'indien fainéant, pauvre et alcoolique) et fait briller la « Voie Navajo ». Avec Hillerman, la voie/voix du polar s'enrichit d'une nouvelle tonalité.

Marc MICHAUD
Université Catholique
de l'Ouest-Angers

RÉFÉRENCES BIBLIOGRAPHIQUES

ROMANS

ABBEY, Edward, *Desert Solitaire*, New York, Ballantine Books, 1991.

CASTANEDA, Carlos, *L'Herbe du diable et la petite fumée. Une voie yaqui de la connaissance*, Paris, UGE, coll. « 10/18 », 1972.

CHANDLER, Raymond, *Le Grand Sommeil* [É-U, *The Big Sleep*, 1939], trad. de l'anglais par Boris Vian, Paris, le Grand livre du mois, coll. « Caméra plume », 2003.

DOYLE, Arthur Conan, *Les aventures de Sherlock Holmes*, t. 1, Paris, Éditions Omnibus, 2005.

HILLERMAN, Tony, *Skinwalkers*, New York, Harper & Row, 1986.

HILLERMAN, Tony, *The Blessing Way*, [1970], New York, Harper and Row, 1990.

HILLERMAN, Tony, *Dance Hall of the Dead*, [1973], New York, Harper and Row, 1990.

HILLERMAN, Tony, *Listening Woman*, [1978], New York, Harper and Row, (1990).

HILLERMAN, Tony, *People of Darkness*, [1980], New York, Harper and Row, 1991.

HILLERMAN, Tony, « First Lead Gasser », *2nd Culprit : An Annual of Crime Stories*, éd. Liza Cody & Michael Z. Lewin, New York, Chatto & Windus, 1993.

HILLERMAN, Tony, *Seldom Disappointed : A memoir*, New York, HarperCollins Publishers, 2001.

OUVRAGES CRITIQUES

BELLEMIN-NOËL, Jean, *Psychanalyse et littérature*, Paris, PUF, coll. « Que sais-je ? », 1993.

BROWNE, Ray Broadus, *The Spirit of Australia : The Crime Fiction of Arthur Upfield*, Ohio, Bowling Green State University Popular Press, 1988.

BROWNE, Ray Broadus, *Murder on the reservation. American Indian crime fiction : Aims and Achievements*, Madison, Wisconsin, the university of Wisconsin press, 2004.

CHANDLER, Raymond, *The Simple Art of Murder*, New York, Ballantine Books, 1977.

GEHERIN, David, *Scene of the Crime. The Importance of Place in Crime and Mystery Fiction*, Jefferson, McFarland & Company, 2008.

HARRISON, Robert, *Forêts. Essai sur l'imaginaire occidental*, Paris, Flammarion, coll. « Champs. Essais », 2010.

HERBERT, Rosemary, *The Fatal Art of Entertainment : Interviews with Mystery Writer*, Cengage Gale, 1996.

HILLERMAN, Tony, Interview réalisée dans le cadre d'un documentaire pour le « Los Angeles Times Book Prizes ». Extrait vidéo disponible sur The Tony Hillerman Portal, 2004. Disponible sur : « www.ehillerman.unm.edu. (consulté le 3/05/2017) ».

LAME DEER, Archie Fire, *Le Cercle sacré. Mémoires d'un homme-médecine sioux*, trad. de l'américain par Michel Valmary, Paris, Albin Michel, coll. « Terre indienne », 1995.

MACDONALD, Gina & MACDONALD, Andrew, avec la collaboration de SHERIDAN MaryAnn, *Shaman or Sherlock ? The Native American Detective*, Wesport, Connecticut, Greenwood Press, coll. « Contributions to the study of popular culture », 2002.

MATTSON, Doug, « He was just a natural storyteller », *The Santa Fe New Mexican*, 26 octobre 2008, Disponible sur : « https://www.santafenewmexican.com/news/local_news/he-was-just-a-natural-storyteller/article_576252b3-3c4b-5487-b8ad-1bc4cf81d527.html (consulté le 25/04/2020) »

PRACONTAL, Michel De, « Le flic, le psy et le guérisseur », *Le Nouvel Observateur*, 15-21 avril 1993, p. 94.

PROPP, Vladimir, *Morphologie du conte*, Paris, Seuil, coll. « Points », 1986.

L'ANTHROPOLAR

Dimensions socio-anthropologiques du roman policier négro-africain subsaharien francophone

Le roman policier négro-africain d'expression française a connu une naissance tardive et quelque peu timide, puisque ce n'est qu'au cours des années quatre-vingts du siècle écoulé que des auteurs tels que les Maliens Modibo Sounkalo Keita, Moussa Konaté et Aïda Mady Diallo, les Camerounais Jean-Pierre Dikolo et Simon Njami, les Congolais Jean-Pierre Makouta-Mboukou et Achille F. Ngoye et les Sénégalais Assé Gueye et Abass Ndione vont s'aventurer dans les landes policières et inventer un nouvel avatar de polar profondément marqué par le fonds socio-culturel subsaharien : l'« anthropolar ».

Dans la présente contribution, nous mettrons l'accent sur trois œuvres qui nous semblent représentatives de la poétique policière négro-africaine : *L'Archer bassari* de Modibo Sounkalo Keita (1984), *L'Empreinte du renard* de Moussa Konaté (2007) et *Sorcellerie à bouts portant* d'Achille F. Ngoye (1998).

Nous essayerons de voir par le truchement de quelles modalités subversives ces trois auteurs ont réussi à « africaniser » la matière (romanesque) policière et à la modeler de façon à ce qu'elle devienne le catalyseur des soucis, des problèmes, des préoccupations et des aspirations des peuples noires. Nous verrons dans ce contexte que nos trois romans-supports relèvent de ces œuvres qui « n'utilisent plus la trame policière comme matrice globalement organisatrice du texte, mais comme une passerelle guidant vers les aspects et problèmes les plus divers du monde actuel : étude sociologique d'un milieu, analyse idéologique des modes d'existence modernes, mise au jour des refoulements de la conscience historique d'une communauté, portrait psycho-pathologique d'une société aliénée » (Vanoncini, 2002, p. 103).

Nous verrons également que ces auteurs ont exploité l'anthropolar non seulement pour se livrer à une critique acerbe des autorités politiques et administratives corrompues en Afrique ou de certaines pratiques criminelles telles que la sorcellerie, mais aussi pour mettre en valeur le poids des traditions ancestrales et, plus généralement, du patrimoine culturel dans certaines communautés subsahariennes.

L'ARCHER BASSARI
L'écriture policière au service de la dénonciation sociale et politique

Si Modibo Keita avait réussi à décrocher en 1985 deux prestigieux prix littéraires pour *L'Archer bassari* (le Grand Prix du Syndicat des journalistes et écrivains, puis le Prix des Écrivains francophones), c'est bien parce que ce roman recèle un projet scriptural novateur et une nouvelle dimension romanesque extrêmement originale, surtout pour le lecteur européen moyen, « généralement suffisant-ignorant et peu enclin à croire à l'existence d'une littérature africaine » (Yai, 2000, p. 230). Sur le plan purement scriptural, le grand succès de ce polar subsaharien tient à cette manière originale dont Keita a renarrativisé certains ingrédients basiques de la recette policière pour dénoncer certains fléaux qui gangrènent les sociétés subsahariennes :

> Ce qui a retenu l'attention du jury et du lecteur à l'époque de la parution du roman c'était sans doute cette nouveauté, cette fraîcheur introduite dans la forme du récit (à savoir le roman policier). À cela s'ajoutaient l'opportunité du sujet traité et la hardiesse du ton dans la dénonciation de certains agissements imputés aux têtes couronnées qui gouvernaient et gouvernent toujours l'Afrique indépendante (Berte, 2010).

En quoi consistent donc au juste cette « nouveauté » et cette « fraîcheur » au niveau de l'exploration romanesque ou de la renarrativisation de certains éléments authentiquement policiers dans *L'Archer bassari* ?

Keita nous livre la réponse à cette interrogation dès l'*incipit* de son roman où il nous fait assister *in medias res* à une scène de crime quelque peu fantasque, puisque l'arme utilisée n'est pas, comme c'est le cas dans la plupart des romans policiers, un pistolet ou un couteau mais une flèche. Le tueur en série recherché par la police tout au long du roman ne peut être rattaché non plus à aucun arché-type de criminel ou de *serial killer* moderne. Il s'inscrit plutôt dans la lignée des héros légendaires du Moyen-Âge, entre autres Robin Hood ou le Robin des bois, le chevalier justicier qui détrousse les riches au profit des besogneux. Notons toutefois que l'archer dans le roman keitaen n'est pas un voleur mais un meurtrier assoiffé de sang et rempli de haine contre les victimes qu'il cible. Cela est perceptible dès le début du roman où l'on assiste à l'assassinat d'un homme nommé Sérigne Ladji à sa sortie d'un bar :

> Le rire gras et satisfait de Ladji le fit frémir de répulsion. Il dut vite réprimer ce frémissement car il préparait son arme. Il haïssait l'homme qui ricanait de l'autre côté de la rue et qu'il allait bientôt flécher. Il l'imagina en train de grimper frénétiquement sur un monceau de cadavres et d'agonisants vers un coffre-fort d'où débordaient des billets de banque, riant aux éclats de sa victoire sûre, insensible aux râles des mourants, écartant brutalement les mains décharnées qui imploraient un secours (Keita, 1984, p. 8).

Cette scène qui rattache d'emblée le récit au genre policier n'est en réalité que l'arbre qui cache la forêt, puisqu'en cheminant dans le roman, le lecteur découvrira que l'ordre de la narration n'est pas linéaire et que derrière cet assassinat, il y a une longue histoire dont les péripéties se déroulent dans le Sahel et plus précisément dans le village d'Oniateh. Frappée par une sécheresse terrible, cette région est devenue un véritable enfer terrestre où les habitants succombent sous la faux de la misère et de la famine. Pour faire face à cette situation calamiteuse et devant l'indifférence totale de l'État, les sages du village se réunissent et décident de vendre l'Idole d'or (leur divinité) pour pouvoir acheter les vivres indispensables. Mais les hommes chargés de vendre l'objet sacré faillent à leur mission, se partagent l'argent récolté, s'installent en bourgeois à la capitale où ils mènent une nouvelle vie d'opulence et de débauche. En collaboration avec les autorités publiques, ils opèrent des détournements en profitant des secours internationaux pour faire fortune sur le dos de pauvres villageois qui meurent de faim. Ils revendent au prix fort les sacs de céréales, les cartons de lait, les bidons d'huile issus de l'aide destinée aux sinistrés. Comme il n'y avait aucun recours possible, les villageois décident d'envoyer un « *punisher* » pour rétablir une certaine justice et venger leur communauté de cette trahison. Aux yeux de l'archer Atumbi, il ne s'agit pas seulement d'une vengeance de la part des villageois mais aussi de la part des divinités :

> – Alors, attaqua Atumbi toujours coléreux, il a fallu toucher à l'intouchable, accomplir le sacrilège. Il fallait de l'argent ? L'Idole d'or fut évoquée. Vendre l'Idole d'or ! [...] Les divinités ont protesté. [...] L'idole fut vendue mais l'argent en fut détourné. Désabusé, je fis une statuette de remplacement en cuivre. Mais les divinités la boudèrent et demandèrent le lavage dans le sang du grand sacrilège qui les avait offensées (*ibid.*, p. 158-159).

On voit ainsi que la structure policière est intelligemment exploitée pour mettre en lumière la corruption et l'inhumanité des hommes politiques et des responsables administratifs qui, par égoïsme et avarice, n'hésitent pas à s'accaparer de l'argent et des vivres destinés à sauver les populations affamées et sinistrées, pour assurer leur propre confort et vivre dans le luxe et l'opulence. Après l'arrestation de Mamba Noir, accusé à tort, de l'assassinat de Sérigne Ladji, Solo Dombo, le directeur général de l'Office de stockage des céréales, organise un fastueux banquet pour fêter l'événement. La description minutieuse des mets et des plats servis vise essentiellement à mettre en lumière le fossé terrible qui sépare le monde des arrivistes et celui des paysans qui crèvent de faim :

> Dans le grand jardin de sa propriété, vingt-quatre moutons entiers, farcis de couscous arabe, de raisin sec et de beurre, rôtissaient sur d'immenses barbecues en briques [...].
>
> Malika détestait sans réserve ce genre d'orgies alimentaires où il fallait s'empiffrer et s'enivrer pendant des heures [...]. Simon, lui, tenait à être de ces agapes pour une fois. Il pensait à son dossier sur la répartition des vivres. Un reportage sur les beuveries et les festins comme celui-ci, ces gaspillages incroyables, cet étalage insolent et grossier des richesse très souvent acquises aux dépens des sinistrés, feraient ressortir, bien que de façon caricaturale, le contraste saisissant et scandaleux avec des affamés mourant à moins de 50 km de la capitale parce que les secours qui leur étaient destinés avaient été détournés à d'autres fins (*ibid.*, p. 94-95).

Devant un tel spectacle répugnant, Daniel, le fils adoptif de Solo Dombo, n'a pas pu s'empêcher de déverser sa bile et sa hargne contre ces maffieux conviés par son père pour se délecter de la « chair du peuple » :

> – [...] Vous êtes contents de manger le peuple, la chair du peuple. Ces moutons que vous dévorez comme des rapaces, c'est le peuple. Avec quel argent ont-ils

> été payés ? Avec l'argent tiré de la vente frauduleuse de vivres destinés aux paysans affamés (*ibid.*, p. 96-97).

Voilà donc un polar authentiquement africain dans lequel l'enquête policière devient une enquête sur la corruption politique et administrative, sur les inégalités sociales, l'injustice, le népotisme, l'abus de pouvoir et la bureaucratie. Ce n'est d'ailleurs pas un hasard si toutes les victimes assassinées occupent de hautes fonctions publiques : Papa André Koh, le Directeur du Service d'aide aux Désespérés, Solo Dombo, le directeur général de l'Office de stockage de céréales, Badou Traoré, propriétaire de la société Traoré taxis et Tous Transports, Guilo, le Contrôleur général de l'Acheminement des Aides, Chaikou, le trésorier de la Caisse d'urgence, etc. Au fur et à mesure que les péripéties diégétiques évoluent, la narration prend progressivement l'allure d'un réquisitoire implacable contre les suceurs du sang du peuple et leurs acolytes. Konaté va même incriminer les acteurs des médias qu'il accuse d'être les suppôts des politiques corrompus : « On avait même annoncé à la radio, dit Atumbi, que [l'aide] nous était arrivée et distribuée. Mais nous à Oniateh, là-bas de l'autre côté, nous n'avions pas vu un grain de céréales » (*ibid.*, p. 157)[1].

Notons d'autre part que contrairement à la plupart des polars européens (et plus particulièrement les romans de suspense) dans lesquels la victime est souvent présentée comme la proie d'un monstre humain, *L'Archer bassari* nous présente des victimes indignes de la moindre compassion. En découvrant au fil du roman les agissements inhumains de ces pilleurs des deniers publics, le lecteur ne peut que désirer leur châtiment et souhaiter vivement que justice soit faite. C'est donc vers les victimes et non point vers le criminel que le récepteur oriente toute sa charge affective négative, et c'est avec leur assassinat que s'opèrera la vengeance cathartique. La description quasi-chirurgicale des dégâts causés par la flèche chaque fois qu'elle transperce le corps de la victime ciblée participe de ce processus de *catharsis* salutaire :

> La flèche quitta la corde de l'arc, miaula pendant son bref trajet, impatiente d'arriver. Elle s'implanta avec force dans la gorge, traversa sans difficulté les

1 Dans l'une de ses interviews, Konaté confie à Maryse Condé qu'au début des années soixante-dix, « la sécheresse était telle qu'on avait les premiers morts. L'administration que j'ai rencontrée dans un petit village du centre du Mali m'a dit : "Vous avez entendu parler de deux morts de faim, mais n'en dites rien. Vous allez semer la panique" » (Condé, 1985, p. 51).

> muscles sterno-cléido-mastoïdiens. Elle causa des dégâts mortels dans le réseau au niveau de la carotide primitive droite, la veine jugulaire droite, l'œsophage et la tranchée artère. Le sang ne montait plus au cerveau et la respiration était bloquée par le flot rouge qui obstruait les bronches (*ibid.*, p. 54)[2].

Pour dédramatiser davantage la mort de ces voleurs que les ancêtres ont maudits, l'auteur établit toujours, au moment de la perpétration du meurtre, un parallélisme entre l'univers mental de la victime (complètement submergée par les jouissances matérielles : argent, banquets, prostituées, soirées arrosées dans les bars, etc.) et celui de l'archer qui ne parvient pas à effacer de sa mémoire les scènes effroyables de l'agonie des adultes et surtout des enfants affamés :

> [...] Dombo compta avec un plaisir évident, sûr d'être seul.
> Mais là, à quelques mètres, adossé à un arbuste et dissimulé par un buisson, l'archer comptait en même temps que lui. Mais au lieu de billets de banque, il dénombrait, lui, des bulletins de décès avec, tamponnée en gros caractères sur chacun, la mention "mort de faim" (*ibid.*, p. 108).

Il devient clair ainsi que le principal enjeu narratif dans *L'Archer bassari* n'est pas tout à fait d'ordre herméneutique puisque l'enquête policière devient un simple tremplin romanesque pour la dénonciation de l'injustice et de la corruption étatique et publique qui gangrène les sociétés négro-africaines.

D'autre part, Keita a réussi à réinvestir, avec une subtile ingéniosité, la structure policière pour développer une sorte d'anthropologie romanesque qui met l'accent essentiellement sur le poids des traditions ancestrales, des cultes animistes et des rites communautaires propres à certaines sociétés africaines non encore ravagées par les vagues civilisatrices, les razzias esclavagistes ou encore par les convois des missionnaires évangélistes ou des prédicateurs musulmans. Enfermées sur elles-mêmes, celles-ci ont leur propre hiérarchie sociale et leurs propres lois spirituelles, et quiconque ose les enfreindre, de quelque manière que

---

2 L'auteur use du même procédé lorsqu'il décrit les dégâts causés par la flèche qui a ciblée Kamaga, le conseiller du ministre : « Kamaga ne vit la flèche que lorsqu'elle se ficha dans son œil droit. Il se mit à brailler aussitôt, tira au jugé dans la direction de l'archer. Puis la douleur se faisant insupportable, il tenta d'arracher la flèche et constata avec horreur que cela faisait sortir le globe oculaire sanguinolent de son orbite. Déjà un abondant épanchement de sang et d'humeur aqueuse de l'œil souillaient (*sic*) l'épaule droite de sa veste » (Keita, 1984, p. 170-171).

ce soit, subira la vengeance terrible des esprits et des divinités, comme le dit le vieux sage à Simon :

> – Ces gens qui meurent à la file pour des raisons inconnues sont tous des Bassari qui ont commis une faute grave. Ils ont abandonné leurs patronymes bassaris et ont pris des noms d'ethnies de la capitale. Pour se camoufler (*ibid.*, p. 111).

Il ajoute un peu plus loin : « – [...] La mort des coupables est une sorte de sacrifice fait aux divinités, la vie et le sang des victimes constituant une offrande » (*ibid.*, p. 113). Dans un autre passage, le maître de cérémonie explique à Simon que « [n]ous, les humains ici-bas, notre voix n'est rien, notre volonté s'incline devant celle des ancêtres et des esprits » (*ibid.*, p. 154).

Du point de vue des Bassaris, les victimes ont donc commis un délit impardonnable en quittant leur village natal pour s'installer dans les milieux urbains embourgeoisés. Ils ont trahi leurs ancêtres dont les esprits (réincarnés dans certains éléments de la nature) voient tout ce qui se passe dans le monde ici-bas et transmettent leurs ordres et consignes aux sages de la tribu. C'est ici qu'il faut s'arrêter sur un objet rituel authentiquement subsaharien, à savoir le masque. Dans le culte animiste de certaines tribus africaines, cet accessoire ne sert pas uniquement à représenter l'un des ancêtres ou des esprits qui retournent au monde ici-bas pour bénir ou châtier des individus mais aussi à incarner des forces d'origine divine, un guérisseur, un esprit de la mort ou de la forêt ou des animaux[3]. Lors de sa visite du village d'Oniateh, Simon a

3 Dans un article publié dans *Art du temps et curiosités*, on distingue généralement trois types de masque africain selon qu'ils représentent des traits humains, des traits animaliers ou des traits combinés : « Les formes de masques sont assez variées et les masques faits dans des matériaux les plus divers. Trois tendances formelles principales se détachent. Les masques zoomorphes à tête de lion, antilope, hyènes et toute sorte d'autres animaux. Les masques anthropomorphes à forme humaine représentent des hommes ou des femmes et les masques associant traits d'animaux et traits d'humains » (2016, § 4). S'agissant particulièrement de la fonction du masque africain, on peut indiquer que le rôle premier de cet objet est de représenter une réalité invisible, tout en permettant de protéger les membres de la tribu contre les forces maléfiques : « En Afrique, le masque n'est nullement un objet décoratif. Chaque tribu a ses propres masques [...]. Les masques anthropomorphes peuvent avoir des traits naturalistes, idéalisés, à expression effrayante mais ils ne sont jamais réalistes [...]. [Leur] principale fonction est de représenter une réalité invisible. Contrairement aux idées reçues, le masque n'est pas utilisé pour [une] quelconque sorcellerie [...], il protège contre les forces du mal, les maladies et assure la sécurité de la population. Le masque n'a ainsi pas une unique fonction, ni une seule

eu l'occasion d'assister à une cérémonie initiatique au cours de laquelle il a découvert la valeur ésotérique inhérente aux masques :

> Il y avait là le masque-Lion, le masque-Oiseau, le masque-Caïman, le masque-Antilope, le masque-Buffle et bien d'autres à l'ésotérisme hermétique.
>
> Le maître de cérémonie portait l'immense masque des ancêtres, aux yeux vides et à l'expression sévère et terrifiante [...].
>
> Simon pensa que ces mouvements indiquaient un transfert et se dit que c'était sans doute la cérémonie de transposition de l'esprit du vieux Sambou dans son corps à lui. Puis Tendi souffla dans une corne à buffle qui produisit le fameux son du cor des sociétés secrètes tel le komo [...].
>
> Tendi ôta son masque. Tous l'imitèrent.
>
> – Nous te confions à notre frère Atumbi l'ancien, le Buffle impétueux, dit-il (*ibid.*, p. 154-155).

En braquant la lumière sur cet univers ésotérique et hermétique des Bassaris, Keita critique implicitement l'ethnocentrisme et le nombrilisme du monde occidental qui ne voit les choses qu'à travers le prisme de la rationalité et qui considère que la spiritualité négro-africaine relève d'un patrimoine culturel dépassé par le temps et la civilisation. Cette question de relativisme culturel constitue aussi l'un des thèmes nodaux dans le roman de Moussa Konaté : *L'Empreinte du renard*.

---

signification » (2016, § 5). Se rapportant à plusieurs domaines – religieux, culturel, social, politique, économique et ludique – le masque africain est encore investi de plusieurs fonctions spécifiques : attribuer à celui qui le porte lors des cérémonies religieuses ou sociales les attributs d'une force supérieure, fonctionner comme un objet rituel au cours des « cérémonies initiatiques » et lors de l'accomplissement des « rites liés à la naissance ou à la mort », « régler les problèmes de Paix et de guerre lors de prise de décisions », « assurer la sécurité des villageois », garantir « le bon déroulement des moissons », « apaiser les dieux lors de catastrophes naturelles » (2016, § 6) et maintenir « l'ordre dans tous les domaines » (2016, § 7).

L'EMPREINTE DU RENARD DE KONATÉ Lorsque la culture subsaharienne nous apprend qu'elle a ses raisons que la raison ne connaît pas

Envoyé au pays dogon pour élucider une série de meurtres mystérieux et quasiment irrationnels[4], le commissaire Habib se trouve plongé dans un univers où règnent la magie et les pratiques animistes et où le pouvoir du sorcier est plus grand que toute autre autorité politique ou administrative : « Nul humain, quel que soit son pouvoir, ne peut décider à la place d'Amma et de notre ancêtre Lèbè » (Konaté, 2007, p. 240), lui dit l'un des sages dogons.

Ayant fait ses études primaires, secondaires puis supérieures dans des institutions françaises, Habib ne cache pas au début de son enquête son rejet de tout ce qui relève du surnaturel et de l'irrationnel, mais lorsque toutes ses tentatives de démêler l'imbroglio auquel il s'est trouvé confronté se sont soldées par un cuisant échec, il finit par prêter une oreille attentive à son adjoint l'inspecteur Diarra qui lui conseille de changer de méthode d'investigation :

> « Ces gens-là vivent dans un monde avec des règles propres, qui ne cadrent pas avec les nôtres [...] c'est difficile à expliquer. Si je vous dis d'utiliser des méthodes non rationnelles, vous connaissant, je sais que vous allez me prendre pour un fou. L'avantage que j'ai sur vous, c'est que je suis né ici. Moi, j'aurai procédé autrement » (*ibid.*, p. 77).

Comme le signale à juste titre Fanny Brasleret (2007, p. 14), l'intrusion de la sorcellerie, de l'ésotérisme, du surnaturel et de l'irrationnel « dans un genre qui chante les victoires de la raison bouscule l'édifice policier » et ouvre devant le lecteur de nouveaux horizons littéraires inconnus auparavant.

Ainsi, en pénétrant dans l'univers énigmatique des Dogons et en découvrant progressivement leur mode de vie et de pensée, le commissaire Habib finit par acquérir la conviction que le patrimoine culturel dogon a ses raisons que la raison ne connaît pas :

4 « – Je crois qu'on va bien s'amuser au pays dogon, ironisa le commissaire [Habib] sans transition. Avec un adolescent comme maire, des assassinats sans auteur et sans arme, le tout dans un environnement irrationnel, c'est du plaisir » (Konaté, 2007, p. 65).

– […] J'ai été façonné à l'école occidentale, qui m'a appris la rationalité, le cartésianisme. Tout ce qui sortait de ce mode de penser n'était pas digne d'intérêt. Or, ceux à qui nous avons affaire ici n'appartiennent pas à notre univers et nous n'osons pas nous avouer que nous les tenons, du point de vue de la pensée, pour des primitifs. Alors nous les méprisons. J'ai eu mal ce matin, parce que j'ai découvert cette vérité. Tu vois, les choses ne sont pas aussi simples, et nous-mêmes, imbus de notre science, nous ne savons pas qui nous sommes. Il ne s'agit pas, en fait, de faire semblant de les comprendre, mais d'admettre qu'ils ont le droit d'avoir leur univers à eux (Konaté, 2007, p. 143).

Quelles sont donc les vérités que le commissaire Habib a découvertes lors de son enquête qui s'est transformée en une véritable quête (initiatique) d'un savoir ésotérique propre à la civilisation dogon ?

Au cours de son aventure au sein du pays dogon, le héros konatéen a appris que le respect des ancêtres et des traditions héritées des aïeux est une loi sacrée que personne ne doit profaner. Dans le village de Pigui, le projet des assassinats a été ficelé lors d'une assemblée générale devant les notables du village et en présence des parents des futures victimes, parce que celles-ci se sont alliées avec des étrangers pour mettre la main sur les terres dogons :

– La terre des Dogonos ne peut appartenir qu'aux Dogonos […]

« Voilà quelques mois pourtant qu'un projet funeste a envahi l'esprit de nos enfants : ils se sont avisés, avec la complicité de gens étrangers à notre pays, d'accaparer les terres du Dogon pour y construire des hôtels, y faire venir des étrangers, des femmes aux mœurs légères et des coutumes qui ne sont pas les nôtres. Tout cela, uniquement pour de l'argent […] » (*ibid.*, p. 240-241).

À l'instar de *L'Archer bassari*, l'enquête policière prend une coloration anthropologique et au lieu de déboucher sur la découverte des meurtriers, elle se transforme en un réquisitoire contre les victimes elles-mêmes, accusées de trahir leurs ancêtres et de vouloir porter atteinte à la civilisation dogon. Le Hogon, chef spirituel du village, expliquera à Habib que Kodjo (surnommé le « chat », qui se présente lui-même comme le « serviteur » d'Amma et qui « interprète [sa] parole à travers les pas des renards dans le sable » (*ibid.*, p. 202)) n'a fait qu'exécuter le verdict établi par Lèbè :

Ce ne sont pas les serpents qui mordent, c'est Lèbè qui tue, car c'est lui le premier des serpents. Celui que vous prenez pour le maître des serpents n'est en réalité que le serviteur de Lèbè. En fait, entre vous et nous, il y a un problème

> de compréhension, parce nous ne donnons pas le même sens aux mots. Nous, nous accomplissons la volonté d'Amma et de Lèbè et nous serons solidaires jusqu'à la mort. C'est cela que je voulais vous faire comprendre (*ibid.*, p. 249).

Par ailleurs, le commissaire Habib découvre que les villageois de Pigui révèrent leurs morts (qui continuent à leurs yeux à vivre parmi eux en tant qu'esprits) au point qu'ils traitent leurs sépultures comme des choses sacrées :

> Tu imagines la réaction des Dogons si nous avisions de toucher aux sépultures. D'ailleurs, perchées comme elles le sont, je ne vois pas qui pourrait aller les déloger (*ibid.*, p. 112).

Tout comme Modibo Keita, Moussa Konaté met l'accent dans *L'Empreinte du renard* sur la valeur symbolique et spirituelle des masques. En effet, au-delà de son aspect ludique, le masque représente dans le culte dogon un objet dont la présence est incontournable pour honorer tout défunt ayant occupé auparavant un rang social éminent. Cet accessoire est parfois tellement lourd que son porteur devrait « être d'une force herculéenne, car balayer le sol avec la cime de ce masque, relever la tête, la tourner en tous sens et refaire ces gestes sans discontinuer, c'était le torticolis assuré » (*ibid.*, p. 152). L'essentiel de cette pratique, observée lors des cérémonies funéraires, tourne autour de l'hommage à rendre aux aïeux :

> Après le « Brigand » apparurent le « Lapin » et le « Lièvre », avec leurs grandes oreilles caractéristiques, puis les jeunes filles peules, bambaras, dogons, dont les porteurs ont la poitrine ornée de faux seins et arborent un cimier cousu de cauris et de fausses pierres.
>
> Une longue procession de masques suivit ensuite, allant du goitreux au vieillard en passant par la « Gazelle », le « Buffle », la « Biche », puis la « Dame supérieure », les « kanaga », les « Maisons à étage », masques prolongés d'une planche de bois haute de plusieurs mètres, et enfin les « Échasses », des danseurs masqués montés sur des échasses.
>
> Les masques dansèrent en cercle, puis, chacun à son tour, s'inclinèrent, pour l'honorer, devant un ancien ayant occupé, avant eux, leur place dans la société des masques (*ibid.*, p. 151).

Dans toutes les cérémonies, le respect du protocole est un principe inviolable. La disposition en demi-cercle des membres du comité obéit par exemple à une certaine logique depuis toujours. Elle permet de mieux faire face aux intervenants. Ainsi, le chef de la cérémonie, occupant une place de choix, arrive à bien gérer les membres du groupe en les ayant à l'œil. Les échanges ne débutent pas sans quelques incantations pour chasser les mauvais esprits qui pourraient nuire au groupe et au bon déroulement de la cérémonie. Le sang, le lait et la kola sont des produits particulièrement recherchés et destinés aux esprits tutélaires.

Pour compléter l'étude des éléments socio-anthropologiques qui confèrent au roman policier négro-africain toute son originalité, nous devons nous arrêter sur cette relation spéciale entre l'homme subsaharien et certains animaux, entre autres le buffle, le serpent, le renard et le chat. Le titre même du roman konatéen est révélateur de cette place qu'occupe le renard par exemple dans la spiritualité animiste dogon. En effet, c'est lui qui révèle l'avenir à Kodjo (le « chat »), et tous les meurtres qui ont frappé le village de Pigui ont été déjà prédits par le renard et annoncés à la mère de Yadjé, l'une des premières victimes recensées dans ce polar :

> – Hier soir, continua le Chat, tu voulais que j'interroge les renards sur le sort prochain de ta famille, n'est-ce pas ? [...] Les renards y ont répondu hier soir. Tout ce que je vais dire, je le tiens d'eux, ce sont eux les vrais devins, car Amma parle à travers leurs empreintes (*ibid.*, p. 115).

L'originalité de l'anthropolar subsaharien francophone réside ainsi dans cette intrusion d'éléments socio-culturels propres à une société, un peuple ou une tribu africaine et dans cette renarrativisation d'ingrédients policiers pour ouvrir une enquête anthropologique sur un milieu où les esprits et les animaux ont parfois un pouvoir actantiel plus grand que les humains. Signalons d'autre part que certains auteurs africains vont prendre une certaine distance par rapport à certaines composantes de cet héritage culturel et spirituel légué par les anciens et montrer que certaines pratiques sociales telles que le recours à la magie noire relèvent carrément des agissements criminels qui doivent être dévoilés et combattus. C'est le cas de *Sorcellerie à bout portant*, polar de l'auteur congolais Achille F. Ngoye.

SORCELLERIE À BOUT PORTANT DE NGOYE OU LE PROCÈS DU MARABOUTISME

Écrit dans un style argotique foncièrement policier, *Sorcellerie à bout portant* nous plonge au cœur d'un univers chaud qui n'est pas sans rappeler les scènes du *hard-boiled* américain et français mais avec une teinte romanesque authentiquement africaine : travaillant pour le compte d'une agence britannique de détection implantée à Kinshasa, le détective Sogo-13 (un ancien militaire d'origine zaïroise) est mandaté par Kizito pour enquêter sur le meurtre de son frère, le major Tsham Sakayonsa. Mais à l'instar de Modibo Keita et Moussa Konaté, Achille F. Ngoye va se servir de la structure policière comme tremplin romanesque pour se livrer à un diagnostic objectif des vices et des tares qui enveniment la société congolaise, entre autres la sorcellerie ou la magie noire. En effet, on apprend au fil de la lecture que la victime elle-même, c'est-à-dire le major Tsham, invoquait l'aide des sorciers non seulement pour se protéger contre ses ennemis mais aussi pour réaliser ses aspirations sociales et professionnelles :

> Son corps n'était plus qu'un musée ambulant de gris-gris. Amulettes, "câbles" fabriqués à son intention et quelquefois enduits d'huile de palme, enrobaient ses avant-bras, son cou, la taille. Outre sa bague de mariage, il en portait une autre, en ivoire, qui contenait du venin.
>
> – Qu'est-ce-qui a pu le pousser à ces diableries ?
>
> Contrer les sortilèges, préserver sa position sociale, gérer le cours de sa carrière, neutraliser ses chefs. Un programme de survie. Les dangers encourus au cours des opérations militaires avaient créé chez lui un autre besoin : jouir de l'invulnérabilité. En clair, passer invisible devant un camp ennemi, feinter les balles (Ngoye, 1998, p. 111).

Comment donc les assassins vont pouvoir le tuer et vaincre la magie noire qui le protégeait ? Puisque ni les balles ni les armes tranchantes ne peuvent percer le corps ensorcelé de Tsham, ses assassins vont choisir un mode opératoire original : l'écraser par un poids lourd (un camion). Les exécutants du crime avaient un accès au QG (Quartier Général de l'armée), ce qui prouve que la victime est assassinée par l'un de ses collègues. La Pajero utilisée pour entrer dans les lieux du crime montre que les meurtriers sont assez puissants du point de vue financier ou du moins que leur commanditaire est assez riche pour les mettre dans de bonnes conditions matérielles et leur faciliter l'exécution de leur projet criminel. Ils étaient aussi très informés sur l'emploi du temps de la victime, le parcours qu'elle empruntait pour aller au travail ou pour rentrer chez elle.

Lors de son enquête, Sogo-13 va se rendre compte que pour remonter la piste de l'assassin, il faut admettre que « l'occultisme joue un rôle capital » (*ibid.*, p. 187) dans cette affaire et que « notre monde est magie et mystère » (*ibid.*, p. 125). Kizito, lui, découvrira que les pratiques sorcières ne se limitent pas aux amulettes, aux gris-gris, aux incantations magiques et à l'invocation des esprits maléfiques mais englobent aussi les sacrifices humains. Comme le signale Fanny Brasleret, ces agissements criminels et inhumains sont abondamment décrits et en même temps condamnés par la voix de la veuve de Tsham :

> Dans les centres urbains, on immole en général la bête de ses moyens : une poule, un coq. Mais au fur et à mesure qu'on monte dans l'échelle sociale et qu'on est bourré aux as, l'obole passe d'une chèvre ou d'un bouc au mouton, d'un mouton à une vache, de la vache à un être humain, ce dernier étant généralement considéré sans protections surnaturelles…
>
> […] des mômes disparaissent dans la ville sans laisser de traces, des bébés sont échangés contre des mort-nés dans les maternités. Si la destination des premiers reste mystérieuse, une chose est certaine concernant les seconds : les nouveau-nés ne vont pas combler des couples en mal d'enfants. Plus éloquent, des mort-nés sont achetés à la morgue par des comités de recherches de grandes équipes (*ibid.*, p. 107-108).

La permanence de ces pratiques s'explique notamment par le fait que l'Afrique a connu pendant des millénaires un seul culte spirituel, qui est l'animisme, avec toutes les pratiques (parfois sanguinaires) qui le caractérisent, mais les rites sacrificiels vont disparaître progressivement sous l'influence des nouvelles croyances monothéistes qui prohibent toute atteinte à la vie humaine, considérée comme sacrée. C'est souvent la soif de pouvoir et le désir d'accéder à un rang social ou professionnel élevé qui poussent certains individus sans scrupule à solliciter l'aide des sorciers et à commettre des crimes atroces pour présenter la chair ou les dépouilles des victimes en offrandes sacrificielles aux forces spirituelles occultes. Nous souscrivons pleinement ici à la thèse de Karen Ferreira-Meyers (2012, § 30) selon laquelle :

> les intrigues des polars africains ne forment pas les parties les plus intéressantes de ces narrations. En revanche, l'information sociologique que l'auteur veut partager avec son lecteur (ce qui inclut les préoccupations concernant la mondialisation, les alliances stratégiques, les diamants, le braconnage d'ormeau, le trafic de drogue international, la course aux armements, la corruption politique, la fraude et les scandales) devient quintessentielle.

L'on voit ainsi que l'anthropolar africain dont Modibo Sounkalo Keita, Moussa Konaté et Achille F. Ngoye nous semblent les meilleurs représentants, se caractérise non seulement par sa portée critique et dénonciatrice mais aussi par son caractère subversif et hybride ; brisant le schéma rigide et monotone « crime-enquête-élucidation » qui prédomine dans les principaux sous-genres policiers notamment le roman à énigme, le roman noir, le roman de suspense et le polar scientifique, ce nouvel avatar du roman policier présente au lecteur européen une nouvelle vision qui peut paraître « exotique » mais qui est très instructive sur l'univers mental et social dans l'Afrique subsaharienne.

Dame KANE
Université Cheikh Anta Diop

RÉFÉRENCES BIBLIOGRAPHIQUES

ROMANS

KEITA, Modibo Sounkalo, *L'Archer bassari*, Paris, Karthala, coll. « Lettres du Sud », 1984.

KONATÉ, Moussa, *L'Empreinte du renard*, Paris, Fayard noir, coll. « Points : policier », 2007.

NGOYE, Achille F., *Sorcellerie à bouts portant*, Gallimard, coll. « Série noire », 1998.

OUVRAGES CRITIQUES, ARTICLES, ENTRETIENS ET SITOGRAPHIES

ART DU TEMPS ET CURIOSITÉS (Blog : *Histoire des objets d'art et curiosité*), « Le masque africain, un pouvoir fascinant », 17 avril 2016, Disponible sur : « http://www.artetcuriosites.com/archives/2016/04/17/33864562.html (consulté le 13/04/2019) ».

BERTE, Abdoulaye, « *L'Archer bassari* ou la chronique d'une anomie annoncée dans les pays du Sahel », *Liens, Nouvelle Série, Revue francophone* (revue de l'Université Cheikh Anta Diop), n° 12, 2010. Disponible sur : « http://fastef.ucad.sn/LIEN12/aberte.pdf (consulté le 13/04/2019) ».

BRASLERET, Fanny, « Étude croisée de trois romans noirs francophones africains », *Francofonía* (revue de l'Université de Cadiz, Espagne), n° 16, 2007, p. 9-27.

CONDÉ, Maryse, « Modibo Kéita ; je dénonce... », *Africa*, n° 169, février 1985, p. 51.

KAREN, Ferreira-Meyers, « Le polar africain. Le monde tel qu'il est ou le monde tel qu'on aimerait le voir », *Afrique contemporaine*, n° 241, 2012, p. 55-72. Disponible sur : « https://www.cairn.info/revue-afrique-contemporaine-2012-1-page-55.htm (consulté le 13/04/2019) ».

VANONCINI, André, *Le Roman policier*, Paris, PUF, 3e édition mise à jour, coll. « Que-sais-je ? », 2002.

YAI, Olabiyi Babalola, « Seuils pour repenser la traduction des poésies orales africaines », *Anglophonia/Calibran*, n° 7, Toulouse, Presses Universitaires du Mirail, 2000, p. 225-237.

CINQUIÈME PARTIE

RENOUVEAU DES POLARS ITALIEN ET ESPAGNOL

ENJEUX ESTHÉTIQUES ET SOCIAUX

DE QUELQUES NOUVELLES TENDANCES DU POLAR ITALIEN CONTEMPORAIN

Réunissant « les travaux présentés lors des journées d'études et des colloques organisés par le Centre aixois d'études romanes[1] » qui s'intéresse aux littératures italienne, espagnole, roumaine et latino-américaine, les *Cahiers d'études romanes* ont consacré plusieurs numéros thématiques au roman policier. Maintes questions ont ainsi été abordées telles que la subversion des règles dans le roman policier italien et latino-américain[2], le rapport entre le polar et l'histoire[3], les réécritures policières[4], les formes hétérogènes du genre[5] et la problématique des origines de la forme policière[6].

S'agissant particulièrement des articles consacrés aux réécritures policières, plusieurs auteurs ont mis l'accent sur les différentes modalités

---

1 Présentation des *Cahiers d'études romanes*, revue du CAER (Centre aixois d'études romanes), disponible sur : « https://journals.openedition.org/etudesromanes/ (consulté le 17/11/2020) ».

2 *Cf.* les *Cahiers d'études romanes*, nº 9, *Subvertir les règles : le roman policier italien et latino-américain*, éd. Claudio Milanesi et Dante Barrientos Tecùn, Université de Provence, Aix-Marseille 1, 2003, 205 p. Disponible sur : « https://journals.openedition.org/etudesromanes/2956 (consulté le 17/11/2020) ».

3 *Cf.* les *Cahiers d'études romanes*, nº 15, vol. 1, *Roman policier et Histoire. Italie* (311 p.) ; vol. 2, *Roman policier et Histoire. Amérique latine* (172 p.), éd. Claudio Milanesi et Dante Barrientos Tecùn, Université de Provence, Aix-Marseille 1, 2006. Disponible sur : « https://journals.openedition.org/etudesromanes/1107 (consulté le 17/11/2020) ».

4 *Cf.* les *Cahiers d'études romanes*, nº 25, *Réécritures policières*, éd. Perle Abbrugiati, Dante Barrientos Tecùn et Claudio Milanesi, Université de Provence, Aix-Marseille 1, 2012, 298 p. Disponible sur : « https://journals.openedition.org/etudesromanes/3611 (consulté le 17/11/2020) ».

5 *Cf.* les *Cahiers d'études romanes*, nº 31, *Les Formes hétérogènes du roman policier. Torrent, Roncagliolo, Vargas Llosa, Giardinelli*, éd. Dante Barrientos Tecùn, Maud Gaultier, Pierre Lopez et Estrella Massip i Graupera, Université de Provence, Aix-Marseille 1, 2015, 196 p. Disponible sur : « https://journals.openedition.org/etudesromanes/4968 (consulté le 17/11/2020) ».

6 *Cf.* les *Cahiers d'études romanes*, nº 34, *Aux origines du roman policier. France, Espagne, Italie, Pérou*, éd. Claudio Milanesi et Michela Toppano, Université de Provence, Aix-Marseille 1, 2017, 180 p. Disponible sur : « https://journals.openedition.org/etudesromanes/5325 (consulté le 17/11/2020) ».

de réinvestissement hypertextuel qui contribuent à l'évolution du *giallo*, telles que la parodie, l'hybridité et les différents emprunts aussi bien thématiques que stylistiques aux maîtres du polar italien.

Deux contributions ont notamment retenu notre attention. Il s'agit d'abord de l'article de Marta Forno qui a étudié la dimension parodique dans les polars de Valentina Gebbia ainsi que la séduction de la romancière par certains modèles siciliens du roman policier tels qu'Andrea Camilleri, Santo Piazzese et Piergiorgio Di Cara.

L'autre contribution est celle de Giuliana Pias qui était plutôt sensible à la création par Luciano Marrocu d'un *giallo* hybride où l'on peut déceler plusieurs formes d'intertextualité, en l'occurrence le jeu que l'auteur établit avec le roman policier classique et l'adoption de certains principes méthodologiques de la micro-histoire. Ce dernier trait s'accorde parfaitement avec l'orientation de l'enquête vers les causes profondes du crime et mène à une véritable recherche historique sur « l'Italie fasciste des années trente » et « l'Italie républicaine des années cinquante ».

Tout en présentant un compte rendu des deux études précitées, nous allons évoquer certaines spécificités du polar italien contemporain, comme la parodie associée à l'invention de nouveaux enquêteurs dont l'image se distingue nettement de celle que véhiculent le roman policier classique et le roman noir, l'enracinement régional du *giallo*, la création d'« un polar sans solution » (Prigent, 2013, p. 12)[7] marqué par l'échec de la justice et l'adoption d'une écriture historique centrée sur le minuscule, le fragment et le singulier au détriment des grands événements de l'histoire relégués au second plan.

7 L'expression « *un "giallo" senza soluzione* » est employé par Sciascia à propos des polars de Gadda. *Cf.* Leonardo Sciascia, *Opere complete II (1971-1983)*, éd. Claude Ambroise, Milano, Bompiani, coll. « Classici Bompiani », 2004, p. 1196.

LES POLARS DE VALENTINA GEBBIA
Parodie et emprunts à certains *giallisti* siciliens

PARODIE GÉNÉRALISÉE ET ÉVOLUTION DU PERSONNAGE DE L'ENQUÊTEUR

La veine parodique est représentée par les polars de Valentina Gebbia : *L'Estate di San Martino* (2003), *Per un crine di cavallo* (2005) et *Palermo, Borgo Vecchio* (2007). Comme l'a démontré Marta Forno, la parodie touche toutes les strates du récit, qu'il s'agisse des personnages enquêteurs, de la structure narrative ou des stéréotypes définissant le genre, et confère aux romans de Gebbia une dimension humoristique voire comique.

Concernant les personnages, la parodie s'exerce par exemple contre l'image du détective intelligent et audacieux, puisque les enquêteurs des polars de Gebbia sont plutôt des personnages ratés et peureux. Dans *L'Estate di San Martino*, on apprend que Terio et sa sœur Fana qui « ont tous deux la quarantaine » sont au chômage et qu'ils vivent toujours avec leur mère et auxiliaire, « la veuve Assunta Mangiaracina », « dans un appartement du Borgo Vecchio, le vieux quartier central de Palerme ». On apprend aussi qu'ils sont devenus par hasard des enquêteurs, puisqu'en raison de leur oisiveté « les voisins et les gens de leur entourage leur confient parfois des missions [...] toujours liées à la vie du quartier et ne [dépassant] pas ses limites géographiques et sociales » (Forno, 2012, § 8).

La parodie permet aussi de jouer avec certaines figures de détectives consacrés, de les réinventer et de s'en démarquer tout en suggérant leur pouvoir de séduction sur Valentina Gebbia. Préférant « ne pas sortir de sa cuisine » d'où « elle suit la progression de l'enquête », la mère Mangiaracina apparaît ainsi comme « une espèce de Nero Wolfe[8] en version parodique féminine et populaire, à l'opposé exact de l'atmosphère élégante et raffinée du célèbre enquêteur [...] qui s'occupait de ses orchidées et ne sortait pas de chez lui, envoyant sur le terrain son assistant » (*ibid.*, § 12).

8 Créé par le romancier américain Rex Stout, Nero Wolfe est un célèbre détective qui résout les énigmes policières depuis son appartement new-yorkais, aidé en cela par son assistant Archie Goodwin. C'est « un homme hors du commun : grand amateur de mets raffinés préparés par son cuisinier Fritz Brenner, il est également passionné d'orchidées qu'il cultive, avec l'aide de son jardinier Theodore Horstmann, dans la serre de son appartement » (Wikipédia, L'Homme à l'orchidée, 2006).

Quand elle touche les fondements du polar traditionnel comme « les preuves principales laissées sur la scène du crime » (*ibid.*, § 10), l'interrogatoire des témoins ou carrément le mobile de l'enquête, la parodie confine à la caricature. Ainsi, dans *L'Estate di San Martino*, où Terio et Fana enquêtent sur l'assassinat d'un passager à bord du ferry « assurant la liaison entre Palerme et l'île d'Ustica » (*ibid.*, § 9), l'un des indices retrouvés est « un bocal de câpres au sel ». Or, il s'agit là, comme le note Marta Forno, d'« un ingrédient incontournable de la gastronomie sicilienne [...] qu'il est assez étrange de retrouver sur la scène d'un crime et qui place tout le récit sous le signe du comique : on attendrait plutôt une arme ou un indice qui prête moins à rire » (*ibid.*, § 10).

Dans le même roman, l'épisode de l'interrogatoire de zio Jachino, qui semble détenir un indice capital, relève de qu'on appelle le comique de situation. En effet, la sénilité de ce vieux monsieur pousse Fana à l'interroger, comme elle a vu sa femme le faire, « en lui posant les questions sous forme de questionnaire à choix multiples » (*ibid.*). On est loin de la scénographie traditionnelle de l'interrogatoire destiné généralement à faire « avouer à un personnage posé comme suspect une faute mystérieuse et problématique » (Vareille, 2019, § 47) ou à amener le témoin à dévoiler une information jusque-là cachée. L'accent est plutôt mis sur la dimension ludique « comme dans un jeu télévisé » (Forno, 2012, § 10).

Le mobile de l'enquête peut être aussi l'objet d'un réinvestissement parodique comme dans le deuxième polar de Gebbia, *Per un crine di cavallo*, où « Fana et Terio enquêtent sur la mort de Rita, la compagne d'Umfredo... à ceci près que Rita était une chèvre et Umfredo est un cheval, un bel étalon reproducteur » (*ibid.*, § 11). Valentina Gebbia joue ici avec un autre ingrédient de l'intrigue policière, à savoir la présence du crime, élément essentiel du polar qui est, ainsi que le note Jacques Sadoul (1980, p. 10), « le récit rationnel d'une enquête menée sur un problème dont le ressort dramatique principal est un crime ».

Le jeu que Valentina Gebbia établit avec les stéréotypes de la forme policière traditionnelle révèle certes sa volonté de rénover le polar par le « divertissement » et le « rire ». Le polar parodique apparaît ainsi comme un texte de plaisir qui charme le lecteur et fait appel à sa coopération, tout en permettant à Valentina Gebbia de donner « une idée assez précise de ce qu'est la Sicile contemporaine, en particulier la ville de Palerme » dont elle « dénonc[e] les problèmes majeurs » et

« soulign[e] les contradictions culturelles ou les problématiques sociales et politiques » (Forno, 2012, § 17).

Comme l'atteste le traitement de la forme policière par Valentina Gebbia, la parodie est l'un des ressorts du renouvellement du *giallio* contemporain. Marta Forno note à cet égard que « le polar contemporain italien offre des exemples explicites de parodie qui s'attaquent aux contraintes génériques et aux formes canoniques du genre », et évoque « à titre d'exemple le personnage de l'inspecteur Coliandro de Carlo Lucarelli, [...] enquêteur maladroit, peu brillant et même empoté, parfois froussard, l'exact contraire du détective type de toute littérature policière » (*ibid.*, § 6).

L'originalité de Valentina Gebbia réside peut-être dans cette parodie généralisée qui porte sur les différentes composantes du genre (personnages, structure du récit, stéréotypes narratifs) et lui permet de s'attaquer aux codes du polar. Relevant d'une poétique de la subversion ou d'une écriture de la déceptivité, elle a une double fonction esthétique et sociale, puisqu'elle permet, d'une part, de marquer une certaine distance par rapport à certains *topoï* et motifs de la littérature policière – avec ses deux versants les plus célèbres : le roman d'énigme et le roman noir – et qu'elle représente, d'autre part, un moyen efficace pour évoquer, sous le couvert de l'humour, les problèmes majeurs de la ville de Palerme.

En raison de la double fonction esthétique et sociale que Valentina Gebbia assigne à la parodie, ses romans constituent à la fois une « satire parodique » et une « parodie satirique » au sens où Daniel Sangsue entend ces deux catégories. Remarquant qu'« [on] peut parodier un texte » soit « avec l'intention de *se moquer* des défauts et des procédés [de ce] texte et de l'auteur parodié », soit dans le but de s'attaquer à « une cible extra-textuelle » comme le fait de « dénoncer [par exemple] les vices d'une institution », Daniel Sangsue (2007, p. 244-245) « distingu[e], d'une part, la *satire parodique*, qui correspond à la transformation parodique d'un texte dans le but de railler ce texte (la cible de la parodie est alors textuelle), et, d'autre part, la *parodie satirique*, qui est la transformation parodique d'un texte dans le but de faire la satire d'un objet *extérieur* à ce texte ».

Si « l'histoire du genre policier » est celle « de ses détectives » ainsi que « quelques spécialistes l'affirment » (Abbrugiati, Barrientos Tecùn & Milanesi, 2012, § 5), la parodie de l'image de l'enquêteur intelligent et audacieux dans les polars de Gebbia peut être rattachée plus généralement à l'anti-héroïsation du détective qui correspond à l'un des aspects majeurs du polar italien contemporain.

Étudiant l'évolution du personnage du détective récurrent dans le polar italien contemporain, Denis Ferraris indique à cet égard que « l'intelligence investigatrice » ou « la perspicacité hors du commun » représente une qualité fondamentale de l'enquêteur jusqu'à la deuxième moitié du XXe siècle. À partir de cette période, ajoute-t-il, il y a eu une première évolution dans la représentation du détective, puisqu'on a pu observer « (chez Scerbanenco, par exemple) que l'excellence de l'intelligence investigatrice pouvait narrativement faire bon ménage avec le motif de l'antihéros » (Ferraris, 2018, « Résumé »). Il faut attendre cependant le milieu des années 1970 pour que l'on commence à présenter des enquêteurs plus marginaux ou moins conformes aux attributs – « *cool*, *cocky* et *flippant*[9] » – qui distinguent généralement la figure du détective dans le roman noir.

Faisant ainsi remonter le mouvement d'anti-héroïsation qui caractérise le polar italien à la fin du siècle écoulé, Denis Ferraris cite à titre d'exemples les romans policiers de Loriano Macchiavelli, Carlo Lucarelli et Andrea Camilleri, et note que « [s]ans être des antihéros, dans l'acception dostoïevskienne et historique du terme », leurs enquêteurs respectifs – Antonio Sarti, De Luca et Salvo Montalbano – « n'ont plus grand-chose de la froideur, de la classe et de la distinction de leurs illustres devanciers dont ils sont pourtant incontestablement les petits-fils (ils résolvent des énigmes face auxquelles les autres sont impuissants) », et qu'« ils sont, à des degrés divers, rattrapés par une humanité de type réaliste qui peut les rendre plus émouvants aux yeux de certains lecteurs mais les appesantit et les englue dans une succession de problèmes personnels fort vraisemblables et communs auxquels ils font face de façon presque toujours piteuse » (*ibid.*, § 5).

---

9 Denis Ferraris note que les attributs « *cool*, *coky* et *flippant* » sont complémentaires. Le premier désigne « le flegme en toutes circonstances du détective ». Le second signale « une assurance » allant « jusqu'à l'impertinence et même jusqu'à l'arrogance » et se traduisant par « la capacité à prendre les choses et les gens d'assez haut ». Quant au troisième attribut, il décrit l'attitude irrévérencieuse et anticonformiste « d'un sujet qui sait parler de choses graves avec légèreté et manifeste une désinvolture de bon aloi mais dont la décontraction élégante et volontiers moqueuse frise parfois l'insolence cavalière » (Ferraris, 2018, § 2).

En réalité, le mouvement d'anti-héroïsation s'articule autour d'un certain nombre d'écarts par rapport aux paradigmes qui définissent généralement le détective récurrent dans le roman noir. Faisant l'inventaire de ces différents écarts, Denis Ferraris évoque d'abord le traitement de la solitude. En effet, si « [tout] grand détective se doit d'être seul dans son combat avec le mystère », Antonio Sarti, De Luca et Salvo Montalbano « vivent mal cette solitude qui n'est plus pour eux un prestigieux apanage, voire un atout, mais simplement un triste handicap, assez souvent d'ascendance névrotique » (*ibid.*, § 6).

Le deuxième écart correspond à la mise en relief de la faiblesse du détective, faiblesse due à plusieurs raisons comme « l'apparition d'une certaine forme de vieillesse chez Montalbano », qui « ne peut s'empêcher de pleurer durant une projection de *La vita è bella* de Roberto Benigni » (*ibid.*, § 9), ou la peur qu'éprouve De Luca à l'idée qu'on puisse « le chasse[r] du pauvre territoire de la police qui, à ses yeux, justifie toute son existence » (*ibid.*, § 8).

Le traitement de la sexualité représente aussi une forme d'écart par rapport à la représentation des détectives italiens de la fin du XXe siècle, lesquels « bénéfici[ent] ouvertement d'une activité sexuelle que le discours narratif dévoile sans fards ». Contrairement à eux, Sarti, De Luca et Montalbano ont une « sexualité problématique, très sporadique ou plus fantasmée que réellement vécue » (*ibid.*, § 10), et finissent tous les trois par « être pris, littéralement possédés, et parfois brutalement, par des femmes déterminées qui semblent se servir de leur corps pour leur jouissance la plus égocentrique » (*ibid.*, § 11).

La vulnérabilité des détectives qui souffrent de plusieurs maladies handicapantes dont le narrateur évoque parfois les causes psychiques marque également un écart par rapport à l'image de l'enquêteur *cool* que rien ne peut affecter. Le moins atteint, Montalbano souffre d'« insomnie, volontiers associée, comme il se doit, à des épisodes de narcolepsie troublés par des images oniriques perturbantes ». Quant à Sarti et De Luca, ils sont atteints de deux maladies chroniques, « la colite et la nausée », présentées toutes les deux comme deux « psychopathologie[s] » dues, dans le premier cas, « à une histoire familiale dont le lecteur n'est pas informé » (*ibid.*, § 12), et, dans l'autre, à la peur éprouvée par le commissaire De Luca d'être rattrapé par son passé pendant le fascisme.

L'évocation des tares professionnelles des détectives, qui « exercent leur métier de façon largement intuitive », ne savent pas « mener une enquête », ni « se servir d'une arme à feu », et commettent, comme Montalbano, « d'inquiétantes erreurs de jugement » (*ibid.*, § 14), révèle un ultime écart par rapport à l'image de l'enquêteur compétent et doué d'une intelligence et d'une perspicacité inégalables.

Dans les polars de Valentina Gebbia, on trouve certes quelques-uns des écarts que Denis Ferraris a repérés dans les *gialli* de Loriano Macchiavelli, Carlo Lucarelli et Andrea Camilleri. De fait, comme « Montalbano qui passe le plus clair de son temps à rêver qu'il fait l'amour ou à en parler par téléphone » ou Antonio Sarti qui « ne connaît que quelques passades », lui laissant « un goût de cendres ou, pis encore peut-être, un sentiment de culpabilité », ou encore De Luca qui, « lors de sa troisième enquête », avoue qu'il « n'a plus touché une femme depuis un an » (*ibid.*, § 10), Terio et Fana n'ont pas trouvé l'amour. Fana est particulièrement présentée « comme une adolescente » « éperdument amoureuse des acteurs américains » (Forno, 2012, § 8), et cet attachement peut être considéré comme une forme de sublimation affective pour compenser son manque d'amour. Marta Forno remarque cependant que dans *L'Estate di San Martino*, l'île d'Ustica où se déroule l'enquête a pour effet de « changer profondément » Terio et Fana. Cette dernière « découvre », en effet, « qu'elle peut plaire en tant que femme, car elle se transforme en objet de séduction et comprend qu'elle peut tomber amoureuse d'un homme réel, et pas seulement des acteurs de cinéma. À son retour à Palerme, elle prend des décisions importantes pour souligner ce changement : elle décide de passer le permis de conduire et de monter une véritable agence d'investigation avec son frère » (*ibid.*, § 16).

Terio et Fana sont également vulnérables. Si Antonio Sarti souffre d'une colite chronique et que Du Luca peut être assailli par la nausée, Fana a « une malformation à l'œil (*l'occhio fàvuso*) » et « bénéficie [...] d'une indemnité d'invalidité », alors que Terio « détest[e] la mer malgré un baccalauréat obtenu à l'Istituto Nautico » (*ibid.*, § 8). Là encore, Marta Forno remarque qu'après l'enquête menée dans l'île d'Ustica, Terio est « transformé quant à son rapport à la mer, car il découvre qu'il ne la déteste plus et commence, au contraire, à l'apprécier » (*ibid.*, § 16).

Mais c'est surtout la parodie de l'image de l'enquêteur audacieux et courageux qui contribue au mouvement d'anti-héroïsation. Le portrait de Terio et Fana qui, entendant, un soir, « des bruits à l'extérieur de la maison où ils logent », sont saisis de peur « et ne sortent pas » et qui, découvrant « des menaces écrites sur le sol, en rouge », paniquent « et pensent qu'il s'agit de sang » (*ibid.*, § 10), prête certes à rire, mais permet aussi de se démarquer définitivement de l'image de l'enquêteur hardi et intrépide qui ne se départit pas de son « flegme en toutes circonstances », garde son « sang-froid à toute épreuve », ne perd pas son calme dans « des situations objectivement traumatisantes et angoissantes pour le commun des mortels », « jouit implicitement d'une sorte d'invulnérabilité », demeure « imperturbable, jusqu'à l'effronterie et même jusqu'à la limite du vraisemblable psychologique », et passe, par là-même, « pour un bel indifférent qui n'a pas froid aux yeux », et qui, « de ce point de vue, [...] correspond parfaitement à l'image de "l'œuf dur", si l'on peut dire, puisque c'est proprement un dur à cuire » (Ferraris, 2018, § 2).

En présentant des détectives qui vivent douloureusement leur solitude, connaissent des moments de faiblesse, ont une sexualité problématique, souffrent de certaines maladies qui les rendent vulnérables, exercent leur métier de façon intuitive, les romans policiers de Loriano Macchiavelli, Carlo Lucarelli et Andrea Camilleri « tendent inévitablement à [les] humilier plus ou moins [...] en les contraignant dans des limites qui sont celles de l'individu moyen saisi dans ce qu'une certaine phénoménologie appelle l'inauthenticité de la vie quotidienne » (*ibid.*, § 13). Les polars de Valentina Gebbia accentuent davantage cette humiliation à laquelle sont réduits les enquêteurs en les décrivant comme des froussards qui ont perdu jusqu'au courage, dernier atout qui les rattache à « la tradition du héros antique » (*ibid.*, § 2). Ainsi, ce que Denis Ferraris affirme à propos des *gialli* de Loriano Macchiavelli, Carlo Lucarelli et Andrea Camilleri convient parfaitement à décrire les romans policiers de Valentina Gebbia : si « le nouveau détective gagne en humanité et en vraisemblable », « il perd en dignité et en prestige » (*ibid.*, § 13).

L'ENRACINEMENT RÉGIONAL DU *GIALLO* CONTEMPORAIN

Outre la parodie de la figure du détective et de certains stéréotypes du genre policier, les polars de Gebbia révèlent les modèles littéraires dont elle s'inspire. Marta Forno a montré à cet égard que la romancière s'inscrit dans la lignée des auteurs siciliens de romans policiers, tels Andrea Camilleri, Piergiorgio Di Cara et Santo Piazzese. Les clins d'œil à ces auteurs sont nombreux. Ils concernent d'abord la figure de l'enquêteur. Ainsi, Terio et Fana Mangiaracina dont les investigations ne dépassent pas généralement « Borgo Vecchio, le vieux quartier central de Palerme, populaire et très animé, avec de nombreux commerces, un marché quotidien et de vieux immeubles où les habitants se connaissent tous » (Forno, 2012, § 8), rappellent Lorenzo La Marca, lui-même enquêteur amateur que Santo Piazzese fait évoluer « dans Palerme entre les vendeurs ambulants de *stigghiola*, le marché de la Vucciria et les petits commerçants » (*ibid.*, § 15).

L'allusion aux maîtres du polar sicilien concerne aussi la situation narrative. *L'Estate di San Martino* rappelle par exemple l'*Isola nera* de Piergiorgio Di Cara puisque dans les deux romans l'enquête se déroule sur une île isolée – tantôt Linosa tantôt Ustica – où les enquêteurs, l'inspecteur Ricobonno d'un côté et Terio et Fana de l'autre côté, se trouvent bloqués à cause du mauvais temps.

La dette de Gebbia envers les auteurs siciliens de romans policiers apparaît particulièrement à travers ses emprunts à Andrea Camilleri qui a acquis une notoriété internationale avec la série du commissaire Montalbano ; non seulement elle reprend plusieurs motifs caractéristiques de l'univers romanesques de Camilleri, comme l'évocation de la cuisine sicilienne, le choix d'un cadre spatial restreint et l'image de l'enquêteur ayant un réseau de connaissance limité, mais elle adopte aussi la même « langue hybride ». Soulignant cette influence qui s'étend jusqu'à « l'aspect linguistique » (*ibid.*, § 14), Marta Forno écrit :

> Camilleri utilise une langue hybride, un idiolecte qui est un mélange d'italien standard, d'italien régional et de dialecte sicilien. Il en résulte une langue vivante et vibrante, amusante, qui est l'occasion de quiproquos linguistiques comiques ; elle est utilisée par les personnages mais également par le narrateur qui dit ainsi sa participation à l'univers fictionnel du récit [...]. Dans le cas de Valentina Gebbia, seuls les personnages utilisent cette langue hybride et contaminée de dialecte, alors que le narrateur utilise exclusivement comme langue du récit l'italien standard ou néo-standard (*ibid.*).

Tout en évoquant la séduction qu'Andrea Camilleri, Piergiorgio Di Cara et Santo Piazzese exercent sur Valentina Gebbia, les différents emprunts, qu'il s'agisse du statut du détective fortement attaché à sa ville natale ou au quartier où il réside, de l'évocation de certaines mets typiques ou de l'adoption d'une langue hybride où l'italien standard se mêle à l'italien régional et dialectal, renvoient à l'une des spécificités du polar italien contemporain, à savoir l'importance que les *giallisti* accordent à leur région d'origine. En Italie, le polar est décidément régional et permet ainsi de rendre compte des habitudes, des particularités, des spécificités culinaires, des dialectes et des problèmes spécifiques à chaque terroir.

Pierre Staelen remarque à cet égard que Giorgio Scerbanenco, dont la plupart des romans se déroulent à Milan, est le premier à avoir donné une coloration régionale au *giallo* qui « s'éloigne ainsi du modèle anglo-saxon pour fournir un modèle parfaitement "Italia Nostra" » (Staelen, 2005, § 4)[10]. Évoquant l'attachement des auteurs italiens de romans policiers à leurs régions, il cite, par exemple, le cas de Leonardo Sciascia et Camilleri, auteurs de polars typiquement siciliens, celui de Giuseppe Ferrandino qui, dans ses romans noirs, dépeint « l'image criminelle de Naples » dont « la population […] vit dans l'ombre de la Camorra » (*ibid.*, § 1 et § 2)[11], ou encore celui de Marcello Fois qui a fait de Nuero, « sa ville natale », le cadre de ses romans où les enquêtes menées par l'avocat Bustianu, le juge Salvatore Corona et l'adjudant Pili « se plient à tous les aspects de la vie locale » et « nous font connaître les processions et les pèlerinages, le parler et les dictons si pittoresques, les plats rustiques et parfumés des paysans, la montagne environnante (le Supramonte et le Gennargentu), le climat fantasque aux excès pluvieux ou aux poussées de sirocco, et surtout les coutumes ancestrales qui quelquefois mènent au tragique… » (*ibid.*, § 2 et § 4)[12].

Dans « Identités régionales et évolutions génériques dans le roman policier italien contemporain », Claire Le Moigne évoque les différentes fonctions que revêt l'enracinement régional du *giallo* à partir des années 1990. Il s'agit d'abord de créer chez le lecteur un certain horizon d'attente, car les différentes « allusions aux lieux » dans l'appareil paratextuel fonctionnent comme autant de clins d'œil qui favorisent la force imaginative des destinataires et annoncent, non seulement la « peinture d'une réalité locale », mais également les « thèmes sociaux et politiques » (Le Moigne, 2008, § 6) qui y sont associés.

Claire Le Moigne indique aussi que « la valorisation […] d'une aire géographique » (*ibid.*, § 5) donnée libère l'espace du rôle de simple décor

10 *Cf.* la section « Le "giallio" à Milan ».
11 *Cf.* la section « Naples et Giuseppe Ferrandino ».
12 *Cf.* la section « La Sardaigne et Marcello Fois ».

ou de cadre où se déroule l'action, puisqu'il devient un élément constitutif de l'identité de l'enquêteur. En effet, l'enracinement géographique du détective et « son attachement à sa terre d'origine influent sur son mode de pensée » et sur « la façon dont il appréhende les faits soumis à son examen » (*ibid.*, § 7).

L'enracinement régional du *giallo* contemporain contribue également, selon Claire Le Moigne, à la création d'une identité régionale en permettant d'abord aux auteurs d'évoquer les « habitudes et [les] mentalités et de la population locale » auxquelles « se heurte » (*ibid.*) l'enquêteur, comme dans *L'Occhiata letale* de Todde où « [les] investigations d'Efisio Marini » troublent l'« univers statique » des « habitants de Cagliari » (*ibid.*, § 8). Il arrive aussi « le concept d'identité régionale se construise en négatif » grâce à la confrontation entre les « préjugés véhiculés au sujet d'un territoire et [le] vécu d'une population », comme « [dans] le cycle de Marcello Fois[13] consacré à la Sardaigne du XIXe siècle » où l'avocat Bustianu ne cesse de réfuter les « idées reçues » des autorités qui « déplorent fréquemment le caractère rustre et archaïque des insulaires [...] [et] soutiennent que les habitants font sciemment obstacle à la répression du banditisme » (*ibid.*, § 12). Chez d'autres auteurs tels que Giulio Angioni, c'est plutôt la mise en relief de la contradiction entre la réalité des « traditions insulaires » sardes et les clichés répandus sciemment par certains citoyens qui participe à la définition de l'identité régionale, tout en suggérant que « [l]es impératifs commerciaux » aboutissent à la construction d'« une image erronée des lieux et de ses habitants » (*ibid.*, § 13).

Il convient de souligner toutefois que pour Claire Le Moigne il y a dans le roman policier italien des années 1990 et 2000 plusieurs éléments qui participent ensemble, tel un faisceau de signifiants réfractaires, à relativiser l'idée de particularité géographique et partant d'identité régionale. Elle mentionne à ce propos certains éléments thématiques comme l'évocation d'« entités mafieuses » dont l'« influence s'étend à l'échelle nationale et internationale » et ne se limite plus aux « villes et [aux] régions [où] elles se sont initialement implantées » (*ibid.*, § 15), la présence insistante de la figure « du tueur en série » (*ibid.*, § 17) dans

13 Claire Le Moigne renvoie aux romans suivants de Marcello Fois : *L'Altro Mondo*, Milano, Frassinelli, 2002 ; *Sangue dal cielo*, [Nuoro, Il Maestrale, 1999] Milano, Frassinelli, 2005 ; *Sempre caro*, [Nuoro, Il Maestrale, 1998] Milano, Frassinelli, 2005.

le roman policier actuel indépendamment de la région où se déroule l'action, l'« homogénéisation des pratiques illicites » (*ibid.*, § 22) en dépit de la différence entre les régions et la restitution du « meurtre et de ses mobiles dans une perspective non pas spatiale, mais temporelle », de sorte que l'accent soit mis sur les « éléments appartenant au passé et à la psychologie des personnages » alors que les « éléments sociaux et territoriaux ne sont pas prioritairement abordés par la fiction » (*ibid.*, § 17).

Claire Le Moigne remarque aussi que la mise en cause de la notion d'identité régionale se fait par le truchement d'éléments stylistiques comme la diversité linguistique qui permet de « nuancer une vision uniforme et statique du référent spatial » (*ibid.*, § 25), l'inscription des références géographiques et régionales dans une perspective intertextuelle qui, renvoyant « au savoir livresque possédé et exposé par l'auteur » (*ibid.*, § 27), « oriente davantage le destinataire vers une réception du texte » centrée moins sur « la notion d'appartenance territoriale » que sur « l'expérience personnelle de l'écrivain » (*ibid.*, § 28), et l'adoption d'une démarche scripturale qui présente les aspects géographiques à travers le prisme du « vécu de l'auteur » et implique « une conception du territoire régional fondamentalement personnelle et subjective » (*ibid.*, § 30).

Si Claire Le Moigne interroge la relation complexe entre l'enracinement géographique du polar italien contemporain et la notion d'identité régionale, il n'en demeure pas moins vrai, comme le notent Macha Séry et Abel Mestre, qu'au tournant du XXIe siècle le *giallo* est « profondément enraciné dans l'histoire et la géographie de la Péninsule » et qu'il met l'accent sur les « légendes populaires », les « enjeux politiques propres à une région » et les « particularismes locaux (Mafia, gastronomie, lexique) » (Séry & Mestre, 2016, § 1). Les « auteurs [sont tellement] liés à leurs régions d'origine », poursuivent Macha Séry et Abel Mestre, que « les amateurs de polar, qu'ils soient ou non transalpins, identifient les écrivains à la région ou à la ville dont ils content l'histoire mouvementée, dépeignent la communauté, chantent les paysages et radiographient les maux de société. Naples ? Maurizio De Giovanni. Bologne ? Carlo Lucarelli. La Vénétie ? Massimo Carlotto. Rome ? Giancarlo De Cataldo qui, de *Romanzo criminale* (Métailié, 2006) à *Suburra* (2016), retrace l'ascension de groupes mafieux. La Sardaigne ? Marcello Fois, auteur d'une trilogie parue au Seuil (*Sempre caro*, *Sang du ciel*, *Les Hordes du vent*), mettant en scène l'avocat Bustianu au XIXe siècle, suivie d'une série contemporaine inaugurée par *Un silence de fer* (2004) ; autant de livres cernant les contours du terrorisme et du banditisme sarde » (*ibid.*, § 3).

Énumérant de son côté les caractéristiques du *giallo* contemporain, Elisabeth Kertesz-Vial (2018, § 3) évoque la « fin ouverte des récits », l'« attention renouvelée envers les crimes en série », l'« intérêt envers la violence en groupe », l'« analyse précise de la psychologie de l'assassin », les « figures de détectives hyperdéterminées sexuellement et socialement », l'« augmentation de la population féminine (et pas seulement dans le camp des meurtrières, ce qui est un classique !) mais bien du côté des enquêteurs » et l'enracinement régional qui se manifeste sur le plan linguistique à travers la présence insistante de l'oralité dialectale.

Pour Laurent Lombard, l'ancrage géographique du polar italien contemporain s'inscrit dans une tendance générale « commencé[e] dans les années quatre-vingt » (Lombard, 2001, p. 65). Consistant en ce que plusieurs *giallisti* se sont orientés vers « le roman policier historique » (*ibid.*), cette tendance a pour corollaire le choix des lieux provinciaux comme cadre à l'action et la mise en relief des changements sociaux, politiques et culturels survenus dans les différentes régions[14]. Il évoque ainsi les romans policiers de Marcello Fois[15] et d'Andrea Camilleri[16]

14 « Le roman policier italien peut terminer sa construction qui sera définitive avec le groupe 13 réunissant une trentaine d'auteurs. Nombre d'entre eux établissent une radiographie de la vie sociale et politique italienne en s'intéressant aussi au roman policier historique. Le choix pour ce type de récit est un tournant dans l'histoire de la narration policière italienne commencé dans les années quatre-vingt. On remarque en effet la tendance à ne plus choisir la métropole comme cadre à l'action. Les auteurs semblent davantage intéressés par le continuum idéologique, politique et, surtout, historique entre la société d'hier et celle d'aujourd'hui. Le passé, que le polar se fait un devoir de remémorer au lecteur, jette une lueur de compréhension sur l'histoire actuelle » (Lombard, 2001, p. 65).

15 Selon Laurent Lombard, Marcello Fois « brosse le tableau d'une Sardaigne à travers l'histoire de Nùoro (village natal de l'auteur), de l'unité italienne à nos jours. Les descriptions urbaines laissent place à la description de l'homme avec ses traditions sociales, ses codes, ses valeurs, ses croyances et ses langues. Il ressort de cette fresque une Sardaigne coincée entre le passé et le présent » (*ibid.*).

16 Rappelant que les polars d'Andrea Camilleri « ont comme décor la Sicile des années 1993 à 1999 », Laurent Lombard indique que « l'immédiateté de l'écriture avec l'histoire permet de saisir les changements de la situation politique (du gouvernement de droite à celui de centre-gauche), l'évolution des personnages et notamment celle du commissaire Salvo Montalbano, qui passe de l'enthousiasme au désenchantement face aux horreurs interminables et inévitables de la société ». Andrea Camilleri, ajoute Laurent Lombard, « observe ainsi son île, d'un regard moins cynique que désabusé, et les deux mondes qui s'y opposent : celui, honnête, du commissaire et de son équipe et celui, superficiel voire

qui illustrent parfaitement les nombreux changements qu'ont connus la Sardaigne et la Sicile.

On peut affirmer donc, à la suite d'Alain Léauthier, que le roman policier italien contemporain est « une spécialité régionale[17] ». Quant au rôle de cet enracinement géographique, on peut ajouter aux différentes fonctions rhétorique, actorielle, identitaire et sociale, évoquées par Claire Le Moigne et Laurent Lombard, la visée véridictionnelle voire même critique soulignée par exemple par Marcelle Padovani pour qui l'ancrage régional est l'un des facteurs qui contribuent au succès mondial que connaît le *giallo* des dernières années :

> Pourquoi cette fièvre policière et pourquoi, surtout, ces auteurs sont-ils tous enracinés dans leur région d'origine : De Cataldo à Rome, Camilleri à Raguse, Todde à Cagliari, Carofiglio à Bari, Carlotto à Padoue, De Giovanni à Naples, Lucarelli à Bologne ? Car le polar n'est pas italien, il est régional. Comme si chaque terroir avait sa spécialité en matière de violences et d'assassinats, ses types d'enquête policière.
>
> Le point commun de tous ces auteurs : le rôle de témoin qu'ils disent jouer. Le seul capable, selon eux, de compenser la chute libre du journalisme d'investigation et de la littérature engagée, ainsi que les lenteurs de la magistrature à résoudre les grandes énigmes (Padovani, 2014, § 3-4).

LES POLARS DE LUCIANO MARROCU
Intertextualité de genre et approche micro-historique

On retrouve la même dimension critique dans les polars politiques et micro-historiques de Luciano Marrocu : *Fáulas* (2000), *Debrà Libanòs* (2002), *Scarpe rosse, tacchi a spillo* (2004), *Il caso del croato morto ucciso* (2010) et *Farouk* (2011). Étudiant les particularités de cette « série de récits policiers [...] où l'on retrouve les mêmes protagonistes, Eupremio Carruezzo et Luciano Serra, d'une aventure à l'autre » (Pias, 2012, note 1),

immoral, des bureaucrates. L'auteur joue sur une double transposition de la réalité ; à côté des couleurs de la Sicile, de ses odeurs, de sa cuisine, et de son dialecte évoluent la nouvelle mafia, la corruption et les flux migratoires » (*ibid.*, p. 65-66).

17 Nous empruntons cette expression au titre de l'article qu'Alain Léauthier a publié le 07 avril 2018 dans la revue *Marianne* : « Littérature : le polar italien, une spécialité régionale ».

Giuliana Pias a remarqué « la présence d'un palimpseste structurel hybride » marqué par la rencontre ou la co-présence de plusieurs formes d'intertextualité : une intertextualité littéraire – qu'elle désigne par l'appellation « intertextualité de "genre" » (*ibid.*, § 1) – et une « intertextualité élargie » (*ibid.*, § 19), extralittéraire, qu'il convient sans doute de qualifier de « micro-historique » et qui relève moins du domaine de la reprise de certains *topoï*, stéréotypes et clichés du genre policier que de celui plus abstrait « des influences méthodologiques, voire épistémologiques » (*ibid.*, § 15).

L'INTERTEXTUALITÉ DE GENRE OU LA CRÉATION D'« *UN "GIALLO" SENZA SOLUZIONE* »

Du point de vue générique, Luciano Marrocu établit un jeu intertextuel complexe avec le roman policier anglo-saxon, où se mêlent différentes formes d'emprunt et de démarcation.

Plusieurs types d'emprunt au polar classique peuvent être décelés, tels que la reprise de la « matrice narrative » tripartite « crime-enquête-solution » (*ibid.*, § 5), l'image des enquêteurs inspirés par Nero Wolfe et Archie Goodwin, les détectives inventés par Rex Stout[18], et le thème du meurtre « commis dans un espace fermé » (*ibid.*, § 7). Se focalisant sur ce dernier aspect qui relève des éléments essentiels du récit d'énigme, Giuliana Pias énumère les différents lieux du crime dans les romans qui se déroulent à l'époque fasciste[19] et dans les romans de l'Italie républicaine[20] avant de conclure qu'ils se rattachent tous à la « topique » de « la "chambre close" » (*ibid.*, § 7).

---

18 *Cf.* note 8.

19 Il s'agit de *Fáulas*, *Debrà Libanòs* et *Il caso del croato morto ucciso*. « Les personnages de *Fáulas*, écrit Giuliana Pias, évoluent entre Rome et la Sardaigne en 1939. Le récit commence par un meurtre. La victime est Gonario Musio, richissime ingénieur et haut dignitaire du régime fasciste, politiquement très influent et très impliqué dans des affaires économiques de grande envergure. Il est trouvé mort dans le bureau de sa villa romaine. Dans *Debrà Libanòs*, l'action se situe à Addis-Abeba en 1937. Un officier fasciste, Duilio Bellassai, est trouvé mort dans sa voiture, mais l'enquête révèle que le meurtre s'est produit à l'intérieur d'une maison [...]. *Il caso di un croato morto ucciso* (*sic*) a pour décors Rome, Paris, Barcelone et Marseille en 1934. Jure Stefanovic, un nationaliste croate refugié en Italie, est trouvé mort dans une chambre de son appartement romain » (Pias, 2012, § 6).

20 Ils sont au nombre de deux : *Scarpe rosse, tacchi a spillo et Farouk*. Dans ces deux romans, le lieu du crime se rattache aussi au *topos* de la chambre fermée. Giuliana Pias note à ce propos que « *Scarpe rosse, tacchi a spillo*, se passe à Rome dans la seconde moitié des années cinquante. Ce récit commence par le meurtre de Pompeo Amicucci, un usurier trouvé mort dans

Si différents traits structurel, actanciel et spatial inscrivent les polars de Marrocu dans la continuité des romans policiers classiques, d'autres traits novateurs les distinguent de la tradition anglo-saxonne et leur confèrent leur originalité.

D'une part, l'enquête, qui est « l'une des composantes essentielles du récit d'énigme » (Lits, 1999, p. 76), sert moins à déchiffrer un mystère qu'à révéler « les causes profondes du crime » (Pias, 2012, § 8) qui « est toujours lié à des affaires politiques [...] véritablement sorties des archives, arrachées à l'oubli de la mémoire collective ou même des récits historiques » (*ibid.*, § 9) ; elle « conduit donc l'auteur à une véritable recherche historique », écrit Giuliana Pias, avant d'ajouter que « [ce] que sondent les enquêteurs des romans de Marrocu c'est l'Histoire : l'histoire de l'Italie fasciste des années trente, qui se prête bien à l'imbrication de mystères et de crimes, et l'histoire de l'Italie républicaine des années cinquante qui n'a pas réglé ses comptes avec son passé et qui n'a pas l'air de vouloir s'engager sur cette voie » (*ibid.*, § 8).

D'autre part, les polars de Marrocu substituent à la solution rationnelle du crime l'évocation de l'« impossibilité [...] d'une solution univoque » (*ibid.*, § 12), à la découverte de la vérité la mise en relief de la réalité sordide du pouvoir politique qui cherche à « étouffer les affaires gênantes » et à « enterrer l'enquête » (*ibid.*, § 13), à l'arrestation du coupable l'échec de la justice. Giuliana Pias note à cet égard que Luciano Marrocu a mis dans la bouche des enquêteurs des propos ironiques qui, tout en révélant la complexité brouillonne de l'affaire policière, marquent une nette démarcation par rapport au polar anglais :

> [...] dans *Fáulas*, le responsable de l'affaire criminelle est Eupremio Carruezzo qui confie l'enquête à son jeune collègue Luciano Serra. Or, ce dernier possède comme collaborateur le commissaire Ingravallo, célèbre protagoniste du *Pasticciaccio* de Gadda lequel, fort de son expérience, et face à la difficulté de parvenir à la solution de l'affaire, déclare :
>
> > Il n'y a que dans les romans anglais qu'on découvre à la fin que le majordome est l'assassin : le domestique et la cuisinière de Musio, quant à eux, viennent de Frosinone. J'ai bien peur que l'affaire ne soit beaucoup plus compliquée (*ibid.*, § 10).

---

une chambre de son appartement situé dans le centre ville de la capitale italienne ». Dans *Farouk*, ajoute-t-elle, « l'intrigue se situe à Rome en 1959 » et on apprend que « Giacomo Oppo, un journaliste et aspirant écrivain voulant écrire un roman sur la vie de Farouk, roi d'Égypte exilé à Rome depuis quelques années, a disparu de sa chambre d'hôtel » (*ibid.*).

D'autres propos non moins ironiques ont plutôt pour cible certains auteurs consacrés du genre policier :

> Ce même concept est ensuite repris par Serra, lors de sa mission africaine à Addis Abeba, dans le roman *Debrà Libanòs*, lorsqu'il enquête sur le responsable du meurtre d'un fonctionnaire fasciste :
>
> > J'aurais tendance à exclure le majordome [et aussi] un singe apprivoisé.
>
> La référence – mais évoquée pour s'en démarquer – à Agatha Christie et à Edgar Allan Poe, souligne bien que l'issue du roman ne peut pas résulter d'une maîtrise logique sans faille (*ibid.*, § 11-12).

Ces deux traits novateurs, que sont l'orientation de l'enquête vers les causes profondes du crime et l'impossibilité d'une solution tranchante, favorisent la création d'une sorte de « *giallo* "ouvert" sur ce que Gadda [appelle] "le monstrueux embrouillamini de la totalité" » (*ibid.*, § 13). Peut-être conviendrait-il de l'appeler un polar de l'échec où « la découverte – sur un coup de théâtre, qui est aussi un coup de maître – de la vérité n'a plus de sens » (*ibid.*, § 12) et où l'enquête devient un prétexte pour dénoncer, à la manière de Sciascia, « les impasses et les violences politiques », mais aussi « la corruption de l'appareil policier et judiciaire », ce qui rend « impossible [...] le triomphe de la justice par l'arrestation du coupable et le retour à l'ordre initial » (*ibid.*, § 13).

En créant des *gialli* « *senza soluzione* », marqués par l'échec de la justice et « l'impunité du coupable » (Prigent, 2013, p. 12), Luciano Marrocu ne fait qu'entériner une tendance du polar italien de la fin du XXe siècle, tendance représentée essentiellement par les romans policiers de Leonardo Sciascia, Carlo Emilio Gadda et le tandem Massimo Felisatti et Francesco Pittorrù.

Les polars de Sciascia sont particulièrement représentatifs de ce que Dominique Meyer-Bolzinger (2016, § 17) appelle les « enquêtes inabouties [...] où l'énigme, loin de se résoudre, persiste et se maintient », paradigme auquel se rattachent dans le contexte français plus récent les romans de Patrick Modiano.

On peut citer à titre d'exemple le « roman le plus célèbre de Sciascia » (Martin, 2002, § 2), *Le Contexte* (1971), où « l'enquêteur est un inspecteur de police qui réussit à identifier un tueur en série de magistrats, mais qui découvre ce faisant un complot politique et tombe sous les balles de ceux qu'il s'apprêtait à démasquer » (*ibid.*, § 5).

On peut citer aussi *Todo Modo* (1974) où « le narrateur, un peintre célèbre » (Cherry Livres, 2014, § 1) est accueilli dans l'ermitage Zafer, dirigé par Don Gaetano, « prêtre hors du commun, à la lucidité, l'intelligence et la culture impressionnantes » (*ibid.*, § 6). Dans ce lieu solitaire où se rendent des personnages influents de la société italienne – politiciens, ministres, magistrats, avocats, financiers, directeurs de banque … – « pour des "exercices spirituels" » (*ibid.*, § 2), surviennent deux meurtres : celui de Michelozzi, ancien sénateur, et celui de l'avocat Voltrano. Une enquête se met en place, et guidé par le peintre, le procureur Scalambri tente de dévoiler le mystère ; mais au moment où le peintre semble résoudre l'énigme, un autre meurtre est commis, celui du prêtre Don Gaetano, et la solution n'a pas été révélée. L'inaboutissement de l'enquête est ainsi dû à l'absence de preuves évidentes qui permettent de pointer du doigt le coupable :

> La fin apporte un élément de réponse qui, pourtant, ne solutionne pas tout et laisse le lecteur totalement perplexe. Mais pour savoir qui est l'auteur de ses crimes, il faut connaître le mobile. Or, de mobile, on n'en trouve pas. Les indices et les témoignages se contredisent, s'entremêlent comme autant de fils formant un nœud inextricable. Tous sont suspects, tous peuvent avoir un mobile, inutile donc d'essayer de remonter une éventuelle chaîne de causalité. Bien loin des traditionnels romans policiers à la trame logiquement organisée et ficelée par l'auteur, *Todo Modo* reste, lui, à part et bien plus ancré dans la réalité puisqu'il en reflète complètement la complexité (*ibid.*, § 9).

Énumérant les caractéristiques de ces polars de « l'impossible vérité[21] », Laurent Lombard (2001, p. 62) évoque d'abord « l'impossibilité de penser à une cause unique suffisante, à un individu unique comme coupable » :

> Le texte policier italien accentue donc le triomphe du mystère et non celui de la cause. D'ailleurs, privilégier une cause apparente signifierait arrêter la vérité à l'individualisation d'un coupable. Or, les récits policiers italiens tendent justement à l'effet inverse : derrière chaque coupable se cache une autre culpabilité (*ibid.*, p. 62-63).

L'idée d'une culpabilité « collective » explique pourquoi dans les polars de l'échec, l'« impossibilité […] d'une solution univoque » (Pias, 2012, § 12) a pour corollaire l'orientation de l'enquête vers les causes profondes

21 C'est le titre de la troisième partie de l'article de Laurent Lombard (2001, p. 62) : « Le roman policier italien : entre mystère et silence ».

du crime, orientation qui aboutit à « la critique amère des institutions policières, judiciaires et de l'État italien » (Lombard, 2001, p. 63).

C'est d'ailleurs la raison pour laquelle Laurent Lombard considère que le deuxième trait caractéristique des polars de l'échec est la resémantisation de la notion de vérité. En effet, l'enquête n'aboutit plus, comme dans le roman d'énigme, à l'identification du coupable, et le cas échéant, à son arrestation, mais plutôt à la mise à nu d'une vérité sociale ou historique qui, seule, peut expliquer le crime :

> Les enquêtes donnent souvent l'impression qu'elles ne peuvent aboutir et que le crime est voué à se perpétrer. Si la solution finale n'est pas possible c'est que la recherche est mal dirigée. Son centre ne peut plus être la vérité mais la représentation de la société dans tout ce qu'elle a de faux [...]. L'accent est donc mis moins sur l'identité d'un coupable, qui parfois n'est pas trouvé, que sur la critique amère des institutions policières, judiciaires et de l'État italien. Le pessimisme des romans italiens se traduit dans cette impossibilité de parvenir à une unique solution. La vérité n'est pas dans l'arrestation d'un coupable. La vérité est ailleurs. Peut-être dans « ce monde qui nous entoure » dont parlait l'écrivain A. De Angelis (*ibid.*, p. 63).

Selon Laurent Lombard, les polars de « l'impossible vérité » se caractérisent enfin par la dénonciation des sphères du pouvoir qui tentent à tout prix de saboter l'enquête et n'hésitent devant aucun moyen pour empêcher le détective de révéler la vérité, quitte à le condamner à la prison, à lui faire subir d'affreux sévices physiques ou à l'assassiner :

> Et c'est justement dans cette impossibilité de clôture que le roman policier italien révèle sa finalité car elle devient, cette impossibilité, le lieu pour l'auteur de dire ce que l'on ne doit ou ne peut pas dire et pour le lecteur un lieu silencieux à interpréter [...]. La recherche de la vérité est une souffrance : elle coûte l'invalidité et la carrière au père de Duca Lamberti, condamne à la prison Duca Lamberti, défigure l'amie de ce dernier, Livia Ussaro, et le commissaire Fernando Solmi de Felisatti et Pittorrù, provoque la mort de Paolo Laurana dans le roman de L. Sciascia, *A ciascuno il suo*, et d'une façon générale détruit socialement et physiquement la plupart des enquêteurs italiens qui tentent de s'opposer au mensonge du Pouvoir. Ainsi se crée l'équation : vérité = mort (*ibid.*).

Dans le cas particulier des polars de Luciano Marrocu, la mise à nu de la vérité de l'Italie fasciste des années trente et de l'Italie républicaine des années cinquante est davantage accentuée par la présence d'un second versant intertextuel qui n'est point littéraire, mais plutôt micro-historique.

L'INTERTEXTUALITÉ MICRO-HISTORIQUE OU L'ADOPTION D'UNE RÉÉCRITURE HISTORIQUE CENTRÉE SUR LE SINGULIER ET LE MINUSCULE

Se servant de l'enquête comme d'un prétexte pour scruter les comportements individuels, les soubassements psychologiques liés à l'exercice de l'autorité ainsi que certaines pratiques sociales et politiques, les polars de Luciano Marrocu se rattachent généralement à ce que Jean Molino (1989, p. 26)[22] appelle le « macrogenre » du roman historique et peuvent être considérés comme des « roman[s] policier[s] "a impianto storico" » (De Paulis-Dalembert, 2018, § 5) ou, pour paraphraser Margherita Ganeri, des polars « à tendance historique » (Wrangel, 2015, p. 6)[23].

Giuliana Pias a démontré à ce propos que la recherche historique à laquelle procède Luciano Marrocu emprunte à la micro-histoire quelques-uns de ses principes méthodologiques voire épistémologiques. Il s'agit d'abord de la « réduction d'échelle du regard historien qui observe "à la loupe" le destin d'un homme ou d'une petite communauté » pour tirer des conclusions générales sur « les pratiques sociales et culturelles d'une époque » donnée (Offenstadt, 2006, p. 72). Le roman *Debrà Libanòs*, où l'enquête porte sur le meurtre d'un « officier fasciste, Duilio Bellassai », à Addis-Abeba en 1937, illustre parfaitement ce principe, puisque l'examen « de la vie sentimentale » de cet officier « dans [le] contexte colonial devient l'élément révélateur des mécanismes psychologiques et sociaux qui prennent forme dans un contexte social et politique étudié dans la complexité de ses dynamiques » (Pias, 2012, § 16).

L'attention particulière que les polars de Luciano Marrocu réservent aux stratégies individuelles fait aussi écho à la micro-histoire qui, en étudiant « le rapport entre [les] individus et leur société à un moment de crise », fait « ressortir les tensions et les paradoxes de la culture dans laquelle ils s'inscrivent » et permet ainsi de saisir les « enjeux culturels de l'époque » (Stefani, 2010, p. 275). Remarquant que « [les] exemples de cette attention aux stratégies individuelles sont nombreux dans les

22 Jean Molino cité par Catherine De Wrangel (2015, p. 5).

23 Propos de Margherita Ganeri cités par Catherine De Wrangel. Évoquant l'évolution du roman historique italien sous l'influence de la postmodernité, Catherine De Wrangel note qu'il se caractérise par « une remise en question parfois drastique de tous les éléments qui font l'identité habituelle de ce type de texte », ce qui a amené Margherita Ganeri à se demander « s'il est encore licite de parler de roman historique ou s'il ne faudrait pas plutôt utiliser à présent le terme de "romans à tendance historique" » (*ibid.*, p. 6).

romans de Marrocu », Giuliana Pias évoque le cas « particulièrement emblématique [...] de l'inspecteur Serra qui, dans le roman *Il caso del croato morto ucciso* agit, à une toute petite échelle, comme saboteur de l'appareil policier fasciste dont il fait pourtant partie » (Pias, 2012, § 17), et ce, en empêchant l'un de ses collègues de faire parvenir au « chef de division » l'un de ses projets qui consiste à faire « un classement des fiches biographiques des antifascistes suivant les critères de la physiognomonie » (Marrocu, 2010, p. 5)[24].

La manière dont Luciano Marrocu traite les faits historiques rappelle également la démarche micro-historique qui, à partir de l'imbrication de plusieurs actions, comportements et stratégies individuelles, saisit l'émergence de certains contextes. Dans le roman *Fáulas*, la conduite de Carruezzo est révélatrice de cette approche inductive. Giuliana Pias cite à cet égard cette séquence très significative : « [...] il connaissait parfaitement le *cursus honorum* d'une grande partie des hauts dignitaires [...]. À partir de ces matériaux, il construisait [...] de vifs récits biographiques dont les protagonistes lui servaient à illustrer une anthropologie toute personnelle du fascisme » (Marrocu, 2000, p. 14-15)[25].

Un dernier élément renvoie, selon Giuliana Pias, à la théorie micro-historique, à savoir l'évocation du parcours évolutif des deux détectives Eupremio Carruezzo et Luciano Serra en fonction du contexte dans lequel ils exercent leur métier. En effet, « Il ne s'agit pas [...] de personnages-fonction » (Pias, 2012, § 20), de « héros *all'antica* » figés ou de « types "[...] sans âge, sans changement d'état civil" » (*ibid.*, § 21), mais d'enquêteurs « vivants qui s'inscrivent historiquement dans leur contexte et évoluent avec lui » (*ibid.*, § 20). Évoquant leur évolution, Giuliana Pias précise qu'elle concerne à la fois leur aspect physique, leur statut professionnel et leur rôle dans l'enquête. Dans *Fáulas, Debrà Libanòs et Il caso del croato morto ucciso,* « ils ont le statut de policiers de l'OVRA » (*ibid.*, § 21), et c'est Carruezzo qui dirige les enquêtes, tout en étant assisté par Luciano Serra. Toutefois, l'« épaisseur humaine » de ces agents, « leur sympathie et leur liberté de pensée » (*ibid.*) les distinguent du modèle du policier fasciste. Quitant la police en 1937, « Eupremio Carruezzo prend sa retraite et Luciano Serra devient avocat ». Dans *Scarpe rosse, tacchi a spillo* et *Farouk*, où l'intrigue se déroule dans l'Italie

24 Traduction de Giuliana Pias.
25 Traduction de Guiliana Pias.

républicaine, on les retrouve dans ce « nouveau statut professtionnel », mais « leurs rôles sont intervertis : Serra dirige les enquêtes et Carruezzo devient son assistant » (*ibid.*, § 22).

En empruntant à la micro-histoire de nombreux principes méthodologiques, les polars de Luciano Marrocu sont mis « au service d'une perspective de réécriture historique » (*ibid.*, § 25) qui accorde la primauté au minuscule et au singulier, bref à des cas individuels considérés comme révélateurs de certaines caractéristiques de la société italienne des années trente et cinquante, puisqu'ils dévoilent au grand jour les mécanismes psychologiques et mentaux ainsi que les stratégies collectives et les pratiques sociales qui prévalent pendant la période fasciste et au début de l'époque républicaine. Giuliana Pias indique à titre d'exemple que dans *Scarpe rosse, tacchi a spillo*, qui « se [déroule] dans l'Italie des années cinquante », Eupremio Carruezzo confie à son collègue Luciano Serra que leurs anciennes cartes de policiers sous le régime fasciste ont encore « un certain crédit » (*ibid.*, § 22), ce qui révèle à l'échelle macro-historique que l'Italie républicaine « n'a pas [encore] réglé ses comptes avec son passé » (*ibid.*, § 8).

Mettant en relief la dialectique entre le singulier et le collectif, les pratiques individuelles et la dynamique sociale, les stratégies personnelles et les enjeux culturels, les polars de Marrocu sont emblématiques de l'esthétique du roman historique italien postmoderne qui privilégie la mémoire, c'est-à-dire « toutes les formes de la présence du passé » (Lavabre, 2000, p. 49) et s'intéresse moins aux grands événements de l'histoire qu'à l'évocation de certains parcours individuels. Catherine De Wrangel précise à ce propos que le roman historique italien postmoderne a « souvent tendance à remplacer l'histoire (envisagée d'un strict point de vue scientifique) par la mémoire, [...] afin de mettre désormais plus en valeur les aspects émotionnels et individuels ». Elle indique aussi que ce type de roman a connu dans « [l]a dernière partie du vingtième siècle [...] un renversement significatif dans le traitement des grands événements de l'histoire par la fiction. Ceux-ci (et les grands personnages qui les accompagnent) sont désormais souvent mis à l'écart, ravalés parfois au rang de simples anecdotes alors que se trouvent placés au premier plan des histoires individuelles et privées, souvent familiales ou intéressant un nombre restreint d'individus » (Wrangel, 2015, p. 6).

Plus spécifiquement, les polars micro-historiques de Marrocu représentent l'un des nouveaux avatars du polar historique qu'on pourrait ajouter à ceux que Suzanne Bray a inventoriés dans « Reconstruire le passé, interroger l'Histoire : un siècle de polar historique », article liminaire de la troisième partie de ce volume. Il s'agit en effet d'un genre à part qui se distingue des autres types de polar historique : le polar transhistorique, le polar noir historique, le roman policier d'époque, les reconstructions d'une affaire historique et le polar-pastiche.

Tel qu'il apparaît dans les *gialli* de Luciano Marruco, le polar micro-historique est un genre où un ou plusieurs enquêteur(s) fictif(s) examine(nt) une affaire criminelle, liée « à des affaires politiques [...] véritablement sorties des archives » (Pias, 2012, § 9), et où l'enquête sert de prétexte à une recherche historique qui emprunte à la micro-histoire quelques-uns de ses principes et fondements. Dans ce genre, c'est donc l'affaire criminelle qui fournit une occasion pour mener une recherche micro-historique visant à restituer le contexte où se déroulent les actions, c'est-à-dire à élucider la dynamique sociale, les stratégies collectives et les mécanismes psychologiques et mentaux qui prévalent à une époque donnée.

Dans le cas précis d'un cycle narratif où des enquêteurs récurrents exercent leur métier dans diverses époques, comme on a pu le constater dans les polars de Marrocu, la restitution du contexte ne se limite pas à cerner les enjeux sociaux et politiques d'une période particulière, mais consiste aussi à dévoiler les similitudes latentes entre des contextes différents en apparence. C'est le dévoilement de ces similitudes qui fait l'originalité du polar micro-historique où l'enquête, quoiqu'inaboutie, sert à mettre au grand jour une vérité historique ainsi que l'a noté très justement Giuliana Pias :

> De l'Afrique coloniale à l'Italie des années cinquante, les récits de Marrocu, les enquêtes qu'il met en scène, se concentrent précisément sur "cet ensemble de choses qui partagent un caractère commun" que sont les relations entre le pouvoir politique et le crime et le déni de justice auquel inévitablement ces relations donnent lieu [...]. Et l'importance de l'identification de cette similitude, l'importance de décrire ce que Levi appelle aussi "le périmètre d'une analogie" tient au fait que cette analogie devient porteuse, au fil des récits, d'une vérité historique, d'une clé pour comprendre l'Italie d'hier et l'Italie d'aujourd'hui (*ibid.*, § 24).

En prenant pour point de départ à notre réflexion les articles que Marta Forno et Giuliana Pias ont consacrés respectivement aux polars de Valentina Gebbia et de Lucino Marrocu, nous avons cherché, de notre côté, ces « périmètre[s] d'analogie » qui permettraient d'inscrire les pratiques scripturales des auteurs étudiés dans des tendances plus vastes qui caractérisent le roman policier italien contemporain.

Nous avons ainsi pu montrer que la parodie de l'image de l'enquêteur audacieux et intelligent dans les polars de Valentina Gebbia renvoie plus généralement à l'anti-héroïsation du détective qui s'est manifestée dès la fin du XXe siècle dans les *gialli* de Loriano Macchiavelli, Carlo Lucarelli et Andrea Camilleri.

Nous avons aussi montré qu'en empruntant à certains auteurs siciliens du roman policier tels Andrea Camilleri, Piergiorgio Di Cara et Santo Piazzese certaines constantes thématiques (l'image du détective fortement attaché à sa région, l'évocation de certaines spécificités culinaires) et stylistiques (l'adoption d'une langue hybride, mélange d'italien standard et d'italien régional et dialectal), Gebbia ne fait qu'entériner l'une des spécificités du roman policier italien contemporain, à savoir l'enracinement régional du *giallo* dont Claire Le Moigne et Laurent Lombard ont mis en relief les différentes fonctions.

L'étude qu'a faite Giuliana Pias du jeu intertextuel que Luciano Marrocu établit avec le roman policier classique ainsi que des différents emprunts à l'approche micro-historique nous a permis également de mettre l'accent sur deux autres tendances du *giallo* contemporain : la création d'un polar « *senza soluzione* » où les « enquêtes se terminent toujours par un échec » et « ne sont pas couronnées par le châtiment des criminels et le retour à l'ordre social par le biais de la justice » (*ibid.*), genre auquel se rattachent les polars de Sciascia, de Gadda et du tandem Massimo Felisatti et Francesco Pittorrù, et l'invention d'un polar micro-historique où « la relecture de l'histoire de l'Italie du XXe siècle » (De Paulis-Dalembert, 2018, § 1) se fait à travers le prisme de certains principes et fondements de la micro-histoire.

Mais au-delà de l'évocation des différentes tendances du *giallo* contemporain auxquelles renvoient les pratiques scripturales de Valentina Gebbia et de Luciano Marrocu, les articles de Marta Forno et Giuliana Pias révèlent que la réécriture, à travers toutes ses formes, qu'il s'agisse de la parodie, de l'emprunt de certains motifs, thèmes ou stylèmes propres à certains auteurs, du jeu intertextuel complexe avec les diverses formes policières existantes ou de l'inspiration de certains principes propres à d'autres types de discours non forcément littéraires, constitue l'un des ressorts primordiaux du renouvellement du roman policier contemporain.

Si la réécriture n'est pas un phénomène nouveau propre au polar contemporain, il n'en demeure pas moins vrai, comme le notent Perle Abbrugiati, Dante Barrientos Tecùn et Claudio Milanesi (2012, § 8), que « dans les derniers temps, ce phénomène semble s'être amplifié dans la mesure où le genre s'est progressivement libéré du statut de paralittérature ». Permettant de faire « du neuf avec du vieux » (Tomiche, 2016, § 13), de recycler l'ancien, de faire écho à d'autres auteurs et de s'ouvrir à d'autres domaines, elle est le gage de la pérennité du genre policier, le signe de « son inépuisable force de régénération » (Abbrugiati, Barrientos Tecùn & Milanesi, 2012, § 10), l'une des sources « des voies inédites dans lesquelles le polar s'engage », la « preuve de sa capacité à s'adapter et à répondre aux besoins esthétiques et sociaux de son époque » (*ibid.*, § 9) et l'une des conditions de cette « duplicité » (vieux *vs* neuf, bord régulier *vs* bord subversif) dont parlait Barthes (1973, p. 15) en évoquant le texte de plaisir et le plaisir du texte.

Kamel FEKI
Université de Sfax

RÉFÉRENCES BIBLIOGRAPHIQUES

ROMANS

DI CARA, Piergiorgio, *Isola nera*, Roma, E/O Edizioni, 2002.

FOIS, Marcello, *L'altro mondo*, Milano, Frassinelli, 2002.

FOIS, Marcello, *Sangue dal cielo*, [Nuoro, Il Maestrale, 1999], Milano, Frassinelli, 2005.

FOIS, Marcello, *Sempre caro*, [Nuoro, Il Maestrale, 1998], Milano, Frassinelli, 2005.

GEBBIA, Valentina, *L'Estate di San Martino*, Roma, E/O Edizioni, 2003.

GEBBIA, Valentina, *Per un crine di cavallo*, Roma, E/O Edizioni, 2005.

GEBBIA, Valentina, *Palermo, Borgo Vecchio*, Roma, E/O Edizioni, 2007.

MARROCU, Luciano, *Fáulas*, Nuoro, Il Maestrale, 2000.

MARROCU, Luciano, *Debrà Libanòs*, Nuoro, Il Maestrale, 2002.

MARROCU, Luciano, *Scarpe rosse, tacchi a spillo*, Nuoro, Il Maestrale, 2004.

MARROCU, Luciano, *Il caso del croato morto ucciso*, Milano, Baldini Castoldi Dalai editore, 2010.

MARROCU, Luciano, *Farouk*, Milano, Baldini Castoldi Dalai editore, 2011.

TODDE, Giorgio, *L'Occhiata letale*, Milano, Frassinelli, 2004.

SCIASCIA, Leonardo, *Opere complete II (1971-1983)*, Claude Ambroise, (ed.), Milano, Bompiani, coll. « Classici Bompiani », 2004.

OUVRAGES CRITIQUES, ARTICLES, ENTRETIENS ET SITOGRAPHIES

ABBRUGIATI, Perle, BARRIENTOS TECÙN, Dante & MILANESI, Claudio (dir), *Cahiers d'études romanes*, n° 25, *Réécritures policières*, Université de Provence, Aix-Marseille 1, 2012, 298 p. Disponible sur : « https://journals.openedition.org/etudesromanes/3611 (consulté le 17/11/2020) ».

ABBRUGIATI, Perle, BARRIENTOS TECÙN, Dante & MILANESI, Claudio, « Réécritures policières », *Cahiers d'études romanes*, n° 25, *Réécritures policières*, éd. Perle Abbrugiati, Dante Barrientos Tecùn et Claudio Milanesi, Université de Provence, Aix-Marseille 1, 2012, p. 7-16, Disponible sur : « https://journals.openedition.org/etudesromanes/3732 (consulté le 17/11/2020) ».

BARRIENTOS TECÙN, Dante, GAULTIER, Maud, LOPEZ, Pierre & MASSIP I GRAUPERA, Estrella (dir.), *Cahiers d'études romanes*, n° 31, *Les formes hétérogènes du roman policier. Torrent, Roncagliolo, Vargas Llosa, Giardinelli*, Université de Provence, Aix-Marseille 1, 2015, 196 p. Disponible sur : « https://journals.openedition.org/etudesromanes/4968 (consulté le 17/11/2020) ».

BARTHES, Roland, *Le plaisir du texte*, Paris, Seuil, coll. « Tel Quel », 1973.

BRAY, Suzanne, « Reconstruire le passé, interroger l'Histoire : un siècle de polar historique », article liminaire de la troisième partie de ce volume.

CAHIERS D'ÉTUDES ROMANES, revue du CAER, « présentation », Disponible sur : « https://journals.openedition.org/etudesromanes/ (consulté le 17/11/2020) ».

CHERRY LIVRES, Blog littéraire, « Todo Modo – Leonardo Sciascia », 2 juillet 2014, Disponible sur : « https://cherrylivres.blogspot.com/search?q=Todo+Modo (consulté le 17/11/2020) ».

DE PAULIS-DALEMBERT, Maria Pia, « L'Italie du XXe siècle et ses mystères », *L'Italie en jaune et noir. La littérature policière de 1990 à nos jours*, éd. Maria Pia De Paulis-Dalembert, Paris, Presses Sorbonne Nouvelle, coll. « Études italiennes », 2010, p. 75-93. Publication sur OpenEdition Books le 13 décembre 2018, Disponible sur : « https://books.openedition.org/psn/7200?lang=fr (consulté le 10/12/2020) ».

FERRARIS, Denis, « La caractérisation du détective récurrent dans le roman noir italien contemporain », *L'Italie en jaune et noir. La littérature policière de 1990 à nos jours*, éd. Maria Pia De Paulis-Dalambert, Paris, Presses Sorbonne Nouvelle, coll. « Études italiennes », 2010, p. 133-148. Publication sur OpenEdition Books le 13 décembre 2018, Disponible sur : « https://books.openedition.org/psn/7208?lang=fr (consulté le 10/12/2020) ».

FORNO, Marta, « Valentina Gebbia et la parodie du roman policier », *Cahiers d'études romanes*, n° 25, *Réécritures policières*, éd. Perle Abbrugiati, Dante Barrientos Tecùn et Claudio Milanesi, Université de Provence, Aix-Marseille 1, 2012, p. 51-61, Disponible sur : « https://journals.openedition.org/etudesromanes/3626 (consulté le 17/11/2020) ».

LE MOIGNE, Claire, « Identités régionales et évolutions génériques dans le roman policier italien contemporain », *Textes & Contextes*, n° 2, 2008, Disponible sur : « https://preo.u-bourgogne.fr/textesetcontextes/index.php?id=137&lang=en (consulté le 10/12/2020) ».

KERTESZ-VIAL, Elisabeth, « La forme et le fond… : écritures du roman policier italien (1999-2008) », *L'Italie en jaune et noir. La littérature policière de 1990 à nos jours*, éd. Maria Pia De Paulis-Dalambert, Paris, Presses Sorbonne Nouvelle, coll. « Études italiennes », 2010, p. 123-132. Publication sur OpenEdition Books le 13 décembre 2018, Disponible sur : « https://books.openedition.org/psn/7206 (consulté le 10/12/2020) ».

LAVABRE, Marie-Claire, « Usages et mésusages de la notion de mémoire », *Critique internationale*, n° 7, *Culture populaire et politique*, éd. Denis-Constant Martin, 2000, p. 48-57, Disponible sur : « https://www.persee.fr/doc/criti_1290-7839_2000_num_7_1_1560 (consulté le 10/12/2020) ».

LITS, Marc, *Le Roman policier. Introduction à la théorie et à l'histoire d'un genre littéraire*, Liège, Éditions du CÉFAL, 1999.

LÉAUTHIER, Alain, « Littérature : le polar italien, une spécialité régionale », *Marianne*, 07 avril 2018, Disponible sur : « https://www.marianne.net/culture/litterature-le-polar-italien-une-specialite-regionale (consulté le 19/12/2020) ».

LOMBARD, Laurent, « Le roman policier italien : entre mystère et silence », *Mouvements*, vol. 3, n° 15-16, 2001, p. 59-67. Disponible sur : « https://www.cairn.info/revue-mouvements-2001-3-page-59.htm (consulté le 19/12/2020) ».

MARTIN, Isabelle, « Livres. Sciascia. Du polar, l'écrivain sicilien a fait une arme », *Le Temps*, 21 mai 2000, Disponible sur : « https://www.letemps.ch/culture/livres-sciascia-polar-lecrivain-sicilien-une-arme (consulté le 19/12/2020) ».

MEYER-BOLZINGER, Dominique, « L'enquête en suspens ou l'écriture policière de Patrick Modiano », éd. Maryse Petit et Gilles Ménégaldo, *Manières de noir. La fiction policière contemporaine*, Rennes, Presses universitaires de Rennes, coll. « Interférences », 2010, p. 265-277. Publication sur OpenEdition Books 26 septembre 2016, Disponible sur : « https://books.openedition.org/pur/38809?lang=fr (consulté le 19/12/2020) ».

MILANESI, Claudio & BARRIENTOS TECÙN, Dante (dir.), *Cahiers d'études romanes*, n° 9, *Subvertir les règles : le roman policier italien et latino-américain*, Université de Provence, Aix-Marseille 1, 2003, 205 p. Disponible sur : « https://journals.openedition.org/etudesromanes/2956 (consulté le 17/11/2020) ».

MILANESI, Claudio & BARRIENTOS TECÙN, Dante (dir.), *Cahiers d'études romanes*, n° 15, vol. 1, *Roman policier et Histoire. Italie* (311 p.) ; vol. 2, *Roman policier et Histoire. Amérique latine* (172 p.), Université de Provence, Aix-Marseille 1, 2006, Disponible sur : « https://journals.openedition.org/etudesromanes/1107 (consulté le 17/11/2020) ».

MILANESI, Claudio & TOPPANO, Michela (dir.), *Cahiers d'études romanes*, n° 34, *Aux origines du roman policier. France, Espagne, Italie, Pérou*, Université de Provence, Aix-Marseille 1, 2017, 180 p. Disponible sur : « https://journals.openedition.org/etudesromanes/5325 (consulté le 17/11/2020) ».

MOLINO, Jean, « Histoire, roman, formes intermédiaires », *Mesure*, n° 1, *L'Histoire comme genre littéraire*, Paris, José Corti, 1989, p. 59-78.

OFFENSTADT, Nicolas (dir.), *Les Mots de l'historien*, avec la collaboration de Grégory Dufaud et Hervé Mazurel, Toulouse, Presses universitaire du Mirail, coll. « Les Mots de », 2006.

PADOVANI, Marcelle, « L'Italie, où le polar est une spécificité locale », *BIBLIOBS*, 31 décembre 2014, Disponible sur : « https://bibliobs.nouvelobs.com/polar/20141231.OBS9119/l-italie-le-pays-ou-le-polar-est-une-specialite-locale.html (consulté le 19/12/2020) ».

PIAS, Giuliana, « La pratique intertextuelle dans les romans policiers de Luciano Marrocu », *Cahiers d'études romanes*, n° 25, *Réécritures policières*, éd. Perle Abbrugiati, Dante Barrientos Tecùn et Claudio Milanesi, Université de Provence, Aix-Marseille 1, 2012, p. 63-74, Disponible sur : « https://journals.openedition.org/etudesromanes/3727 (consulté le 17/11/2020) ».

PRIGENT, Gaël, « Roman policier ou roman politique : le polar selon Sciascia », Dalhousie University Libraries, Electronic Text Centre (ETC), p. 1-20. Disponible sur : « https://dalspace.library.dal.ca/bitstream/handle/10222/47798/09_03_prigen_sciasc_fr_cont.pdf?sequence=1&isAllowed=y (consulté le 17/11/2020) ». Cet article est publié originellement dans *Belphégor*, vol. 9, n° 3, *The Politics of the Detective Novel*, éd. Sophie Lavoie, décembre 2010.

SADOUL, Jacques, *Anthologie de la littérature policière. De Conan Doyle à Jerome Charyn*, Paris, Ramsay, 1980.

SANGSUE, Daniel, *La Relation parodique*, ouvrage publié avec le soutien de la Faculté des Lettres et Science humaines de l'Université de Neuchâtel, Paris, José Corti, 2007.

SÉRY, Macha & MESTRE, Abel, « Des polars aussi variés que l'Italie », *Le Monde*, 22 mai 2016, Disponible sur : « https://www.lemonde.fr/livres/article/2016/05/26/des-polars-aussi-varies-que-l-italie_4926579_3260.html (consulté le 19/12/2020) »

STAELEN, Pierre, « La couleur locale dans les romans policiers italiens », *ACORFI* (Association amicale et Culturelle Orléanaise Franco-Italienne), 22 mars 2005, Disponible sur : « http://www.acorfi.asso.fr/passe/2004-05/050322a.html (consulté le 19/12/2020) ».

STEFANI, Anne, « Chapitre XXI. Récit autobiographique et dissidence : le cas des femmes blanches intégrationnistes dans le Sud des États-Unis (1945-1965) », *L'Épuisement du biographique ?*, éd. Vincent Broqua et Guillaume Marche, préface de François Dosse, Newcastle, Cambridge Scholars Publishing, 2010, p. 269-279.

TOMICHE, Anne, « Histoire de répétition », *La Littérature dépliée. Reprise, répétition, réécriture*, éd. Jean-Paul Engélibert et Yen-Maï Tran-Gervat, Rennes, Presses universitaires de Rennes, coll. « Interférences », 2008, p. 19-31. Publication sur OpenEdition Books le 11 juillet 2016, Disponible sur : « https://books.openedition.org/pur/35004 (consulté le 10/12/2020) »

WIKIPÉDIA, « L'HOMME À L'ORCHIDÉE », Date de création de la page : le 28 janvier 2006. La dernière modification de cette page a été faite le 7 novembre 2020, Disponible sur : « https://fr.wikipedia.org/wiki/L%27Homme_%C3%A0_l%27orchid%C3%A9e (consulté le 19/12/2020) ».

VAREILLE, Jean-Claude, « VI. Roman de la recherche ; recherche du roman »,

L'Homme masqué, le justicier et le détective, Lyon, Presses universitaires de Lyon, coll. « Littérature et idéologies », 1989, p. 171-203. Publication sur OpenEdition Books le 05 novembre 2019, Disponible sur : « https://books.openedition.org/pul/1529?lang=fr (consulté le 10/12/2020) ».

WRANGEL, Catherine De, « Le roman italien postmoderne. Spécificités et évolutions », *Atlantide*, Cahiers de l'EA 4276 – L'Antique, le Moderne, n° 3, *Fiction et histoire. France-Italie*, éd. André Peyronie, juillet 2015, Disponible sur : « http://atlantide.univ-nantes.fr/IMG/pdf/de_wrangel.pdf (consulté le 10/12/2020) ».

DONDE MUEREN LOS RÍOS ET *HARRAGA* D'ANTONIO LOZANO

ou les polars de l'émigration (*emigradopolars*)

Harraga[1] et *Donde mueren los ríos*[2] (*Là où meurent les rivières*) sont deux romans policiers[3] d'Antonio Lozano qui relèvent de ce qu'on pourrait appeler les polars de l'émigration, en ce sens que l'intrigue est subtilement exploitée pour aborder la thématique migratoire et sonder l'univers psychologique des *harragas* (les « brûleurs »), appelés ainsi parce que non seulement ils « brûlent » les frontières mais aussi et surtout parce qu'à leur arrivée en Europe, ils « brûlent » leurs papiers d'identité pour tenter d'échapper à l'expulsion ; le premier roman, qui a décroché en 2008 le Prix Marseillais du Polar, retrace le parcours de Jalid, jeune marocain né à Tanger, qui part à Grenade dans l'espoir d'améliorer ses conditions de vie. Il devient l'associé de Hamid, un ami d'enfance, dans une affaire de trafic de drogue et cette nouvelle vie semble lui réussir. Malheureusement son bonheur ne dure pas longtemps : Hamid est assassiné et il subit lui-même une agression. Il mène alors l'enquête, entre Tanger et Grenade.

Quant à *Donde mueren los ríos*, il relate la rencontre entre plusieurs immigrants africains venus dans les Îles Canaries pour des raisons différentes. La mort d'Aïda, jeune prostituée sénégalaise, bouleverse la communauté africaine et deux des immigrants, Amadú et Fatiha, commencent alors une investigation afin de découvrir l'assassin.

1 Les citations en espagnol sont toutes tirées de la version originale de *Harraga*, Granada, Zoela Ediciones, 2002. La traduction est de l'auteure de cet article.

2 Les citations en espagnol sont toutes tirées de la version originale *Donde mueren los ríos*, Granada, Zoela Ediciones, 2003. La traduction est de l'auteure de cet article.

3 Nous y trouvons la double structure propre au récit policier : l'histoire du crime et l'histoire de l'investigation (Todorov, 1971, p. 11). Puis les trois éléments constitutifs du genre : le crime, l'enquête et la solution (Martín Cerezo, 2006, p. 107). Enfin, ce sont des romans réalistes, urbains et engagés : trois caractéristiques de ce roman noir espagnol qui émerge en Espagne à partir des années 70.

Dans les deux romans, l'auteur relègue l'intrigue proprement policière au second plan pour focaliser tout le récit sur la question de l'émigration ; les personnages entreprennent ce voyage « à la recherche de » ; cette poursuite les marque et modifie profondément leur être. À l'arrivée, ils ne sont plus ce qu'ils étaient au départ. L'intérêt de *Harraga* et de *Donde mueren los ríos* réside dans cette rupture qu'opère Antonio Lozano avec l'image classique de l'émigrant qui ne quitte son pays que pour des raisons économiques. Leur auteur introduit une nouvelle dimension : en décrivant l'émigration comme une quête, il confère à l'émigrant un statut héroïque. En fait, dans ces deux ouvrages, nous distinguons trois sortes de quêtes : une quête à « à la recherche de soi », puis une quête « à la recherche de la liberté » et enfin, une quête « à la recherche de la terre d'abondance, ou du pays de cocagne ».

En outre, lors de ce voyage, les émigrants doivent subir une série d'épreuves liées aux espaces imaginés ou parcourus : « la tentation de l'espace utopique » est la première de ces épreuves, la suivante est « la traversée des espaces hostiles » et pour terminer, « la ghettoïsation dans les espaces "en marge de" », aussi bien en Afrique qu'en Europe.

Enfin, Antonio Lozano nous invite, nous, lecteurs européens, à entreprendre également un voyage à travers la lecture, en allant à la rencontre de la culture et de l'histoire africaines.

HARRAGA ET *DONDE MUEREN LOS RÍOS*
Récits d'enquête ou de quête ?

Tierno et Usmán, deux personnages de *Donde mueren los ríos*, quittent leur pays, respectivement le Mali et le Burkina Faso, désireux de trouver une nouvelle raison de vivre. Ce voyage devient une quête de soi. Né à Bandiágara, Tierno est un jeune Peul qui se définit dès le début du roman comme un « *pastor sin rebaño* » (Lozano, 2003, p. 37), c'est-à-dire un « berger sans troupeau ». Or, un Peul sans troupeau ressemble pour ainsi dire à un humain sans identité. L'animal n'est pas seulement sa source d'alimentation ou d'économie de ménage mais le vecteur principal de son positionnement social ; et le mode de vie du berger peul est rythmé par les besoins saisonniers de son élevage. De plus, la vache occupe une place primordiale dans la mythologie peule et quiconque n'en possède pas au moins une dans son troupeau est dans une certaine mesure un « aliéné ». N'ayant rien pour s'arroger une place dans la société peule, Tierno décide donc de partir en quête de la fortune :

> *El mundo es grande y es de toda la humanidad. En algún lugar he de encontrar algo de lo que perdí en mi tierra [...] alejarme más de la tierre donde nací hasta encontrar la paz que todo peul busca después de haber perdido su rebaño* (*ibid.*, p. 88-90).

> « Le monde est vaste et il appartient à toute l'humanité. Je dois trouver ailleurs ce que j'ai perdu chez moi [...] m'éloigner davantage de la terre qui m'a vu naître jusqu'à trouver la paix à laquelle chaque Peul aspire après avoir perdu son troupeau. »

Usmán, lui, est un jeune orphelin abandonné par sa mère. Il a été élevé tout d'abord par ses grands-parents. Puis, à leur mort, il apprend à survivre dans la rue, en chassant des rats, en mendiant, en vidant les poubelles. Plus tard, il est recueilli dans un orphelinat qui devient son foyer. Mais il ressent toujours un vide terrible, celui laissé par l'abandon de sa mère. Or, un jour, l'orphelinat reçoit la visite d'un couple d'Espagnols, venus des Îles Canaries et faisant partie d'une association de parrainage de jeunes enfants africains. C'est la révélation pour Usmán : il voit en Eva la mère qu'il n'a jamais connue. Quelques années plus tard, c'est à la recherche de cette femme qu'il décide de partir vers les Îles Canaries. Son objectif est de « trouver Eva, [sa] mère » : « *encontrar a Eva, [su] madre* » (*ibid.*, p. 50).

Pour Tierno et Usmán, le départ est synonyme d'espoir ; c'est pourquoi, ils éprouvent un grand plaisir en entamant leur voyage. C'est pour eux une aventure humaine qui les fait grandir, au sens figuré du terme. Ils partagent des moments intenses, souvent difficiles, grâce auxquels ils découvrent des valeurs humaines telles que la solidarité ou l'amitié. Ils apprennent également à mieux connaître le cœur des hommes et surtout à mieux se connaître eux-mêmes. Voilà pourquoi il est possible de parler de voyage initiatique.

Usmán a compris que sa place était auprès des siens à Ouagadougou et il retourne à l'orphelinat. Ce n'est pas un retour mais la suite de sa recherche, et c'est bien ainsi que l'a compris Hadama, le directeur de l'orphelinat :

> *Fue un niño quien salió de aquí y un hombre quien regresa. Sabía de las dificultades con las que te ibas a encontrar, de los riesgos que corrías. Pero también que las mejores*

> *lecciones de la vida llegan cargadas de sufrimiento. Ahora sabes algo más sobre el ser humano y has vivido en tu propia carne parte de la historia de Africa. Estás preparado para afrontar la otra parte, de la que nosotros hemos de ser protagonista* (*ibid.*, p. 193).
>
> « C'est un enfant qui est parti mais c'est un homme qui revient. Je savais que tu allais rencontrer des difficultés, courir des risques. Mais je savais également que les meilleures leçons de la vie s'apprennent dans la souffrance. Désormais, tu connais mieux le cœur des hommes et tu as vécu dans ta propre chair une partie de l'histoire de l'Afrique. Tu es prêt à affronter l'autre partie, celle dont nous devons être les protagonistes. »

Il est prêt désormais à continuer l'œuvre de l'orphelinat : élever et éduquer les enfants dans le respect des uns et des autres et dans l'amour de leur terre.

Quant à Tierno, il poursuit son voyage, d'abord vers Madrid, puis vers l'Europe. Il a concilié la découverte du monde occidental avec ses valeurs de nomade :

> *Soy un peul [...] He de seguir buscando. 'La vida es el camino' nos decía Hampâté Bâ. Reemprender el camino es seguir vivo [...] Como nuestro Níger, hasta donde mueren los ríos* (*ibid.*, p. 152).
>
> « Je suis Peul [...] Je dois continuer à chercher. 'La vie est le chemin', nous disait Hampâté Bâ[4]. Reprendre le chemin, c'est rester vivant [...] Comme notre Niger, jusqu'où meurent les rivières. »

D'autre part, il y a dans *Donde mueren los ríos* deux autres personnages qui mènent une toute autre quête, celle de la liberté. Il s'agit d'Amadou, originaire de Sierra Leone, et de Fatiha, jeune Marocaine. Amadou est professeur de littérature africaine : les livres représentent pour lui une source inépuisable de connaissance et il essaie, à travers la lecture, de mieux comprendre la situation difficile dans laquelle se trouvent les pays d'Afrique. Malheureusement, il commet l'erreur d'exprimer à haute voix ses opinions politiques dans un pays où la liberté d'expression n'existe pas. En représailles, il perd son travail et se trouve menacé de mort. Il entreprend alors un voyage à la recherche d'un lieu où il lui sera possible de s'exprimer librement.

---

4 Amadou Hampâté Bâ est un écrivain malien (né Bandiagara en 1900 ou 1901, mort à Abidjan 1991) qui se consacre à recueillir et à transmettre la tradition orale de son pays. Il sera à nouveau question de cet écrivain dans la dernière partie de notre travail.

Quant à Fatiha, elle est issue d'une famille traditionnelle marocaine et sa liberté a toujours été très restreinte. Elle a cependant la chance de pouvoir faire des études à la place de son frère aîné qui n'a jamais éprouvé la nécessité d'étudier. Fatiha rêve d'une vie différente, une vie qui lui permet d'être réellement libre et indépendante. Sa quête commence le jour où elle comprend que les études peuvent la conduire vers cette émancipation tellement désirée : d'abord au collège de Nador, puis au lycée de Melilla et enfin à l'université de Grenade.

Le parcours de ces deux personnages est très différent. En effet, la culture d'Amadou et sa profession lui facilitent la voie en lui ouvrant de nombreuses portes : il occupe pendant un an un poste d'enseignant à l'université de Dakar ; puis, il est invité à venir aux Îles Canaries, et plus précisément à Las Palmas, où se tient un congrès sur la culture africaine, dans lequel il participe en présentant la littérature. C'est donc en toute légalité qu'il arrive en Espagne : il possède un visa touristique et son séjour est entièrement financé par l'université. Sa situation se complique au moment où son visa expire, car il entre alors dans l'illégalité et change de statut : il passe du statut honorable de professeur à celui, nettement moins valorisant, d'immigré sans papiers.

Le parcours de Fatiha, en revanche, est semé d'embûches. Dès son arrivée à Grenade, elle découvre l'amour dans les bras du fils de sa logeuse et, à cause de cette passion, elle finit par négliger ses études. Mais son père la surveille de près et pour la punir de l'avoir déshonoré, il l'enferme tout d'abord dans la maison, puis la marie de force à un cousin, bien plus âgé qu'elle. Mais Fatiha parvient à s'échapper et elle se retrouve à Las Palmas, sans papiers. Pour survivre, elle se trouve contrainte de se prostituer :

> *Nada más llegar a la ciudad me di cuenta de que más tarde o más temprano tendría que hacer la calle, como dicen aquí. Sin permiso de trabajo, sin conocer a nadie, y encima mujer y marroquí* (*ibid.*, p. 51).
>
> « À peine arrivée dans cette ville, j'ai su que tôt ou tard, je devrais faire le trottoir, comme on dit ici. Sans permis de travail, sans connaître personne et pour couronner le tout une femme et en plus Marocaine. »

Sa prostitution est également un moyen de rompre avec son passé et de se venger de sa famille et de sa religion : c'est elle, désormais, qui décide ce qu'elle fait de son corps :

> *Es cierto que tuve que abandonar mi cuerpo a otros brazos tan poco deseados como los de mi primo, el marido que me impusieron, pero al menos lo decidía yo, y me quedaba el consuelo de la libertad* (*ibid.*).
>
> « Il est vrai que j'ai dû abandonner mon corps à d'autres bras aussi peu désirés que ceux de mon cousin, le mari qu'on m'avait imposé, mais au moins c'était moi qui décidais et il me restait le réconfort de la liberté. »

Amadou et Fatiha se rencontrent autour de l'enquête sur un meurtre, celui d'Aïda, et poursuivent ensemble leur quête. Amadou retrouve le droit de s'exprimer librement : il devient le conteur qui retrace par écrit les aventures humaines des immigrants qu'il a croisés ; il est leur porte-parole :

> *Escribiré su historia, y la de Usmán. Y la nuestra. Porque no pueden seguir cayendo vidas en el pozo sin fondo del olvido. Para darle nombre y apellido a cada una de nuestras vidas* (*ibid.*, p. 227).
>
> « J'écrirai son histoire (celle de Tierno), et celle de Usmán. Et la nôtre. Parce qu'il n'est plus possible que toutes ces vies tombent dans l'oubli. Pour donner un prénom et un nom à chacune de nos vies. »

Fatiha trouve la paix dans son esprit et le respect de son corps, grâce à son travail dans un centre d'accueil pour réfugiés : c'est en aidant les autres immigrants qu'elle continue sa quête.

Enfin, la dernière quête est celle de la terre d'abondance entreprise par le personnage principal de *Harraga*, Jalid, lequel est originaire de Tanger, où il mène une vie humble comme serveur dans un café. Cette situation ne lui convient pas, car elle ne lui permet pas de vivre comme il l'entend : il rêve de fortune et d'abondance. Aussi, il envisage de quitter sa famille afin d'aller à la recherche d'un espace qui lui offrira cette richesse. L'occasion de partir lui est donnée par un ami, Hamid, trafiquant de drogue qui lui propose de devenir son associé parce que, lui dit-il :

> *Tú no estás hecho para pudrirte en una casucha, rodeado por una mujer y cualquiera sabe cuántos niños [...] Tú no eres de los que se conforman con un vaso de té cuando se pueden bañar en etiqueta negra* (Lozano, 2002, p. 29).
>
> « Toi, tu n'es pas fait pour moisir dans une baraque, entouré d'une femme et de je-ne-sais combien d'enfants [...] Tu n'es pas de ceux qui se résignent avec un verre de thé alors qu'ils peuvent prendre un bain de champagne. »

C'est avec réjouissance et jubilation qu'il entreprend ce voyage et qu'il commence une nouvelle vie rythmée par ses allers-retours entre Tanger et Grenade. À ce stade du récit, Jalid estime qu'il a atteint son objectif, qu'il est devenu un héros pour sa famille et ses amis qui l'admirent et l'envient. Mais sa quête se transforme en une descente aux enfers, car pour protéger sa clandestinité, il ne cesse de mentir et ses mensonges finissent par lui ôter son âme et son être. Il a l'impression d'avoir perdu son identité, non seulement parce qu'il change (deux fois successives) de nom et de passeport, mais aussi parce que son aspect physique n'est plus le même : il a laissé pousser sa barbe pour couvrir son visage, porte des lunettes noires pour masquer son regard et une djellaba pour se dissimuler. La haine et de cuisants remords le rongent de l'intérieur et transforment à ses yeux le Paradis qu'il venait de découvrir en un véritable enfer :

> *[...] sabía que mi destino estaba trazado, que ya nunca podría dejar de odiar : a mí mismo, a mis víctimas, por ser mejores que yo, a mi país, por haberme empujado a partir, a España, por haberme embaucado con sus rosas de papel, [...] a Hamid, por haberme arrastrado en su camino, a los asesinos de Hamid, por haberme robado a mi amigo* (*ibid.*, p. 99).
>
> « [...] je savais que mon destin était tout tracé, que jamais plus je ne pourrais cesser de haïr : me haïr moi-même, haïr mes victimes parce qu'elles étaient meilleures que moi, mon pays, pour m'avoir poussé à partir, l'Espagne pour m'avoir trompé avec de vaines promesses, [...] Hamid, pour m'avoir entraîné dans son sillage, les assassins de Hamid, pour m'avoir volé mon ami. »

Cette haine qui le taraude le conduit jusqu'au meurtre, puis jusqu'à la folie. Dans cette descente aux enfers, Jalid s'est égaré et a perdu son être d'antan. L'effritement de sa personnalité se traduit par des ruptures temporelles, occasionnées entre autres par la phrase « je ferme les yeux », que Jalid répète telle une litanie avant de se plonger dans son passé et d'essayer désespérément de recoller les morceaux de son identité.

Finalement, certains voyageurs qui ont entrepris leur quête sont arrivés au terme de leur parcours et ont trouvé ce qu'ils cherchaient. Tierno est devenu un héros pour sa famille ; Usmán revient au pays tel Ulysse après un voyage riche d'enseignements ; ou encore Amadou qui est devenu le porte-parole de tous ceux qui n'ont pas droit à la parole. En revanche, d'autres, comparable à Faust, se sont perdus en chemin, éblouis par des richesses contre lesquelles ils ont troqué leurs âmes et leurs êtres.

L'EXPÉRIENCE MIGRATOIRE, UNE ÉPREUVE EXISTENTIELLE

Seuls les émigrants qui avaient réussi à préserver leur identité et leur intégrité morale face aux épreuves rencontrées sur leur chemin sont arrivés au terme de leur quête. Ces épreuves sont liées aux espaces imaginés ou traversés par les émigrants. La première de ces épreuves est la tentation de l'espace utopique. Pour Jalid, l'Eldorado tant rêvé est l'Espagne, et par extension toute l'Europe et c'est en *conquistador* qu'il se lance à sa découverte. Mais bien avant d'entreprendre son voyage, il en a longtemps rêvé. Le soir, quand il se promenait sur la place de Faro, à Tanger, il observait avec convoitise les lumières de Tarifa, ville dans laquelle il cristallisait tous ses espoirs : là-bas, de l'autre côté de la mer, se trouvait :

> *el mundo de la abundancia, de los hombres felices, los privilegiados del planeta* (*ibid.*, p. 16).
>
> « le monde de l'abondance, des hommes heureux, les privilégiés de la planète. »

Cette image de l'Espagne et de l'Europe est principalement véhiculée par le petit et le grand écran qui montrent, images à l'appui, qu'il existe un monde meilleur où tout est plus facile : un espace dans lequel il est possible de manger à sa faim, de conduire les voitures les plus luxueuses, de s'habiller comme un prince et de rencontrer les femmes les plus belles. Les touristes européens contribuent également à cette idéalisation par leur attitude : quand ils viennent au Maroc, ils séjournent dans les meilleurs hôtels, mangent dans les restaurants les plus chers et dépensent avec prodigalité. De plus, les rumeurs qui circulent confirment l'existence de cet espace où il y aurait du travail pour tous.

Enfin, certains personnages eux-mêmes entretiennent ce mythe. Ainsi, Hamid écrit à ses amis de Tanger des lettres dans lesquelles il décrit Grenade comme un espace paradisiaque qui lui offre tout ce dont il rêve. Il ressent le besoin de se sentir un héros et pour ne pas se discréditer auprès de ses amis, il leur fait croire qu'il a atteint cet espace utopique. En somme, Hamid est prisonnier du mensonge qu'il a contribué à forger. Mensonge qui le conduira progressivement à la perdition et à la déchéance morale et existentielle.

La deuxième épreuve que doit affronter l'émigrant est la traversée des espaces hostiles. Le premier de ces espaces hostiles que parcourt Amadou dans son long périple est son propre pays, la Sierra Leone, ravagée par des luttes internes. L'instabilité politique entraîne la ruine du pays et l'exode des habitants ; le pays est sillonné de bandes d'hommes armés qui sèment la terreur sur leur passage. C'est un espace chaotique et fantasmagorique qu'il traverse, un véritable champ de bataille :

> *Miles de muertos, centenares de miles de heridos, hombres y mujeres sin manos, mutilados por el RUF para impedirles votar, niños armados hasta los dientes pegando tiros a diestro y siniestro, ese es el panorama que dejé atrás mientras la policía me buscaba en la capital. El fantasma de país que abandoné sobornando a los guardias fronterizos para poder entrar en Guinea* (Lozano, 2003, p. 40).
>
> « Des milliers de morts, des centaines de milliers de blessés, des hommes et des femmes sans mains, mutilés par le RUF (Front Révolutionnaire Uni) pour les empêcher de voter, des enfants armés jusqu'aux dents tirant des coups de feu à tort et à travers, voici le panorama que j'ai laissé derrière moi pendant que la police me cherchait dans la capitale. Le fantôme de pays que j'ai abandonné en soudoyant les gardes à la frontière pour pouvoir passer en Guinée. »

Puis, il est des espaces qui, naturellement, peuvent comporter un danger mortel pour l'homme et devenir hostiles. Il en est ainsi de la mer, cette étendue d'eau qui sépare l'Afrique de l'Europe, frontière naturelle entre les deux continents.

La mer fascine le voyageur et Usmán reste des heures à la contempler, envoûté par sa beauté ; mais elle inspire également la crainte car, lorsqu'elle se déchaîne, elle peut dévorer insensiblement tous les « harragas ». La traversée de la mer devient alors une véritable épopée dans laquelle le survivant acquiert le statut de héros. Malheur, cependant, à celui qui ne sait pas nager, car il finit par sombrer dans les profondeurs de cette immense sépulture[5]. Ce n'est pas en vain que Jalid décrit cet espace comme une fosse liquide :

> *Tengo frente a mí la costa española, y entre ella y yo esa enorme losa líquida que tantas muertes oculta...* (Lozano, 2002, p. 137).
>
> « La côte espagnole est en face de moi et au milieu se trouve cette énorme fosse liquide qui recouvre tant de morts... »

---

5 Mohamed Abrighach (2006, p. 151-157) a consacré un sous-chapitre à cette métaphore : « El estrecho como tumba/cementerio ».

Enfin, le troisième espace hostile que doit parcourir l'émigrant africain est celui de l'espace urbain espagnol, et par extension, l'espace urbain européen. Cet espace lui paraît hostile parce qu'il n'en connaît pas les codes et qu'il ne parvient pas à s'y intégrer. Jalid parle de Grenade comme d'un endroit qui ne lui appartient pas. Tierno souffre de la solitude dans cette ville de Las Palmas qui n'est pas la sienne. Et Usmán se sent profondément dérouté dans cet « ailleurs » :

> *Todo aquello me parecía un sueño. La llegada a un mundo absolutamente extraño para mí. Me sentía un poco perdido en una especie de nube, flotando en la irrealidad* (Lozano, 2003, p. 75).
>
> « Tout cela me paraissait un rêve. L'arrivée dans un monde complètement étrange pour moi. Je me sentais un peu perdu dans une espèce de nuage, flottant dans l'irréalité. »

Cet espace est décrit comme un lieu inconnu et étrange, irréel et onirique. C'est un espace labyrinthique dans lequel certains des immigrés perdent leur identité et finissent par s'égarer eux-mêmes, comme Jalid. D'autres y trouvent la mort, comme Aïda, la jeune prostituée sénégalaise. Et quand Fatiha aperçoit, le soir, les éboueurs déverser les ordures de la ville dans les camions, elle associe ces déchets aux immigrés que la ville, ici espace ogresque, broie et rejette, impuissante à les assimiler malgré sa voracité.

Pour survivre dans un tel espace, il est nécessaire d'en connaître les règles afin de se l'approprier, comme Fatiha qui parle parfaitement bien l'espagnol, possède des papiers d'identité et un travail régulier. D'autres immigrés se replient sur eux-mêmes, cherchant dans leur passé et dans leur culture la force nécessaire à leur survie. Ainsi, Tierno, le jeune Malien, se souvient des légendes peules qui ont bercé son enfance et Amadou se tourne vers la littérature africaine, toujours à la recherche de réponses.

Mais ce repli sur soi-même n'est pas sans danger, car poussé par ce désir de survivre, certains immigrants se regroupent et vivent en autarcie avec la volonté de reproduire un mode de vie semblable à celui qu'ils connaissaient en Afrique. Ils ont alors à subir une troisième épreuve : la ghettoïsation.

Cette ghettoïsation est d'autant plus facile que la politique urbaine la favorise en mettant à la disposition des immigrés des appartements à loyer modéré mais souvent délabrés et parfois insalubres. Ainsi, il existe à Las Palmas un immeuble surnommé « la petite Afrique » parce qu'il n'est occupé que par des Africains. Fatiha utilise également le terme de « ruche » pour désigner cet espace dans lequel survivait Aïda :

> *colmena africana en pleno centro de la Europa del bienestar* (*ibid.*, p. 117).
>
> une « ruche africaine au beau milieu de l'Europe du bien-être ».

Amadou en fait la description en ces termes :

> *Traspasar el portal era como adentrarse en otro mundo. Paredes que llevaban siglos sin saborear una mano de pintura, bombillas fundidas, ascensores fuera de servicio [...] La mayoría de las puertas de las viviendas, unas diez por planta, estaban abiertas y dejaban entrever salones minúsculos, con colchonetas en el suelo, muchas de ellas ocupadas. Un fuerte olor a té impregnaba el interior del inmueble, delimitando un territorio habitado por gente ajena a lo que ocurría en el exterior. Otro mundo.* (*ibid.*, p. 67).
>
> « Traverser le seuil de la porte équivalait à pénétrer dans un autre monde : des murs qui n'avaient pas goûté à une couche de peinture depuis des siècles, des ampoules grillées, des ascenseurs hors service [...]. La plupart des portes des appartements, environ une dizaine par étage, étaient ouvertes et elles permettaient d'entrevoir à l'intérieur de minces matelas à même le sol, souvent occupés, dans des pièces minuscules. Une forte odeur de thé imprégnait l'intérieur de l'immeuble, délimitant un territoire peuplé par des personnes totalement étrangères à ce qui se passait à l'extérieur. Un autre monde. »

D'autre part, les propriétaires des serres de tomates dans lesquelles travaillent de nombreux émigrants favorisent également la ghettoïsation, car ils les logent dans des baraquements où ils vivent parqués, tels des animaux. Une cinquantaine d'entre eux s'y entassent, dans des lits superposés. Ils ne disposent que de deux douches et deux toilettes. L'air y est irrespirable parce que les fenêtres restent fermées afin d'éviter que le sable, poussé par le vent, n'y pénètre. Il y règne une forte odeur de corps fatigués et suants. Et la promiscuité favorise les querelles, parfois violentes, entre les immigrants.

Cette description dantesque permet de mieux comprendre la phrase de bienvenue que lancent les immigrants aux nouveaux arrivés :

> *En la oscuridad, alguien dijo : « Bienvenidos al infierno »* (*ibid.*, p. 130).
>
> « Dans l'obscurité, quelqu'un a dit : "Soyez les bienvenus en enfer". »

En somme, la ghettoïsation est l'échec de l'intégration, échec aussi bien de celui qui arrive que de celui qui accueille.

Que ce soit dans *Harraga* ou dans *Donde mueren los ríos*, Antonio Lozano insiste sur la difficulté des épreuves auxquelles sont confrontés les émigrants. Et par ce procédé, l'écrivain magnifie l'image de l'immigrant, image souvent dépréciée et malmenée. Il lui confère également un statut héroïque : celui qui sort victorieux de ces épreuves est l'égal d'un héros.

LA LITTÉRATURE AFRICAINE, UNE SOURCE SCRIPTURAIRE FONDAMENTALE

Les narrateurs des deux romans sont des immigrants et c'est donc le point de vue de l'Africain qui prime. Ainsi, l'auteur crée avec ses personnages-narrateurs un lien empathique qui renforce la valeur de sa narration. Ce lien, l'écrivain nous en fait profiter en nous invitant, nous autres lecteurs européens, à entreprendre également un voyage, à travers la lecture, pour aller à la rencontre de la culture et de l'Histoire africaines. Nous devenons, à notre tour, voyageurs et notre lieu de destination est l'Afrique.

Le fait d'avoir choisi Amadou comme narrateur et comme fil conducteur entre les différents récits de *Donde mueren los ríos* n'est pas anodin. Effectivement, il est professeur de littérature, et cela lui permet tout d'abord de faire un triste constat : la méconnaissance de la littérature africaine de la part des Espagnols, et par extension des Européens. Cette méconnaissance est d'autant plus surprenante que peu de kilomètres séparent les deux continents. Amadou l'explique, d'une part, par l'absence de traductions des textes africains ; et d'autre part, par un manque d'intérêt des intellectuels espagnols pour cette littérature et, en général, pour cette culture.

Pour remédier à ce manque et à cette absence, Antonio Lozano parsème son récit de noms d'écrivains africains auxquels Amadou fait continuellement référence, citant parfois des passages de leurs œuvres. C'est une façon, pour l'écrivain, d'éveiller la curiosité du lecteur européen, mais également de l'inviter à la lecture de ces ouvrages. Lecture qui devrait permettre à ce lecteur d'aller à la rencontre de la culture africaine et de mieux comprendre la situation de l'Afrique d'aujourd'hui.

Nous avons relevé une douzaine de noms d'auteurs d'origines diverses, comme le Congo, le Mozambique, le Sénégal, Djibouti, le Mali, le Rwanda ou encore la Côte d'Ivoire, entre autres. Ils ont tous un point commun : leur engagement. Nous ne citerons que quatre de ces auteurs, les plus connus en Europe : le premier est Cheikh Hamidou Kane, écrivain sénégalais d'expression française connu pour son roman *L'Aventure ambiguë* (1961) dans lequel il relate l'histoire d'un jeune Noir partagé entre les valeurs de l'Islam noir et celles de l'occident. Il vit ce métissage culturel de façon tragique.

Antonio Lozano fait également référence à Amadou Kourouma, écrivain ivoirien d'origine malinké (ethnie présente en Afrique de l'ouest) dont la vie a été profondément marquée par l'histoire de son pays : tirailleur en Indochine pendant la colonisation française, il a été emprisonné à son retour en Côte d'Ivoire, après la colonisation, puis exilé pendant de nombreuses années. Et son œuvre fait état de son expérience personnelle. Ainsi, il a écrit *Les Soleils des indépendances* (1968) où il jette un regard critique sur les gouvernants de l'après décolonisation, ou encore *Monnè, outrages et défis* (1990), roman dans lequel il retrace un siècle d'histoire coloniale.

Abdourahman A. Waberi, de Djibouti, est également cité dans *Donde mueren los ríos*. Cet écrivain souligne à travers son œuvre les déchirements et l'errance de l'Afrique noire. Parmi ses ouvrages les plus marquants se trouvent *Moisson de crânes* (2004), consacré au génocide rwandais, ou bien *Rift, routes, rails* (2001) dans lequel il décrit l'exil et la dérive d'un continent dépossédé de son passé et de ses traditions.

Enfin, le dernier auteur que nous avons choisi de citer est Amadou Hampâté Bâ, écrivain malien qui, au travers de son œuvre, recueille et transmet la tradition orale de son peuple. Il a publié des textes historiques et sacrés de la tradition peule, parmi lesquels se trouvent *L'Empire peul du Macina* (1955), *Koumen. Texte initiatique des Pasteurs Peul* (1961) ou encore *Aspects de la civilisation africaine* (1972). Il a également écrit un roman, *L'Étrange Destin de Wangrin* (1973), puis des mémoires, *Amkoullel, l'enfant peul* (1991) et *Oui mon commandant !* (1994), œuvre posthume mentionnée par Amadou dans *Donde mueren los ríos*.

Chacun de ces auteurs décrit la condition africaine, condition qui a été marquée historiquement par l'esclavage, d'abord, puis par le colonialisme. Et cela se perçoit clairement par les sujets abordés. De la même façon, Antonio Lozano se base sur ces deux faits historiques pour mener une réflexion sur les émigrants et faire un état des lieux de leur situation aujourd'hui en Espagne, et en Europe. Ainsi, à plusieurs reprises, et indifféremment dans ses deux romans, il compare l'émigration africaine à une nouvelle forme d'esclavage, l'esclavage du XXIe siècle.

Il est vrai que la traite européenne, qui a enlevé environ vingt millions d'hommes à l'Afrique, a été abolie au XIXe siècle[6] ; et que les immigrants, à la différence des esclaves d'autrefois, reçoivent un salaire. Mais, celui-ci est tellement faible qu'il ne leur permet pas de s'affranchir. En outre, l'absence de papiers d'identité ôte aux immigrants tous les droits :

> *Nos atan de pies y manos hundiéndonos en el vacío administrativo : no somos nadie. Si no hay papeles no hay identidad, si no hay identidad no hay derechos* » (*ibid.*, p. 135).
>
> « Ils nous lient pieds et poings et nous plongent dans le vide administratif : nous ne sommes personne. Sans papiers, nous n'avons pas d'identité, et sans identité, nous n'avons pas de droits. »

L'idée est développée par Jalid qui sent avoir trahi son peuple quand il apprend l'échouement sur les côtes espagnoles du bateau rempli d'émigrants qu'il avait lui-même recrutés. La plupart d'entre eux sont décédés et Jalid se sent le cœur d'un négrier pour avoir envoyé ses frères en Espagne tout en sachant qu'ils y seraient traités comme des esclaves. Dans *Donde mueren los ríos*, c'est Tierno, inspiré par Amadou, qui reprend cette idée de l'esclavage :

> *Ya hemos vivido bastantes años como esclavos [...] Amadú me leyó en una ocasión un artículo en el que aseguraban que la emigración africana a Europa es una nueva forma de esclavitud, algo así como la esclavitud del siglo XXI. Como antaño, unos llegan a su destino, otros mueren en el camino ; África pierde sus hombres y mujeres más jóvenes ; no se nos reconoce nuestros derechos, no tenemos identidad ; nos explotan, aunque ahora, eso sí, a cambio de un salario de miseria* (*ibid.*, p. 194).
>
> « Nous avons vécu suffisamment d'années comme des esclaves [...] Amadou m'a lu, un jour, un article dans lequel on affirmait que l'émigration africaine vers l'Europe était une nouvelle forme d'esclavage, quelque chose comme l'esclavage du vingt-et-unième siècle. Comme autrefois, certains arrivaient à destination, d'autres décédaient en chemin ; l'Afrique perdait ses hommes et ses femmes les plus jeunes ; on ne reconnaissait pas nos droits, nous n'avions pas d'identité ; on nous exploitait, bien que aujourd'hui, il est vrai, en échange d'un salaire de misère. »

6 L'Angleterre interdit à ses navires de pratiquer la traite le 25 mars 1807. Quant à la France, ce n'est qu'en 1848, par le décret du 27 avril, que Victor Schoelcher, sous-secrétaire d'État chargé des colonies dans le gouvernement provisoire de la Seconde République, obtient l'abolition de l'esclavage : « L'esclavage ne peut exister sur aucune terre française », cité par Gilles Manceron (2003, p. 85).

Pour Antonio Lozano, cette forme d'esclavage moderne prend racine dans l'histoire même de l'Afrique : après des siècles d'esclavage et de colonisation pendant lesquels les Européens n'ont cessé de répéter aux Africains qu'ils étaient des sous-hommes, ces derniers ont fini par le croire et voilà pourquoi ils acceptent tout naturellement l'exploitation dont ils sont victimes aujourd'hui. D'esclaves, ils sont devenus des indigènes, puis des immigrés[7] !

En ce qui concerne le colonialisme, l'écrivain poursuit sa réflexion sur la responsabilité des pays européens colonisateurs qu'il déclare en partie responsables des difficultés de l'Afrique d'aujourd'hui, en particulier, de la pauvreté, du problème de l'identité pour certains Africains ainsi que de l'instabilité politique.

Pour Jalid, le protagoniste de *Harraga*, il est évident que l'état de misère dans lequel vivent de nombreux Marocains, encore aujourd'hui, est la conséquence de la colonisation, puis de l'après colonisation, période pendant laquelle les Européens ont quitté le pays en emportant avec eux :

> *las riquezas que habían acumulado con nuestros recursos y nuestro sudor* (Lozano, 2002, p. 33).
>
> « les richesses qu'ils avaient amassées grâce aux ressources du pays et à la sueur des Marocains. »

Quant à ceux qu'ils ont laissés à la tête du gouvernement, les « pères fondateurs », ces hommes charismatiques qui ont mené leur pays jusqu'à l'indépendance, « ils n'étaient finalement ni meilleurs ni pires » : « *resultaron no ser ni mejores ni peores* » (*ibid.*). Ils ont continué à saccager le pays et à profiter des petites gens. La colonisation a également posé un problème d'identification : deux langues, deux cultures et toujours, l'une au détriment de l'autre.

C'est Jalid, dans *Harraga*, qui raconte comment, à l'école, il apprenait les mathématiques en français et l'histoire en arabe. Puis, il explique que pendant les années quatre-vingts ce sont des coopérants bulgares et roumains qui ont

7 D'ailleurs, toute l'entreprise de la colonisation s'appuie sur cette opposition entre races supérieures et races inférieures ; les premières ayant le devoir de civiliser les secondes : « L'idéologie fondée sur la certitude de la supériorité de la race blanche et de l'avance culturelle et scientifique des civilisations occidentales s'impose à la fin du dix-neuvième siècle [...]. La colonisation devient à la fois croisade contre l'esclavage, lutte contre la dictature de roitelets sanguinaires et surtout affirmation d'une mission civilisatrice [...] pour mener à la lumière des peuples 'attardés' » (Blanchard & Bancel, 1998, p. 16-17).

été chargés de l'enseignement dans son collège. Comme ils ne connaissaient ni le français, ni l'arabe, ils ont tout naturellement enseigné en bulgare et en roumain. Jalid introduit alors le terme de « schizophrénie » scolaire :

> *Un maestro delgado como la vara de bambú que llevaba en la mano ponía todo su empeño en enseñarnos a dibujar la hermosa caligrafía de nuestra lengua. Otro hacía lo mismo con el alfabeto francés, nuestra otra lengua. En ésta nos enseñaban la matemáticas, en aquélla la historia. En una nos hablaban de los animales, en la otra de los ríos y montañas. No está nada mal tener dos idiomas, pero pienso a veces que esa esquizofrenia escolar nos desgarró la vida a toda una generación, que ya no sabe a qué mundo pertenece, ni en cuál de las dos lenguas seguir caminando* (*ibid.*, p. 62).
>
> « Un maître aussi sec que la tige de bambou qu'il portait à la main s'acharnait à nous apprendre à dessiner la belle calligraphie de notre langue. Un autre faisait la même chose avec l'alphabet français. On nous apprenait les mathématiques en français, l'histoire en arabe. En français on nous parlait des animaux, en arabe, des fleuves et des montagnes. Ce n'est pas une mauvaise chose que de connaître deux langues, mais parfois je pense que cette schizophrénie scolaire a bouleversé la vie de toute une génération qui ne sait plus à quel monde se relier ni à laquelle des deux langues se rattacher pour poursuivre son chemin. »

Enfin, pour Antonio Lozano, le processus de colonisation est également responsable de l'instabilité de l'Afrique d'aujourd'hui. Et pour mieux comprendre cette affirmation, il suffit d'observer le découpage géopolitique mis en place par le système colonial et repris lors de l'indépendance des pays africains. Ce découpage a redistribué les populations : on a réparti un même peuple entre plusieurs territoires, brisant ainsi son unité culturelle ; ou bien, à l'inverse, on a regroupé dans une même colonie, créée de toutes pièces, des populations d'origines diverses, sans tenir compte ni de leur passé ni d'une possible rivalité entre elles. Ce procédé les a fragilisées tout en représentant un facteur important d'instabilité.

D'autre part, après l'indépendance, dans la plupart des cas, on a instauré un parti unique. Ce choix se justifiait par la nécessité de construire plus aisément un état national et de sortir du sous-développement par la recherche d'un consensus. Or, souvent, le système du parti unique, par l'absence de contrepoids démocratique, a favorisé une évolution vers des régimes autocratiques instables.

Hélène d'Almeida-Topor nous fournit des chiffres éclairants concernant cette instabilité dans son ouvrage *L'Afrique au 20e siècle* (1999). Elle souligne le nombre élevé de coups d'États, ayant eu lieu dans certains pays colonisés, après l'indépendance. Nous avons relevé les chiffres de trois pays : le Mali, d'où est originaire Tierno, a subi deux coups d'État, en 1968, puis en 1991. Sierra Leone, pays que fuit Amadou, en a subi deux également, en 1967, puis en 1968. Le Burkina Faso (autrefois appelé la Haute-Volta), pays d'origine de Usmán, a connu six coups d'État, en 1966, en 1974, en 1980, en 1982, en 1983 puis en 1987.

L'instabilité politique ainsi que la pauvreté, ces deux fléaux qui frappent l'Afrique encore aujourd'hui, sont donc, pour Antonio Lozano, une conséquence du colonialisme européen. C'est à cet Européen que l'écrivain propose la lecture des œuvres africaines pour mieux comprendre l'Afrique mais également pour mieux comprendre l'Europe et son histoire, et bien sûr l'immigration.

L'historien Fernand Braudel (1987, p. 27)[8], quant à lui, a bien compris que l'immigration posait à la France une « sorte de problème "colonial" ». Et par cette constatation il met en évidence le lien indéniable qui rattache la colonisation européenne à l'émigration africaine.

Dans ses deux romans policiers, Antonio Lozano a choisi de donner la parole à l'immigrant qui nous livre directement son point de vue sur ce qu'il est en train de vivre. Par ce procédé, l'écrivain parvient à créer un lien empathique avec ses personnages et il nous invite à partager ce lien afin de modifier notre jugement sur l'immigrant. Nous sommes loin de l'image de celui qui se déplace exclusivement pour des raisons économiques. L'écrivain introduit une nouvelle donnée : dans ses ouvrages, l'émigration est comparable à un voyage initiatique et le migrant devient un héros s'il parvient à affronter les différentes épreuves qui l'attendent sur son chemin.

Antonio Lozano nous invite également à aller à la rencontre du voyageur, à partager sa connaissance du monde afin de nous enrichir également et, pourquoi pas, de nous faire participer nous aussi à ce voyage initiatique, à travers la lecture. Et peut-être qu'au terme de cette lecture, dans cette rencontre avec l'autre, nous aurons « grandi » nous aussi.

Marie-Thérèse VIDA
Université de Strasbourg

8 Cité par Gilles Manceron (2003, p. 281).

RÉFÉRENCES BIBLIOGRAPHIQUES

ROMANS

LOZANO, Antonio, *Harraga*, Granada, Zoela Ediciones, 2002.
LOZANO, Antonio, *Donde mueren los ríos*, Granada, Zoela Ediciones, 2003.

OUVRAGES CRITIQUES

ABRIGHACH, Mohamed, *La immigración marroquí y subsahariana en la narrativa española actual*, Agadir, Ormes, 2006.

BLANCHARD, Pascal & BANCEL, Nicolas, *De l'indigène à l'immigré*, Paris, Gallimard, coll. « Découvertes Gallimard : Histoire », 1998.

BRAUDEL, Fernand, « L'Identité de la France. Du côté de la tolérance », *Hommes et Migrations*, n° 1100, février 1987, p. 25-37,

ALMEIDA-TOPOR, Hélène D', *L'Afrique au 20e siècle*, Paris, Armand Colin, coll. « U. Histoire », 1999.

MANCERON, Gilles, *Marianne et les colonies. Une introduction à l'histoire coloniale de la France*, Paris, Éditions La Découverte, 2003.

MARTÍN CEREZO, Iván, *Poética del relato policiaco (de Edgar Poe a Raymond Chandler)*, Universidad de Murcia, Servicio de Publicaciones, 2006.

TODOROV, Tzvetan, *Poétique de la prose. Choix* suivi de *Nouvelles recherches sur le récit*, Paris, Seuil, 1971.

SIXIÈME PARTIE

DE QUELQUES MUTATIONS THÉMATIQUES ET ACTANTIELLES DANS LE ROMAN POLICIER POSTMODERNE

MORTELLES PAPILLES

La forme policière[1] à l'épreuve du palais

Depuis le début des années 2000, la gastronomie fait l'objet d'un engouement médiatique non démenti à ce jour, avec des émissions comme *Cauchemar en cuisine* (depuis 2004), *Un dîner presque parfait* (2008-2014), *Norbert et Jean : le défi* (depuis 2012) ou encore *Le meilleur pâtissier* (depuis 2012), pour la plupart adaptations françaises de versions originales issues du monde anglo-saxon[2]. Parallèlement, les fictions policières sur petit écran n'ont, elles aussi, jamais été aussi nombreuses que depuis le tournant du XXe au XXIe siècle. S'il n'existe pas à ce jour de fiction télévisée associant explicitement forme policière et ce qui pourrait être en passe de devenir le dixième art, soit la gastronomie, la littérature n'est, quant à elle, pas en reste, et ce de longue date, lorsqu'il s'agit d'associer crime et papilles. Au fil du temps, la forme policière a fait montre de son potentiel syncrétique, intégrant des éléments divers et variés allant du culte de la rationalité propre à l'âge d'or moderne à l'essor de l'espace urbain en passant par l'argot des truands et les modèles sociétaux ainsi que les dissensions internes dont souffrent ces derniers ; parmi cette pléthore de substrats aux confins de l'analyse philosophique, sociologique ou encore linguistique, la gastronomie occupe pour sa part une place bien à elle.

Au-delà du champ des Lettres, elle participe déjà d'associations dans le domaine de la politique, comme dans les expressions « gauche caviar[3] » et

---

1 Afin de souligner le polymorphisme du genre, nous substituons l'expression « forme policière » à celle de « roman policier ». *Cf.* Marc Blancher (2016, p. 47-82).

2 Dès 1999, Pascal Ory fait état de cet effet de mode autour de la « science culinaire », dont il observe les premières traces au tout début du XIXe siècle. *Cf.* Pascal Ory (1998, p. 54).

3 L'expression, apparue dans les années 1980 pour critiquer une partie de la gauche mitterrandienne et rocardienne, renvoie à la contradiction idéologique vue dans le comportement attribué à certains politiques et militants de gauche, vantant d'une part les idéaux de cette dernière et profitant d'autre part d'un certain niveau de vie. La définition du *Grand Larousse illustré 2014* (2013, p. 533), dit d'elle que son « progressisme s'allie au goût des mondanités et des situations acquises ». Sur ce sujet, voir également *Histoire de la gauche caviar* de Laurent Joffrin (2006).

« droite cassoulet[4] », ou dans celui de la spécification des espaces culturels via le culinaire, comme dans des locutions telles que « la gastronomie anglaise » ou encore « la gastronomie française », où une forme de stéréotypage est partie intégrante du processus de constitution du modèle gastronomique associé à la sphère culturelle ; ainsi, l'image culinaire du pays de Sa Majesté souffre d'associations systématiques avec des plats tels que le *Yorkshire* et le *black pudding* ou encore le *fish and chips*, tandis que l'Hexagone est à la fois la patrie de la cuisine raffinée (en témoigne notamment le traitement fictionnel du septième art, comme dans le film d'animation américain *Ratatouille* (Bird, 2007)[5] et des mets spécifiques encensés ou décriés comme les cuisses de grenouilles ou encore les escargots). Il est toutefois à observer que la popularisation et la popularité des émissions précédemment citées ont contribué soit à redorer soit à modifier durablement l'image des cuisines des deux sphères culturelles précédemment évoquées, accordant un meilleur crédit à la première et conférant à la seconde une plus grande ouverture sur le monde et une dimension moins élitiste.

Qu'en est-il parallèlement du rapprochement qui s'est très tôt opéré entre les arts du palais et la forme policière ? Est-il possible de définir des jalons chronologiques et de contenu à propos de ce phénomène ? Dans quelle mesure observe-t-on une évolution conduisant aux derniers avatars du genre, qui se situent aux confins du récit d'enquête classique et de l'investigation gastronomique ? Le premier rapprochement que l'on peut effectuer entre crime et papilles s'incarne dans le terme « poison », dont on pourrait qualifier l'emploi afin de donner la mort comme violation par excellence du « bon goût » (sans mauvais jeu de mot). Les deuxième et troisième apparaissent pour l'un au niveau intradiégétique, notamment dans les habitudes des personnages, pour l'autre à un niveau transcendant l'intradiégétique, aux confins du métadiégétique et du paratextuel.

---

4 Dans un sketch (« Radio bistrot ») diffusé le 6 janvier 2008 sur France 2 dans l'émission dominicale *Vivement dimanche prochain*, la comique Anne Roumanoff (née en 1965) parle de « droite cassoulet », évoquant « une petite saucisse [Nicolas Sarkozy] avec plein de fayots [ses soutiens, les "Sarkozystes"] autour ». Disponible sur : « https://www.youtube.com/watch?v=lfuVGX5YJMc (consulté le 18/06/2017) ».

5 Le film met en scène le jeune rat Rémy, qui vit en France et dont le rêve est de devenir chef dans un restaurant qui ne peut être que… parisien !

BOIRE DOLEROUSE PUISON[6]

S'il est un rapprochement qui ne doit rien au hasard, c'est bien celui de la forme policière et des arts du palais car, en effet, parmi les formes les plus ancestrales de la mort donnée figure l'administration de poison. L'étymologie du terme « poison » souligne son ambivalence fondamentale, à mi-chemin entre vertu médicinale et risque mortel[7]. Dès l'Antiquité, l'historiographie pour sa part voit en lui l'instrument d'une mort digne, dictée soit par la vertu (mort en 399 av. J.-C. de Socrate, qui ingère la ciguë), soit par les sentiments (suicide en 30 av. J.-C. de Cléopâtre VII[8]). Dès le Moyen Âge, les poisons sont connus et vendus sous le nom de philtres dans les « apothicaireries » ; dans son introduction à *L'Affaire des Poisons*, l'historien Jean-Christian Petitfils (2010, p. 7-26) fait remonter l'apparition des poisons sur la scène des cours royales et princières à la Renaissance, et notamment à la famille De Médicis. Mais c'est au XVIIe siècle que les poisons vont occuper le devant de la scène médiatique avec l'affaire éponyme. Le poison a toujours bénéficié d'une aura particulière, reposant sur le principe dichotomique « poison pour les uns, bienfait pour les autres », d'autant plus lorsque son usage s'inscrit dans le cadre de croyances en marge de la norme sociale : c'est ainsi que dans *L'Énigme des Blancs-Manteaux*, dont l'action se déroule au XVIIIe siècle, l'usage d'un poison a été dissimulé, le principal suspect est un médecin et l'expert consulté… le bourreau ! Autant d'éléments qui placent le poison aux confins de la légalité et du crime d'une part, des bons et des mauvais usages du produit d'autre part :

6 Il s'agit là d'une expression d'ancien français ayant le sens de « souffrir intensément » (Rey, 2010, p. 1692).

7 L'étymologie première du terme renvoie à la fois à un « breuvage médicinal », à un « breuvage empoisonné » ou encore à un « philtre magique » (*ibid.*). La formation du sens contemporain remonte au Moyen Âge (entre les XIIe et XIIIe siècles) pour être confortée à la Renaissance, lorsque le terme devient masculin, sous l'influence de « venin ». L'antithèse fondamentale entre les deux principaux sens (« breuvage médicinal » et « breuvage empoisonné ») existant jusqu'alors est certainement à l'origine de la disparition du premier au profit du second (« toxique »).

8 Cléopâtre VII se serait suicidée soit en se laissant mordre par un serpent venimeux, soit en se piquant avec une aiguille préalablement empoisonnée. *Cf. Cléopâtre. La déesse-reine* de Christian-Georges Schwentzel (2014, p. 91-106).

> L'ouverture de son corps prouve de manière évidente qu'il est mort empoisonné par une matière arsenicale, énonça Sanson. Les rats crevés, découverts près du corps, ont péri de la même manière pour s'être nourris sur lui. Le détail de l'ouverture… (Parot, 2001, p. 343).

Le second aspect de cette double appartenance contribue à renforcer le côté mystérieux que l'on attribue à la substance, souvent connue des seuls « experts » (guérisseurs, mages, sorcières etc.) que l'on peut aussi qualifier de « potion[9] ». Or, cette duplicité ne semble pas correspondre aux attentes d'une société éclairée : c'est ainsi que dans cette même introduction, Jean-Christian Petitfils oppose ces croyances et ces pratiques à ce qu'il qualifie de « siècle [le XVIIe] réputé pour son sens de la mesure, de la raison, mais aussi pour sa foi profonde – le siècle de Descartes et de Pascal –, dont on admire les splendeurs et le raffinement des clairs ordonnancements, un siècle où les Lettres et les Arts brillent d'un éclat incomparable […] » (Petitfils, 2010, p. 7). La forme policière ne va, quant à elle, se saisir de l'objet qu'au début du XXe siècle, notamment dans le cadre du *Whodunit*, avatar qui encense s'il en est la supériorité de l'esprit animé par la raison. Ce faisant, elle ne va s'arrêter ni sur le mystère entourant les éléments entrant dans sa composition ni sur la dimension initiatique de la transmission de ce savoir ni même encore sur les aspects surnaturels liés à ses possibles usages. Elle ne s'arrêtera que peu sur sa composition mais plutôt sur les circonstances de son administration et les motifs y ayant conduit. Ainsi, d'Hercule Poirot :

> [La méthode] de Poirot se fixera sur l'exploration des mobiles. […] l'âme humaine est imparfaite et si ses passions poussent l'Homme au crime, elles l'aveuglent au point de lui faire faire des erreurs. Ce sont ces imperfections, ces scories de l'âme, que Poirot recherche pour pouvoir confondre le coupable (Fondanèche, 2000, p. 34).

À quelques exceptions près, qui toutes relèvent de la forme policière dite « archaïque » (Colin, 1984, p. 10)[10] comme dans *The Adventure of the*

---

9 Le terme partage la même étymologie que le terme « poison », ce qui renforce l'ambivalence du concept, même contemporain. La création de René Goscinny et Albert Uderzo dans *Astérix*, la fameuse « potion magique », contribue fortement à lui attribuer (également) une connotation positive. *Cf.* le *Dictionnaire historique de la langue française* (Rey, 2010, p. 1726).

10 Pour l'ensemble de la question terminologique, voir plus particulièrement la sous-partie de l'introduction qui lui est consacrée (Colin, 1984, p. 23-36). Francis Lacassin (1974, p. 17) parle, quant à lui, de « pré-roman policier ».

Veiled Lodger, où Madame Ronder, suite au conseil de Sherlock Holmes, renonce finalement à se donner la mort par empoisonnement[11], le poison est donc réduit à un simple élément fonctionnel de la trame narrative :

> *Two days later, when I called upon my friend, he pointed with some pride to a small blue bottle upon his mantelpiece. I picked it up. There was a red poison label. A pleasant almondy odour rose when I opened it. "Prussic acid ?" said I.*
>
> *"Exactly. It came by post. 'I send you my temptation. I will follow your advice.' That was the message. I think, Watson, we can guess the name of the brave woman who sent it."* (Doyle, 2005, p. 699).

> « Deux jours plus tard, lorsque j'allai chez mon ami, il me montra non sans fierté une petite fiole bleue posée sur sa cheminée. Je m'en saisis pour l'examiner. Elle portait une étiquette rouge marquée "poison". Lorsque je l'ouvris, une plaisante odeur d'amande me saisit. Je demandai : "Acide prussique ?".
>
> Holmes me répondit en ces termes : Exactement. C'est arrivé par la poste. "Je vous envoie l'objet de ma tentation. Je vais suivre votre conseil". C'était le message. Je pense, Watson, que nous pouvons deviner le nom de la femme courageuse qui l'a envoyé[12]. »

Cette approche circonstancielle sinon circonstanciée du *Whodunit* contribue à laisser de côté l'essentiel des aspects mystiques liés à la substance. Il ne s'agit ainsi en aucun cas d'identifier la substance en elle-même (et, le cas échéant, sans que cela n'entraîne de conséquences particulières sur la progression du récit de l'enquête, le poison étant d'ailleurs souvent accessible à tous les suspects, afin de maintenir le « régime du doute » (Dubois, 2006, p. 87-104) mais bien de définir les raisons et les conditions de son administration. Cette restriction n'empêche toutefois pas une auteure comme Agatha Christie de se documenter de façon très précise sur les substances qu'elle fait employer à ses personnages : elle a en effet elle-même étudié la pharmacologie (Peras, 2010, p. 62-63). En outre, le poison est de prime abord associé à une forme de réussite et d'infaillibilité, faisant par exemple déclarer à Mary Cavendish dans *The Mysterious Affair at Styles* : « Les médecins sont dans une telle ignorance des poisons les plus subtils que d'innombrables cas de meurtres par substances toxiques ne sont pas résolus » (*ibid.*, p. 62)[13].

---

11 Il s'agit toutefois d'une des enquêtes « tardives » de Sherlock Holmes, publiée seulement en 1927, soit en plein essor du *Whodunit*.

12 Notre traduction.

13 Agatha Christie citée par Delphine Peras. Cette citation est extraite de *La Mystérieuse affaire de Styles* (Christie, 2000, p. 10).

Cet aveu d'impunité est ambigu, car il revient à reconnaître une forme d'impuissance de la société qui doit s'en remettre à la supériorité intellectuelle du détective pour que la figure du criminel soit identifiée et châtiée. La nature de la substance elle-même reste secondaire car « tous auraient pu aisément se procurer cette substance toxique » (*ibid.*). Les exemples d'usage du poison dans l'œuvre d'Agatha Christie sont pléthore : dans *The Murder of Roger Ackroyd*, dès les premières pages, Caroline Sheppard fait part à son frère de ses soupçons concernant Mrs. Ferrars, qui aurait empoisonné son mari (Christie, 1994, p. 6). Dans *Ten Little Niggers*, c'est Anthony Marston qui a des spasmes après avoir bu un verre de whisky. Il tombe mort, empoisonné, de même que Mrs. Rogers quelques pages plus loin (Christie, 1960, p. 53). Le poison utilisé joue pourtant ici un rôle secondaire vis-à-vis des motivations de l'assassin et des circonstances dans lesquelles il a pu commettre ses forfaits. Cette construction rhétorique est régulièrement reprise dans les séries télévisées policières contemporaines, où le poison en lui-même ne constitue que très rarement un objet d'analyse : il s'agit en effet soit de retrouver l'auteur du crime dans le cadre d'un processus d'identification individuelle (format d'intrigue « classique », somme toute assez proche du *Whodunit*, comme dans la série américaine *Murder, she wrote*, connue en France sous le titre d'*Arabesque*[14]), soit de neutraliser le(s) suspect(s) et la substance toxique qu'il(s) utilise(nt) dans le cadre d'une course contre la montre (séries policières d'action comme *NCIS*[15]).

Dans cette perspective d'emploi rhétorique du poison comme figure constitutive de l'écheveau narratif de la forme policière, cette dernière se positionne aux antipodes du traitement médiatique réservé aux affaires criminelles dites d'« empoisonneuses » (il s'agit en effet là exclusivement de femmes[16]), comme l'Affaire des poisons au XVIIe siècle, celle de Marie Lafarge au XIXe siècle ou encore de Marie Besnard et de Violette Nozière au XXe ainsi que de Ludivine Chambet[17] au XXIe siècle. De la

14 *Arabesque* est une série télévisée américaine créée par Peter Steven Fischer, Richard Levinson et William Link. Composée de 264 épisodes, elle est diffusée sur le réseau CBS entre 1984 et 1996.

15 *NCIS* (Paramount Television, Belisarius Productions) est une série télévisée policière américaine. Créée par Donald Paul Bellisario et Don McGill, elle est diffusée sur le réseau CBS depuis 2003.

16 L'on citera également ici le personnage de Médée, première « empoisonneuse » de la mythologie ainsi que de la littérature.

17 La presse contemporaine surnomme cette ancienne aide-soignante « l'empoisonneuse de Chambéry ».

médiatisation de ces « affaires » est hérité un ancrage dans la mémoire populaire, qui fait par exemple que Marie Besnard[18], accusée à tort et surnommée « l'empoisonneuse de Loudun », sera également affublée du sobriquet « la Brinvilliers de Loudun », en référence à la marquise éponyme[19], impliquée au même titre que la Voisin[20] dans l'affaire des poisons. L'usage du poison restera par la suite considéré comme un acte à la fois exclusivement féminin[21] et prémédité[22], lâche et noble à la fois, éminemment moral et souvent politique[23].

« DIS-MOI CE QUE TU MANGES, JE TE DIRAI QUI TU ES »

Si le poison a eu tôt fait de s'imposer comme possible dans le choix de l'arme du crime dans le *Whodunit*, il a par la suite souvent été relégué sinon oublié par les autres avatars du genre. Mais cela signifie-t-il pour autant que l'association entre les papilles gustatives et la forme policière soit caduque ? Il semble que non ; en effet, nombreux sont les personnages de la forme policière contemporaine amateurs de bonne chère ; la question qui se pose alors est de savoir dans quelle mesure cet élément se maintient dans le genre. Si l'on reste sur cette idée selon laquelle le poison traduit une forme de supériorité, en ce sens qu'il ne

18 *Cf.* « Marie Besnard, un soupçon d'arsenic » (Burch, 2010, p. 56-59).

19 Marie-Madeleine Anne Dreux d'Aubray, marquise de Brinvilliers, naquit le 2 juillet 1630 et fut décapitée le 17 juillet 1676 pour avoir empoisonné son père, ses deux frères et sa sœur.

20 Catherine Deshayes, épouse Voisin, couramment appelée « la Voisin », naquit à Paris vers 1640. Elle fut exécutée en place publique le 22 février 1680, reconnue coupable d'empoisonnements mais aussi d'avoir pratiqué des avortements et d'être une sorcière.

21 « La Brinvilliers, la Voisin, Marie Lafarge, Violette Nozière, Marie Besnard… N'en déplaise aux féministes, le poison est surtout affaire de femmes. » (Astruc & Pic, 2003, p. 101).

22 « Si encore elle l'avait tué à coups de revolver, ou même de couteau, j'aurais joué à fond la carte de la non-préméditation. Mais avec le poison, on ne peut pas finasser. Délicat, le poison. Très délicat ». Ces propos sont tenus par l'avocat Depleach dans *Cinq petits cochons*, d'Agatha Christie (1945), lorsqu'il évoque sa cliente, l'épouse du peintre Amyas Crale. *Cf.* Delphine Peras (2010, p. 63).

23 Dans l'actualité récente, on peut citer l'assassinat d'Alexandre Valtérovich Litvinenko, empoisonné au polonium à Londres le 23 novembre 2006.

laisse pas suffisamment de traces « scientifiques » conduisant à celle ou celui qui l'a administré, il semble assez logique que son usage tende à disparaître avec le déclin progressif du « dire » au profit du « voir[24] ». S'il conserve les faveurs du populaire, l'usage du poison dans la forme policière s'estompe avec l'apparition du *hard-boiled* puis du roman noir, qui en reviennent à la nature humaine et à sa faillibilité :

> Les nombreuses méthodes « scientifiques » utilisées dans la conduite d'une enquête sont excellentes si elles sont employées à bon escient. Mais si on essaie d'en faire des méthodes infaillibles, cela devient du charlatanisme, rien d'autre. Malheureusement, les criminels, eux, ne sont pas du tout « scientifiques » et il en sera toujours ainsi tant que le plus puissant motif des crimes restera ce désir naïf de devenir riche en prenant un raccourci… Je n'ai pas une grande confiance en ces experts qui soutiennent que l'infaillibilité existe ; sauf peut-être dans les mathématiques, et encore !… (Boileau-Narcejac, 1982, p. 78-79)[25].

L'intrigue du *hard-boiled* et du roman noir « à la française[26] » va se focaliser sur la jungle urbaine et sur les turpitudes du privé, le plaçant souvent en situation de souffrance physique et psychologique. Sous des abords qui peuvent remettre en doute cette dimension, nous sommes toujours face à une vison sociétale sous-tendue par une lecture globalisante du monde, à l'appui d'universaux éthiques et philosophiques : la figure du détective y incarne une moralité à toute épreuve et son comportement qui, malgré les apparences, ne relève pas d'un seul intérêt personnel ou financier, tient du chevaleresque. Sa lecture du monde y reste encore fortement marquée par une dichotomie fondamentale entre le Bien et le Mal, elle y est aussi déjà fortement subjectivée.

Si l'on postule une métalecture de l'histoire du genre et que l'on s'essaie à un découpage par périodes, alors les événements de Mai 1968 constituent une rupture dans l'histoire de la forme policière qui, avec le tournant des années 1970, se renouvelle tout en se décomposant : en

---

24 Il s'agit d'un emprunt à la terminologie de Marc Lits que cite Yves Reuter (2009, p. 45) : « On pourrait ramener le récit d'énigme criminelle à deux notions de base : "voir" et "dire". Quelqu'un, le criminel, a tué sans être vu et ne veut pas le dire ; quelqu'un d'autre, le détective, n'a pas vu mais va reconstituer par sa parole ce qu'il n'a pu voir. Lorsque le "dire" va coïncider avec le "voir", l'énigme sera résolue ».

25 Dashiell Hammett cité par Boileau-Narcejac.

26 L'expression « roman noir à la française », utilisée pour souligner que le roman noir français est une adaptation du modèle américain, est empruntée à Marc Blancher, Corinna Koch et Marie Weyrich (2017, p. 205-251).

effet, si elle a longtemps été considérée comme « une continuation de l'épopée antique adaptée aux structures mentales du monde moderne » (Lacassin, 1974, p. 12) et que certains, à l'image de Régis Messac, se lancent dès le début du XXe siècle dans un processus d'ancestralisation[27], il ne fait aucun doute qu'elle trouve ses sources dans la modernité du XIXe siècle et qu'elle est passée depuis par une exacerbation du modèle construit qu'est le *Whodunit* puis par une superposition partielle voire complète de « l'histoire de l'enquête » (Todorov, 1980, p. 9-19) et de « l'histoire du crime » incarnée par le roman noir. Le néo-polar va ajouter une dimension politisée et hautement subjective à la lecture du monde qu'offre la forme policière ; il n'existe plus de Tout politique et idéologique mais, au contraire, un idéal social sublimé par son absence du réel et vis-à-vis duquel chacun se positionne en fonction de son appartenance ethnique, idéologique, politique ou encore spatiale.

C'est justement de cette dernière notion – l'appartenance spatiale – que va naître une nouvelle sémantisation de l'espace, via le ressenti des personnages, et notamment leurs impressions gustatives et olfactives. Cette prise en compte de l'espace fictionnel s'appuie notamment sur les théories du *spatial turn*, qui redéfinissent la narratologie de l'espace via « l'identification et l'analyse de problèmes centraux tels que la conceptualisation linguistique de l'espace, la structuration de l'espace par la narration, la transmission narrative de l'espace, la sémantisation des espaces, des lieux[28] ». Comme le souligne Katrin Dennerlein, il s'agit dans ce cas de considérer la narratologie de l'espace « au sens concret et matériel comme la modalité spatiale du monde narré (*reconstructed world*)[29] ».

Cette « sémantisation des espaces et des lieux », ainsi que la formule Katrin Dennerlein, peut s'effectuer via le vécu des personnages, mais ce vécu n'est pas forcément un vécu narratif au sens de l'action à proprement parler mais ce peut également être un vécu axé sur les cinq sens

---

27 *Cf. Le « Detective Novel » et l'influence de la pensée scientifique*, en l'occurrence le livre premier « Les arcanes de la Firásah » (chapitres 1 à 6) (Messac, 2011, p. 35-100).

28 « [in] der Identifikation und Bearbeitung zentraler Probleme wie der sprachlichen Herstellung von Raum, der Strukturierung des Raumes durch das Erzählen, der erzählerischen Vermittlung von Raum, der Semantisierung von Räumen, Orten » (Dennerlein, 2009, p. 67). Notre traduction.

29 « im konkret-materiellen Sinne als die räumliche Ausprägung der erzählten Welt (reconstructed world) » (*Ibid.*, p. 32). Notre traduction.

et notamment sur ceux auxquels on pense moins facilement, comme l'odorat. Dans *Das Parfum* (Patrick Süskind), le jeune Jean-Baptiste Grenouille, lui-même privé d'odeur corporelle, entretient une relation spécifique avec différents lieux via les odeurs auxquelles il les assimile : c'est ainsi qu'il retourne sur les lieux de sa naissance, connus pour leur puanteur, et finit – via l'excitation que suscite son parfum – par être lui-même dépecé par la foule qu'a attirée le parfum de sa création (Süskind, 1994, p. 315-320). Marc Brosseau (1996, p. 114) conceptualise, quant à lui, la « géographie olfactive » ou le « flair romanesque » : à l'appui de l'œuvre de Patrick Süskind, il envisage le récit du point de vue du sensible et voit dans l'olfactif un nouveau « mode d'appréhension du réel ». On observe également un ressenti « olfactif » dans l'œuvre de Pierre Magnan où le commissaire Laviolette « respire » plus la Provence qu'il ne l'explore au sens strictement « géographique » du terme[30].

La forme policière va pour sa part insérer le gustatif en surimpression de l'olfactif ; les lieux fréquentés au fil des investigations n'existent plus seulement dans le cadre de la description mais ils prennent vie via le vécu des personnages et leurs impressions gustatives en association avec tel ou tel lieu. Dans *Total Khéops*, la relation entre Fabio Montale et Leïla repose entre autres sur leur passion commune pour les gastronomies du monde et sur le fait qu'ils se lancent dans une découverte des restaurants de la cité phocéenne. Ainsi s'esquisse une « carte gustative » de la cité phocéenne, qui relègue au second plan l'espace au sens géographique le plus strict du terme : cette idée d'un Marseille vécu notamment via les arts du palais a conduit l'Office de Tourisme et des Congrès de la capitale provençale à proposer de découvrir la ville sur les traces de Fabio Montale, en imitant ses pérégrinations aussi bien policières que gustatives[31] :

30 Le « silence des grands bois » s'adresse en ces termes au commissaire, pris d'un accès de nostalgie : « Vous vous souviendrez. Nous sommes votre substance et votre foi. La joie communiante qui vous exalte ensemble, ne vous y trompez pas, c'est en nous qu'elle demeure. Ne comptez pas sur votre mémoire, comptez sur la soudaine résurgence des sensations éphémères que vous aurez goûtées parmi notre immortalité » (Magnan, 2001, p. 131-132).

31 Pour l'étude détaillée du gustatif chez Jean-Claude Izzo et des possibles exploitations pédagogiques de cet aspect de son œuvre, voir notamment « Verhandlungen interkultureller Prozesse in den Kriminalromanen von Jean-Claude Izzo : theoretische Hintergründe und unterrichtspraktische Umsetzung », contribution de Jeanne Ruffing et Marc Blancher (2017, p. 155-204), en l'occurrence les pages 192-194.

> Nous nous étions lancés dans une grande tournée des cuisines étrangères, ce qui, d'Aix à Marseille, pouvait nous occuper de longs mois. Nous donnions des étoiles par-ci, des mauvais points par-là. En tête de notre sélection, le Mille et Une nuits, boulevard d'Athènes. On y mangeait sur des poufs, devant un grand plateau de cuivre, en écoutant du raï. Cuisine marocaine. La plus raffinée du Maghreb. Ils servaient là la meilleure pastilla de pigeon que j'aie jamais mangée (Izzo, 2001, p. 80).

Lorsqu'il est associé à un seul lieu, qui revient plusieurs fois dans l'intrigue, alors souvent le gustatif contribue à créer une atmosphère spécifique. C'est ainsi que ce même Fabio Montale est enthousiaste à l'idée de retrouver les Goudes, et notamment sa voisine Honorine, qui lui prépare des petits plats. Dans *Soléa* (Izzo, 2002, p. 676), les arts de la table, qui incluent également l'alcool, l'accompagnent jusque dans la mort. Cette dimension crée non seulement un *modus vivendi* axé sur le palais mais aussi un espace narré hors du temps et du réel pour lequel les premières associations ne sont pas de type « géographique-réel » mais « gustatif-subjectif » ; l'affirmation de Francis Lacassin selon laquelle « au siècle prochain, les cafés sur le bord d'un canal, où le commissaire Maigret vient manger du fricandeau à l'oseille, paraîtront le comble du baroque et de l'insolite » (Lacassin, 1974, p. 13) ne s'en retrouve que d'autant plus confortée et décriée à la fois, les « chronotopes gustatifs » ainsi créés étant certes marqués d'un sceau, mais en deviennent-ils pour autant restrictifs ?

> « Je vous ai fait de la *foccacha* », avait écrit Honorine sur un petit bout de papier. La foccacha, cela relève du croque-monsieur, mais avec de la pâte à pizza. À l'intérieur, on met ce que l'on aime. Et on sert chaud. Ce soir, c'était jambon cru et mozzarella. Comme tous les jours depuis la mort de Toinou, il y a trois ans, Honorine m'avait préparé un repas. Elle venait d'avoir soixante-dix ans et elle aimait faire la cuisine. Mais la cuisine elle ne pouvait la faire que pour un homme. J'étais son homme. Et j'adorais ça. Je m'installai dans le bateau, la foccacha et une bouteille de cassis blanc – un Clos Boudard 91, près de moi (Izzo, 2001, p. 59-60).

Les arts de la table s'invitent fréquemment dans la forme policière au niveau intradiégétique. Ainsi, l'épicurien Pepe Carvalho se met aux fourneaux avant de choisir de brûler un livre : dans *El hombre de mi vida* (Montalbán, 2004, p. 270-276), il brûle par exemple *L'Homme et la mort* d'Edgar Morin et met en relation la gastronomie avec une forme de philosophie de vie illustrée par des aphorismes de sa création, tous en rapport avec les arts de la table ou le fait de manger[32]. Ce concept s'est exporté au-delà de la sphère diégétique avec la publication en 1989 des *Recettes de Carvalho*. De même, dans l'œuvre d'Andrea Camilleri, le personnage de Salvo Montalbano conceptualise l'espace par ses habitudes de table :

> *Se la pasta 'ncasciata, quanno scomparse, fu rimpianta assà, le milanzane alla parmigiana si meritarono, arrivate al termine, 'na speci di lungo lamento funebre. Colla pasta, trovò onorevole morte macari 'na buttiglia di un bianco tenero e 'ngannoveli, con le milanzane si sacrificò invece'na mezza buttiglia di un altro bianco che, sutta' n'apparenza di mitezza, ammucciava un animo tradimentoso* (Camilleri, 2006, p. 85).
>
> « Si les pâtes *'ncasciata*, quand elles furent finies, furent plutôt regrettées, les aubergines au parmesan bénéficièrent, alors qu'elles touchaient à leur fin, d'une espèce de longue oraison funèbre. Avec les pâtes, une demi-bouteille d'un blanc faussement doux trouva aussi une fin honorable, tandis qu'avec les aubergines, ce fut une demi-bouteille d'un autre blanc qui, sous une apparence de douceur, cachait une âme duelle, qui fut sacrifiée à son tour[33]. »

Dans *Death of a Red Heroine*, de Qiu Xialong, le lecteur part à la rencontre de son héros, le camarade inspecteur principal Chen, officier de police chinois qui l'entraîne dans les vicissitudes de la vie de fonctionnaire au service du Parti, une vie toutefois agrémentée de découvertes culinaires traditionnelles pour les unes, diverses et variées pour les autres, au fil de ses investigations et des différentes strates sociales auxquelles il est confronté dans la Chine de la fin du XXe et du début du XXIe siècle. Ses amis le qualifient d'ailleurs, dès les premières pages relatant son apprentissage des arts de la table, de « demi-gourmet » (*half a gourmet*).

> *It's only that the beggar's chicken needs a few more minutes in the oven. The best chicken in Shanghai, I guarantee. Nothing but Yellow Mountains pine needles used to cook it, so you'll savour its special flavour* (Xiaolong, 2006, p. 9).
>
> « C'est seulement que le poulet du mendiant a encore besoin de quelques minutes au four. Je te garantis que c'est le meilleur poulet de Shanghai. Je n'ai utilisé que des aiguilles de pin des Montagnes jaunes pour la cuisson, pour que tu puisses savourer son goût si particulier[34]. »

---

32 Sur le personnage, *cf.* Alice Le Dréau et Olivier Balez (2009, p. 54-55), Sophie Savary (2007, p. 79-97) et Gérard de Cortanze (1996, p. 61-65).

33 Notre traduction.

34 Notre traduction.

Les derniers avatars de la forme policière associant le récit criminel au palais se caractérisent fréquemment par une centration assumée sur les arts de la table, qui se manifeste dans le paratexte : les romans de Michèle Barrière[35] composant la Saga des Savoisy (8 opus entre 2006 et 2014) sont accompagnés d'un sous-titre composé selon le modèle « Un roman noir gastronomique + [chronotope] », comme « un roman noir gastronomique à Paris au Moyen Âge ». Sur le même principe, la série de romans policiers de Tom Hillenbrand[36] mettant en scène le chef étoilé luxembourgeois Xavier Kieffer s'accompagne en allemand de la mention de couverture « un polar culinaire » (*Ein kulinarischer Krimi*)[37]. Les deux séries comprennent nombre de similitudes paratextuelles, qui ne se limitent pas aux aspects des sous-titres mais les récits représentent tout d'abord une incursion chronotopique spécifique dans le cas de Michèle Barrière (Moyen Âge, Renaissance[38] etc.), tandis que chez Tom Hillenbrand, ce sont d'autres cultures culinaires qui sont découvertes à chaque fois ; la première présente les recettes médiévales et les personnages réels dans le paratexte post-récit tandis que le second consacre ce même paratexte à un glossaire du vocabulaire des cuisines[39]. Cette transgression de la frontière entre diégèse et paratexte relève de la dimension expérimentale et moderne, voire postmoderne[40], de la forme policière ainsi que la résume Yves Reuter :

> De façon assez paradoxale – mais cela est sans doute dû à sa position intermédiaire –, le roman policier semble au croisement de deux courants. Le premier

35 Michèle Barrière (née en 1953) est historienne de la gastronomie.

36 Tom Hillenbrand (né en 1972) est journaliste.

37 Ce paratexte accompagne également les enquêtes du professeur Adalbert Bietigheim, créé par le journaliste et expert ès gastronomie Carsten Sebastian Henn (né en 1973). Le personnage enquête notamment entre fromage et vin, en Bourgogne, dans *Die letzte Reifung* [*La Dernière Véraison* ; notre traduction] (Henn, 2016). On le retrouve également à Cambridge dans une enquête qui tourne autour du thé Darjeeling, dans *Der letzte Aufguss* [*La Dernière Infusion* ; notre traduction] (Henn, 2015).

38 On observera que l'intrigue de l'opus se déroulant à la Renaissance s'articule autour du triptyque : « cuisine – poison – enquêteur spécialiste (étudiant en médecine, cuisinier à ses heures) ». *Cf.* Michèle Barrière, *Meurtres à la pomme d'or. Un roman noir et gastronomique au temps de la Renaissance*, [2006], Paris, LGF, coll. « Livre de Poche », 2016.

39 Comment ne pas voir dans cet usage du paratexte sous forme de glossaire des similitudes avec le « glossaire argotique » d'Albert Simonin (2005, p. 261-276), qui illustre au mieux le parler des truands des années 1950-1960, popularisé via la Série Noire de Gallimard et les adaptations cinématographiques de la trilogie de ce même auteur ? Nous assistons certainement ici au même épiphénomène.

40 *Cf. Polar et Modernité*, en l'occurrence la section « (Post)modernités » (Blancher, 2016, p. 83-121).

> serait celui d'une tradition rhétorique fonctionnant sur des règles strictes et la réorganisation incessante, dans de multiples variations, d'éléments plus ou moins figés. [...] Le second courant, radicalement opposé au premier, serait celui de la modernité littéraire, de la littérature de recherche, qui transgresse les codes narratifs et détourne les modèles établis. (Reuter, 1997, p. 106).

Dans chacun des cas, l'enquêteur « criminel » a une seconde corde à son arc : ne désigne-t-on pas déjà les personnes qui exercent cette profession d'« enquêteur culinaire » ? Dans *Souper mortel aux étuves*, le « dernier souper », dont on peut signaler la proximité thématique avec la Cène, correspond également à la solution de l'intrigue et tous deux, souper et solution de l'intrigue, sont à l'initiative du couple de héros, Guillaume et Isabelle (Barrière, 2006, p. 305-321).

Dans le cinquième opus de la série qui lui est consacrée (*Gefährliche Empfehlungen*, 2017), Xavier Kieffer enquête quant à lui à Paris sur la disparition d'un exemplaire du guide culinaire Gabin, datant de 1939. L'entrée en scène de ce même personnage, dans le premier tome de la série (*Teufelsfrucht*, 2011), s'effectue lorsqu'il est soupçonné de l'assassinat d'un célèbre critique gastronomique, qui s'est effondré raide mort dans le petit restaurant qu'il a ouvert après avoir renoncé à la cuisine étoilée.

« Ils [les romans policiers] [...] regardent maintenant dans toutes les directions [...] pour rendre compte d'une société en constante mutation » (Fondanèche, 2000, p. 97). Ainsi que nous l'avons précédemment signalé, il semble que la forme policière maintienne son syncrétisme avec la matière médiatique : en effet, au même titre que les « romans noirs [de gangsters] » des années 1950 et 1960 se nourrissaient des films noirs et inspiraient ces derniers, les « romans du palais » des années 2000 et 2010 en font de même avec le « tout culinaire ». D'un point de vue narratif, on peut parler d'un repositionnement du gustatif au sein de la sphère (intra)diégétique avec pour conséquence une réorganisation de la trame narrative et une redistribution au sein de la constellation des personnages, qui tendent à évoluer dans un univers fictionnel dont leurs papilles incarnent les jalons. Ainsi, de sa position originelle d'instrument au service de l'illusion narrative – une position consacrée aussi bien via la pratique humaine que via le traitement fictionnel –, le gustatif – tout d'abord réduit à sa forme abhorrée, soit le poison – s'émancipe de cette dernière et acquiert une autonomie qui le fait glisser dans le domaine de la définition non seulement gustative mais aussi affective et olfactive de l'espace fictionnel.

On peut donc délimiter clairement un maillage fictionnel permettant de conceptualiser la notion de gustatif – aussi bien dans une perspective diachronique que synchronique – et de faire apparaître son évolution ainsi que son potentiel dans le cadre si particulier que constitue son association-intégration à la forme policière, ceci avec pour objectif de caractériser en filigrane une nouvelle déclinaison et/ou orientation subgenresque qui coïncide avec de nombreuses orientations contemporaines, notamment médiatiques, où, sans mauvais jeu de mots, la bonne chère fait recette. La forme policière peut donc être envisagée, ainsi que le formule André Vanoncini (1993, p. 105), « comme un laboratoire dont l'énorme potentiel sémantico-syntaxique promet de conduire de multiples expériences en matière de représentation romanesque » dont une des plus récentes s'incarne dans l'intégration narrative des arts du palais, sans doute avec à l'esprit ce célèbre aphorisme du gastronome Jean Anthelme Brillat-Savarin (1755-1826) : « Les animaux se repaissent ; l'homme mange ; l'homme d'esprit seul sait manger » (Ory, 1988, p. 11-12).

Marc BLANCHER
Université de Stuttgart

RÉFÉRENCES BIBLIOGRAPHIQUES

ROMANS

BARRIÈRE, Michèle, *Meurtres à la pomme d'or. Un roman noir et gastronomique au temps de la Renaissance*, [2006], Paris, LGF, coll. « Le Livre de poche : policier », 2016.

CAMILLERI, Andrea, *Le ali della sfinge*, Palerme, Sellerio editore, coll. « La Memoria », 2006.

CHRISTIE, Agatha, *Ten Little Niggers*, [1939], Londres, Penguin Books, 1960.

CHRISTIE, Agatha, *The Murder of Roger Ackroyd*, [1926], New York, Berkley Books, 1994.

DOYLE, (Sir) Arthur Conan, *The Complete Sherlock Holmes*, Londres, CRW Publishing Limited, coll. « Collector's Library Editions », 2005.

HENN, Carsten Sebastian, *Die letzte Reifung*, [2011], Munich, Piper, 2016.

HENN, Carsten Sebastian, *Der letzte Aufguss*, [2012], Munich, Piper, 2015.

HILLENBRAND, Tom, *Gefährliche Empfehlungen*, Cologne, Kipenheuer & Witsch, 2017.

HILLENBRAND, Tom, *Teufelsfrucht*, [2011], Cologne, Kipenheuer & Witsch, 2017.

IZZO, Jean-Claude, *Total Khéops*, [1995], Paris, Gallimard, coll. « Série noire », 2001.

IZZO, Jean-Claude, *Total Khéops. Chourmo. Soléa*, [1995/1996/1998], Paris, France Loisirs, 2002.

MAGNAN, Pierre, *Le Parme convient à Laviolette*, [2000], Paris, Denoël/Gallimard, coll. « Folio policier », 2001.

PAROT, Jean-François, *L'Énigme des Blancs-Manteaux*, [2000], Paris, 10/18, coll. « Grands détectives », 2001.

QIU, Xiaolong, *Death of a red heroine*, [2000], Londres, Sceptre, 2006.

SIMONIN, Albert, *Touchez pas au grisbi*, [1953], Paris, Gallimard, coll. « Folio Policier », 2005.

SÜSKIND, Patrick, *Das Parfum*, [1985], Zurich, Diogenes, 1994.

VÁZQUEZ MONTALBÁN, Manuel, *El hombre de mi vida*, [2000], Barcelone, Planeta, coll. « Novela – Crimen y Misterio », 2004.

VÁZQUEZ MONTALBÁN, Manuel, *Las recetas de Carvalho*, [1989], Barcelone, Planeta, 2005.

OUVRAGES CRITIQUES ET ARTICLES

ASTRUC, Ingrid & PIC Rafael, *Les Mots du crime*, Paris ; Arles, Paris-Musées ; Éditions Actes Sud, coll. « Les mots », 2003.

BLANCHER, Marc, *Polar et postmodernité*, Paris, L'Harmattan, coll. « Sang Maudit », 2016.

BLANCHER, Marc, KOCH, Corinna & WEYRICH, Marie, « Re-création graphique de l'univers du noir à la française par Jacques Tardi dans *Casse-Pipe à la Nation* », *Dialogische Krimianalysen. Fachdidaktik und Fachwissenschaft untersuchen aktuelle Repräsentationsformen des französischen Krimis*, éd. Koch Corinna, Schmitz Sabine et Lang Sandra, Francfort-sur-le-Main, Peter Lang, 2017, p. 205-251.

BOILEAU-NARCEJAC, *Le Roman policier*, [1964], Paris, PUF, coll. « Que sais-je ? », 1982.

BROSSEAU, MARC, *Des romans-géographes. Essai*, Paris, L'Harmattan, coll. « Géographie et cultures », 1996.

BURCH, William, « Marie Besnard, un soupçon d'arsenic », *Notre Temps / Historia*, hors-série, juin-juillet 2010, p. 56-59.

COLIN, Jean-Paul, *Le Roman policier français archaïque*, Berne, Peter Lang, 1984.

CORTANZE, Gérard De, « Manuel Vázquez Montalbán – Les paradoxes de Pepe Carvalho », *Le Magazine littéraire*, n° 334, juin 1996, p. 61-65.

DENNERLEIN, Katrin, *Narratologie des Raumes*, Berlin, W. De Gruyter, coll. « Narratologia », 2009.

DUBOIS, Jacques, *Le Roman policier ou la modernité*, [1992], Paris, Armand Colin, coll. « Le texte à l'œuvre », 2006.

FONDANÈCHE, Daniel, *Le Roman policier*, Paris, Ellipses, coll. « Thèmes & études », 2000.

JOFFRIN, Laurent, *Histoire de la gauche caviar*, Paris, Robert Laffont, 2006.

LACASSIN, Francis, *Mythologie du roman policier*, t. 1, Paris, Union Générale d'Éditions (UGE), coll. « 10-18 », 1974.

LE DRÉAU, Alice & BALEZ, Olivier, « Pepe Carvalho, le privé des Ramblas », série « Sur la piste des grands détectives (6/8) », *Le Pèlerin*, n° 6611, jeudi 13 août 2009, p. 54-55.

MESSAC, Régis, *Le « Detective Novel » et l'influence de la pensée scientifique*, [1929], préf. de Claude Amoz, postface de François Guérif, éd. revue et annotée par Jean-Luc Buard, Hélène Chantemerle, Antoine Lonnet et Olivier Messac, traductions complémentaires du latin et du grec par Antoine Lonnet, de l'allemand par Marie-Hélène Depétrini, Paris, Les Belles Lettres-Encrage, coll. « Travaux », 2011.

ORY, Pascal, *Le Discours gastronomique français des origines à nos jours*, Paris, Gallimard-Julliard, coll. « Archives », 1998.

PERAS, Delphine, « L'art de tuer son prochain », *Lire*, n° 11, hors-série, *Agatha Christie*, 1er novembre 2010, p. 62-63.

PETITFILS, Jean-Christian, « Avant-propos », *L'Affaire des Poisons. Crimes et sorcellerie au temps du Roi-Soleil*, Paris, Perrin, 2010, p. 7-26.

REUTER, Yves, *Le Roman policier*, [1997], Paris, Armand Colin, coll. « 128. Lettres », 2009.

RUFFING, Jeanne & BLANCHER, Marc, « Verhandlungen interkultureller Prozesse in den Kriminalromanen von Jean-Claude Izzo : theoretische Hintergründe und unterrichtspraktische Umsetzung », *Dialogische Krimianalysen. Fachdidaktik und Fachwissenschaft untersuchen aktuelle Repräsentationsformen des französischen Krimis*, éd. Corinna Koch, Sabine Schmitz & Sandra Lang, Francfort-sur-le-Main, Peter Lang, 2017, p. 155-204.

SAVARY, Sophie, « Comment des polars barcelonais modèlent l'imaginaire de la ville », *Géographies et cultures*, n° 61, *Le roman policier. Lieux et itinéraires*, Muriel Rosemberg (dir.), printemps 2007, p. 79-97.

SCHWENTZEL, Christian-Georges, *Cléopâtre. La déesse-reine*, Paris, Payot & Rivages, coll. « Biographies Payot », 2014.

TODOROV, Tzvetan, « Typologie du roman policier », *Poétique de la prose. Choix*, suivi de *Nouvelles recherches sur le récit*, [1978], Paris, Seuil, 1980, p. 9-19.

VANONCINI, André, *Le Roman policier*, Paris, PUF, 1993.

FILMOGRAPHIE

BELLISARIO, Donald Paul & MCGILL, Don (créateurs), (2003 – en production), *NCIS*, États-Unis, CBS/Paramount Television, Belisarius Productions.

BIRD, Brad (réal.), *Ratatouille*, États-Unis, Pixar, 111 min, 2007.

FISCHER, Peter Steven, LEVINSON, Richard & LINK, William (créateurs), (1984-1996), *Arabesque*, États-Unis, CBS, 264 épisodes.

ROUMANOFF, Anne, sketch « Radio bistrot », *Vivement dimanche prochain*, France 2, 2008. Disponible sur : « https://www.youtube.com/watch?v=lfuVGX5YJMc (consulté le 18/06/2017) »

DICTIONNAIRES

Le Grand Larousse illustré 2014, Paris, Larousse, 2013.

REY, Alain (dir.), *Dictionnaire historique de la langue française*, [1993], Paris, Le Robert, 2010.

LE DÉTECTIVE, UN EXCENTRIQUE TRÈS EXPOSÉ

Parler de singularité pour un personnage aux origines populaires, marqué au front par le cliché quand ce n'est pas par l'écriture cyclique, cela peut sembler déraisonnable. Difficile aussi d'affirmer la singularité d'un être de papier aussi polymorphe que celui-ci, enquêteur, détective privé, inspecteur, simple mortel pris dans le filet de l'énigme, héros, antihéros, pion, personnage ou personne. Mais si le champ générique du roman policier permet dans son flou artistique à tant de personnages différents de prendre vie, il nous faut admettre le paradoxe suivant lequel la singularité constitue un *topos* du roman policier, quelle que soit sa forme ou sa catégorie.

Le héros policier est un personnage « excentrique », disait Uri Eisenzweig, pour plusieurs raisons, auxquelles nous ajouterons son caractère mutant. Difficile de faire le tour d'un personnage protéiforme ayant évolué dans le temps, du Chevalier Dupin au gentleman cambrioleur Lupin, du charmant français Rouletabille au mélancolique anglais Sherlock Holmes, du bourgeois Maigret à l'anarchiste Burma, du ridicule Poirot à l'envoûtant et cynique Marlowe ; de surcroît, les strates successives et les métissages circonstanciels entre les différents rejetons ont créé une famille plus que recomposée. En effet, au rayon policier des librairies se côtoient des héros au cerveau hors du commun, et d'autres dont la supériorité réside dans des capacités physiques fabuleuses. Les critiques s'épuisent à circonscrire ce personnage hétéroclite dans une équation nécessairement complexe. Jacques Dubois le voit comme surhomme + médiateur + « flâneur-herméneute » + « dandy sans descendance » (Dubois, 1992, p. 104) ; Jean-Claude Vareille (1989, p. 47), spécialiste de la Belle Époque, le voit comme trappeur + redresseur de torts + vengeur + justicier, Arsène Lupin étant pour lui une émanation du roman de chevalerie.

Beaucoup s'entendent d'ailleurs pour voir ce personnage comme une continuation du héros épique, *via* le roman de la prairie dont le détective, quelque rationnel qu'il soit, a gardé un héritage : le flair du limier, mot dont la définition désigne le chien comme le détective. Ce flair dérive de ce qui distingue le héros de l'épopée antique : la *métis*[1], l'intelligence rusée ; pour Francis Lacassin, le roman policier est « l'Iliade de la grande ville » (Lacassin, 1974, p. 24). Le détective se déguise, masque son être véritable pour tromper le criminel en même temps que le lecteur, auquel il cache ses intuitions. En effet, le *trickster* épique, le trompeur, a mis ses compétences au service d'une littérature de plus en plus déceptive. Peut-être parce que, comme le dit encore Francis Lacassin, « forme moderne de l'épopée, le roman policier n'aide pas l'homme à s'évader, mais à demeurer dans sa prison » (*ibid.*, p. 18).

Néanmoins, l'évasion fut et demeure une des raisons de l'extravagance du personnage du roman policier : il se détache sur ce que Georges Steiner appelle « la grisaille spectrale de nos vies » (Steiner, 2001, p. 196) qui réclame l'héroïsme des personnages de roman et cautionne l'anormalité quand elle est de l'ordre du sur-régime. Jean Bellemin-Noël joint lui aussi l'épopée au polar en disant que « s'identifier au preux chevalier ou au détective surdoué, cela relève d'un processus d'*idéalisation* de soi-même : on se pare secrètement et par personne interposée de toutes les perfections » (Bellemin-Noël, 1978, p. 45). Montalbán, auteur lucide de roman policier, fait ironiquement dire à un critique éclairé lors d'une enquête de son Pepe Carvalho : « Il n'y a pas de roman noir sans héros et ça c'est dangereux » (Montalbán, 1988, p. 79).

Pour cacher ses origines mythiques, le personnage s'est vu affubler de manies ou de défauts plus ou moins voyants, cocaïne pour Holmes, alcoolisme de Marlowe, obésité d'un Nero Wolfe de 130 kg, vieillesse d'une Miss Marple, etc. D'ailleurs, le détective n'est souvent pas très jeune, comme son lecteur, comme s'il s'agissait de compenser *via* le héros ses propres insatisfactions accumulées face à un monde demeuré opaque. Car la première forme du roman policier insiste sur la capacité du détective à y voir clair. Un type de héros romanesque est apparu, qui ne se caractérise pas par l'engagement dans l'action mais par une

1 « C'est une opération intellectuelle qui se situe à mi-chemin entre le raisonnement par analogie et l'habileté à déchiffrer les signes qui relient le visible à l'invisible » (Vernant & Vidal-Naquet, 2006, p. 300).

exhibition intellectuelle, raisonnant sur le mode « élémentaire mon cher Watson », tout en concurrençant la science, comme le prouvent ces propos de Holmes cités par Francis Lacassin (1974, p. 96-97) :

> De même que Cuvier pouvait reconstituer correctement un animal entier d'après un seul os minutieusement observé, de même l'observateur, s'il a bien étudié un fait dans une série d'incidents, devrait être capable d'énoncer ceux qui l'ont précédé et ceux qui lui succèderont. Nous ne nous sommes pas encore rendu compte des résultats que peut obtenir la raison seule.

La contingence n'existe pas, et le détective est un savant qui calcule méthodiquement, même depuis un fauteuil – le même que celui du lecteur, perdu dans le monde réel, mais dans cette lecture confortablement installé.

Dans son discours conclusif, le héros policier règle le problème et se débarrasse du poids du crime, rétablissant l'ordre plus encore que la vérité, escamotée dans l'euphorie du point final. On sort ainsi du Chaos originel, de ces ténèbres qui sont l'héritage de l'humanité, grâce à l'intuition – l'*illumination* – du détective : l'enquêteur est un traducteur qui fait accéder le lecteur aveugle au sens caché[2]. La maîtrise du détective nous soustrait à la réalité de la mort et au poids de la culpabilité collective et personnelle. Car la culpabilité, qui explique pour partie le succès actuel du genre, était déjà posée par Edmund Wilson comme l'unique ressort de l'intérêt narratif policier entre les deux guerres[3]. L'idée de limiter le sentiment d'une faute à un seul acte et d'en faire retomber la responsabilité sur un seul personnage était un remède

2 « Saisir le réel au moyen d'une énonciation, aspirer à retrouver une intelligibilité première, ce qu'il y a d'originaire dans l'acte et dans le dire, vaincre l'éloignement qui sépare le témoignage de son commentateur : si le paradigme de lecture, dans le roman policier, est ouvertement herméneutique, c'est parce que le détective est non seulement un traducteur qui parvient à rendre accessible ce qui ne l'est pas immédiatement, mais aussi un interprète qui découvre les rapports secrets qui unissent le sens manifeste et le sens dissimulé » (Boyer, 1988, p. 220).

3 *Cf.* Edmond Wilson (1983, p. 89) : « Pendant ces années, le monde a été traversé par un sentiment omniprésent de culpabilité et par la peur d'un désastre menaçant qu'il semblait inutile de vouloir écarter, parce qu'il ne paraissait jamais vraiment possible d'en fixer les responsabilités. Qui avait commis le crime originel, qui allait commettre le prochain ? ». Pour Wystan Hugh Auden (1983, p. 120), cette façon de faire envisager au lecteur son propre péché détermine l'intérêt du roman policier anglais, qu'il pose comme équivalent à la confession pour une société protestante ne pratiquant pas cette *catharsis*.

merveilleux à l'angoisse du temps. Cette thèse explique d'ailleurs pourquoi le détective-type se désintéresse de la sanction destinée au criminel.

Lorsque cette illusion tombera, le genre évoluera, ayant non seulement compris que contrairement à l'épopée il ne vise pas l'idéal, mais que la vérité elle-même se dérobe. Le détective perdra alors de sa superbe, il sortira de son cabinet, ses illuminations, néanmoins persistantes, seront dues à l'alcool, ou au hasard. Il s'intéressera moins aux traces qu'à la psychologie. Ses épreuves semblent cependant encore plus proches d'une mission épique. Jean-Noël Blanc (1991, p. 127) le voit comme un « envoyé des dieux du polar qui débarque dans la cité pour y porter la lumière et la justice », et il compare son travail à celui d'Hercule dans les écuries d'Augias, luttant contre la saleté morale ; Jacques Dubois (1992, p. 150) perçoit Marlowe comme un chevalier en perdition, maintenant « une pose désuète, une cause perdue d'avance, face au désarroi que suscite le monde moderne ». On a bien quitté ce monde du XIXe siècle, confiant dans les possibilités de la science pour faire revenir l'humanité à une harmonie antérieure à la Chute. Car l'Histoire mouvementée du XXe siècle fait rendre au policier ses armes et ravaler au détective sa langue de bois. Dans la formule originelle, le lecteur s'amusait dans « le tourniquet des rôles » (*ibid.*, p. 157) proposé par le roman, se livrant au mal avec délectation, avant de réintégrer le « bon » rôle, purgé de ses pulsions dangereuses. Dans les romans de la seconde moitié du XXe siècle, c'est de moins en moins possible : la culpabilité essaime, la faute fait tache d'huile. Maigret cherche les fêlures, ne juge pas, s'identifie à la victime ou au meurtrier. Le personnage du roman policier évolue donc avec son temps. À la clôture des *Mers du Sud* de Montalbán (1988, p. 313)[4], se trouve cette remarque de la cliente du détective : « Vous voyez tout par le côté sordide : soit pédéraste, soit gigolo » ; ce à quoi Carvalho répond : « Déformation professionnelle ».

L'enquêteur a alors perdu son excentricité au sens qu'Eisenzweig prêtait à ce mot, il n'est plus « hors du centre » où se passe l'action. Dès lors, il est frappant de constater le nombre de détectives névrosés, déviants, instables, délirants, de la production policière contemporaine. Le héros de Mendoza est fou (*Le Mystère de la crypte ensorcelée*), chez Auster, il s'enferme tout nu dans une pièce (*Cité de verre*), chez Modiano (*Rue des boutiques obscures*), il

4 *Cf.* aussi René Belletto (1987, p. 133), où l'enquêteur se fait passer pour un détective privé. Il dit au criminel : « Je suis détective privé. Voilà pourquoi je me suis fait passer pour vous. C'est ce que l'on appelle la déformation professionnelle ».

est amnésique. Le savant qui calculait sa trajectoire est devenu un errant, égaré dans le labyrinthe, à force de refaire le parcours de l'assassin. Chez Lous (*Matricide*), il devient criminel, copiant le projet du malfaiteur, comme le héros de Belletto dans *L'Enfer.* Car tenté par l'inversion, le détective s'identifie au criminel au point de nous renvoyer en miroir une image mitigée, mi-ange, mi-bête. « Identifier un coupable n'est rien d'autre que s'identifier à lui », écrit Jacques Dubois (1992, p. 112). Cette mutation entraîne même les modèles dans le gouffre, puisqu'un critique comme Pierre Bayard, relisant Agatha Christie, nous dévoile les failles et les pulsions meurtrières de l'archétype du rationalisme ronflant : Hercule Poirot[5].

Dans ce mouvement métatextuel révélateur, l'enquêteur retrouve un père : Œdipe, héros de l'inversion, justicier et criminel, lucide et aveugle. La commande faite par la Série Noire à Didier Lamaison d'une adaptation de la pièce de Sophocle date de 1994 ; elle officialise le visage contemporain du détective. Faire un polar d'une histoire où la ville n'est là qu'en toile de fond, c'est dire l'importance du drame intime, d'une énigme de l'inconscient, comme dans les romans de Sébastien Japrisot, tel *L'Été meurtrier*, où l'énigme réside dans l'identité paternelle. Les propos de Jean-Pierre Vernant sur Œdipe semblent alors faits pour le roman policier : « Quand il veut, à la façon d'Œdipe, mener jusqu'au bout l'enquête sur ce qu'il est, l'homme se découvre énigmatique, sans consistance ni domaine qui lui soient propres, sans point d'attache fixe, sans essence définie, oscillant entre l'égal à Dieu et l'égal à rien » (Vernant & Vidal-Naquet, 2006, p. 53). Le policier Matthieu, dans *La Promesse* de Dürrenmatt, perd la raison dans son entêtement à trouver la vérité, ayant suspendu son existence et son identité au sommet d'un col de montagne où il se perd à attendre son criminel.

Pierre Vidal-Naquet, soulignant le caractère marginal d'Œdipe, autant dire son excentricité, discerne bien l'énigme du Sphinx, simple devinette qui peut nous faire penser au premier roman policier et à certains de ses rejetons contemporains, de la seconde, spéculaire, qui désenfouit le refoulé d'Œdipe (*ibid.*, p. 103)[6]. La « vision schizoïde » entre surmoi incarné par le détective et fantasme incarné par le criminel était

---

5 Pierre Bayard (1998, p. 137-146) creuse le personnage de Poirot, dans le roman posthume d'Agatha Christie (*Poirot quitte la scène*), où le détective devient un meurtrier, tout comme son fidèle confident, Hasting.

6 *Cf.* aussi Jean-Claude Vareille (1989, p. 56) : « Sans Œdipe, le roman policier serait une anecdote agencée avec esprit, un jeu gratuit ou simplement astucieux. Dans et par l'Œdipe, il retrouve une grande scène du "théâtre" individuel et collectif ».

endiguée par une répartition rigide des rôles, garantissant le secret sur ce que Uri Eisenzweig (1986, p. 111) appelle un « *récit impossible* », celui du criminel, « figure narrativement parfaite mais textuellement négative, conteuse idéale mais impossible de son propre destin », et « emblème du récit authentique à jamais absent, du moins à la première personne ». Or, ce garde-fou dissimulant la crise identitaire cède dans le roman policier moderne. Le « je » éclaté de la postmodernité s'exhibe dans la figure de l'enquêteur, dans la recherche du criminel ou du disparu[7].

L'essentiel réside dans cette dynamique interrogative qui ne se laisse pas refermer, puisque le secret poursuivi appartient au refoulé[8]. On ne s'étonne dès lors plus de voir le roman policier intégrer la matière onirique, comme dans le récent roman de Craig Johnson, *Le Camp des morts*, où les rêves du shérif Longmire ponctuent l'enquête, lui donnant la direction à suivre, lui qui n'y voit plus ni loin ni clair.

Or, pour Max Milner (1991, p. 78)[9] le roman policier est effectivement proche de la tragédie d'Œdipe parce qu'il y a dans les deux cas recouvrement de la vérité, « qui ne peut être délivrée que par bribes », un « *puissant ne-pas-vouloir-dire* », expression de la résistance qui barre l'accès au refoulé et fournit une version « propre » des événements. Alors, lorsque ce qui recouvrait la vérité est expulsé du roman policier, on passe au roman sans étiquette, et d'Œdipe on passe peut-être à Hamlet. Le roman de Jacques-Pierre Amette, *Enquête d'hiver*, diégétise cette mutation : l'inspecteur Demange, enquêtant sur un acteur mort dans un accident de voiture alors qu'il jouait *Hamlet*, lit et relit la pièce de Shakespeare : peu à peu, c'est sa vérité d'homme qu'il semble

7 *Cf.* Roland Barthes (1973, p. 75-76) : « Tout récit ne ramène-t-il pas à l'Œdipe ? Raconter, n'est-ce pas toujours chercher son origine, dire les démêlés avec la Loi, entrer dans la dialectique de l'attendrissement et de la haine ? ».

8 *Cf.* Jean-Claude Vareille (1980, p. 157) : « Car le crime n'est pas extérieur. La culpabilité n'accable pas le criminel, mais le détective. Le crime, c'est donc en lui-même qu'il a été commis ». *Cf.* aussi Denis Fernandez Recatala (1986, p. 11) : « L'enquêteur, afin de mener son investigation à terme, est amené à se poser aveuglément la question du *Qui suis-je ?* Il se livre, tout comme un patient en cure analytique, à une véritable anamnèse ».

9 Max Milner rapproche *Œdipe-Roi* du roman policier dans lequel il décèle la même « occultation de la vérité ». Il cite Charles Segal, dont les propos sur la pièce de Sophocle sont parfaitement transposables au domaine qui nous occupe : « [...] une résistance à émerger à la lumière, une horreur qui exige de demeurer cachée dans l'obscurité de l'invisible [...]. Non seulement le refus de voir et de dire envahissent la totalité du récit, mais c'est à travers ce puissant "ne-pas-vouloir-dire" que l'histoire se trouve en fin de compte racontée ».

poursuivre dans sa lecture : « Le visage d'un homme enfermé dans sa voiture sous l'eau prend vite l'étrangeté d'un fantôme. Demange croyait au spectre, non pas à la manière d'un récit fantastique, mais comme une vérité insondable qui concerne le sens de la vie » (Amette, 1985, p. 87).

Lorsqu'il s'avère qu'il n'y a pas eu crime[10], les digues cèdent et le personnage s'effondre lors de l'épilogue : Demange s'est pris pour Hamlet, le justicier misanthrope, d'ailleurs cité : « Notre époque est détraquée. Maudite fatalité, que je sois né pour la remettre en ordre ! » (Shakespeare, 1984, p. 32). Le mystère devient celui de la découverte d'un monde différent, rendant impossible la perpétuation de l'attitude adoptée jusque-là ; les derniers mots du texte traduisent bien cette rupture qui donne au paraître une allure théâtrale, une distance irrémédiable par rapport à l'être : « [...] avec cette faculté d'être adulte, sérieux, il eut les gestes qu'il faut pour fermer la loge, parcourir les couloirs du théâtre, sortir, fermer correctement la porte vitrée [...]. Il buvait scrupuleusement son café quand on le trouva mort » (Amette, 1985, p. 185). La conversion du personnage est le signe de la conversion de l'œuvre, que la fin déplace, change de niveau de signification, ou, pour parler comme Tzvetan Todorov, d'« ordre », en se replaçant dans l'ordre des réalités.

Ce panorama montre l'importance de la figure de l'enquêteur, qui porte à elle seule la structure du roman, auquel elle donne son qualificatif – policier –, mais aussi sa forme. Lorsque le détective est détaché de tout et sûr de lui, le roman policier pose une question et une réponse, bannissant l'émotion : il devient un jeu qui met à distance la peur de la mort et la culpabilité. Barthes (1964, p. 192) avait clairement analysé ce fonctionnement :

> [...] Quant au crime mystérieux [...], sa relation fondamentale est constituée par une causalité différée ; le travail policier consiste à combler à rebours le temps fascinant et insupportable qui sépare l'événement de sa cause ; le policier, émanation de la société tout entière sous sa forme bureaucratique, devient alors la figure moderne de l'antique déchiffreur d'énigme (Œdipe), qui fait cesser le terrible pourquoi des choses [...] l'homme colmate fébrilement la brèche causale, il s'emploie à faire cesser une frustration et une angoisse.

S'il y parvient, lorsqu'il s'appelle Holmes ou Poirot, c'est parce qu'une machine a besoin de lui pour fonctionner. S'il n'y parvient plus, c'est qu'à

10 D'où cette phrase paradoxale de Manuel Vázquez Montalbán (1999, p. 153) : « Le roman policier idéal est celui dans lequel il n'y a pas de crime et donc pas d'assassin ».

l'instar du criminel il construit lui aussi son identité dans le texte, ce qui lui était épargné dans l'ancienne formule. Dans *Mystic River* (Lehane, 2002), trois anciens amis représentent de façon mouvante les angles du triangle enquêteur/victime/suspect ; au fil de l'enquête, tous les trois se découvrent, via les rêves qu'ils font et les pulsions qui les meuvent. Un second meurtre survient, dû à une erreur funeste, permise par la lenteur de l'enquête ; mais dans cette lenteur s'est opérée une découverte qui permettra au héros inspecteur de retrouver une direction dans son existence.

Alors, parce que l'enquêteur n'est souvent même plus un policier, mais un homme hanté par le dédoublement et la culpabilité, le roman ne se clôt plus, mais s'ouvre sur de nouvelles questions, le récit « surmoïque » ne parvenant plus à contenir le récit fantasmatique. *Hamlet*, dans le roman « blanc » d'Amette, connu sous un autre nom pour ses polars de la Série Noire, vient ébranler le personnage du détective et craqueler la construction rigoureuse du genre policier. Jean Starobinski (1967, p. XXIII-XXIV) nous aide grandement à comprendre ce choix, opposant Œdipe à Hamlet :

> Il est licite d'affirmer qu'*Hamlet* a pour thème métaphysique le divorce de la conscience et d'un monde « mauvais », et il est clair que la pièce atteindrait incomplètement son but si la conscience détrompée du monde et déjetée vers la question infinie qu'elle est pour elle-même se laissait entièrement comprendre.

Pour Shoshana Felman (1983, p. 39), le policier est le « récit-même du déplacement de l'énigme » ; or, c'est le personnage qui effectue ce déplacement, autant concrètement qu'intellectuellement, excentrant l'énigme ou la recentrant. Ce faisant, il fait bouger les frontières du genre, dont la définition devient à elle seule une énigme ; Uri Eizenzweig (1982, p. 300) attribuait justement au détective originel une fonction essentielle pour la sauvegarde du genre : interdire l'accès au texte policier à tout ce qui génériquement lui est étranger, par besoin de se réfugier dans le Même, par peur de l'Autre, de la contamination. En vain : comme nous le voyons dans la production contemporaine, le roman policier intègre l'histoire ou la politique ; et du même coup, le genre laisse des traces dans la production blanche, y compris chez les auteurs les plus novateurs, de Modiano à Robbe-Grillet, de Pinget à Echenoz, d'Auster à Dürrenmatt, de Sciascia à Handke.

Ces auteurs ont perçu l'avantage qu'ils pouvaient tirer, dans leur désir de signifier leur époque, d'un récit dont le sujet n'est pas l'évolution d'un personnage, de la naissance à la mort. « Le risque, l'intérêt, écrit Yves Reuter (1989, p. 210) ne sont pas situés dans l'à-venir du personnage mais dans l'à-venir de la vérité ». L'enquêteur porte à lui tout seul la direction des opérations, le sens de l'œuvre, fermée ou ouverte. Pour Yves Reuter aussi, le roman policier est l'essence même du narratif : « Le personnage du roman policier incarne et exacerbe sans doute deux fonctions maîtresses du narratif : la *quête* et le *conflit* » (*ibid.*, p. 205). Le détective, « fonction thématique déguisée en personnage » (Amey, 1994, p. 65), est un élément du mécanisme, qui en rend possible le fonctionnement, ou le grippe, en devenant une personne. Comme l'écrivait Barthes (1970, p. 63), « le personnage, espace même de ces signifiés, n'est jamais que le *passage de l'énigme*, de cette forme nominative de l'énigme dont Œdipe (dans son débat avec le Sphinx) a empreint mythiquement tout le discours occidental ». Les trous dans le personnage, son incomplétude, trahissant d'abord sa réduction à une fonction et son caractère fictionnel, voire invraisemblable, deviennent les indices d'un morcellement, d'une incomplétude ontologique[11].

Cette conversion d'un personnage excentrique à une personne problématique nous met sur la piste d'une autre révélation : derrière le détective se cache l'écrivain, qui a d'abord trouvé en lui le porte-parole idéal, vu son charisme. La séduction que le personnage exerce sur le lecteur permet d'imposer une opinion sur le monde. Le personnage est conçu explicitement par Montalbán (1997, p. 146-147) comme un assemblage diégétisant « la possibilité qu'un auteur construise un monde. Non pas le monde, mais un monde ». Le roman constitue une sorte de *no man's land* où l'esprit critique intervient peu. Renforcer le degré de réalité du personnage est alors une stratégie pour peser sur le « moi fictionnel » du lecteur, malléable au monde imaginé par un auteur puisque, comme l'a démontré Umberto Eco (1985, p. 174), le « monde possible », prêté au texte par le lecteur, se forme à partir du personnage : « Construire un monde, cela signifie assigner des propriétés données à un individu donné ». Vincent Jouve (1992, p. 111) ajoute que le lecteur s'identifie fortement à un personnage qui pense, qui se faisant, gagne en réalisme : « L'équivalence cartésienne entre existence et pensée n'est jamais aussi convaincante que dans l'écriture romanesque ».

11 « La perte de sens postulée par certains écrivains s'avère d'autant mieux marquée qu'elle se produit dans un modèle générique exacerbant la quête du sens » (Reuter, 1989, p. 220).

Dès lors, l'action elle-même, l'énigme à découvrir, ne sont souvent, comme chez Didier Daeninckx ou Jean-François Vilar, qu'un prétexte à parler du monde. On connaît l'intention et l'impact idéologiques de la littérature, qui constitue une arme discrète et efficace pour poser, comme le dit Charles Grivel[12], la positivité de l'archétype. Avec le roman noir et avec le néo-polar, le courant opposé à l'idéologie dominante peut utiliser cette arme à son profit, comme l'ont fait les écrivains espagnols, utilisant le genre pour enquêter sur le passé d'un pays marqué par le franquisme. Comme eux, Eliot Pattison a consacré un cycle à révéler le drame du Tibet, le cadavre découvert ouvrant la porte à un discours censuré.

D'où l'intérêt du cycle, qui renforce d'ailleurs la réalité du personnage, ajoutant une temporalité autotextuelle à un passé intertextuel[13], créant chez le lecteur une sorte d'addiction dont le romancier a besoin pour transmettre pleinement sa vision du monde. En effet, à l'inverse du héros romanesque classique, l'existence du personnage de série ne parvient pas à être suspendue au dernier mot du livre et à s'inscrire comme telle dans la mémoire du lecteur : elle appelle un perpétuel recommencement, à moins de le faire mourir, un scandale par rapport à l'hypotexte policier qui fournit les exemples les plus remarquables du désir du lecteur que le héros ne meure pas.

Mais c'est une arme à double tranchant : ce détective cyclique vampirise son créateur, quand bien même ce dernier l'aurait conçu, à l'instar de Montalbán, comme un « recours technique » : « avatar du "je" » pour Jean-Bernard Pouy (1989, p. 197), il peut devenir dévorateur au point de pousser l'écrivain au meurtre, comme Doyle l'a vainement tenté. Didier Daeninckx, qui suicida son détective Cadin dans *Le Facteur fatal*, se souvient du confort que lui a procuré l'invention de ce personnage, puis du malaise qu'il a ressenti face à ce « personnage gênant », le héros qui oblige au cycle, véritable menace pour le genre aux yeux de ce romancier[14].

---

12 « La "laideur" de la négativité montre donc la "beauté" de l'archétype et celui-ci fixe rétroactivement dans ce qui sert à la signifier antithétiquement comme positivité l'être même du négatif » (Grivel, 1973, p. 287).

13 « Le roman policier pose son univers comme réel dans la mesure où il représente la réalité comme livresque » (Eisenzweig, 1986, p. 181).

14 « À chaque fois que ce personnage prenait place dans une de mes histoires, je m'apercevais que l'intrigue était jouée. Il avait une personnalité tellement forte, un fonctionnement tellement précis, il était une telle conscience malheureuse qu'il gangrenait toute l'histoire dès l'instant où il apparaissait. Ce qui fait qu'à partir d'un certain moment, je me suis dit que ça ne pouvait plus continuer » (Daeninckx, 1990, p. 145). Même idée chez Montalbán,

Car le détective capture aussi l'écrivain en tant qu'homme, théâtre d'un combat entre les différentes instances du moi. Considérons une caractéristique essentielle du héros policier : le regard, omniprésent d'ailleurs dans *Œdipe-Roi* comme dans les romans de la prairie, posant également l'excentricité d'un personnage qui pour savoir cherche à voir[15], concentré de manière suspecte sur l'intime. D'où l'expression *Private Investigator*, détective Privé – le détective de Marc Behm dans *Mortelle Randonnée*, se fait même appeler l'Œil. La psychanalyse nous éclaire sur ce que ce thème du regard vers l'arrière a de révélateur des fantasmes refoulés, de la curiosité sexuelle[16] qui unit l'auteur à son lecteur dans la transgression. Le « récit impossible » dont parlait Uri Eisenzweig étant celui du crime, le criminel, non-présence du roman classique, va être peu à peu découvert jusqu'à devenir le personnage principal. Dans *Le Tueur* de Colin Wilson (2001, p. 304), en 1957, un psychiatre enquêtant sur un dangereux criminel devient son « biographe », exposant les expérimentations sexuelles les plus ignobles, fasciné par celui qui aurait pu « m[ettre] à profit son imagination en devenant écrivain » « s'il avait eu la faculté d'organiser ses fantasmes » (*ibid.*, p. 317 et p. 45). Wilson propose ici une variante, ou une dégradation, de ce qu'on trouve depuis les origines du genre : l'identification de l'écrivain avec le détective, tel qu'on le trouve par exemple chez Ann Cleeves (2008, p. 254), décrivant ainsi son enquêtrice : « Il lui apparut soudain que son

dans *Le Désir de mémoire. Entretien avec Georges Tyras*. Répétant que son détective n'est qu'un personnage de fiction, arbitraire, « invraisemblable en tant que personnage réel », et qui plus est, « construit avec des pièces rapportées », sans originalité, l'auteur évoque des « relations d'amour-haine » : « C'est qu'à présent, comme tout personnage qui se prolonge, qui a d'autres aventures, il arrive un moment où il acquiert une identité propre qui, sous bien des aspects, asservit l'auteur » (Montalbán, 1997, p. 147).

15 « La focalisation de la fiction sur la vie intime, voire secrète, des personnages est consubstantielle à l'énigme. Mode d'appropriation qu'ignorait le roman antérieur. Car fondamentalement le récit est dans la connivence entre détective (romancier) et lecteur, regard indiscret sur la vie des autres, curiosité trouble envers ce que fait le voisin. Somme toute, c'est un genre entier qui fait de l'indiscrétion et du commérage son principe narratif, son parti pris de méthode. À la faveur d'un accident, il s'autorise à sortir tout un refoulé de l'ombre » (Dubois, 1992, p. 28).

16 Dans *On est prié de fermer les yeux*, Max Milner relève 118 termes liés au regard dans la pièce de Sophocle : « Cette idée d'une curiosité malsaine, d'un besoin de savoir mal employé, parce que dirigé "vers l'arrière", c'est-à-dire vers des mystères qui paralysent l'intelligence, Philon la développe dans son *De fuga et inventione*. La femme de Loth symbolise, selon lui, l'homme qui "se tourne en arrière", intéressé par ce qu'il y a d'obscur dans les événements de la vie plus encore que dans les parties du corps et [...] devient un bloc inerte, une sorte de pierre inanimée et sourde » (Milner, 1991, p. 39).

état devait ressembler à celui du romancier. Tous ces personnages, ces histoires et ces idées lui tournaient dans la tête. Comment pouvait-on les mettre en ordre ? Leur donner un sens, une forme ? ». La connaissance en jeu, finalement, c'est l'écriture…

Car le détective cache aussi l'écrivain en tant qu'il est dans l'obligation d'écrire[17]. Comme son créateur, il est un homme du Verbe – on trouve d'ailleurs de nombreux détectives journalistes, professeurs ou écrivains, et le mystère inclut souvent une énigme scripturale, de *La Lettre volée* de Poe à *La Nuit du Jabberwock* de Fredric Brown. Les premiers détectives parlaient beaucoup : selon Guy Larroux (1995, p. 130), dans le policier classique, 40 % des pages sont consacrées au discours du détective qui présente les faits, parole sacrée, respectée, applaudie, définitive. Mais Gaboriau (1866, p. 23) comparait dans *Monsieur Lecoq* l'endroit où l'enquêteur cherche des traces à une « immense page blanche, où les gens que nous recherchons ont écrit non seulement leurs mouvements et leurs démarches, mais aussi leurs secrètes pensées, les espérances et les angoisses qui les agitaient ». Cette page blanche a un corollaire : l'angoisse. L'écrivain/détective combat le vide, et aussi le trop-plein d'informations, l'excès de lectures.

De fait, le policier est le « roman de la quête du roman », comme l'explique Jean-Claude Vareille (1989, p. 193-194)[18] : « S'il y a *quête du texte, il y a nécessairement enquête*, l'acte d'écriture mettant en jeu une question – au double sens d'interrogation […] et de supplice ». Le privé doit remplir une mission, l'injonction traduit la pression qui pèse sur l'écrivain, cette part de lui-même qui le pousse à écrire[19], diégétisée par l'instance (police, client), qui juge l'enquêteur et lui réclame un *rapport*, c'est-à-dire un récit contraint, à rendre à date fixe : « Je m'engage, affirme Pepe Carvalho, à fournir à ma cliente toute la vérité à laquelle je suis arrivé, et qu'elle réclame. […] Le jour venu, je rendrai mes conclusions à ma cliente » (Montalbán, 1988, p. 270-271). « Il fallait que je fasse mon rapport » (Marsé, 1990, p. 26), s'excuse l'inspecteur de Marsé dans *Boulevard du Guinardo*. Disposé pourtant dès l'*incipit* à prendre congé,

17 *Cf.* Jean Bellemin-Noël (1972, p. 11) : « Il est clair que la question "comment cela s'est-il fait ?" se transforme insensiblement en "qui a fait cela ?", et le problème de la production d'un écrit devient interrogation sur celui qui l'a mis au monde ».

18 « L'écriture vécue tient du processus policier » (Vareille, 1989, p. 194).

19 « Autrement dit encore, la voix narrative n'est pas libre de faire son rapport ou non : elle s'y trouve *forcée*, exactement comme une bête est *forcée*, exactement comme le récit second dans le roman policier est *forcé* par le récit premier » (*ibid.*, p. 195).

sans courage, il doit obéir à un ordre obscur, « et cette mission le mettait de mauvaise humeur » (*ibid.*, p. 43).

L'acte d'écrire, vécu comme une sollicitation à laquelle on ne peut se soustraire, une exigence intérieure, une « promesse », pour reprendre le titre du roman de Dürrenmatt, est figurée dans l'œuvre de Marsé par un cheminement sans but, qui se disperse, qui oblitère sa finalité, comme si elle faisait peur au héros, comme s'il appréhendait de ne pas y parvenir. Il est intéressant de constater que même dans les romans où le récit 2 (l'enquête) n'aboutit pas au récit 1 (le crime), l'angoisse liée à la nécessité de produire ce texte persiste, et les images exprimant les tourments de l'écrivain et les souffrances liées à la nécessité de produire du texte abondent, diégétisées par le cliché du labyrinthe, et par les balbutiements de l'enquête.

Alors, oui, le détective est un personnage singulier, parce qu'en dépit de son caractère de fiction, d'archétype[20], de truchement idéologique, de fantôme intertextuel[21], il est un des personnages les plus vivants qui soient, non seulement parce que, comme on vient de l'évoquer, il représente l'écrivain, mais aussi parce qu'il comble le lecteur, dans son désir de voir et de savoir, un lecteur qui s'identifie à celui qui lui offre de partager un secret criminel et l'implique dans un acte coupable, en voyeur invisible, sans angoisse. Il n'est sans doute pas de domaine littéraire où la pression du récepteur se fasse autant sentir sur la production et sur le personnage, au point que, comme Doyle l'a expérimenté, le lecteur peut se battre pour la survie du personnage, où se joue, à l'évidence, quelque chose de la sienne.

Marion FRANÇOIS
Université Lyon Lumière II

20 *Cf.* Manuel Vázquez Montalbán, *Meurtre au Comité Central*, Paris, Seuil, coll. « Points », 1992, qui commence avec cette Note de l'Auteur : « Pour répondre à l'intention prévisible et perverse d'identifier les personnages de ce roman à des personnages réels, l'auteur déclare qu'il s'est limité à utiliser des archétypes ; il reconnaît toutefois que souvent les personnages réels se comportent comme des archétypes. § Archétype : Type souverain et éternel qui sert d'exemple et de modèle à l'entendement et à la volonté des hommes. (Définition du *Dictionnaire de l'Académie royale*) ».

21 *Cf. La Solitude du manager* de Manuel Vázquez Montalbán (1988, p. 163). Le détective se lamente : « Qui dois-je imiter ? Bogart interprétant Chandler ? Alan Ladd dans les personnages de Hammett ? Paul Newman dans le rôle de Harper ? Gene Hackman ? Dans la solitude de sa voiture rampant sur les flancs du Tibidado, Carvalho assumait les tics de chacun ».

RÉFÉRENCES BIBLIOGRAPHIQUES

ROMANS

AMETTE, Jacques-Pierre, *Enquête d'hiver*, Paris, Seuil, 1985.

BELLETTO, René, *L'Enfer*, Paris, Seuil, coll. « Points. Roman », 1987.

CLEEVES, Ann, *Des vérités cachées*, [2007], traduit de l'anglais par Claire Breton, Paris, Belfond, coll. « Belfond noir », 2008.

GABORIAU, Émile, *Monsieur Lecoq*, Le Livre de l'Avenir, coll. « M.A.P. », 1866.

LEHANE, Dennis, *Mystic River*, trad. de l'anglais, États-Unis, par Isabelle Maillet, Paris, Payot & Rivages, coll. « Rivages/Thriller », 2001.

MARSÉ, Juan, *Boulevard du Guinardo*, trad. de l'espagnol par Jean-Marie Saint-Lu, Paris, Christian Bourgois, 1990.

MONTALBÁN, Manuel Vázquez, *Les Mers du Sud*, trad. de l'espagnol par Michèle Gazier, 10/18, coll. « Grands Détectives », 1988.

MONTALBÁN, Manuel Vázquez, *La Solitude du manager*, trad. de l'espagnol par Michèle Gazier, Paris, 10/18, coll. « Grands Détectives », 1988.

MONTALBÁN, Manuel Vázquez, *Meurtre au Comité Central*, trad. de l'espagnol par Michèle Gazier, Paris, Seuil, coll. « Points », 1992.

MONTALBÁN, Manuel Vázquez, *Le Prix*, trad. de l'espagnol par Claude Bleton, Paris, Christian Bourgois, 1999.

SHAKESPEARE, William, *Hamlet*, [1603], trad. par François-Victor Hugo, Paris, Le Livre de Poche, 1984.

WILSON, Colin, *Le Tueur*, [1970], trad. de l'anglais par François Truchaud, Paris, Éditions Payot & Rivages, coll. « Rivages noir », 2001.

OUVRAGES CRITIQUES, ARTICLES, ENTRETIENS ET SITOGRAPHIES

AMEY, Claude, *Jurifiction. Roman policier et rapport juridique. Essai d'esthétique narrative*, Paris, L'Harmattan, 1994.

AUDEN, Wystan Hugh, « Le presbytère coupable. Remarques sur le roman policier, par un drogué », *Autopsies du roman policier*, éd. Uri Eisenzweig, 1983, p. 113-132.

BARTHES, Roland, « Structure du fait divers », *Essais critiques*, Paris, Seuil, coll. « Tel Quel », 1964, p. 188-197.

BARTHES, Roland, *S/Z*, Paris, Seuil, coll. « Tel Quel », 1970.

BARTHES, Roland, *Le Plaisir du texte*, Paris, Seuil, coll. « Tel Quel », 1973.

BAYARD Pierre, *Qui a tué Roger Ackroyd ?*, Paris, Minuit, coll. « Paradoxe », 1998.

BELLEMIN-NOËL, Jean, *Le Texte et l'avant-texte. Les brouillons d'un poème de Milosz*, Paris, Librairie Larousse, coll. « L », 1972.

BELLEMIN-NOËL, Jean, *Psychanalyse et littérature*, Paris, PUF, « Que sais-je ? », 1978.

BLANC, Jean-Noël, *Polarville. Images de la ville dans le roman policier*, Lyon, PUL, 1991.

BOYER, Alain-Michel, « Portrait de l'artiste en policier », *Modernités*, revue du Groupe de Recherches sur les Modernités, nº 2, *Criminels et policiers*, éd. Alain-Michel Boyer, Nantes, Université de Nantes, 1988, p. 217-269.

DAENINCKX, Didier, « Entretien avec Alfu », *Polar : Mode d'emploi*, t. 2, *Manuel d'écriture criminelle*, éd. Stéphane Bourgoin, Amiens, Encrage, 1990, p. 141-145.

DUBOIS, Jacques, *Le Roman policier ou la modernité*, Paris, Nathan, coll. « Le texte à l'œuvre », 1992.

ECO, Umberto, *Lector in Fabula*, [1979], trad. de l'italien par Myriem Bouzaher, Paris, Grasset, Le Livre de Poche, coll. « Biblio Essais », 1985.

EISENZWEIG, Uri, « L'instance du policier dans le romanesque. Balzac, Poe et le mystère de la chambre close », *Poétique*, nº 51, septembre 1982, p. 279-302.

EISENZWEIG, Uri, *Le Récit impossible. Forme et sens du roman policier*, Christian Bourgois, 1986.

FELMAN Shoshana, « De Sophocle à Japrisot (via Freud) ou Pourquoi le policier ? », *Littérature*, nº 49, février 1983, p. 23-42.

GRIVEL Charles, *Production de l'intérêt romanesque. Un état du texte (1870-1880), un essai de constitution de sa théorie*, La Hague ; Paris, Mouton, coll. « Approaches to semiotics », 1973.

JOUVE, Vincent, *L'Effet-personnage dans le roman*, Paris, PUF, coll. « Écriture », 1992.

LACASSIN, Francis, *Mythologie du roman policier*, t. 1, Paris, UGE, coll. « 10/18 », 1974.

LARROUX, Guy, *Le Mot de la fin*, Nathan, coll. « Le texte à l'œuvre », 1995.

MILNER, Max, *On est prié de fermer les yeux. Le regard interdit*, Paris, Gallimard, coll. « Connaissance de l'inconscient », 1991.

MONTALBÁN, Manuel Vázquez, *Le Désir de mémoire. Entretien avec Georges Tyras*, Vénissieux, Paroles d'Aube, 1997.

POUY, Jean-Bernard, « Personnage et écriture », *Le Roman policier et ses personnages*, actes du colloque Personnage et roman policier, organisé par le Centre de recherches en communication et didactique de l'Université Blaise Pascal de Clermont-Ferrand, 13-14 novembre 1987, Saint-Denis, éd. Yves Reuter, Presses Universitaires de Vincennes, coll. « L'Imaginaire du texte », 1989, p. 185-210.

RECATALA, Denis Fernandez, *Le Polar*, Paris, MA éditions, coll. « Le Monde de… », 1986.

REUTER, Yves, « Personnage et écriture. Commentaires », *Le Roman policier et ses personnages*, actes du colloque Personnage et roman policier, organisé par le Centre de recherches en communication et didactique de l'Université Blaise Pascal de Clermont-Ferrand, 13-14 novembre 1987, Saint-Denis, éd. Yves Reuter, Presses Universitaires de Vincennes, coll. « L'Imaginaire du texte », 1989, p. 203-210,

STAROBINSKI, Jean, « Préface », Ernest Jones, *Hamlet et Œdipe*, [1949], Gallimard, coll. « Tel », 1967, p. VII-XL.

STEINER, Georges, *Grammaires de la création*, trad. de l'anglais par Pierre-Emmanuel Dauzat, Paris, Gallimard, coll. « NRF Essais », 2001.

VAREILLE, Jean-Claude, *Filatures. Itinéraires à travers les cycles de Lupin et de Rouletabille*, Grenoble, Presses Universitaires de Grenoble, coll. « Bibliothèque de l'imaginaire », 1980.

VAREILLE, Jean-Claude, *L'Homme masqué, le justicier et le détective*, Lyon, PUL, coll. « Littérature et Idéologies », 1989.

VERNANT, Jean-Pierre & VIDAL-NAQUET, Pierre, *Œdipe et ses mythes*, Bruxelles, Complexe, coll. « Historiques », 2006.

WILSON, Edmond, « Pourquoi les gens lisent-ils des romans policiers ? », *Autopsies du roman policier*, éd. Uri Eisenzweig, Paris, UGE, coll. « 10/18 », 1983, p. 86-108.

INDEX

RÉSUMÉS

Isabelle-Rachel Casta-Leca, « Préface. *Noir, impair et passe…* »

Le grand éventail des études réunies dans cet ouvrage traduit la multiplicité des déclinaisons que peut avoir le polar contemporain et qui ne sont pas sans susciter l'intérêt d'un grand nombre de lecteurs. D'une partie à une autre, on voit se développer une sorte de pratique policière originale qui entraîne le genre à toujours plus de plasticité et d'ouverture, et permet au lecteur de cerner les différentes modalités scripturales qui contribuent au renouveau du polar contemporain.

Moez Lahmédi et Kamel Feki, « Introduction »

Mobilisant plusieurs approches thématique, générique, comparatiste, etc., les différentes contributions réunies dans ce volume portent sur quelques-unes des formes contemporaines de la fiction criminelle dans son triple versant (romanesque, sériel et cinématographique) et tentent de l'explorer à partir de nouvelles voies d'étude : rapport entre polar et féminisme, nécropoétique, intermédialité, syncrétisme et hybridité, réécriture subversive, dénonciation sociopolitique, etc.

Nicole Décuré, « Les femmes détectives et leurs auteures. Une internationale féministe ? »

Cet article examinera la question du féminisme dans le roman policier français en prenant comme référence le polar américain à travers plusieurs thèmes : le choix des sujets ou des personnages, la place des femmes dans la société, les stéréotypes sexistes et la lutte contre ceux-ci. Il semble que les femmes auteures en France sont moins résolument féministes que leurs consœurs américaines et que leurs romans ont de la peine à se démarquer de ceux des hommes.

Caroline GRANIER, « “Une enquêtrice à la place d'un enquêteur : trouble dans le genre policier ?” Représentations de la figure du détective féminin dans les romans policiers français et américains contemporains »

Notre intérêt portera dans cette contribution sur la façon dont certaines auteures policières contemporaines se saisissent des codes de la littérature criminelle pour critiquer les stéréotypes genrés et dénoncer les inégalités. Les figures de femmes fortes et indépendantes, en permettant aux lectrices de s'identifier à elles, seraient, selon certaines, sources d'*empowerment*. Ces nouvelles représentations nous forcent en tout cas à repenser la fameuse « différence des sexes ».

Isabelle-Rachel CASTA-LECA, « Quelque chose à savoir sur les morts. L'énigme sous le scalpel ? »

Dans la présente enquête, on se propose de mettre en lumière la nécropoétique télévisuelle véhiculée par les nouvelles séries zombiques. Comment ces thanatofictions zombiques transforment-elles la terreur en un véritable spectacle, parfois choquant et révoltant (un *opsis*), offert à la consommation visuelle ? Quel est le secret de l'immense succès médiatique de cette vague de séries qui prône une nouvelle thanatologie spectaculaire présidée par le principe de la surcadavérisation ?

Isabelle BOOF-VERMESSE, « Simulation et dissimulation. Roman policier et roman spéculatif »

Portant sur le *cyberpunk*, cet avatar policier qui combine science-fiction et *fantasy* urbaine, notre contribution s'intéressera à la manière dont certains auteurs tels qu'Alfred Bester, Philip K. Dick, William Gibson et China Miéville réinvestissent plusieurs motifs policiers et renouvellent les deux principes de la simulation et de la dissimulation pour soulever une réflexion sur l'identité du sujet et la nature de son environnement dans le monde réel et les réalités virtuelles ou alternatives.

Suzanne BRAY, « Reconstruire le passé, interroger l'Histoire. Un siècle de polar historique »

Dans cette contribution, nous mènerons une triple enquête sur le polar historique : nous mettrons l'accent d'une part, sur les modalités d'interaction et d'hybridité entre le roman policier et l'histoire et d'autre part, sur le traitement que réserve l'auteur policier à la matière historique. Nous dresserons par la suite une typologie des principaux avatars contemporains du polar historique tout en relevant les spécificités narratives de chaque sous-genre.

Moez LAHMÉDI, « Les nouveaux avatars hybrides du polar ou les romans transpoliciers. L'exemple du *Huit* de Katherine Neville »

L'on se propose dans cette contribution de mettre en relief les manifestations de ce qu'on pourrait appeler l'« hyper-transgénéricité » qui fait du *Huit* de Katherine Neville l'un des romans transpoliciers contemporains qui échappent à toute catégorisation générique. On se propose également de voir comment le motif du jeu d'échecs participe de cette poétique transgénérique en fonctionnant non seulement comme un catalyseur d'hybridité mais aussi comme un principe structurant de la diégèse.

Marc MICHAUD, « La dimension mythologique du roman policier chez Tony Hillerman »

Notre propos est d'étudier comment Tony Hillerman a réussi à fusionner dans ses polars deux genres *a priori* antinomiques : le roman policier et la littérature amérindienne, créant ainsi un nouvel avatar policier, le polar mythologique. En effet, pour résoudre les énigmes du présent, ses deux enquêteurs Jim Chee et Joe Leaphorn plongent à chaque fois dans le passé abyssal de leurs aïeux amérindiens et font revivre les mythes fondateurs de leur civilisation.

Dame KANE, « L'anthropolar. Dimensions socio-anthropologiques du roman policier négro-africain subsaharien francophone »

Il s'agit pour nous dans la présente contribution de mettre en lumière le discours anthropologique que charrient certains polars négro-africains d'expression française. Nous mettrons l'accent sur trois œuvres qui nous semblent assez représentatives de la poétique policière négro-africaine : *L'Archer bassari* de Modibo Sounkalo Keita, *L'Empreinte du renard* de Moussa Konaté et *Sorcellerie à bout portant* d'Achille F. Ngoye.

Kamel FEKI, « De quelques nouvelles tendances du polar italien contemporain »

Partant de deux contributions publiées dans les *Cahiers d'études romanes* et portant sur la question des réécritures policières, nous nous proposons de faire l'inventaire de certains traits caractéristiques du polar italien contemporain : la parodie, l'invention de nouveaux enquêteurs qui se distinguent des détectives traditionnels, l'enracinement régional du polar, la création d'« *un "giallo" senza soluzione* » marqué par l'échec de la justice et l'avènement d'un polar micro-historique.

Marie-Thérèse VIDA, « *Donde mueren los ríos* et *Harraga* d'Antonio Lozano ou les polars de l'émigration (*emigradopolars*) »

Dans la présente contribution, nous focaliserons notre analyse sur la façon très singulière dont l'écrivain espagnol Antonio Lozano a ingénieusement exploité dans *Donde mueren los ríos* et *Harraga* la structure policière pour esquisser sa vision humaniste de l'expérience migratoire, laquelle expérience s'apparente à un véritable voyage initiatique mené par les nouveaux Ulysse africains.

Marc BLANCHER, « Mortelles papilles. La forme policière à l'épreuve du palais »

Dans le présent article, on se penchera sur le rapport entre forme policière et arts de la table. On considérera d'abord la relation entre mort donnée et gustatif en se focalisant sur le motif de l'administration de poison. On étudiera ensuite la relation étroite entre arts de la table et derniers avatars de la forme policière, qui érigent la gastronomie en élément constitutif du chronotope et/ou d'une lecture du monde parcellaire et subjectivée, voire en élément paratextuel.

Marion FRANÇOIS, « Le détective, un excentrique très exposé »

Se trouvant aux prises avec un monde de plus en plus énigmatique et incompréhensible, le détective contemporain n'est plus le surhomme qui « met le mystère KO » mais une figure problématique devenant tantôt l'avatar d'Œdipe tantôt l'avatar d'Hamlet. Nous aborderons cette mutation en nous référant aux œuvres de certains auteurs contemporains (français et espagnols), entre autres Jacques-Pierre Amette, Manuel Vázquez Montalbán, René Belleto et Juan Marsé.

TABLE DES MATIÈRES

DEUXIÈME PARTIE

ZOMPOL, CYBERPUNK ET SLIPSTREAM

TROISIÈME PARTIE

POLAR ET HISTOIRE

DE NOUVELLES INTERACTIONS ALCHIMIQUES

QUATRIÈME PARTIE

L'ETHNOPOLAR ET L'ANTHROPOLAR

QUAND LE ROMAN POLICIER S'IMPRÈGNE DES COULEURS AMÉRINDIENNES ET AFRICAINES

CINQUIÈME PARTIE

RENOUVEAU DES POLARS ITALIEN ET ESPAGNOL

ENJEUX ESTHÉTIQUES ET SOCIAUX

SIXIÈME PARTIE

DE QUELQUES MUTATIONS THÉMATIQUES ET ACTANTIELLES DANS LE ROMAN POLICIER POSTMODERNE

Achevé d'imprimer par Corlet,
Condé-en-Normandie (Calvados), en novembre 2021
N° d'impression : 173953 - dépôt légal : novembre 2021
Imprimé en France